대파의 봄날

대파의 봄날

한라연 장편 소설

SCARLET ROMANCE STORY

Contents

2010년 11월 6일.

구름 한 점 없는 쌀쌀한 가을, 어느 토요일 오후.

호텔 커피숍은 대화를 나누는 손님들로 북적였다. 그중, 테이블 하나를 홀로 독차지한 남자가 팔짱을 낀 채 심각한 얼굴로 앉아 있다.

남자의 미간엔 깊은 주름이 파여 있었다. 검정색 가죽 재킷을 입은 그는 몸집이 워낙 좋아, 수많은 손님들 속에서 독보적인 존재였다.

가죽 재킷은 테이블 위에 있는 커피 잔에는 손끝 하나 대지 않았다. 그는 구멍이 날 정도로 뚫어져라 커피 잔을 내려다보았지만, 모든 신경은 오로지 앞 테이블에 앉아 있는 남녀에게 쏠려 있었다. 행여나 그들이 하는 말 한 마디라도 놓칠세라 귀를 쫑긋거렸다.

커피에 무슨 문제라도 있는가 싶어 찾아온 종업원에게 그는 아무

일 없다며 강하게 손사래를 쳤다.

가죽 재킷의 앞 테이블에 앉아 있는, 짙은 색 정장을 입은 남자는 부드러운 눈매에 동글동글한 얼굴로 사람들에게 호감을 주는 인상이었다. 그는 고동색 뿔테 안경 너머로 맞은편에 앉은 여자를 훑어보았다.

단순하지만 선이 살아 있는 남색 원피스 정장을 입은 그녀는 이슬을 머금은 꽃봉오리처럼 매초롬했고, 일자 핀으로 단정하게 머리를 틀어 올려 훤히 드러난 목덜미는 사슴처럼 우아했다. 그녀의 생김새가 마음에 든 뿔테는 미소를 지어 보였다.

신상명세에 관한 몇 마디 대화 끝에 잠시 정적이 흘렀다. 선보러 왔다고 대놓고 광고하는 것처럼 그들의 분위기는 어색했다.

그녀는 얼굴에 미소를 머금고 있는 뿔테를 단호한 눈빛으로 쳐다보았다. 질식할 것 같은 분위기였지만 그 무엇도 그녀의 호기심을 억누르지 못했다. 그녀는 가장 중요하게 생각하는 항목 하나는 반드시 물어봐야만 했다.

그녀는 마주 보고 앉아 있는 뿔테에게 모든 신경이 쏠려 있었던지라 자신의 뒤 테이블의 인기척은 전혀 알아차리지 못하고 있었다.

"된장찌개 끓일 줄 아세요?"

대답이야 뻔할 뻔 자다. 붕어빵 틀에 찍어 낸 듯 사나이들이 부르는 지루하고 똑같은 답들. 그나마 마음에 드는 대답을 한 인간을 최근에 딱 한 명 만났지만, 연락이 끊겼다. 그녀는 순간적인 분노에 어금니를 질끈 씹었다. 그런 놈은 아예 만난 적 없다고 셈해야지.

'된장찌개 제조법을 아시나이까?' 는 그녀와 선보는 남자, 그 누구도 피해 갈 수 없는 질문이었다. 청년들의 계속된 오답 행진에도 불구하고, 그녀는 오늘도 자그마한 희망의 싹을 틔웠다. 헛된 기대가 그녀를 실망시킬지라도 이것은 필수적인 물음이기에. 바람직한 대답을 기대하는 그녀의 손이 둥근 커피 잔 끝을 더듬었다.

"된장찌개요? 요리는 관심이 없어서……."

그럼 그렇지. 그녀는 고개를 끄덕였다.

"그냥 된장 넣고, 미원 넣고. 그러면 안 되나요?"

그녀는 상대편에게 들리지 않을 정도의 짧은 한숨을 내쉬었다. 미원이라는 답변이 경악스럽지만 된장찌개에 된장이 들어간다는 건 알고 있다는 것을 그나마 다행으로 여겨야 할지도 모르겠다.

이제, 다른 질문을 할 차례였다.

"그럼 혹시…… 청소하는 건 좋아하세요?"

"네? 청소요?"

그는 앵무새처럼 그녀의 말을 따라 했다.

이 또한 창의성 없는 천편일률적인 반응이다. 모두 학원에서 배우고 왔나 보다. 이제는 어이없는 대답이라도 했으면 좋겠다. 가령 '청소는 존나 증오합니다' 라는 것과 같은 격렬한 말이라든지, 아니면 '제 평생 청소는 한 적이 없습니다. 삶에 있어 쓰레기와 먼지는 영원한 동반자죠' 라는 말이라든지. 웃기라도 좀 하게.

예전에 선봤던 어떤 남자는 자기가 주차하고 싶은 공간에 다른 사람이 주차한 것을 보고, 엄청 투덜거렸다.

그 사람은 그 즉시 구청에 전화를 걸어 불법 주차 신고를 했다. 성악가라 믿어도 될 만큼 목청이 어찌나 크고 우렁차신지, 커피숍에 있던 이들 모두가 그 남자의 목소리를 들었다. 처음 만난 여자 앞에서 그런 만행을 저지르다니!

하필 그 남자와 만난 커피숍이 그녀의 집 근처였던지라 그녀 입장에선 동네 망신이 따로 없었다. 그 커피숍을 두 번 다시 못 갈 만큼 부끄럽긴 했지만, 신선하고 특이하다는 면에선 그런 사람이 기억에 남는 장점은 있었다. 겪을 땐 창피하지만 나중에 떠올릴 땐 재미난 일화가 된달까.

진상들과의 추억을 되짚느라 그녀가 말이 없자 뽈테는 기다렸다는 듯, 다다다다 말을 쏟아 내기 시작했다.

"에이~ 요리나 청소 같은 건 당연히 여자가 해야죠. 그런 걸 어떻게 남자가 합니까? 제가 부엌에 들어가면 어머니께서 난리 나십니다."

뽈테는 검지를 좌우로 흔들며 그녀에게 핀잔을 줬다. 어찌나 열렬하게 말하는지 침이 공중에 튀었다. 포물선을 그리며 허공을 날아오른 침은, 불행 중 다행으로 그녀의 커피엔 닿지 않았다. 기겁한 그녀는 커피 잔을 자신 쪽으로 조심조심, 살그머니 옮겼다.

"그건 그렇고 승아 씨, 여기 커피가 너무 비싸지 않나요? 아무리 호텔 커피숍이라지만 어떻게 커피가 만 원이 넘습니까? 참 나. 이게 다 된장녀들 겨냥한 거라고요. 불매를 해야 거품이 빠질 텐데. 승아 씨도 이런 건 사치스럽다고 생각하시죠?"

커피 잔을 만지작거리던 승아의 손이 화석처럼 딱딱하게 굳었다. 커피 잔 고리를 잡은 오른쪽 검지에 절로 힘이 들어갔다.

"이 장소에서 만나자고 한 건 너잖아! 우리나라 고유의 음식을 꼭 그렇게 비하하는 데 사용하고 싶니? 된장이 얼마나 몸에 좋은데!"

라고 쏘아붙이고 싶다.

하고 싶은 말을 억지로 삼키다 보니 얼굴근육이 파르르 떨렸다.

서슬 퍼런 그녀의 시선이 흙탕물 같은 커피에 꽂혔다. 그녀는 속으로 숫자 10까지 센 후, 겨우 표정을 가다듬었다. 그리고 고개를 들어 남자를 마주 보았다.

"승아 씨는 취미가 뭐예요?"

"전……."

뽈테는 대답도 듣지 않고 끼어들었다.

"제 취미는 음악 감상이에요. 클래식은 역시 좋은 사운드로 들어야 제맛이죠. 음질 레벨이 다르다니까요. 얼마 전 새로 산 오디오가 1,500만 원짜린데, 지인에게 구입해서 싸게 1,000만 원만 줬어요. 운이 참 좋았죠."

가격을 들은 승아의 눈이 똥그래졌다. 이 인간이 제정신인가? 커피값 만 원은 사치라면서 오디오 1,000만 원은 싸다니. 어이가 '어이마생'이라 말할 지경이다. 경악한 표정을 숨기려고, 그녀는 차갑게 식은 커피를 사약 마시듯 들이켰다.

신이 난 남자는 계속 떠벌렸다. 껍데기는 가라더니, 순하게 생긴 외모와는 다르게 깨는 발언의 행진이 이어졌다.

"그런데, 승아 씨 진로는 정하셨나요? 국어국문학과 졸업해서 취직이나 할 수 있을지. 요즘엔 여자도 무조건 밖에서 일해야 하는 세상이잖아요. 거기 나와서 뭘 할 수 있을지 걱정되네요. 글자 나부랭이 써 봤자 팔리기나 합니까? 그래도 뭐, 부모님이 원조해 주실 테니 승아 씨는 큰 걱정은 안 해도 되겠네요."

글자 나부랭이!

글자 나부랭이라니!!

글자 나부랭이라니!!!

환청이 끝없이 메아리쳤다.

두 송이 붉은 장미꽃이 새겨진 찻잔이 받침대와 부딪혀 달각거렸다. 부들거리는 커피 잔을 진정시키려 양손에 힘을 주었다. 그녀의 얼굴이 커피 잔에 새겨진 장미꽃과 혼연일체가 되었다. 그녀가 장미가 된 것인지, 장미가 그녀가 된 것인지 구분할 수 없을 정도로 빨개졌다. 그녀는 귓방망이를 날리고 싶은 분노를 삭이느라 말 한 마디도 입 밖에 꺼낼 수가 없었다.

조용한 승아가 자신의 말을 경청한다 착각한 뿔테는 신바람이 났다.

여자 보는 눈이 까다로운 그의 기준에도 승아는 합격점이었다. 청순하고 아름다운 얼굴에다가……. 음흉한 시선이 그녀의 목을 타고 내려가 풍만한 가슴의 곡선에서 멈췄다.

몸매도 나쁘지 않다. 아니, 빵빵한 가슴이 마음에 들었다. 만져 보고 싶을 정도로……. 얼굴에 홍조 띤 모습도 상당히 매력적이다. 시선을 피하는 수줍은 모습에 뿔테의 마음이 대책 없이 설레었다.

"제가 나중에 개인병원을 개업하려면 이래저래 돈이 많이 드는데, 승아 씨 아버님이 많이 도와주실 수 있는 거죠?"

기대감에 남자의 목소리가 들떴다. 국어국문학과라 글 쓴다는 점이 마음에 걸리지만, 마담뚜에게 전해 들은 장인의 재산을 생각하면 그 정도쯤이야 싶다. 그는 이미 김칫국 한 사발은 들이켠 상태였다.

"전 격식은 다 차려야 한다고 생각합니다. 우리나라의 훌륭한 전통이니까요. 예단이나 예물 같은 것도 절대 빠지면 안 되죠."

그리고 그는 신부가 지참해야 하는 물품 리스트를 좔좔 읊어 댔다. 명문대 인기 전공 의사인 자신과 결혼하려면 이것이 필요하고,

저것도 필요하고, 요것도 필요하고…….

승아는 쓰디쓴 블랙커피를 단숨에 삼켰다. 실로 스피드 있는 커피 흡입이었다. 그러나 식어 빠진 커피도 폭발하는 분노의 활화산을 잠재우지 못했다. 쇠도 녹일 뜨거운 용암이 속에서 끓어오른 지 오래. 이런 남자와 더 이상 시간을 낭비할 가치도, 필요도 없다. 남자에게는 그저 단죄만이 남아 있을 뿐이다.

승아의 양손이 주먹을 꽉 쥐었다.

결혼의 '결' 자도 꺼내지 않았는데, 처음 만나는 자리에서 돈 얘기라니. 포청천이라도 불러서 개작두를 대령하고 싶다. 커피숍 메뉴에 개작두가 없는 안타까운 현실이 개탄스럽다. 그런 건 아무리 비싸도 주문할 수 있는데. 그래서 대신 그녀가 징벌하기로 했다.

"나이가 몇 살이라고 하셨죠?"

"28살입니다. 말씀드린 지 얼마 안 됐는데. 설마, 기억력이 안 좋으신 건 아니죠? 그런 게 유전되면 큰일인데. 아! 나이 얘기를 하다 보니 갑자기 생각이 나네요. 우리 의대에 제자랑 결혼한 교수님이 계시는데 알고 보니 나이가 20살이나 차이 나더라고요. 남자로선 참 좋겠던데. 교수님한테 직접 말하기도 그렇고. 하하하. 교수님 능력이 워낙 좋다 보니. 하하하."

"20살이나 더 많으면 남자가 일찍 죽겠네."

눈동자를 반짝거리며 너털웃음을 짓던 남자의 웃음이 얼어붙었다.

"쯧쯧, 그 여자는 결혼을 두 번 해야 할 팔자겠네요."

뽕테의 눈초리가 샐쭉하니 얍삽하게 올라갔다. 그녀는 남자의 눈을 똑바로 쳐다보며 상큼하게 미소 지었다. 지금부터 입에서 나올 단어는 발음이 아주 중요했다. 승아는 혀끝에 힘을 줬다.

"나이가 이, 씹팔 세라고 하셨죠? 정말로 좋은 나이네요. 이, 씹팔 세라니. 좋은 나이인데 벌써부터 머리숱이 듬성듬성하셔서 진심으로 안타깝네요. 마흔까지 연애 실컷 하다가 스무 살 어린 여자 꼭 만나세요. 커피값은 제가 내죠."

그들의 뒷자리에서 엿듣던 검은 가죽 재킷의 남자는 그제야 테이블 위에 있던 커피를 마시기 시작했다. 잔을 내려놓는 그의 입가에는 미소가 걸려 있었다.

승아는 테이블 위에 있는 영수증을 들었다. 의자에 두었던 보라색 코트를 입고 검은색 에나멜 가방을 잡아챘다. 멍하니 머리만 만지고 있는 남자를 뒤로한 채 계산을 했다. 엘리베이터로 향하는 그녀의 구둣발에서 나는 또각또각 소리가 단호했다.

유치했지만, 하고 싶은 말을 다 하고 나니 속이 후련했다. 한편, 저런 남자를 소개시킨 김 여사에게 짜증이 났다. 딸을 빨리 시집보내려고 안달이 났다지만 어떻게 저런 남자를 소개시킨 걸까. 이게 전부 다 그놈의 무당 때문이다.

엘리베이터 앞에서 멈춰 선 승아는 아래로 내려가는 버튼을 눌렀다. 엘리베이터는 13층에서 내려오고 있었다. 그녀는 폰을 꺼내어 모친 김 여사의 뒤 번호 4자리를 꾹꾹 눌렀다. 번호를 누르는 그녀의 검지에는 분노의 힘이 실려 있었다.

"여보세요, 엄마? 나예요."

가죽 재킷의 남자도 자리에서 일어나 커피숍을 나왔다. 그는 전화 통화에 여념 없는 그녀를 향해 다가갔다.

Chapter 1

2010년 7월.

"쯧쯧, 25살 전에 결혼시키지 않으면 요절할 게야."

중소기업을 운영하는 남편 때문에, 김 여사는 용하기로 소문난 무당을 지인으로 두고 계셨다. 그 무당은 들어와야 할 어음, 큰 계약의 성사 여부, 혹은 집안의 불미스러운 일과 같은 기타 등등의 몇몇 일을 미리 예언했다고 모친께선 주장하셨다. 그 무당이 100% 다 맞는지 아닌지 모르지만, 김 여사의 말에 의하면 아주 맹탕은 아닌 것 같았다.

이성적이고 합리적인 판단만 한다고 독야청청 자부하는 여자, 나 승아는 무당이 하는 말을 전적으로 신뢰하진 않았다. 그러나 인간이란 알 수 없는 미래에 대한 두려움 앞에 항상 이성적이 되기가 쉽지 않은 법이다. 특히 가족 일에 대해서라면 극성도, 극성도 그런 극성이 없는 김 여사님 앞에선.

서울에서 대학을 다니는 승아는 중간고사를 마치고 오랜만에 대구에 왔다. 아빠는 퇴근 전이셨고, 쌍둥이 동생인 승진은 친구를 만난답시고 나가 집에 없었다. 승아는 배가 빵빵하도록 점심을 먹고, 김 여사가 깎아 주는 과일도 모조리 해치웠다. 포만감을 못 이긴 그녀는 거실에 있는 갈색 가죽 소파에 드러누웠다.

부른 배를 오른손으로 슬슬 문지르는 딸 옆에 김 여사가 슬그머니 다가왔다. 그녀는 부드러운 목소리로 딸을 타일렀다.

"야이야, 그라지 말고 나가가 니 면상이라도 한번 비치 줘라."

"엄마! 내 나이가 이제 겨우 23살이인데 맞선은 무슨 맞선이고. 그런 데 나가 봤자 괜찮은 남자 읍따. 기왕 결혼할라믄 연애결혼을 해야지. 지금이 무슨 조선시대도 아니고, 선은 무슨 선. 왜 자꾸 그카노. 무당한테 돈 좀 고마 갖다 바치라."

승아는 집에선 항상 mother tongue language 즉, 모국어인 대구 사투리를 썼다. 집에만 오면 긴장이 풀려서인지 대화할 때마다 사투리가 더 걸쭉해졌다. 무의식중에 촉각을 곤두세우며 서울말을 쓸 때와는 확연히 달랐다. 말할 때마다 진짜 내 집에 온 기분이었고 편안했다.

"연애해라. 누가 하지 말라고 카드나? 일단, 만나 보고 마음에 들면 연애 1년 정도 하다가 결혼하면 되지 머가 걱정이고. 아니면 지금 당장이라도 나가가 니 좋다 싶은 남자랑 연애 실컷 하고 집에 델꼬 온나. 델꼬만 오마, 내가 갈고리로 확— 끌어가, 그물로 꽁꽁 묶어가, 못 벗어나도록 올가매 주께. 확실하이 니 꺼 되도록 도와주면 될 꺼 아이가."

미저리를 연상시키는 김 여사의 위험천만한 호언장담이었다.

"내 참, 무슨 결혼을 벌써부터 하라카노? 내 이제 겨우 23살이다. 이렇게 일찍 결혼하면 사람들이 임신했다 칸다. 요새 세상에 이 나이에 결혼하는 사람이 어디 있다고 자꾸 그카노?"

"그냥 나가가 병풍처럼 앉아 있기만이라도 해라. 안 그라마 앞으로 용돈 끊어 뿐데이."

용돈 운운하는 김 여사님의 눈이 번뜩거렸다. 협박과 허풍으로 때로는 남편조차 장악해 버리는, 아줌마다운 기개가 온몸에서 철철 흘러넘치는 김 여사는 히딩크 감독님이 압박축구로 승리하였듯 딸도 압박하면 성공하리라 여기셨다.

"아이고, 용돈 안 줘도 됩니더. 흥! 내가 아르바이트 해가 돈 벌면 되지. 쪼잔하이 이래 봤자 소용없다."

"이것아, 내가 다 널 위해 그라는 기다. 지금껏 그 양반이 허튼소리 하는 거 봤나. 일찍 결혼해가 신혼생활 즐기다가, 응? 아도 빨리 가지고 그라믄 나중에 더 편하다. 엄마 말 잘 들으면 자다가도 떡이 생긴다고 내 누이가 캤재. 이번 주 토요일 2시로 잡아 놨으니까 무조건 나가라. 하라카는 대로 안 하마 지금 사는 그 집 전세금 빼 뿐데이."

용돈 정도론 통하질 않자 완전한 출가를 명하시는 김 여사님. 하지만 이 정도론 승아에게 이빨도 들이밀 수 없다. 승아는 콧방귀만 뀄다.

"됐다, 마. 앞으로 독립할 끼다. 고시원에라도 들어가지 뭐. 답답할 거 하나도 없다."

"병풍 노릇 할 때마다 건당 5만 원. 사귀면 10만 원. 도장 찍으마

15만 원. 콜?"

눈감고 퍼드러지게 누워 배만 문지르던 승아가 벌떡 일어나 앉았다. 책상다리로 앉은 모양새가 대나무처럼 꼿꼿한 기상을 풍겼다.

마주친 모녀의 시선에서 강렬한 불꽃이 튀었다. 승아의 입가가 실룩실룩거렸다. 협상과 토론을 가장한 실랑이 몇 차례로 선 자리당 10만 원, 사귀면 30만 원, 혼인신고 도장 찍으면 100만 원이 낙찰되었다.

땅땅땅. 판결 끝.

용돈을 쥐고 흔드는 위협, 출가하라는 명 따윈 씨알도 안 먹히는 김 여사님의 딸, 나승아의 가장 큰 약점은 바로 '돈 더 줄게'였다. 화폐에 대한 그녀의 욕심은 거대했다. 김 여사 배에서 나온 딸 아니랄까 봐, 그녀는 세상 그 무엇보다도 돈을 가장 좋아하는 딸을 속속들이 파악하고 계셨다.

용돈 생각에 눈이 초롱초롱한 딸을 보며, 김 여사는 딸이 남자 만날 기회가 늘어나는 것만으로도 만족이라고 여겼다. 선 자리가 한두 차례에 끝나지 않을 것을 예측했지만, 그녀에겐 딸의 행복, 그리고 무엇보다 '장수'가 제일 중요했기에 돈 따위는 개의치 않았다.

그녀는 괜찮은 남자가 있다면 하루라도 빨리 딸을 결혼시키겠다는 생각을 항상 해 왔으나 딸의 연애는 순탄치 않았다. 승아가 서울에서 연애했다던 남자가 2, 3명 정도 있었지만, 모두 2, 3개월을 채넘기지 못했다. 나이도 전부 딸의 또래다 보니 김 여사의 마음에 썩차지도 않았다.

엎친 데 덮친 격으로 승아가 다니는 대학은 여대였고, 글 쓴답시고 집순이 생활을 하는 딸은 남자를 만날 기회가 적었다. 하늘을 봐야 별을 딴다고, 남자를 많이 만나야 결혼을 시킬 것이 아닌가!

김 여사는 모든 인맥을 총동원해서 딸 앞에 남자들을 대령할 만반의 준비가 되어 있었다. 남편은 무당의 말을 다 믿진 않았지만 25살 전에 결혼하지 않으면 죽는다는 말에는 흠칫했다.

그 불길한 예언을 들은 날 밤, 남편은 잠을 못 이루고 고민을 했다. 다음 날 아침, 승아만 좋다면 선보는 것 정도는 괜찮지, 라고 그는 말했다. 그렇게 부부는 이미 합의된 상태였다.

한편, 승아는 선 자리 자체에 큰 희망은 없었다.

'건당 10만 원'에 혹해서 심심풀이 땅콩 삼아 나가는 것뿐.

용돈입금 자리에서 그녀가 원하는 이상적인 남편상을 만나면 꿩 먹고 알도 먹는 일석이조가 따로 없지만, 그런 괜찮은 남자를 과연 선 시장에서 찾을 수 있을 것인가라는 미심쩍은 의문이 가슴속 깊은 곳에 존재했다. 그녀가 원하고 바라 마지않는 '대파 써는 남편상'이 세상에 있기나 한 건지도 의심스러웠다.

그녀가 대파 써는 남자를 이상적인 남편상으로 생각한 것에는 다음과 같은 이유가 존재했다.

싱싱한 대파 한 단을 깨끗하게 씻고 다듬어, 둥글게 혹은 어슷하게 썰어 지퍼 백에 넣은 다음, 냉동실에 얼린다. 대파가 들어가는 음식을 만들 때마다 이것을 꺼내어 쓰면 무척 편리하다. 썰린 대파를 냉동실에서 꺼내어 음식에 풍당풍당 넣을 줄만 알았던 승아는 수능 전까진 대파를 한 단씩이나 한꺼번에 썰어 본 역사가 없었다.

수능이 끝난 어느 날. 대파 한 단을 썰어 두라는 여사님의 천금 같은 명이 떨어졌다. 그날 승진은 집에 없었고, 김 여사님의 명을 따를 이는 승아밖에 없었다.

승아는 대파의 상한 부분을 제거하고 흐르는 물에 깨끗하게 씻은 뒤, 왼손으로 도마 위에 있는 대파 더미를 고정시켰다. 그리고 대파 한 단을 한꺼번에 썰기 시작했다. 슥슥 썰리는 소리는 경쾌하기 그지없건만, 그와 대조적으로 승아는 점점 불쾌해졌다.

하얀 양파의 매운 맛은 알았다. 여름을 닮은 청록색 청량고추도 맵다는 것을 알고 있었다. 허나, 흰색과 녹색이 공존하는 대파 한 단의 매운 맛은 미처 몰랐다. 한여름 습해와 폭염 그리고 한겨울 한파까지 독하게 견뎌 내는 마법의 작물이라고도 불리는 대파는 최루탄처럼 독했다. 승아는 대파 한 단을 조지는 마음으로 정성 들여 다졌고 그럴수록 투명한 액이 눈에서 아롱아롱 맺혔다.

또!

당연히!

그녀는 손으로 눈물을 닦았고, 눈도 문질렀다. 흐르는 눈물을 닦는 것은 자연스러운 일이었다. 나무 도마 위에 나뒹구는 동그란 대파를 지퍼 백에 쓸어 담는데 돌연, 눈두덩이 화끈거리기 시작했다. 알알한, 독한 액이 손에 배어 있었던 것이다! 그 손으로 눈물을 닦고 눈을 문질러 댔으니……. 매운 감동의 물결에 그녀가 몇 번이나 뜀뛰기를 하고 탭댄스를 췄는지!

그날, 승아는 한없이 울었다.

대파 하나는 괜찮았지만 한 단은 매웠다. 대파의 본질은 신(辛)파였고, 여자를 울게 만드는 신파(新派)였다.

화장실 거울에서 벌겋게 부어오른 눈두덩을 본 승아는 결심을 했다.

대파 한 단의 냉혹함을 아는, 그녀를 위해 대파 한 단과 대신 싸워 줄 줄 아는, 기사도가 넘치는 신사와 결혼해야겠다고.

대파 한 단을 손수 썰며 부인 대신 울어 주는 남자. 마누라가 부엌에서 신파(新派)를 찍어야 하는 상황에 적어도 옆에서 손수건으로 그녀의 눈물을 닦아 주는, XY라는 염색체를 가진 동반자. 손수건을 건네주지 못한다면 하다못해 물안경이라도 건네주는 센스남.

이 얼마나 아름다운 청년이자 대장부면서 동시에 현대 맞벌이 시대의 군자란 말인가!

대파 써는 이상형의 본질은 '사랑과 배려'였다. 배우자를 섬세하게 아낄 줄 아는 배려심이 밑바탕에 깔린 남자를 만나고 싶었다. 거기에 센스까지 갖추면 금상첨화였다.

그녀가 원하는 것이 대파 써는 기계라고 승진처럼 오해하면 곤란하다.

봉황의 깊은 뜻을 모르는 참새가 질문을 했다.

"대파 써는 기계 같은 건 없드나?"

"있어. 자동탕파절단기."

"그럼 그걸 써. 뭘 별걸 가지고 다 따지네."

"무게 15kg인데, 설렁탕 가게 같은 곳에서 사용하는 업소용이야. 기본이 100만 원이던데 그걸 사서 집에 두라고?"

가격을 들은 승진의 눈이 휘둥그레졌다.

"천냥마트 같은 곳에서 파는 거 쓰면 안 되나?"

"파채용은 팔아도 자동탕파절단기는 없어."

서울로 진학해 자취를 시작하자 칼로 신(辛)파 찍는 횟수가 사채이자처럼 늘어났다. 대파 써는 남자를 기필코 만나고야 말리라는 생각이 더욱더 확고해져만 가던 어느 날.

2010년 월드컵, 인터넷 뉴스에서 본 축구선수의 사진 한 장이 인터넷의 여심을 달궜다. 얼굴에 랩을 둘둘 감고 아내 대신 매운 양파를 신나게 두들기던 아름다운 청년. 승아는 결코 이상형의 조건을 낮추지 않으리라 굳게 다짐했다.

'대머리라도 좋다. 배려와 사랑을 다오.'

자취를 하여 혼자 살게 되니 생각이 많아졌다. 덩달아 조건도 알을 까고 새끼를 쳤다.

요리는 좋았다.

문제는 설거지였다. 왜 요리만 하면 설거지를 해야 하는지! 설거지라는 명칭부터 마땅찮았다. 거지 같은 설거지는 짜증유발자였다. 식기세척기 쓰면 안 되냐는 승진의 말에 승아는 대꾸했다.

"전기세 많이 나와."

그녀는 환경주의자다. 환경을 생각해서 전기, 물, 가스, 기름 등등 각종 에너지는 아끼고 살았고 재활용품은 철저하게 분리해 버렸고, 면 생리대를 썼으며, 분해가 잘 되는 친환경 세제를 썼다.

귀찮고 비싸긴 하지만 더불어 살아가는 세상에서 이 정도는 배려해야 하지 않겠는가? '나 하나쯤이야'가 아닌 '나 하나라도'라고 사고했고 그런 자신을 배운 여자라 자부했다.

각설하고, 결혼 뒤 요리하는 것은 상관없다. 설거지는 무조건 남편이 해야만 한다.

조건은 또 늘어났다.

승아가 요리를 담당하더라도 남편은 적어도 된장찌개 정도는 끓일 줄 알았으면 좋겠다. 살다 보면 그녀가 요리를 못할 때도 있지 않겠는가? 급할 때 남편이 된장찌개 정도는 할 줄 알아야 부부가 생존

할 수 있다. 승아의 논리를 듣던 승진이 한마디 했다.

"걱정도 팔자다, 가스나야. 음식 시키면 된다 아이가."

승아는 짧게 응수했다.

"몸에 해롭다."

승아의 장기적 목표는 무병장수다. 늙어서 병으로 골골거리기 싫다. 그러기 위해 젊었을 때부터 섭생에 신경 써야 한다. 나중에 위암, 대장암 같은 걸로 고생하는 건 질색이다.

그녀는 할머니께서 몇 년간 중풍을 앓다 돌아가시는 것을 충분히 보고 듣고 겪었다. 병구완은 가족들 차지였고 맏며느리인 김 여사가 제일 고생을 하셨다.

그녀는 어린 나이였지만 평온하게 살다가 잠자듯 죽는 것이 얼마나 큰 복인지, 유병장수가 얼마나 끔찍한 일인지 깨달았다.

"그리 까다롭게 구니 항상 차이지. 쯧쯧."

"괜찮아. 어딘가에 분명 그런 남자가 있을 거야."

"니는 입만 안 열면 될 텐데. 내 보기엔 항상 고 입이 문제다. 남자 만나면 입도 뻥긋 말고 네네만 해라."

승진이 이죽거렸다.

"누나라고 부르랬지!"

몇 분 차이로 누나임을 항상 주장하는 그녀였다.

"그냥 가정부를 고용해."

"그럴 형편이 안 되면? 그리고 만약 가정부가 퇴근했고 파를 꼭 써야 하는 음식을 만들어야만 하는데 냉동실에 썰어 놓은 파가 없으면?"

"내가 졌소."

그렇다.

나승아의 남편이 되려면 최소한 된장찌개는 끓일 줄 알아야 하고 설거지를 담당해야 했다. 기왕이면 다홍치마라고 청소와 빨래도 좋아했으면 좋겠다. 가장 중요한 항목은 뭐니 뭐니 해도 대파 한 단 써는 배려를 보일 줄 아는 아름다운 마음을 소유한 남자여야만 한다.

이것이 나승아의 가장 큰 바람이자 이상적인 남편상의 기본 조건이었다.

※

2010년 11월 6일, 다시 현재. 엘리베이터 앞.

그러니, 오늘 승아가 만난 남자 같은 이와 결혼한다는 것은 지옥행 특급열차를 예약하는 것과 다를 바 없었다.

신호음이 몇 번 울리고 김 여사가 전화를 받았다. 오늘 어땠냐는 질문에 그녀가 간략하게 설명하자 김 여사도 같이 분노를 뿜어냈다. 김 여사는 그런 몹쓸 남자를 소개시켜 준 마담을 처치한다는 명쾌한 선고를 내리셨다. 역시 여사님은 딸 편이다.

"그건 그렇고 엄마, 돈은 언제 보내 줄 거야?"

모녀단합 성토대회를 끝내고 승아는 달콤한 꿀이 흘러내리는 것 같은 상냥한 어조로 속삭였다.

— 아이고, 내가 또 깜빡했다. 다음번 용돈 줄 때 같이 보내께.

"공수표를 몇 번이나 날린 줄 아나? 지난주부터 보내 준다고 몇 번이나 그래 놓고선 안 보내 줬잖아요. 당장 전화 끊고 보내 줘요. 저번까지 합쳐서 20만 원인 거 알지?"

지난번 선 자리를 언급하자니 기약 없던 그놈이 아른거렸다. 손등에서 작은 벌레가 꿈틀거리며 지나가는 것 같은 불쾌감에 그녀는 손등을 벅벅 긁었다. 승아는 입금을 생각하며 나쁜 기분을 상쇄시키려 노력했다.

— 엄마가 설마 꿀꺽하겠어? 좀 기다려 봐라.

"꿀꺽은 안 해도 자꾸 깜빡하잖아. 전화 끊자마자 보내 줘."

— 집에선 바쁘니까 나중에 사무실에서 보내줄게.

김 여사는 아빠의 사무실에서 회계 업무의 한 축을 담당하는 공사다망하신 분이다.

"집에서 덜 바쁘고 사무실에선 더 바쁠 테니, 집에 있을 때 보내 줘."

— 전화비 마이 나온다. 끊자.

뚝!

살짝 어이가 없어지려 했다. 집에서 바쁘니 사무실에서 보낸다는 게 말이나 되는가? 상식적으로 백만 번을 생각해 봐도 집에서 덜 바쁘고 사무실에서 더 바쁘지, 집에서 바쁘다는 건 이치에 맞지 않았다.

집안일을 도와주는 아주머니가 안 계신 것도 아니고, 급할 때엔 승진이도 머슴 삼아 부리는 마당에 전화비라는 핑계 아닌 핑계를 대며 일방적으로 끊어 버리다니. 아무래도 안 되겠다. 즉시이체가 닦달이체로 둔갑하니 피곤한 건 그녀뿐이다. 승아는 전투적으로 문자를 보냈다. 빛의 속도로 버튼을 눌렀다.

[지금 당장 보내 줘. 롸잇나우.]

유행어까지 사용해 가며 보내기를 눌렀다. 엘리베이터는 아직도 도착하지 않았다. 대체 왜 안 오는 거야라고 중얼거린 그녀는 고개를 들어 층수를 확인했다. 엘리베이터는 11층에서 멈추어 있었다.

그때, 폰이 부르르거렸다. 센스 있는 즉각적인 반응! 역시 여사님이다.

[돈 20만 냥 보냈다. 어휴. 졸리가꼬 어디 살것다냐? 준다고 카는데…… 유명타. 먹고살겠다. 어디 가도 죽진 않겠다. 내 딸 장하데이. ㅋㅋ]

답장을 읽는 승아의 낯빛은 오랜만에 손녀딸을 본 할아버지마냥 대번 환해졌다. 바쁘다는 핑계로 연락을 뚝 끊은 그놈이 떠올라 울컥했던 기분이, 즐거움과 흐뭇함으로 대체되었다.

그녀는 엘리베이터 앞에서 층수를 알려 주는 숫자만 쳐다보며 희희낙락했다. 드디어 엘리베이터가 11층에서 내려오기 시작했다. 얼핏 보면 촌스러운 연분홍색 엘리베이터 문이 열리기를 고대하며 승아는 김 여사의 유쾌한 답문을 다시금 음미했다.

땡 하는 경쾌한 소리와 함께 문이 열렸다. 그녀가 엘리베이터를 타기 위해 발을 내디디려는 순간이었다.

"나승아."

염라대왕의 명을 받은 야차가 죄지은 망자를 부르는 것 같은 서늘한 어조. 울부짖는 망자들의 오싹한 울음 같은 음산한 목소리가 아귀처럼 그녀의 발걸음에 달라붙었다.

깜짝 놀란 승아의 고개가 뒤쪽으로 획 돌아갔다. 두툼한 검은 가죽 재킷을 걸친 장신의 남자는 쇳덩어리도 녹여 버릴 기세로 그녀를 쳐다봤다. 두 눈에서 불도 뿜어낼 것 같은 흉흉한 기세가 그녀를 압도했다.

꿈에서조차 상상도 못 한 마주침이었다.

당혹. 분노. 짜증. 이 모든 복합적인 감정이 그녀의 내면에서 폭풍처럼 휘몰아쳤다.

최태성.

2주 전 그녀와 선봤던 남자.

수많은 남자들 중 그녀의 구미에 맞는 답을 한 유일한 남자.

처녀 손을 떡 주무르듯 주물럭주물럭거려 놓고선! 헤어지기 전 차에서 키스까지 해 놓고! 연락한대 놓고! 바쁘다는 핑계로 문자 한 통도 안 한 나쁜 자식!

공사다망하시다는 얘기조차 직접 듣지 못했다. 그의 어머니를 건너고 승아의 모친을 거쳐 들은, 용납이 안 되는, 용납할 수 없는 비겁한 변명 석 자, '바쁘다'. 그는 그 흔한 문자 한 통도 보내지 않고 도망친 놈이었다.

이 나쁜 놈을 어찌 대할까 생각하느라 우두커니 서 있는 승아의 팔을 그가 거침없이 움켜쥐었다. 아프진 않을 정도로, 그러나 수갑처럼 단단하게. 최태성은 그녀를 엘리베이터 안으로 끌어당겼다.

"서 있지 말고 어서 타지?"

거친 말투였다.

무엇 때문에 기분이 상했는지, 감히 그녀에게 죄가 있는 양 쳐다보는 저 두 눈깔이라니! 강철도 뚫을 수 있는 시뻘건 레이저라도 뿜어내는 것 같았다. 거친 기세에 승아는 작살에 꽂혀 팔딱팔딱거리는, 마지막 발악을 하는 생선이 된 기분이 들었다.

내려가려면 엘리베이터를 타긴 해야 해서, 승아는 하는 수 없이 안으로 끌려 들어갔다. 엘리베이터 문이 닫히자 태성이 팔을 놓아주

었다. 그는 엘리베이터 중앙에 떡하니 버티고 서서 움직일 생각이
없어 보였다.

그와 최대한 멀찍이 떨어지고 싶었던 승아는 구석에 낀 먼지처럼
엘리베이터 벽에 달라붙었다. 그런 그녀의 태도에 기분이 더 나빠졌
는지, 그가 종잇장 구기듯 인상을 썼다.

"여, 여, 여긴 어쩐 일이세요?"

젠장, 이 나쁜 자식 앞에서 태연한 척해야지 바보처럼 말을 더듬
으면 어쩌잔 말이냐. 그녀는 쪼다 같은 자신에게 속으로 욕을 퍼부
었다.

하필이면 엘리베이터를 탄 사람은 승아와 태성, 그렇게 단둘뿐이
었다. 그는 그녀의 질문을 들은 척도 하지 않고 지하 2층 버튼을 눌
렀다. 엘리베이터가 내려가기 시작했다. 승아는 말을 더듬은 스스로
를 자책하기 바빠 이 호텔에서 밖으로 나가려면 1층을 눌러야 한다
는 생각조차 못 했다.

테스토스테론을 온몸에서 뚝뚝 흘리고 다니는 것 같은 남자.
190cm가 넘는 덩치 큰 그와 같이 있자니 엘리베이터가 꽉 차는 것
같았다. 그에게서 뿜어져 나오는 험악한 기운에 경찰서에서 만났던,
민망했던 그 사건이 떠올랐다. 승아는 혹시나 실수로 또 법에 반하
는 일을 저질렀는지 다급히 기억을 더듬었다.

없다. 그런 일은 한 번도 없었다.

잘못한 사람은 그녀가 아니었다. 연락한다고 해 놓고서 감감무소
식이었던 이는 그였다. 화내야 할 사람은 그녀인데도 불구하고 태성
의 굳은 표정에 자꾸 긴장이 되었다.

따가운 시선을 피하려 승아는 눈알을 굴렸다. 그러다 엘리베이터

의 한쪽 벽이 투명한 유리임을 깨달았다. 올라올 때도 식겁을 했건만, 이 남자 때문에 잠시 잊고 있었다.

유리벽 너머로 보이는 아찔한 높이에 그녀는 손을 뒤로 더듬었다. 떨리는 손이 겨우 은색 바를 움켜잡았지만, 바가 미끈거렸다. 땀으로 손이 축축하게 젖었기 때문이다. 가까스로 고개를 돌려 엘리베이터 숫자만 뚫어져라 보는 그녀의 낯이 돌덩이처럼 굳었다. 철창에 갇혀 안락사를 앞둔 개처럼 그녀는 낑낑 낮은 신음을 흘렸다.

승아만 노골적으로 쳐다보던 태성은 그 새하얀 안색에 놀랐다. 노여움이 사라진 가늘게 흡뜬 그의 두 눈엔 걱정이 담겨 있었다. 굳은 입가에는 어떤 결심의 빛이 엿보였다. 그는 결연한 목소리로 껌 씹어뱉듯 말을 던졌다.

"누구 맘대로 선본 거냐?"

그때, 엘리베이터가 덜컹거렸다. 놀란 승아가 나지막한 비명을 지르며 무심결에 남자에게 바싹 다가가 그의 왼팔을 꽉 붙잡았다. 엘리베이터는 더 이상 아래로 내려가지 않았다. 몇 층인지 표시하는 숫자가 5에서 멈췄다. 겁에 잔뜩 질린 얼굴은 유리벽 너머와 엘리베이터 숫자만 번갈아 보았다.

태성은 위급할 때 사용하는 빨간 버튼을 침착히 눌렀다. 스피커를 통해 남자 직원이 고장이 나서 죄송하다는 말을 몇 번이나 반복했다. 직원은 30분만 기다려 달라고 그들에게 당부했다. 30분이라는 소리를 듣고 경악한 그녀의 두 눈이 튀어나올 듯 커졌다. 그녀는 젖은 걸레를 쥐어짜듯 그의 팔을 잡아 비틀기 시작했다.

"아파서 그러는데, 팔은 좀 놓아주면 안 될까?"

겁에 질린 그녀의 귀에 더 이상 태성의 말은 들리지 않는 듯했다.

핏기 없는 얼굴은 얼음으로 조각한 인형 같았다. 그는 승아의 턱을 부드럽게 잡아당겨 시선을 마주했다.

공포에 떠는 눈동자가 안쓰러워 보호해 주고 싶기도 했고, 그를 의지하려 꽉 잡은 그녀의 두 손이 사랑스러워 한입에 삼켜 버리고 싶기도 했다. 전혀 다른 두 가지 감정을 동시에 느끼는 것은 기묘했다. 그러나 이 생경한 감정은 나쁘지 않았다.

그는 우는 아기를 어르듯 다정하게 말했다.

"날 만지는 거야 언제나 대환영이긴 하지만, 팔을 그렇게 세게 쥐어뜯으면 아픈데……. 무서우면 포옹이 더 좋지 않을까?"

토끼처럼 커다란 눈이 아래로 이동했다. 양손 아래에서 남자의 단단한 팔근육이 느껴졌다. 젠장, 놀라는 바람에 자신도 모르게……. 승아는 얼른 손을 떼어 냈다.

그로부터 최대한 거리를 두기 위해 풀 바른 벽지처럼 엘리베이터 벽에 찰싹 달라붙었다. 그녀는 손을 뒤로 더듬더듬 뻗어 서늘한 바를 꽉 잡았다.

평상시였다면 아플 정도로 팔을 꽉 붙잡아서 미안하다는 말을 했겠지만, 그녀는 태성에게 미안하다는 말을 할 기분이 아니었다. 사과를 들을 사람은 그녀였지, 그가 아니었다. 그녀는 이 엘리베이터에서 도망가고 싶었고 그에게서도 달아나고 싶었다. 엘리베이터 높이를 다시 떠올린 승아의 안색은 새파랗게 질렸다.

그는 태연자약하게 팔짱을 끼고 엘리베이터 벽에 몸을 기대 최대한 유리벽을 가렸다. 그러나 그녀의 두려움을 없애는 데는 별 효과가 없는 것 같았다. 빈틈이라곤 눈곱만큼도 없는 눈초리가 안절부절못하는 승아를 관찰했다. 그녀의 얼굴은 점점 더 창백해졌고 급기야

숨을 몰아쉬기 시작했다.

그녀는 유리벽 너머의 높이를 의식하지 않으려 애쓰며 엘리베이터의 숫자 5만 바라보고 있었다. 내려가라, 빨리 내려가라, 제발 빨리 내려가라고만 몇 번이고 속으로 되뇌었다.

"대답 안 해?"

그런 그녀를 염려스럽게 보던 그가 갑자기 말투를 바꿔 무뚝뚝하게 말했다.

"뭘요?"

얼빠진 표정을 본 그가 인상을 썼다.

"누구 마음대로 선본 거야?"

그는 그녀가 잘못한 것처럼 적반하장으로 으르렁댔다.

황당하다. 길 가는데 갑자기 펀치기라도 당한 기분이다. 분명 둘 중에 하나다. 이놈이 망령 났거나, 자신이 미쳐서 환청을 듣거나.

"누구 마음대로 선봤냐고?"

청각을 의심하지 않을 수가 없어 그의 말을 고스란히 되물었다.

"그래."

열이 머리끝까지 차올랐다. 설산의 눈처럼 창백했던 뺨이 가을날 단풍처럼 울긋불긋 변했다. 화낼 사람이 누군데 그녀에게 이따위로 굴다니! 왜 그녀가 선보는지 이유를 다 알면서도 모르는 척 묻는 심보는 알고 싶지도 않고 알 노릇도 없었다.

고함을 질러 대고 싶은 충동을 억누르자니 상황도, 시간도, 장소도, 심지어 고소공포증까지, 이 모든 것이 어이없다는 일념 하나로 대체되어 갔다.

성내는 자가 지는 거다. 마지막 남은 이성 한 자락이 분노를 토해 내 소리 지르면 지는 거나 다름없다고 속살거렸다. 그녀는 아무렇지도 않다는 태도로 대처해야만 했다. 한여름 더위도 얼릴 정도로 차갑게.

"내 맘대로?"

승아는 가까스로 냉정하게 말했다. 미간을 찌푸리고 그녀를 보던 태성이 뭔가가 생각이 났는지 희미하게 웃었다.

"나승아, 그렇게 안 봤는데. 욕도 잘하던데?"

뭐?

"욕?"

멍청히 남자의 말을 따라했다.

"28세가 좋은 나이인 줄은 나도 이번에 처음 알았는걸."

수염을 며칠째 못 깎았는지, 덥수룩한 얼굴을 한 그가 웃었다. 야성적인 수염과 왼쪽 볼에 쏙 들어간 보조개가 오묘한 조화를 이뤘다. 조그맣게 파인 볼우물이 냉철한 인상을 완화시켜 한결 부드러운 얼굴이 되었다.

승아는 그것을 멍하니 보았다. 왜 그녀는 지난번엔 저 귀여운 것을 못 보았을까? 찌릿찌릿한 전류가 심장을 관통했다. 문득, 그녀는 저 보조개를 만져보고 싶다는 충동이 일었다.

검지로 쿡 찔러도 보고, 엄지로 슥 문질러 보고 싶다. 저 움푹한 곳을 입술로 문지르면 어떤 느낌일까. 거친 수염 때문에 닿은 입술이 따끔할지도……. 미친 듯이 화가 나면서도 지난번 그와 했던 감질난 입맞춤이 떠올라 입술이 간질거렸다.

갑자기 남자가 승아의 눈앞에 오른손을 들어 엄지와 중지를 부딪쳐 딱 소리를 냈다.

아우, 깜짝이야!

승아는 움찔했다. 가출한 정신을 되찾기 위해 고개를 좌우로 흔들었다. 그녀의 망상이 얼굴에 다 드러나진 않았을지 염려스러웠다.

"폰 줘."

"네?"

"두 번 말하게 하지 말고. 폰 줘."

그녀는 미동조차 없이 가늘게 숨만 쉬었다. 무슨 짓을 하려는 것인지 알 수 없지만, 폰을 주기 싫었다. 태성은 나직하게 한숨을 자아냈다. 그는 팔짱을 풀고 승아 쪽으로 성큼 다가와 그녀의 가방을 휙 빼앗아 들었다.

"무슨 짓이에요! 돌려줘요."

당황한 그녀가 소리쳤다. 그는 번개 같은 속도로 가방을 뒤적여 폰을 꺼내고, 통화 버튼을 눌렀다.

"어디로 전화 거는 거죠?"

"조용."

"돌려주세요! 폰 돌려 달라고!"

"조용히. Nadodo1004 이 얘기, 승진이 알아도 상관없다고 보면 되나?"

Nadodo1004라는 말을 듣자마자 승아는 조개처럼 입을 꽉 닫았다. 약이 확 올랐지만 더 이상 할 수 있는 것이 없었다. 승진이 알게 될 경우의 여파는…… 상상하기도 싫었다. 승진이 알게 되면, 김 여사 귀에도 들어갈 거고, 결국 아빠까지 알게 되면 대학도 때려치우고 대구로 내려오라고 하실지도 몰랐다.

저번엔 그 일에 대해서 말할 생각 없대 놓고선 왜 이러는 건지 모르겠다. 그녀는 양손으로 주먹을 쥐고 어찌할 바를 몰랐다. 철벽같이 딱딱한 체구의 남자에게서 폰을 빼앗는 행위는 물리적으로 불가능했다.

폰을 귀에 댄 남자를 바라보는 그녀의 불안감이 눈덩이처럼 불어났다. 깍듯하게 안녕하세요라고 말하는 그를 보자 불길한 느낌이 한층 더 심해졌다.

"안녕하세요, 장모님. 저 최태성입니다. 지금 승아랑 같이 있습니다."

뭐?

자, 장모님이라니. 이게 대체 웬 귀신 씻나락 까먹는 소리란 말인가. 이 남자가 미쳤나, 누구 마음대로 장모님 운운하는 거야! 2주간 연락 한 번 없어 사람 속 뒤집어 놓고선! 남의 말 엿듣고, 갑자기 나타나서 남의 폰을 빼앗아 들고! 왜 남의 엄마에게 장모님이라고!

그러나 그에게 잡힌 약점 때문에 그녀는 하고 싶은 수많은 말들을 목구멍으로 씹어 삼켜야만 했다. 주먹을 꽉 쥔 두 손만 부들부들 떨었다.

"네. 방금 만났습니다. 그런데, 장모님. 제가 그동안 너무 바빠서 연락을 못 했는데, 승아가 선을 봤나 보네요."

태성은 말을 멈추고 상대편이 하는 말을 듣고만 있었다. 난감한 표정을 짓는 걸 보니 안 들어도 뻔하다. 보나마나 김 여사가 되도 않는 핑계로 연락 안 한 그를 혼냈음이 틀림없다.

깨소금이네, 깨소금. 고소한 참기름 내가 진동하는 것 같다. 그녀는 콧방귀를 뀌며 그를 비웃었다. 어디 남의 폰을 빼앗아 남의 엄마한테 함부로 전화하고 난리인가. 역시 엄마밖에 없다. 여사님 파이

팅! 당신의 능력을 보여 주세요.

"네, 아뇨, 전혀 아닙니다. 네, 네. 심려 끼쳐 드려 죄송합니다. 앞으로 그런 일 없을 겁니다. 네, 걱정 마세요. 그럼 다음번에 직접 찾아뵙겠습니다. 네, 장모님. 감사합니다. 장인어른께도 안부 전해 주십시오."

그는 예상보다 수월하게 통화를 끝냈다. 김 여사가 더 노발대발할 줄 알았는데 이렇게 쉽게 넘어가다니. 믿을 수가 없었다. 승아는 김 여사가 태성에게 뭐라고 했을지도 궁금했지만, 직접 찾아뵌다는 소리가 너무 어이없어서 그에게 묻지 않았다.

그는 폰을 가방에 넣었지만 돌려주지 않았다. 그녀는 가방 따위는 무시했다. 어차피 둘 다 갇힌 상태니까. 중요한 건 가방이 아니었다.

"이봐요! 지금 뭐하는 짓이에요?"

"쯧, 이봐요라니. 호칭이 그게 뭐냐. 최태성 씨, 아니면 태성 오빠. 둘 중에 하나로 불러."

"왜 김 여사, 아니, 엄마한테 장모님이라고 부르는 거죠? 미쳤어요?"

"선 자리당 10만 원씩 받는다며? 이번에 20만 원 받는단 걸 보니 지난번 나랑 만났던 것도 같이 받나 보군. 아니면, 그사이에 벌써 딴 남자랑 선봤던 건가? 앞으로 못 받아서 아쉽겠네."

가시를 빳빳이 세운 고슴도치처럼 약이 바짝 올랐다. 승아는 가자미눈으로 태성을 째려봤다. 이가 절로 갈렸다. 나쁜 자식. 한 대 때려 줄 수도 없고, 돈 얘길 아는 걸 보면, 승진이가 미주알고주알 일러바쳤음이 틀림없다. 배신자를 기필코 응징하리라.

"내가 못 받긴 왜 못 받아요? 전 계속 선볼 건데요. 아직 마음에 드는 사람을 못 만났거든요."

"장모님이라고 부르니 너무 좋아하시던데?"

계속 선볼 거라는 말에 기분이 조금 상한 그가 빈정거렸다. 연락을 안 한 그에게 소리 지르며 화를 내거나, 냉담하게 구는 것은 괜찮지만 딴 남자를 만나겠다는 헛소리는 결코 용납할 수 없었다.

"너! 두, 두고 봐! 내가 가만 안 둘 거야!"

폭발한 승아는 그에게 손가락질을 했다. 김 여사가 시집보내겠다는 일념하에 딸을 배신했다. 가족들 중에 그녀의 편이 없었다. 이런 불리한 상황은 정말 싫었다.

그는 느긋한 태도로 엘리베이터 벽에 몸을 기댔다. 긴 다리를 꼰 채 기댄 모습이 편안해 보였다. 내 집에 온 것마냥 여유로운 자태로 태성은 그녀에게 히죽거렸다.

"그래, 두고 보자. 자주 봐야 정들지."

그는 승아의 반말에도 화내지 않았다. 오히려 침착하고 확신에 찬 음성으로 대담하게 굴었다. 그 반응에 승아의 기분은 더 저조해졌다.

이 인간은 경찰서에서 봤을 때부터 오만했다. 키 크고, 굵직하게 낮은 목소리가 그녀의 취향이고, 똑똑하면 다인가? 저 귀여운 보조개가 그녀를 홀린다고 해도! 이건 아니다. 제길, 최 씨에 곱슬머리인 걸 굳이 따지지 않고 지금 하는 것만 봐도 고집이 장난 아닐 게 틀림없다. 이 생각이 비논리적이다 한다손 치더라도, 불도저처럼 밀고 가는 지금의 작태는 용납불가다.

그녀의 의사는 무시한 채 마음대로 굴다니!

선 자리에서 만났던 그는 분명 그녀와 통하는 무언가가 있었다.

이 남자가 김 여사에게 2주간 바빴다고 했지만 그는 밥도 먹고,

잠도 자고, 화장실도 갔을 거다. 그사이 그녀에게 문자 한 통이라도 하는 짬을 못 낸 이유는 바로 연락할 생각이 없었기 때문임이 틀림 없다.

대체 왜 키스까지 하고 일방적으로 연락을 끊었던 걸까? 승아는 바빴다는 말도 안 되는 변명 따위 믿어 줄 생각도 없었고 믿기지도 않았다.

꽃미남은 아니지만 지성적인 면모가 엿보이는 냉철한 눈빛과 190cm가 넘는 근육질의 덩치가 남자답고 매력적으로 느껴져도, 그의 키스가 그녀를 흐물흐물 녹아 흘러내리는 아이스크림처럼 만들어도, 그의 수염에서 강렬한 야생의 냄새가 풍겨도, 그는 아니라고 그녀는 속으로 구시렁거렸다.

암만 먹음직스러워 보여도 불량식품은 피해야만 하느니.

승아는 부평초처럼 흔들리는 마음을 다잡았다.

Chapter 2.

2주 하고도 이틀 전.

달도 없는 밤. 한적한 2차선 국도.

미등을 끈 푸른색 낡은 트럭이 어느 정도 거리를 유지한 채 까만색 SUV를 따라다녔다. SUV가 반대 차선으로 급작스런 유턴을 했다. 끼익 하는 타이어 마찰 소리가 대기를 울렸다.

미행을 눈치챈 것이다! SUV를 운전하는 남자와 트럭 운전하는 여자의 눈이 마주쳤다. 어둠 속에서 살기로 가득 찬 그의 눈빛만이 빛났다. 긴장감에 그녀의 손이 축축해졌다. 땀 때문에 핸들이 미끄러웠다. SUV는 창문을 열고 그녀를 향해 총구를 들었다.

허공을 가르고 그녀를 향해 날아오는 총알. 영화의 한 장면처럼 모든 것이 슬로모션으로 보였다. 액셀러레이터를 급하게 밟았지만 이미 반 박자 늦었다. 빗나간 총알이 트럭 운전석 왼쪽 타이어에 박혔다. 다행이라고 숨을 돌리기도 전에 오른쪽 타이어도 구멍이 났다. 가속도가 붙은 트럭이 도로 위에서 비틀비틀거리다 논두렁에 처박혔다.

그녀는 퍽 하는 소리와 함께 유리창에 머리를 세게 박았다. 이마가 깨졌는지 더운 피가 얼굴을 타고 흘렀다. 피를 닦아 내며 상처를 가늠하는데 총알이 날아와 왼쪽 사이드미러에 박혔다. 인적이 없는 밤하늘 아래 유리 깨지는 소리가 요란했다.

중풍 환자마냥 떨리는 손으로 안전벨트를 겨우 풀었다. 엉덩이를 잽싸게 움직여 조수석 쪽 차 문으로 내렸다. 섬뜩하도록 차가운 공기가 온몸에 부딪혔다. 추웠다. 그러나 손에선 여전히 땀이 났다.

그녀는 트럭을 방패 삼아 몸을 숨겼다. 허리춤에 숨겨 둔 권총을 잡았다. 땀으로 미끈거리는 손이 안전장치를 풀었다.

그녀가 가진 총알은 모두 6발. 어느새 차에서 내린 그가 장총을 들고 그녀를 향해 걸어오고 있었다. 그녀는 그를 향해 총신을 겨누었다. 머리에서 흘러내리는 피 때문에 시야가 흐렸다.

5발을 연사했다. 다 빗나갔다. 다섯 번째 총알은 SUV 타이어에 박혔다. 마지막 남은 한 발은 최후의 보루라, 차마 쏠 수 없었다.

권총을 구명줄처럼 힘껏 움켜쥐었다. 미친 듯이 도로를 따라 달렸다. 매섭게 후려치는 겨울 밤공기의 저항에 피부가 따가웠다. 한참을 뛰었다. 그는 왜 총을 쏘지 않는 것일까? 숨이 턱턱 막혀 오기 시작했다. 심장이 터질 것 같았다. 가쁜 숨에 폐도 부풀어 올랐다. 목구멍이 타올랐다.

그녀는 울창한 검푸른 숲을 발견했다. 저곳이다! 어둠이 그녀를 가려 주고 숲이 효과적으로 그녀를 감춰 줄 것이다. 그녀는 젖 먹던 힘을 다해 숲으로 뛰어 들어갔다. 낙엽 더미가 발밑에서 짓눌리고 나뭇가지가 부러졌다.

뒤쫓아 오는 발소리가 들렸다. 속도를 더 내어 보려 애썼다. 그러나 다리에 힘이 풀리기 시작했다. 포기할 수 없다. 더 달려야 했다.

뒤를 흘끔 돌아보았다. 시커먼 그림자가 그녀를 향해 껑충껑충 뛰어오고 있었다. 그림자가 그녀의 이름을 불렀다. 음산한 웃음소리가 얼어붙은 대기 속으로 쩌렁쩌렁 울려 퍼졌다. 용기를 쥐어짜 내 마지막 한 발을 그림자를 향해 쏘았다.

탕 하는 소리와 함께 그녀는 반동으로 움찔했다.

드디어! 그를 맞추었다! 하지만 그림자가 쫓아오는 속도는 여전했다. 이상하다. 맞춘 것이 분명한데……. 이마에서 흐르던 피는 멈춘 지 오래였다. 절망감에 포기하려는 돌차간, 눈앞에 절벽이 나타났다.

앞에는 절벽, 뒤에는 총을 든 살인마. 메마른 혀를 내밀어 까끌까끌한 입술을 핥았다. 비릿한 피 맛이 났다. 총에 맞아 개죽음 당하느니 뛰어내리는 게 나았다. 그녀는 눈을 질끈 감았다. 아래로 뛰어내리며 소리를 질렀다.

혁.

승아는 벌떡 일어나 앉았다. 심장이 쿵쿵거렸다. 한도 끝도 없이 나락으로 추락하는 느낌이 세포 속까지 파고들었다. 두 팔로 정신없이 온몸을 더듬었다. 정신을 차리려 크게 심호흡했다. 꿈속에서 날뛰어선지 온몸이 깨나른했다.

방 안은 환했다. 전등도 안 끄고 잠들었나 보다. 그녀는 마른침을 꿀꺽 삼켰다. 목구멍이 칼칼하니 아팠다. 감기가 오려나. 멍하니 허공을 응시하다 안개가 짙게 낀 것처럼 방 안이 뿌연 것을 알아차렸다. 눈을 비벼 보아도 여전히 방 안은 뿌옜다.

'안경을 안 써서 이렇게 흐리게 보이나?'

손을 더듬거려 이불 머리맡에 있는 알이 두꺼운 안경을 가져다 썼
다. 여전히 방이 하얗게 보였다.

아! 안경알이 많이 더러워 이렇게 시야가 뿌연가 보다. 승아의 시
선이 침대 옆에 있는 고동색 원목 상을 향했다. 노트북과 아무렇게
나 구겨진 진녹색 안경닦이가 상 위에 있었다.

안경닦이를 집어 들어 입김까지 불어 가며 세심하게 안경알을 닦
았다. 깨끗해진 안경알을 확인했다. 흡족하게 안경을 쓰고 안경닦이
는 원목 상으로 집어 던졌다.

아직도 방에는 안개가 가득했다.

이상하다. 왜 안개가 방 안에 낀 걸까. 멍한 눈동자가 발끝에 있
는 화장실 문을 응시했다. 그 옆에는 벽거울이 있었다. 그리고 부엌
과 방을 구분 짓는 유리 미닫이문, 나머지 한쪽 벽은 옷장과 행거가
있……!

부엌!

부엌과 방을 구분 짓는 유리 미닫이문으로 눈알이 급하게 돌아갔
다.

마침내 그녀는 탄내를 맡았다. 그녀는 폭신한 분홍색 이불 위에서
벌떡 일어나 부엌을 향해 뛰었다. 비호처럼 달려가 가스레인지 불을
끄고 가스 밸브를 잠갔다. 뚜껑이 닫힌 냄비에선 연기가 스멀스멀
새어 나와 뱀처럼 꿈틀거렸다.

환기를 시켜야겠어. 그녀는 다시 방 쪽을 향해 잰걸음으로 걸었
다. 두꺼운 연노란 꽃무늬 커튼을 걷자 큰 유리문을 통해 베란다가

나타났다. 오른쪽 유리문을 활짝 열고 베란다로 나가 오른쪽 바깥 창문도 열었다. 기다렸다는 듯 연기는 창문을 통해 밖으로 나갔다.

승아는 어두컴컴한 밖을 보며 한숨을 쉬었다.

불면의 나날에 괴롭던 며칠이었다. 어젯밤 또한 잠이 오지 않았다. 새벽 2시 즈음, 속옷을 소독해서 삶는답시고 가스레인지를 켰다. 30분 뒤에 불을 끄려 했는데 누적된 피곤에 지친 몸이 그만 수마에 빠져 버렸다.

그녀는 부엌으로 되돌아가서 피해 상황을 가늠했다. 가스레인지 위에 놓인 스테인리스 냄비 바닥은 거무스름했다. 행주를 사용해 조심스레 냄비 뚜껑을 열자 흰 연기가 공중에 한꺼번에 확 퍼졌다.

시커멓게 탄 속옷에선 연기가 심하게 났다. 서둘러 뚜껑을 닫았으나 뚜껑과 냄비 사이 틈으로 끊임없이 희뿌연 연기가 새어 나왔다.

그래도 깨끗하게 씻으면 냄비는 그럭저럭 다시 사용할 수 있을 것 같다. 가장 약한 불에 스위치를 돌려놓았던 터라 다행스럽게도 화재가 발생하지 않은 듯했다. 뜨거운 냄비는 식을 때까지만 그대로 두어야겠다.

목이 쓰라렸다. 승아는 다시 방으로 돌아가 침대 위에 철퍼덕 주저앉았다. 사탕수수가 원료인 유기농 액체세제로 삶은 것이라 그런지 지독한 탄내 속에서도 달콤한 향이 섞여 있었다.

'탄내가 달다니 세제가 비싼 값어치를 하네.'

창문이 활짝 열려 있지만 목구멍을 아리는 칼칼한 탄내는 쉽게 빠져나가지 않았다. 원룸은 현관문과 베란다 바깥 창문이 마주 보는 구조로, 현관문을 열어야 맞바람이 불어 공기의 순환이 잘 되는 형태였다.

승아는 이부자리에서 일어나 다시 부엌으로 돌아갔다. 그리고 가스레인지 옆에 있는 현관문을 활짝 열었다. 새하얀 연기가 날쌔게 움직이는 물뱀처럼 어두컴컴한 복도로 기어 나갔다. 영화 속에서만 보던 장면 같았다.

연기가 한결 잘 **빠졌다**. 똑똑한 생각을 해낸 스스로를 기특해하며 그녀는 다시 베란다로 나가서 창문에 목만 내밀고 호흡했다. 동정녀 마리아도 아니건만 처녀 신세에 때아닌 라마즈 호흡을 하는 격이었다.

때르르릉. 시끄러운 소리가 미친년 널뛰듯 빌라 전체를 시끄럽게 울려 댔다.

기절할 듯 놀란 승아가 시계를 보았다.

으악! 새벽 4시 반에! 새벽 4시 반에!

이 소리의 원인이 자신임을 깨달은 것은 본능이었다.

분홍색 돼지가 도배된 하늘색 잠옷 바람으로 대문 밖으로 뛰쳐나갔다. 복도 끝에선 벌건 불이 번쩍번쩍거렸다. 복도를 달리는 그녀의 움직임에 맞춰 자동으로 복도의 전등이 켜졌다. 복도 끝에 도달한 그녀는 버얼건 불의 정체를 알 수 있었다.

시뻘겋고 번쩍이는 불, 소음의 원인은 화재경보기였다. 원룸에서 **빠져나간** 연기가 화재경보기 부근에도 일렁거리고 있었다. 연기가 왜 밖으로 **빠져나가지** 않은 거지? 몸을 돌린 승아는 놀란 토끼 벼랑 바위 쳐다보듯 창문을 보았다. 복도 창문은 모두 꽉 닫혀 있었다.

아뿔싸.

점점 추워지는 날씨에 누군가가 복도 창문을 다 닫았나 보다. 건물 밖으로 **빠져나가지** 못한 연기가 화재경보기를 자극한 것이었다.

성능이 이렇게나 좋을 수가! 그녀는 혼돈에 빠져 난감함에 어찌할 바를 몰라 발을 동동거렸다.

갑자기 옆집에서 문을 여는 소리가 들렸다. 혼비백산을 하고 방 안으로 뛰어 들어간 그녀는 현관문을 꼭꼭 잠갔다. 가만히 놔두면 언젠가는 소리가 잠잠해지겠지라는 정신 나간 소망 아래 두근거리는 가슴을 부여잡았다. 그녀는 소리가 그치기만을 기도했다.

하느님, 알라신, 부처님, 예수님, 공자님, 맹자님, 노자님, 마리아여, 오, 신이시여. 부디 실수한 이 중생을 자비로운 마음과 사랑으로 굽어 살피소서. 무교인 그녀는 이 시간만큼은 열렬한 종교 신자로, 변신에 변신을 거듭하고 온갖 죄를 반성했다.

옆집 아저씨네 부부가 이게 대체 무슨 소리냐고 말하며 복도를 왔다 갔다 하는 소리가 들려왔다. 설마, 다른 집에서도 밖에 나와서 확인하는 건 아니겠지. 그녀는 귀를 종긋 세웠다.

10분이 더 지났을까.

또 다른 때르르릉 소리가 들렸다.

아무래도 다른 층에서 들리는 소리 같았다. 서, 설마 4층인가! 절망에 찬 두 손이 머리를 쥐어뜯었다. 1층 현관 유리문도 닫혀 있는 게 틀림없어! 울고 싶다. 두 개의 때르르릉 하는 소리가 건물을 진동케 했다. 허겁지겁 방에 들어오기 전, 복도 창문이라도 열어 뒀어야 했는데!

모두가 그녀의 잘못이었다.

빌라를 쩌렁쩌렁 울리는 소리는 끝날 줄을 몰랐다. 방음도 잘 되는 튼튼한 건물이었지만 시끄러운 이 소리에는 속수무책이었다.

'이것 참 돌림노래도 아니고.'

동네 망신, 개망신. 민폐 of 민폐였다. 자면서 연기를 들이켰던 바람에 목도 아픈데, 때르르릉 하는 이중창은 끝이 없었다. 어떻게 수습해야 할지, 해결책이 없다. 범인이 그녀란 것을 집주인이 알면 쫓아낼지도 모른단 결론에 미치자 간이 쪼그라들었다. 쫓겨나는 것도 쫓겨나는 거지만 쪽팔림은 어찌할꼬.

어떻게든 되겠지.

근심도 잠시였다. 금세 포기한 그녀는 어깨를 축 늘어뜨린 채 다시 베란다로 나가서 신선한 공기를 마셨다. 화재 경보 알림 소리는 이제 모르겠다. Que Sera Sera.

창문 밖으로 고개만 내밀고 호흡에 열중했다. 새벽이라 쌀쌀했다. 몸을 부르르 떤 승아는 이불을 질질 끌어와 온몸에 둘둘 감았다. 목이 말랐지만 물을 마셔야겠다는 분별도 못 했다. 넋을 잃고 숨만 쉬었다.

악쓰며 귓구멍을 후려치는 돌림노래가 갑자기 뚝 그쳤다. 평화 속 고요함이 그리도 고마울 수가 없었다. 승아는 고개를 돌려 벽에 걸린 시계를 흘끔거렸다. 시간은 30분 정도 지나 있었다.

'역시 가만히 있으면 화재경보기가 저절로 꺼지는 거였어!'

그녀는 안도의 한숨을 돌렸다. 세상이 고요하니 천국이 따로 없었다. 정적이 이리도 고마울 줄이야. 찬 공기에 얼굴이 얼얼했지만 숨만 들이켰다 내쉬기를 반복했다.

딩동.

갑자기 현관 벨이 울렸다.

이 시간에 대체 누굴까. 새벽에 독신 여성의 집 벨을 누르는 사람은 도둑놈일지도 몰랐다. 문 열어 주면 큰일 날지도 모른다는 공포감에 몸이 뻣뻣하게 굳었다. 숨소리마저 얼어붙었다. 아니다. 어쩌면…… 옆집에서 연기의 범인이 승아임을 알고 항의하러 온 걸지도? 도둑이라도 문제요, 옆집이라도 문제였다.

승아는 이불을 소리 나지 않게 조심스레 내려놓고 현관문 앞으로 가만가만 걸어갔다.

딩동. 딩동.

또 벨 소리가 났다. 대문 앞에서 그녀는 차렷 자세로 동상이 되었다. 딩동 소리가 여러 차례 울리다, 마침내 조용해졌다. 휴. 그녀는 안도의 한숨을 쉬었다. 누군지는 모르지만 드디어 포기하고 갔나 보다.

철그럭철그럭.

열쇠 구멍을 쑤시는 소리였다. 그녀는 하마터면 화들짝 뛰어오를 뻔했다. 불행 중 다행히 굳건한 문은 열리지 않았다.

두려움으로 일렁이는 시선이 하얀 신발장에 박혔다. 그녀는 소리를 내지 않으려 조심하며 신발장을 열었다. 그곳엔 신발 여러 켤레 중 유일한 무기, 무려 김 여사가 하사하신 형광 오렌지색 망치가 있었다.

팔뚝만 한 크기에 감탄한 모친이 명언을 남기셨다.

'이제 혼자 살아도 끄떡없겠지? 도둑 들어오면 이 망치로 대가리를 확 깨뿌라!'

이판사판 공사판이었다. 이도 저도 안 되면 요걸로 치고 창문으로 뛰어내려야지. 3층인데 설마 죽기야 하겠어? 하는 심정과는 달리, 손에 잡힌 망치는 덜덜 떨렸다. 있는 힘껏 용기를 쥐어짜 내어 물었다.

"누구세요?"

망치보단 식칼이 더 나으려나? 여차하면 신고할 생각으로 정신없이 휴대폰을 찾아 들어 왼손에 쥐었다. 112는 이미 눌렀고 통화 버튼만 누르면 되도록 준비를 했다.

"주인인데, 잠깐만 문 열어 보세요."

주인아저씨였다. 그녀가 범인임이 밝혀진 거다. 망치를 서둘러 신발장 위에 놓았다. 분홍색 돼지가 프린트되어 있는 하늘색 잠옷 차림이라 그녀는 문 열기 전에 외투부터 입어야 했다. 서둘러 갈색 점퍼를 걸치며 잠깐만요 하고 소리쳤다.

승아는 민망함과 미안함에 가득 차서 문을 열었다. 주인아저씨는 승아가 사는 빌라가 아닌 다른 곳에 사셨는데, 아무래도 아까 복도를 서성이던 옆집 부부가 주인아저씨한테 전화를 건 것 같았다. 아니면 난데없는 화재 알림 벨 소리에 놀란 다른 이가 아저씨에게 연락을 했든지.

안전핀을 뽑고 문을 열자 파자마에 외투만 입은 아저씨가 계셨다. 아저씨 머리는 평상시처럼 2대 8 가르마가 아니었다. 머리 중앙이 휑했다. 화재경보기가 울렸단 소식에 자다가 놀라 허겁지겁 쫓아오신 모습이 역력했다. 승아는 주인아저씨를 보고도 뜨끔했지만, 미처 예상치 못한 남자가 한 명 더 있는 걸 보고 기겁을 했다.

주황색 옷과 노란색 헬멧을 쓴 소방관이 소화기 같은 것을 등에 메고, 주인아저씨 옆에 서 계셨다.

오, 신이여!

미치겠다. 땅이라도 꺼져 버렸으면 싶다. 부끄러워 죽겠다. 정신 줄이라도 놓아 버렸으면.

"괜찮아요?"

"네. 죄송해요. 제가 빨래를 삶다가 가스레인지 불을 안 끄고 잠들어 버리는 바람에…… 정말 죄송합니다."

몸 둘 바를 몰라 승아는 고개를 연신 조아리며 인사를 했다.

"네, 이상 없으면 됐어요."

혼쭐이 날지도 모른다, 어쩌면 방 빼라고 말씀하실 수도 있다고 최악을 예상했던 것과는 달리, 두 분 모두 그냥 돌아가셨다. 아마 그분들도 최악을 예상하고 헐레벌떡 쫓아왔는데, 별일 없는 것을 보고 안도하셔서 조용히 돌아가셨으리라.

그녀는 문을 잠그고 땅이 꺼질 듯 한숨 쉬며 방으로 들어갔다. 점퍼를 벗어 던지고 침대 위에 털썩 드러누웠다. 그녀의 무게에 매트리스가 잠시 출렁였다.

승아는 고개를 옆으로 돌렸다. 방구석에 나뒹구는 두꺼운 연분홍빛 이불이 눈에 들어왔다. 문득, 웃음이 피식 나왔다. 하마터면 저승사자와 하이파이브 할 뻔했네. 고비는 무사히 넘긴 셈이다. 출동한 소방관 아저씨는 머리털 나고 처음 봤네. 별 횡재를 다 누리네. 역시 오래 살고 볼 일이야.

그녀는 마른침을 꿀꺽 삼켰다. 그제야 목이 마르단 것을 깨달았다. 부엌으로 가 목을 축이고 침대 위에 도로 드러누웠다.

피곤했다. 걱정하던 일이 해결되자, 또 다른 근심이 쓰나미처럼 승아를 덮쳤다. 생각만 해도 심장이 펄떡거렸다. 며칠 전에 본 뉴스가 얼마나 신경이 쓰였으면 꿈에서조차 쫓고 쫓기는 추격전을 펼쳤을까. 식당에서 친구들과 밥 먹다가 본 뉴스 때문에 요 근래 얼마나 가슴 졸였는지.

그 일은 총기 사건임에도 조폭이 아닌 일반인들이 관련되어 있었다. 때문에 뉴스에서 며칠째 보도가 이어지고 있었다.

경찰서에서 전화라도 오면 어떻게 하지? 그녀가 지식In에서 검색한 바에 따르면, 일반 경찰은 총기나 폭탄 제조 사건은 취급도 안 한다고 했다. 총기 사건은 사안이 사안이다 보니 일반 경찰이 아닌 광역수사대가 수사를 한다나. 그녀가 읽은 기사에도 광역수사대가 수사를 한다고 쓰여 있었다.

법 지식이 전무했던 터라 걱정이 커졌다. 변호사라도 찾아가서 상담을 받아 볼까?

'실제로 뭘 한 일은 없으니까 설마 날 잡아가진 않겠지. 따지고 보면 난 아무것도 안 했는걸.'

자기합리화를 하며 스스로를 다독였다. 그러나 불안감이란 씨앗은 마음속 깊은 곳에 남아 있었다. 심호흡을 깊게 하며 바로 누워 있던 몸을 모로 누였다. 불편했다. 다시 몸을 돌려 반듯하게 누워 하얀 천장을 보았다. 도배지에 그려진 빗금 모양 개수만 하릴없이 세는데 한숨이 박 터지듯 터져 나왔다.

긴장된 날들이었다. 벨 소리만 울려도 경찰서에서 온 것일까 봐 깜짝깜짝 놀랐고, 밥을 먹지 않아도 허기를 못 느꼈다. 글도 안 써졌다. 그 어떤 것도 손에 잡히지 않았다. 그녀는 길 가다가 경찰차나 경찰이라도 발견하면 바로 뒤돌아섰다. 멀지만 빙 돌아서 다른 길로 다니곤 했다.

친구는 식욕을 상실한 그녀에게 죽을 때가 다 된 거 아니냐고 농담했다. 승아는 죽을 때라는 말 한마디에 지레 찔려 저지른 짓을 털어놓았다.

친구는 미쳤냐는 소리부터 했다. 차마, 왜 그랬냐고 묻는 친구에게 이유를 제대로 설명할 수 없었다. 할 말이 없기도 하여 재미있을 것 같아서라고 대꾸했다. 친구는 헐 하더니 그녀를 어이없단 눈빛으로 쳐다봤다. 누군가에게 털어놓고 나면 걱정이 가벼워지지 않을까 싶었는데 친구의 눈초리에 마음만 더 무거워졌다. 애간장만 끓는 나날들이었다.

어느새 연기는 다 빠져나가고 없었다. 그러나 집 안 구석구석에 밴 탄내는 여전했다. 누워서 걱정만 하던 승아는 부엌으로 가서, 이제는 식어 차가운 냄비를 화장실로 옮겼다.

까맣게 된 속옷 더미와 타서 짙은 고동색을 띠는 면 생리대를 쓰레기봉지에 넣었다. 탄내가 새어 나오지 않게 검은 봉지를 꽁꽁 묶었다. 베이킹파우더를 냄비에 뿌리고 탄 자국이 잘 지도록 물도 조금 적셔 주고, 수세미로 탄 자국을 긁는 등 푸닥거리를 한참 했다.

어느새 날이 훤해졌다.

전화벨이 울렸다.

승아는 정신없이 냄비를 씻다 말고 화장실에서 뛰쳐나갔다. 아침부터 전화하는 사람은 김 여사일 것이다. 사랑해 마지않는 모친이 소방관 출동 사건을 알면 난리가 날 것이다. 망치를 쥐여 주고도 딸이 혼자 서울에 사는 것을 24시간 사서 걱정하시는데, 당장 짐 싸서 대구로 내려오라고 하신다에 승아는 손모가지도 걸 수 있었다.

연기를 먹어 목소리가 잘 나오지 않을까 걱정이 되었다. 통화 버튼을 누르기 전, 승아는 어험 소리를 내며 목을 가다듬었다. 감기에 걸렸다는 하얀 거짓말을 할 수도 있지만 김 여사의 탁월한 거짓말 탐지기는 성능이 너무 뛰어난 것이 탈이었다. 그리고 거짓말을 하고 싶지도 않았고, 해 봤자 무용지물이라 헛된 시도는 안 하는 게 상책이었다.

"여보세요."

목이 아팠지만 다행히 목소리는 잘 나왔다.

― 나승아 씨 핸드폰인가요?

저음에 부드러우면서도 묵직한 느낌을 주는 남자 목소리였다.

그녀는 화들짝 놀라 휴대폰을 귀에서 떼고 액정을 확인했다. 모르는 번호였다. 정겨운 내 고향, 모국어인 대구 사투리를 기대했건만. 평상시 모르는 번호는 받지 않지만 기왕 받은 김에, 무엇보다 목소리가 너무나도 그녀가 좋아하는 스타일이라 누구인지 궁금하기도 해서 신원을 밝혀 보기로 했다.

"네. 누구세요?"

― 최태성이라고 하는데, 나 기억하지?

그는 다짜고짜 반말부터 툭 던졌다. 잠시 침묵이 흘렀다.

"……잘 모르겠는데요."

― 승진이한테 내 얘기 들은 적 없어? 어렸을 때 부모님 모임에서 너랑 몇 번 만난 적도 있는데.

그는 나승진과 친하게 지내는 사람이었다. 부모님들께서 자주 어울렸던 터라 어렸을 땐 종종 보았다. 부부동반, 따라서 아이도 동반하던 만남은 아이들이 크고 사춘기가 되면서 오로지 부부들만의 만남이 되어 갔다. 어렸을 때 형 하나만 낳아 달라고 김 여사 치맛자락에 늘어져 떼쓰던 승진은 태성이 형 노래를 부르곤 했다.

승아는 서울에서 학교를 다녔고 승진은 대구에서 대학 진학을 했다. 승진이 친구들에 대해 시시콜콜 얘기를 하는 편이 아니라 그녀는 태성에 대해 잘 몰랐다. 태성이 서울에 사는 것 말고는 아는 게 없었다.

어쨌거나, 승진은 커서도 태성을 형이라 부르며 잘 따랐고, 대구와 서울이라는 거리에도 불구하고 한 번씩 만나고 연락하는 것 같았다. 고로 그녀의 번호는 승진이 알려 줬을 것이다.

아침부터 이 사람이 도대체 무슨 일이지?

승아는 커서는 태성을 본 적이 없었고 따로 연락할 일도 없었다. 설마, 승진한테 무슨 일이라도 있는 걸까?

"아, 네. 승진이…… . 누구신지 알겠어요."

— 할 얘기가 있어서 그러는데. 오늘 오후에 시간 되니?

"갑자기 왜……? 설마 승진에게 무슨 일이라도 생겼어요?"

승아의 음색이 걱정스러운 빛을 띠었다.

— 음. 만나서 얘기해야 되겠는데.

그는 확실하게 말하지 않았다. 새벽부터 설치느라 정신이 없었던 승아는 어물쩍 넘어가는 태성의 수상쩍은 낌새를 느끼지 못했다.

"그럼 어디에서 볼까요?"

— 마포역 4번 출구로 나오면 BBS 방송국이 보일 거야. 방송국 뒤쪽에서 보자. 내 직장이 그쪽에 있거든.

"BBS 방송국요?"

— 응.

약속을 12시로 정하고 승아는 전화를 끊었다. 승진이한테 큰일이 났나 보다. 쌍둥이인 그녀에게조차 말하기 어려운 어떤 큰일. 대체 뭘까? 심각한 것이 아니면 좋겠는데…… .

약속 장소인 BBS 방송국은 금시초문이었다. 인터넷으로 BBS 방송국을 검색하니 불교 방송국이 링크되었다.

불교 방송국이라니.

승진이가 그 사람 직업이 기자라고 했던가? 그녀는 눈알을 굴렸다. 최태성에게 관심이 없어 승진이가 가끔 했던 얘기도 듣는 둥 마는 둥 했기에 기억이 흐릿했다. 무언가 찜찜했다. 방송국에서 일하는데 왜 방송국 안이 아닌 빌딩 뒤편에서 보자는 것인지…….

생전 알은척도 안 하던 사람이 아침부터 전화한 것도 이해가 안 갔다. 하지만 뭐, 승진이 일이니까. 승아는 어깨를 으쓱거렸다.

그녀는 화장실로 다시 들어가서 탄 냄비를 물끄러미 보았다. 베이킹파우더를 뿌리고 수세미로 냄비 바닥을 몇 번이나 긁었지만 시커먼 자국은 그대로였다. 입 밖으로 한숨이 새어 나왔다. 깨끗이 지워지지 않는 시커먼 자국은 무시하려 애써도 무시가 안 되는 그 뉴스 같았다.

뉴스에선 3일 내내 그 일을 주요기사로 다루었다. 재수 없으면 이름에 빨간 줄 그어져서 국가에서 주는 은팔찌를 차고 콩밥—그녀가 공짜를 좋아한다 할지라도 갇혀 먹는 콩밥은 사양하고 싶었다— 먹을지도 모른다는 망상이 꼬리에 꼬리를 물고 커졌다.

답답함을 견디지 못한 승아는 주먹으로 명치를 몇 번 두드렸다.

새벽부터 난리법석을 떨었던 터라 전신이 노작지근했다.

승아는 바닥에 던져 뒀던 이불을 끌고 와 노곤한 몸을 침대 위에 누였다. 폭신폭신한 이불 위에 누워 있자니 무릉도원이 따로 없었다. 비록 탄내가 나는 무릉도원에다 옥살이에 대한 두려움에 시달리지만, 어쨌든 그랬다.

그녀는 승진이 생각에 그의 폰 번호를 누르다 사르르 잠에 빠져들었다.

베란다 바깥 창문은 여전히 열린 상태였다.

❋

승아는 마포역 4번 출구에서 멈춰 섰다.

BBS 방송국이 저만치 앞에 보였다. 왜 이런 곳에서 보자고 한 것인지 알 수가 없다. 불교 방송 기자 최태성 씨. 불교 방송 기자는 대체 뭘 취재하는 걸까? 큰스님들의 일상? 아니면 불교 설법? 알 수없는 웃음이 터져 나왔다. 아니다, 어쩌면 피디일지도 모른다. 불교 방송 최태성 PD.

그녀는 깜찍한 검정 에나멜 가방에서 폰을 꺼내어 시간을 확인했다.

12시 정각.

구름이 조금 낀 흐린 날이라 찬바람이 더 서늘했다. 연기도 먹은데다 창문을 열고 잠든 탓에 목 상태가 별로였다. 승아는 잔기침을하며 최태성 번호를 검색했다. 그리고 BBS 건물 뒤쪽으로 가는 골목에 무심히 들어섰다.

통화 버튼을 눌렀다.

그녀는 신호음을 들으며 정면을 보았다.

검붉은 건물이 한눈에 들어왔다. 오른손에 힘이 빠졌다. 가방이발밑으로 떨어졌다. 횡 하고 부는 차가운 바람에 빨간 코트 자락이펄럭였다. 그녀는 싸늘히 얼어붙었다. 추운 겨울날 물벼락 맞은 것보다 온몸이 더 시렸다.

건물 정중앙에 붙어 있는 네모난 간판. 시퍼런 간판에 쓰인 하얀 글씨.

경찰. POLICE.

광역수사대라는 글씨는 간판 오른쪽 위 귀퉁이에 쓰여 있었다.

— 여보세요.

폰에서 굵직한 목소리가 흘러나왔지만 충격받은 눈에 들어오는 것은 오직 '광역수사대' 뿐.

— 여보세요.

광역수사대 다섯 글자가 점점 더 커져서 그녀를 덮쳐 왔다. 압박감에 심장이 짓눌렸다.

— 여보세요. 전화가 안 되나? 여보세요?!

남자의 목소리가 더 커졌다.

— 도착했어?

승아는 큰 소리에 소스라치게 놀랐다. 더듬거리며 겨우 대답을 했다.

"네, 네."

— 거기 경찰서 바로 보이지? 강력범죄수사 2팀 사무실로 와. 내 이름 대면 여기 들어오게 해 줄 거야. 못 찾겠으면 사람들한테 물어.

전화가 끊겼다. 무례했고 불친절했지만 승아는 그런 것을 알아차릴 겨를이 없었다. 멍청히 서서 눈만 깜빡였다.

경찰서 정문에 걸린 태극기 양쪽에서 경찰을 상징하는 파란 깃발이 그녀를 놀리듯 바람결에 느릿느릿 춤췄다. 며칠간 긴장하며 검색해 본 뉴스가 떠올랐다. 그 사건은 분명히 광역수사대가 수사한다고 했다.

승아는 허탈한 심정으로 중얼거렸다.

"승진이 일인 줄 알았는데……. 얘는 왜 오늘따라 연락도 안 되고……. 불교 기자인 줄 알았는데……."

망했다. 오늘은 완전히 망한 날이라고 일기에 적어야 할지도 모르겠다.

찬바람이 거세게 그녀를 스쳐 갔다. 승아는 흠칫 몸을 떨었다. 가슴을 조이는 긴장감에 간이 오그라들었다. 감옥에 가두진 않겠지, 설마? 입안이 바싹 말랐다. 폐가 빵빵해지도록 숨을 크게 들이쉬었지만 불안한 마음을 진정시키는 데에 도움이 되지 않았다.

핏기 없는 희멀건 얼굴로 한 걸음 내딛는데 그녀의 부츠에 무언가 툭 하고 걸렸다. 지레 놀란 그녀는 펄쩍 뛰어올랐다.

발에 걸린 것은 가방이었다. 언제 떨어뜨렸는지도 몰랐다. 꽃 위에 살포시 앉은 나비의 날개를 연상시키는 수려한 디자인에 홀딱 반해 산 가방이었다. 가방을 집어 든 승아는 광역수사대 쪽으로 느릿느릿 걸어갔다. 애지중지하던 가방에 묻은 먼지를 털어 낼 생각조차 못 했다.

그녀를 경찰서까지 부른 것을 보면 조서 같은 것을 써야 할지도 모른다. 재판까지 하면 어떻게 하지? 승아는 이런저런 걱정을 하며 광역수사대 건물 입구에 있는 작은 계단을 올랐다. 이것을 오르면, 눈앞에 있는 이 유리문만 통과하면……!

커다란 유리문은 잠겨 있었다. 카드가 있거나 아니면 비밀번호를 알아야만 들어갈 수 있는 자동문이었다. 어떻게 들어가야 하는지 몰라 몇 초간 서성대는데, 드르륵 소리와 함께 왼쪽에 있는 창문이 열렸다.

"무슨 일로 오셨어요?"

바늘로 찌르는 것 같은 눈빛을 가진 형사였다. 있는 죄는 실토하고 없는 죄라도 지어내서 무조건 잘못했다고 무릎을 꿇고 석고대죄라도 해야 할 것 같은, 사람의 비밀을 속속들이 캐어 보는 그런 눈동자가 승아를 꿰뚫고 있었다.

"아, 네. 저기……. 최태성 경찰관을 만나러 왔는데요……. 가, 강력범죄수사 2팀이라고……."

신분을 확인한 형사가 유리문을 열었다. 승아는 형사가 설명한 강력범죄수사 2팀 사무실을 향해 좀비처럼 걸어갔다.

Chapter 3.

며칠 전, 총기를 불법으로 제조, 판매한 일반인들이 무더기로 적발되었다.

인터넷 사이트에서 사제 폭탄, 모의 총기 제조법을 올리고 시험한 일반인들 중에는 십 대도 있었다. 기자들은 총기 제작자들이 조폭이 아니라 일반인들이며 중학생도 섞여 있다는 점에 초점을 맞추어 연일 대서특필을 했다.

어느 총기 제조 사이트에서는 군대에서 몰래 **빼돌린 불량 총**을 개조해서 팔기도 했고, 경기도에선 의사가 비닐하우스에서 무기 제조 공장을 차렸다. 사건을 파면 팔수록 기가 차고 코가 막히는 사례들이 고구마 줄기 솎아 내듯 줄줄이 드러났다.

3주 뒤, 서울에서 열리는 G20 정상회의 때문에 테러에 대비해 각종 불법 무기 제조 판매 사범을 집중 단속해야 한다는 방침이 떨어진 상황하에, 사건은 엄중하게 다뤄졌다.

온라인 사제 총기 제작자들을 모조리 구속하기 위해, 경찰은 관련 사이트 내에서 유명 아이디 사용자와 댓글을 남긴 이들을 모두 조사하기로 결정했다.

원칙대로라면 댓글 남긴 정도로는 수사하지 않지만, 청와대에 잘 보이려고 안달이 난 경찰청장이 G20 대비라는 미명 아래 조사 범위를 확대시켰다.

강력범죄수사 2팀은 조사 중, 이상한 점을 발견했다.

Nadodo1004라는 아이디 사용자가 사이버상에 있는 거의 모든 총기 제조 사이트에서 공통적으로 나타났다. Nadodo1004는 댓글이나 글은 남기지 않았지만, 총기 제조하다가 잡힌 몇몇 사이트의 주요 운영자들이 Nadodo1004와 채팅을 많이 했다고 진술했다. 주된 대화 내용은 총기류 제작 방법과 폭탄 제조였다.

강력범죄수사 2팀이 포털 사이트 협조로 알아낸 Nadodo1004 아이디 사용자는 놀랍게도 여대생이었다.

태성은 기억력이 좋은 편이었다. 한번 들은 이름과 얼굴은 절대로 잊지 않았고, 이것은 범인을 검거하는 데 있어 유용했다. Nadodo1004의 본명을 확인한 그는 승진의 쌍둥이인 나승아가 자동적으로 떠올랐다. 이름만 똑같겠지. 혹시나 하는 심정으로 승진을 슬쩍 찔러 승아의 폰 뒷자리 네 개를 캐냈다.

설마가 사람 잡는다더니, 승진은 가족들의 전화번호 마지막 4자리가 모두 똑같다고 했다. 포털 사이트에서 넘겨준 여대생 나승아의 핸드폰 번호와 승진의 번호 뒷자리 4개는 일치했다. 태성은 승진에게 승아에 대해 더 떠보았지만 총기 사건에 대해선 별다른 소득을 건질 수 없었다.

그녀가 사이트에 글을 남긴 적이 없어서, 사이버상에선 무기를 제조했다는 물증은 찾을 수 없었다. 하지만 이번 사건 주요 관련자들과 채팅을 자주 했다는 점이 이상했다.

일단 조사는 해야 했다. 태성은 빨리 해결하고픈 마음에 포털에 등록되어 있던 Nadodo1004의 번호로 아침부터 전화를 했다.

그는 승아가 Nadodo1004가 아니었으면 하는 심정으로, 고의로 승진이 얘기부터 꺼내 미끼를 던졌다. 전화를 잘못 걸었다는 말이 듣고 싶었지만 결과는 그렇지 못했다. Nadodo1004는 그가 아는 나승아와 일치했다.

별일이 아니라는 직감 때문에 그는 승아를 만나 확인하기 전까진 Nadodo1004에 대한 정보는 상부에 보고하지 않기로 결정했다.

※

부하 둘에게 사건 경과보고를 받던 태성은 난데없는 힐 소리에 고개를 들었다. 강력범죄수사 2팀 사무실 내에 있던 경찰 셋, 모두가 일시 정지했다.

힐 소리의 정체는 검정색 스키니진에 새빨간 트렌치코트를 입은 미인이었다. 여자의 허옇다 못해 창백한 얼굴빛은 연약한 분위기를 물씬 풍겨 세상의 모든 세파로부터 보호해 주고 싶은 충동을 일으켰다. 칙칙한 경찰서에서 보는 붉은 코트는 그 어느 때보다 강렬한 느낌을 줬다.

검은 부츠가 또각또각거리는 소리조차 삭막한 회색빛 경찰서에선 자극적이었고 섹시했다. 도톰한 앵두 같은 입술이 입을 열었다.

"저…… 최태성 씨를 뵈러 왔는데요."

그녀는 허스키한 미성으로 말했다.

태성은 두 눈을 믿을 수가 없었다. 지금 이 시간에 그를 찾아올 여자는 나승아뿐이었다. 불법 무기 제조 혐의자 Nadodo1004가 눈앞에 있는 이 여자라고? 그녀는 승진을 전혀 닮지 않았다. 어렸을 때 모습이 이랬던가? 옛날 모습을 반추해 보아도 너무 오래전 일이라 아득했다.

"누구신지?"

남색 야구 모자를 꾹 눌러쓴 가느스름한 눈매의 까무잡잡한 형사가 말했다.

"저는 나승아라고 하는데요."

야구 모자는 옆에 있는 형사와 시선을 바삐 교환했다. 최 반장을 만나러 온 빨간 트렌치코트를 입은 미모의 여성이라니. 숨겨 둔 애인이거나 아들을 결혼시키려 애쓰신다는 최 반장의 어머니가 보내신 여자이거나, 둘 중 하나라고 추측했다.

170cm의 다부진 몸매에 30대로 보이는 다른 형사가 반달 같은 눈웃음을 지으며 기민하게 행동했다.

"최 반장님. 사무실에 들어가서 얘기하시죠. 보고는 좀 이따가 하겠습니다."

"네. 그렇게 하시죠."

야구 모자도 옆에서 거들었다.

부츠를 신은 승아보다 머리 하나는 더 큰 태성이 말없이 성큼성큼 걸어갔다. 우두커니 서 있는 승아에게 형사들이 그를 따라가라고 손짓했다. 그녀는 쿵덕쿵덕거리는 가슴을 애써 부여잡고 태성의 뒤를 따랐다.

그는 강력범죄수사 2팀과 이어진 문을 열었다.

블라인드로 가려진 유리창 안에, 그의 사무실이 있었다. 철제 캐비닛으로 꽉 차 있는 양쪽 벽 때문에 사무실은 작아 보였다.

커다란 책상은 여기저기 널린 서류와 사건파일이 든 상자로 어지러웠고, 책상 오른쪽에 있는 평면 모니터에는 윈도우 화면보호기가 작동되고 있었다.

그는 덩치에 걸맞은 커다란 가죽 의자에 앉았다. 검은색 점퍼를 입고 까만 가죽 의자에 앉아 있는 그는, 경찰서라는 위압감에 짓눌린 그녀의 눈에 위험한 들짐승처럼 보였다.

승아는 얌전히 사무실 문을 닫았다.

그녀를 관찰하는 날카로운 눈초리 때문에 자꾸만 주눅이 들었다. 손목 끝에서 맥박이 팔딱거렸다. 그녀는 땀으로 축축한 두 손을 청바지에 문질러 댔다. 걷잡을 수 없는 긴장감 속에서 그녀는 이미 유죄였고 전과범이었다.

"앉아."

태성의 책상 맞은편에 철제 의자가 하나 있었다. 승아는 대화 시간을 1초라도 늦추고 싶어서 일부러 천천히 앉았다.

"Nadodo1004, 내가 오늘 왜 불렀는지 잘 알지?"

승아는 두 눈을 질끈 감았다.

드디어 올 것이 왔구나. 심장이 빠르게 뛰었다. 들어오기 전에 청심환이라도 먹을걸.

"설마 했는데, 정말 너일 줄은 몰랐다."

사무실 문이 소리 없이 열렸다. 태성은 승아에게 신경 쓰느라, 승아는 승아대로 긴장해 있어 둘은 문이 열린지 몰랐다.

"저는 총 같은 건 안 만들었어요. 수류탄이나 폭탄 같은 것도 안 만들었어요. 그냥 가입해서 구경만 했어요. 전 아무 죄 없어요. 만들 생각조차 없어요. 정말이에요."

승아는 떨리는 목소리로 자진 납세부터 했다.

태성은 기다렸다는 듯이 말을 쏟아 내는 승아를 뚫어져라 보았다. 거짓말하는 낌새는 없었다. 그러나 그는 여전히 그녀를 이해할 수 없었다. 태성은 그를 힐끔대는 승아에게 일부러 험악한 표정을 지어 보였다.

"호기심 때문에 구경을 했다 쳐도, 만들지도 않을 건데 왜 사이트 운영자들과 채팅을 했고, 어떻게 무기 만드는지 왜 자세하게 물어봤어? Nadodo1004, 이 아이디로 가입한 사이트가 한두 개가 아니던데?"

승아는 바로 대답을 못 했다. 목덜미에서부터 뜨끈뜨끈한 열기가 치솟았다. 얼굴이 홧홧했다. 사무실 안이 점점 더워지는 것 같았다.

태성은 눈에 띄게 벌게진 그녀의 얼굴과 목을 응시했다. 적어도 부끄러워하긴 하는군.

"왜 그런 짓을 한 거야?"

"제가요, ……을…… 쓰는데요……."

그녀는 고개를 푹 숙이고 웅얼거렸다.

"뭐?"

"신춘문예에 낼 소설을 쓰는데요……. 주인공이 무기 제작해서 북악산으로 올라가 청와대를 테러하는 내용이라……. 그래서 무기 만드는 방법을 알아야 글을 쓸 수 있어서, 그거 알아보려고 카페에 가입했어요. 설계도 같은 건 구경만 했어요. 전 절대 총 같은 거 직접 만들 생각 전혀 없어요. 진짜예요."

승아는 정말 아니라는 듯 두 팔을 휘휘 저으며 숨도 쉬지 않고 따발총처럼 떠들었다.

"길 가다가 버려진 장롱 보고 저기 있는 나무 깎아서 M16 소총을 만들 수도 있겠단 생각을 안 해 본 건 아니지만······. 저는 손재주도 없고요, 그냥 정말 보기만 했어요. 앞으로도 만들 생각 전혀 없어요. 맹세할 수 있어요. 못 믿으시겠다면 제 방 조사해도 괜찮아요. 12월에 신춘문예 공모가 있는데 거기 내려고 소설 쓴 게 다예요."

말이 끝나자마자 뒤에서 누군가가 낄낄거리기 시작했다. 놀란 승아는 고개를 뒤로 돌렸고 그제야 태성도 열린 문을 보았다.

야구 모자를 쓴 경찰이 커피 두 잔이 놓인 쟁반을 들고 있었다. 그는 웃느라 떨리는 쟁반을 재빠르게 책상 위에 놓았다. 사무실 밖에서 엿듣던 다른 형사도 웃음을 참으려 애썼지만 역부족이었는지 쿵쿵 소리를 냈다.

사무실에 있던 전화가 울리기 시작했다. 전화벨 소리를 반주 삼아 노련한 두 경찰이 광인처럼 웃음보를 터트렸다.

승아의 얼굴은 더 새빨개졌다. 어디까지가 코트고 어디서부터가 얼굴인지 구분이 안 될 지경이었다.

"커피, 커피부터 드시고 천천히 말씀하세요."

남색 야구 모자는 커피를 들어 두 사람 앞에 놓았다.

"김 경사. 나가서 웃으시죠."

태성이 눈알을 부라렸다. 야구 모자를 쓴 김 경사는 눈을 문지르며 감탄조로 너스레를 떨었다.

"아, 눈물이 다 나네요."

"여기도 눈물 나는 사람 추가요!"

그리 크진 않지만 다부진 체격의 형사가 문 밖에서 쪼르르 달려와 장단을 맞췄다.

"최 반장, 기왕 들은 김에 얘기 다 들으면 안 될까? 혼자서 듣는 건 너무하지."

김 경사는 실실 웃으며 너스레를 떨었다.

"김 경사 말이 맞아. 이것도 수사라고."

"두 분 다 나가세요! 죄송하지만 문 닫겠습니다."

태성이 벌떡 일어나 둘을 몰아내고 문을 잠갔다. 그는 거친 태도로 의자에 앉았다. 가죽이 밀려 털썩하는 소리가 났다.

어처구니가 없다. 경찰 생활을 하면서 이런저런 일을 겪었지만 지금처럼 황당한 일은 처음이었다. 가끔 승진이 지나가는 말로 승아를 감당할 수 없다고 하더니 그 얘기가 이 얘기였나 보다. 그는 고개를 연신 흔들었다.

"하, 참."

승아의 이마에선 식은땀이 났다. 그녀는 달아오른 열을 식히려 한 손으로 연신 부채질을 했다. 당장이라도 일어나서 도망가고픈 유혹에 사로잡혔지만 태성의 탄성 섞인 한숨 소리에 꾹꾹 참아 냈다.

"저도 벌받나요? 조서······ 같은 거······ 써야 돼요?"

실컷 웃어 놓고선, 설마 철컹철컹하는 은팔찌도 채우는 건 아니겠죠?

소리 없는 메아리는 아우성이 되어 그녀를 쓰나미처럼 덮쳤다.

"소설 쓴 건 집에 있어?"

"아뇨, 매일 가지고 다녀요. USB에 있어요."

"줘."

"증거물로 압수하는 건 아니죠?"

"일단 줘. 확인부터 하게."

압수당할지도 모른다는 불안감에 그녀의 눈이 파도처럼 일렁댔다. 가방을 열어, 엄지손가락보다 조금 더 큰 루돌프 인형을 태성의 손 위에 살포시 놓았다.

"이게 뭐야?"

그는 떨떠름한 얼굴로 손 위에 놓인 빨간 코를 가진 루돌프 인형을 보았다. 고동색 둥근 뿔이 있는 루돌프는 왼쪽 귀에 미니 루돌프 귀걸이까지 달고 있었다.

"USB인데요."

"……이게?"

승아는 말랑말랑한 루돌프의 몸통과 머리를 분리했다. 귀여운 루돌프가 단숨에 반 토막이 났다. 그는 당황했다. 그러나 아무렇지 않은 듯 USB가 있는 루돌프 머리를 받아 들었다. USB가 컴퓨터에 끼워지자마자 루돌프 코에서 빨간 불빛이 반짝반짝거렸다. 컴퓨터에 사용 인식이 제대로 되었다는 신호였다.

저장된 파일은 두 개였다.

[자소서]

[청와대 습격 사건]

태성은 청와대 습격 사건 한글 파일을 클릭하고 훑어보기 시작했다. 총과 폭탄 제조하는 방법이 얼마나 자세히 설명되어 있는지를 중점적으로 살폈다.

초조해진 승아는 앞니로 입술을 씹었다. 모니터에 시선을 박고 있는 그를 보며, 자신이 얼마나 스트레스를 받았는지 설명하면 태성이 동정심에서라도 USB를 압수하지 않을지도 모른다는 얄팍한 계산을 했다. 그래서 그에게 그동안의 심경을 주저리주저리 늘어놓았다.

"전부 다 조사받는다는 뉴스를 보고 며칠째 잠을 잘 못 잤어요. 어찌나 걱정이 되는지. 식욕도 떨어져서 밥도 못 먹겠고, 총 맞는 악몽에 시달리질 않나. 오늘 새벽엔 소방…… 아니, 아니. 어쨌거나 걱정이 많이 되고 자꾸 불안하더라고요."

신세 한탄을 늘어놓다 하마터면 새벽 소동까지 얘기할 뻔했다. 무덤까지 이고 가야 할 부끄러운 일을 하마터면 경찰 앞에 털어놓을 뻔하다니.

승아의 말을 듣는 둥 마는 둥 하며 빠른 속도로 소설을 다 훑어본 태성이 질문을 했다.

"새벽에 소방이 뭐라고?"

콜록콜록. 질문을 듣자마자 제풀에 놀란 승아가 기침을 했다.

이런 망할! 멀티도 되나? 글을 읽을 때는 그것만 보고 집중하란 말이다! 불만에 찬 씨부렁거림이었다. 다행히 속으로만 말한 터라 문제는 없었다.

"아무것도 아니에요."

억지 미소를 지으며 상냥하게 대답하는 그녀. 그러나 파르르 떨리는 오른쪽 입 끝은 숨기지 못했다.

"아무것도 아닌 얼굴이 아닌데? 말해."

"아니에요."

기어들어 가는 목소리였다.

강철도 꿰뚫을 것 같은 강렬한 시선을 피하려 승아는 고개를 숙였다.

갈 곳 없는 시선이 책상 위 서류 더미를 방황하다 마우스 위에 놓인 태성의 손에서 멈추었다. 마우스를 잡은 손은 왼손이었다. 왼손잡이인가? 그녀의 가늘고 작은 손과 태성의 커다란 손이 자연스레 비교가 되었다.

깨끗하지만 짧고 뭉툭한 네모 모양의 남자 손톱과 끝이 둥글고 까만 바탕에 흰 꽃이 그려진, 매니큐어가 잘 발린 그녀의 손톱. 그의 손은 손가락도 훨씬 길고 마디도 굵었지만, 건조한 날씨에도 그의 손등은 깨끗하고 보들보들했다.

솥뚜껑을 연상시키는 투박한 손이었으나 의외로 털이 없었다. 덩치는 산만한데 손 관리는 잘하나 봐. 핸드크림을 자주 바르나?

"나승아?"

'음, A 정도는 줘야겠네. 둔한 맛만 없다면 A+도 줄 수 있었는데, 아깝다.'

"나승아!"

굵직하고 성마른 목소리가 쩌렁쩌렁 울렸다. 그녀는 이름을 외치는 소리에 자지러지게 놀라 의자에서 벌떡 일어섰다. 거친 움직임에 철제 의자가 밀려 바닥을 긁는 소리가 요란했다.

"네!"

승아는 서서 그러나 씩씩하게 대답했다.

"새벽에 무슨 일인데?"

아교를 바른 듯 꼭 닫힌 그녀의 입술은 옴짝달싹하지 않았다. 사

냉감을 잡기 위해 도약 자세를 취하는 맹수의 눈이 이채를 띠었다. 그 눈길을 피해 승아는 그의 어깨 너머 창문만 응시했다.

"글은 이게 다야?"

"네."

"파일 복사해 놓은 건 더 없고?"

"네."

"프린트해 놓은 것도 없어?"

"네."

"정말이야?"

"네."

멍청하게 서서 고장 난 라디오마냥 '네'만 반복했다.

"무기 제조 방법 같은 거 프린트했어?"

"아니요."

"파일 같은 건 더 없고?"

"지워서 더 이상 없어요."

뉴스에서만 보던 압수 수색이라도 당하면 완전 개털 날리는 거다. 두려움에 오들오들 떨며 그녀는 노트북까지 포맷했다. 승아가 갖고 있는 것은 USB에 있는 소설뿐이었다.

"새벽엔 무슨 일인데?"

"연기 때문에 소방서 아저씨가…… 헉."

젠장, 당했다. 생각 없이 그의 말에 답하다가 실수를 저질렀다. 아, 뇌를 거쳐 말해야 했거늘……! 낭패감에 아랫입술을 자근자근 깨물었다.

태성은 새벽, 연기, 소방관 이 세 단어를 재빨리 조합했다.

"불이라도 났어? 그런 것 치곤 멀쩡해 보이는데…… 설명해."

"아무 일 없었어요."

오리발이 장땡이다. 승아는 모르쇠로 일관했다.

"지금 전화해서 물어볼까? 승진인 알겠지?"

그 즉시 승아는 새벽녘 소방관 영접 사건에 대하여 간략하게 보고했다. 얘기를 다 들은 태성은 한숨만 푹푹 내쉬었다.

오늘따라 자신의 청력이 무척 의심스러웠다. 세상 모든 남자를 홀리게 생긴 여자가 입만 열었다 하면 생각지도 못한 폭탄을 쏟아 내니 그 간극에 혼이 빠지고 진이 빠졌다. 어렸을 때 봤던 승아는 이렇지 않았던 것 같은데.

문득, 어디서 본 문구가 떠올랐다.

무엇을 상상하든 그 이상을 듣게 되리라!

"병원엔 갔다 왔어?"

"아뇨, 전 괜찮은데요."

"……목소리가 허스키한데, 연기 먹어서 그런 거 아냐?"

"목이 약간 아프긴 하지만, 탄 냄새 때문에 창문 열어 두고 자는 바람에…… 감기 기운이 약간 있을 뿐이에요."

태성이 혀를 끌끌 찼다. 그는 시간을 확인했다. 점심시간이 끝나려면 40분 정도의 여유가 있었다.

"가자."

"어디를요?"

"검사받으러."

잠갔던 문을 활짝 열고 나가자 갑작스러운 정적이 강력범죄수사 2팀 내에 감돌았다. 사복을 입은 남자들의 숫자는 그녀가 도착했을 때보다 늘어 있었다.

"50분 뒤에 다시 보고 듣겠습니다."

태성은 그렇게 말하고는 나가 버렸다. 그녀도 종종걸음으로 그 뒤를 따랐다. 경찰들의 시선이 모조리 승아에게 박혔다.

뺀질뺀질하게 생긴 스포츠머리 윤 경사는 그들이 사라지자마자 휘파람을 불어 댔다. 윤 경사는 살쾡이처럼 사나운 인상을 가진, 배가 두툼한 중년 남자의 취조를 멈추고 옆에 있던 하 경사 옆구리를 팔꿈치로 찔렀다.

"어이, 저 여자가 Nadodo1004야? 이름이 뭐야?"

"나승아. 우린 반장님 숨겨 둔 애인인 줄 알았지 뭐야. 원래 반장하고 아는 사이 같던데?"

"Nadodo1004 아이디 쓸 만하네. 웬만한 연예인보다 더 예쁘구먼. 여기가 빛이 나네, 빛이."

윤 경사는 걸걸한 목소리로 감탄에 감탄을 거듭했다.

"윤 경사가 한잔 사면 우리가 더 재미난 얘기를 해 주지."

맞은편 책상에서 급하게 포스트잇에 메모한 뒤 제보 전화를 끊은 김 경사가 웃으며 윤 경사에게 거들먹거렸다.

"재미난 얘기? 그게 뭔데?"

윤 경사가 물었다.

"일단 쏘기나 하셔."

윤 경사가 김 경사에게 승아에 대한 질문을 더 했지만 김 경사는 웃기만 하며 소주 사라는 말만 반복했다. 대각선 책상에 앉아 윤 경사에게 취조받던 남자의 눈이 희번덕거렸다.

영문 모를 검사받자는 소리에 승아는 태성의 등만 보고 걸었다.

무슨 검사냐 물어도 그는 대답이 없었다. 그녀가 당도한 곳은 경찰서 근처에 있는 이비인후과였다.

자초지종을 들은 의사는 간단한 테스트를 몇 가지 하더니 별 이상이 없다고 말하고 감기약만 처방해 줬다. 병원비는 승아가 지불하기 전에 그가 먼저 선수를 쳤다. 병원을 나오자 태성이 말했다.

"밥이나 먹자."

승아는 국밥집에서 묵묵히 밥만 먹는 태성을 힐끔 쳐다봤다.

여기까지 왔지만 분위기를 보아하니 은팔찌를 찬다든지 아니면 조서를 쓸 일은 없을 것 같았다. 뜻밖에 일이 잘 되어 다행이었다.

그나저나 USB는 언제 돌려줄까. 밥을 다 먹고 다시 광역수사대로 돌아가서 돌려받으면 되는 건가? 왜 아까 안 준 거지? 까먹었나? 어느 시점에 USB 얘기를 꺼내야 할지 눈치만 살피느라 밥이 입으로 들어가는지 코로 들어가는지도 몰랐다.

꾸역꾸역 기계적으로 입에 밀어 넣기만을 수십 번. 밥을 다 먹고 물을 마시고 있자니 태성이 계산서를 손에 들고 일어설 채비를 했다.

타이밍을 놓칠세라 얼른 말을 꺼냈다.

"죄송해요. 번거롭게······. 전 만들지만 않으면 별문제 없을 거라 생각했어요. 사태가 이렇게 커질 줄 몰랐어요. 저 때문에 괜히 시간만 낭비하신 것 같아서, 더 죄송하네요. 바쁘실 텐데······."

"소설에 총기 제작 장면 묘사가 있어서 소설은 압수야."

그는 한 수 위였다.

압수한다는 소리에 승아의 입술이 부루퉁하게 나왔다. 아우—!

USB의 유 자도 안 꺼냈는데 기다렸다는 듯이 말하다니! 그러나 이 대로 물러날 수 없었다. 동정심을 자극하는 호소라도 해야 할까?

"그럼 그 부분만 삭제하고 돌려주시면 안 될까요? 그거 쓰느라 너무 힘들었어요."

"USB 압수는 이번 일에 대한 교훈이라 여겨. 그리고 그 소설, 웬만하면 안 쓰는 게 좋을 것 같다. 다른 소재로 바꾸든지."

그는 처음부터 USB를 돌려줄 생각이 없었다. 이 사고뭉치 호랑 말코는 쓴맛을 봐야 다시는 이런 일을 저지르지 않으리라.

"그, 그런!"

청천벽력. 되돌려 받을 희망이 없음에, 소설을 처음부터 다시 적어야 한다는 생각에, 승아는 숨넘어갈 듯 외마디 비명을 질렀다.

그는 그녀의 반응은 아랑곳없이 단호히 말을 이었다.

"내 생각엔 이 일에 대해 굳이 승진에게 얘기할 필요는 없을 거 같다. 네가 하고 싶으면 하든지."

그는 시계를 봤다. 이미 머릿속은 보고받아야 할 사건으로 가득했다.

"바빠서 빨리 들어가 봐야 해. 넌 약 잘 챙겨 먹고 조심해서 돌아가."

엉거주춤한 자세로 승아가 일어서는데 태성이 계산을 하곤 바람처럼 사라졌다. 안녕히 가세요, 하고 인사할 새도 없었다.

경찰서에 도착한 태성은 미녀랑 먹는 점심은 더 맛이 있더냐고 놀리는 팀원들 때문에 골이 아팠다. 그는 5분 뒤 보고하잔 말만 하고, 커피를 든 채 그나마 조용한 사무실로 들어와서 의자에 앉았다.

"어휴."

태성은 눈을 감았다. 뜨끈한 커피가 목구멍을 타고 흘러 내려갔다. 달달한 커피로 잠시 한숨 돌리며 뻐근한 목을 주물렀다. 며칠째 계속되는 수사와 G20이 시작되기 전 수사를 끝내라는 상부의 압박에 심신이 고달팠다.

어이없기는.

그는 불현듯 실없이 웃었다. 승아가 직접 총기를 제작했다는 증거도 없었고 소설에 나온 총기 제작 방법은 그리 자세하지 않았다. 문제가 될 사유는 없었다. 모두에게 다행이었다. 그에게나, 승진에게나, 그리고 아마도 승아에게나.

태성은 감은 눈을 떴다. 모니터 창에 띄워진 청와대 습격 사건 소설이 문득 눈에 들어왔다. 하얀 바탕에 잔뜩 적힌 단어, 문장, 글.

그는 클릭 한 번으로 한글 파일 창을 닫았다. 뒤이어 나타난 (K:) 드라이브 창도 끄려는 찰나, 자소서란 이름의 한글 문서가 보였다.

태성은 잠시 동작을 정지했다.

돌려줘야 될까? 기업에서 자기소개서를 까다롭게 취급한다는 기사가 뇌리를 스쳤다. 어쩌면 승아에겐 중요한 파일일지도. 그는 폰을 만지작거렸다. 지금이라도 전화할까? 별것 아닐 수도 있으나 우선 그가 읽어 봐야 했다. 그래야 승아에게 다시 연락해서 이 파일을 보내 주든지 말든지 할 수 있었다.

읽지 않고 그냥 이메일로 보내 줘도 되건만 괜스레 이런저런 이유를 만들어 가며 더블클릭했다. 호기심이 논리를 이기는 순간이었지만 그는 깨닫지 못했다.

「안녕하세요.

격하게 사랑하는 X출판사의 끝없는 대박행진을 염원하며 저의 소개를 시작하겠습니다.

저는 분지와 더위로 유명한 대구에서 태어나 폭염을 견디는 데 일가견이 있는 ○○여대생 나승아라고 합니다.

20년 이상을 대구 여름에 적응하고 순응하는 삶을 살아온지라 에어컨 없이도 불볕더위를 견딜 줄 아는 쇠심줄 같은 인내심을 갖고 있습니다.

저는 과묵하신 아버지와 커뮤니케이션에 일가견이 있으신 어머니 밑에서 자랐습니다. 저는 두 분의 장점만 흡수하여 수다 조절에 탁월한 감각이 있습니다.

즉, 때와 장소에 맞게 떠들고 다물어야 할 때를 압니다. 사회생활의 필수인 커뮤니케이션에 능숙하다는 장점은 직장생활에 큰 도움이 되리라 생각합니다.

그리고 집안에 우환이 생길 때마다 자식들을 앞세워 소원을 들어주기로 유명한 팔공산을 올라가시는 어머님을 둔 덕분에, 체력에는 자신이 있어 잦은 야근에도 문제가 없습니다.

저는 어머님이 자장면이 싫다고 하실 때 짬뽕을 먹는 융통성도 갖추었습니다. 즉, 야근도 융통성 있게 할 수 있다는 뜻입니다.

그리고 어렸을 때부터 욕심이 많고 정열적이어서 한번 문 것은 절대 놓지 않는 성격입니다. 타 편집인들과 레벨이 다른 집요함으로, 사채업자들이 빌려 준 돈 받아 내듯이 작가님들을 끈질기게 닦달하여 마감을 맞출 자신이 있습니다.

또, 저는 워드 1급 자격증이 있어 양손으로도 타자를 잘 치지만 독수리 타법을 사용해 한 손으로도 한글 300타를 치는 내공의 소유자입니다. 따라서 급박한 순간에도 번개같이 원고 교정을 할 수 있습니다.

예를 들어, 교통사고가 나서 한 팔에 깁스를 하게 되는 날이 오더라도 일하는 데 전혀 지장이 없을 것을 보장합니다. 기왕이면 다홍치마라고 불시에도 일할 수 있는 저 같은 사람을 회사에선 직원으로 뽑아야 한다고 생각합니다.

학창 시절에는 결석 한 번 없이 오로지 급식을 먹으러 다녔습니다. 친구들과 수다를 떨고 쉬는 시간에 매점에 쫓아가는 재미로 출석했습니다. 쉬는 시간은 짧았지만 철저한 시간 엄수를 했습니다.

그렇습니다. 저는 시간관념이 정확한 사람이기도 합니다. 또한, 친구들을 부추겨 가끔 야자를 빼먹는 남다른 수준, 어나더 레벨의 우월한 설득력을 발휘하기도 했습니다.

동시에 저는 그들이 조퇴를 원할 시 매번 다른 병명을 지어 주는 다채로운 창의력의 소유자였습니다. 도움을 요청하는 그들에게 공짜로 병명을 지어 주는, 널리 자비를 베풀 줄 아는 미륵의 마음씨를 가진 이가 바로 저였습니다.

졸업 후 화장실에서 똥만 생산하는 상잉여가 되고 싶지 않습니다.

이제 와서 재벌 딸로 다시 태어나거나, 로또에 당첨이 되거나, 벤처 기업 운영가가 되어 대박 날 가능성은 희박한지라 저는 평생을 surplus life, 즉 사회에서 잉여로운 삶을 살아갈 것입니다.

어차피 평생을 잉여 인간으로 살 팔자라면 취직한 잉여가 되고 싶습니다.

배울 만큼 배웠고 목구멍에 밥숟가락 떠 넣는 데 혈안이 되어 있으니 저를 뽑아만 주신다면 귀사에 영혼을 바치겠습니다.

———————————————아아아아아아악!!!!!!!!!!!!!!!!!!!!

홍! 성장과정? 뭘 이리 구구절절 묻는 건지, 날 알아서 뭐하게! 라고 쓰고 싶도다.

진지하게 쓰려니 혈압 올라가네. 그냥 이걸 확~! 제출할까 보다! 망할 자소설 같으니! 이게 무슨 자기소개서냐. 이건 자기소설이다. 자기위주 작위적 구라+뻥 소설!

세상천지 어느 누가 자소서에 자기 못난 점을 쓰겠냐고요. 응?!

요 모양 요 꼬라지라 이류도 아니요, 삼류도 아닌 너네 회사밖에 지원 못 해서 미안하다고 쓰리? 엉엉

나의 포부가 뭐냐고?

나의 포부는 대한민국을 대표하는 칼퇴근의 전문가, 칼퇴근의 대가(大家), 칼퇴근 권위자가 되는 거야.

잉여의, 잉여에 의한, 잉여로운 삶을 위한 아리따운 칼퇴근 프로!

10년 후 나의 모습?

홍! 로또 당첨 후 사표 쓰고 여유로운 잉여가 되는 거지. 노벨 문학상 따윈 바라지도 않는다. 등단이라도 하면 감지덕지야.

1년 안에 잘릴지도 모르는 요즘 세상에, 왜 10년 후 나의 모습이 궁금하니?!

이거라도 잘 쓰면 10년 직장 보장합니까? 엉엉— 자소서 따위, 따위, 따위!!」

사고뭉치에게 이건 안 돌려줘도 상관없겠네. 글을 다 읽은 태성은 함박웃음을 짓고 있었다. 승진이 결혼식에나 한 번 볼까 더는 볼 일

없겠군.

태성은 괜스레 폰의 통화목록을 눌러 승아의 번호를 쳐다보았다. 잘 가고 있는지 문자라도 보내 볼까 하다가 그냥 말았다.

반짝이는 코를 가진 루돌프를 빼내어 서랍에 넣었다. 뚜렷한 이유 없는 아쉬움에 씁쓸해지는 최 반장이었다.

Chapter 4.

망연자실. 청천벽력. 마른하늘에 생벼락이 따로 없었다.

글을 처음부터 다시 써야만 하는 승아는 눈앞이 캄캄했다. 깜찍이 루돌프를 되돌려 받지 못한 설움에 화가 치밀었다. 열 받을 대로 받은 그녀의 머릿속에는 A를 기록한 매력적인 손과 병원에 데려다주고 밥을 얻어먹은 일은 삭제된 지 오래였다. 그녀가 민망할까 봐 굳이 승진에게 이 일을 얘기할 필요가 없을 것 같다고 은근히 배려받은 것은 파악도 못 했다.

KO패. 처음부터 끝까지 모조리 다 당한 기분이었다. 입을 삐죽이 내밀고 씩씩거리며 집에 도착하자마자 블로그 '나의 하루' 게시판에 그놈의 만행을 토해 냈다.

제목: 납치범을 고발합니다.
루돌프 납치범 최태성 죽여 버릴 거야! 죽여죽여죽여죽여!!!

승진이 때문에 만나자고 거짓말하고선, 약속 장소를 불교 방송국 뒤로 정해서 불교 전문 기자인 것처럼 행세하고!

세상에, 경찰이 신분 위조해도 되냐고? 내 세금으로 입에 풀칠하는 주제에 감히 시민한테 협박을 하다니. 태도는 또 얼마나 거만하고 오만한지, 나 원, 그 뻣뻣한 목이 태풍에 부러지지 않는 게 용타. 갖은 정성 들여 퇴고한 소설도 훔쳐 가고 귀염둥이 루돌프도 납치 감금하는 이놈을 고발합니다. 어흐흐흐흑······.

나 이제 어떻게 하니. ㅜ.ㅜ

분노의 타자질이었다. 승아는 눈에 불을 품고 자판이 부러져라 두드리며 억울함을 열거했다.

되새기니 더 괘씸했다. 소설 훔쳐 간 경찰을 잡아 달라고 경찰서에 신고할 수도 없는 현실이 짜증났다. 이렇게 살 수 없다. 구렁이 담 넘어가듯 슬그머니 넘어갈 수 없도다. 소설 훔쳐 간 놈에게 복수할 거라며 비 맞은 중마냥 중얼거렸다.

지피지기면 백전백승. 자신에 대해선 잘 파악하고 있으니 적에 대해 알아보는 것이 급선무. 승아는 인터넷에서 루돌프 납치범의 직장, 광역수사대부터 검색하기 시작했다.

광역수사대원 홈페이지가 제일 처음에 나왔다. 그녀는 대뜸 클릭부터 했다.

한국형 FBI인 WAIS, 즉 광역수사대원들은 강력계에서 쌓은 3년 이상의 경험과 뛰어난 무술 실력을 갖고 있다. 현재 서울 광역수사대원 146명의 무술 단수를 합치면 태권도 214단, 유도 112단, 합기도 93단,

검도 8단 등 모두 427단이다. 한 사람 평균 2.92단인 셈이다. 사무관 리반원을 빼면 순수 수사요원의 평균은 3단을 넘는다.

헐. 무술 실력이 장난 아니구나.

승아는 최태성 이름 석 자도 포털 사이트 입력창에 얼른 넣었다. 기사 제목이 좌르륵 떴다.

최태성 경위, 소매치기 검거하다 칼에 습격
얼짱 경찰관 최태성, 소매치기 16명 모조리 검거
최태성 팬클럽, '경찰근무' 탄생
태권도 3단, 유도 3단, 합기도 3단, 합이 9단 무적의 경찰관
얼짱, 몸짱 경찰관 활약에 네티즌 열광
최태성 경위 병실에 팬레터 쇄도

그녀는 기사란 기사는 깡그리 정독했다.

'하! 어쭈, 팬클럽도 있으시다? 어디 보자, 경찰근무?'

서둘러 '경찰근무' 카페를 찾아냈다. 5천여 명이 가입된, 최태성의 팬클럽 경찰근무는 경험하고 싶은 찰진 근육의 무간도의 줄임말이라고 대문에 나와 있었다.

찰진 근육의 무간도가 도대체 무슨 말이야?

승아는 카페 대문에 연녹색 형광색 글씨로 번쩍이는 '경찰근무란?'을 눌러 보았다.

무간도는 사도(四道)의 하나입니다. 번뇌를 끊고 진리를 체득하는 단

계로, 막힘이 없는 경지라고 사전에는 서술되어 있습니다.

즉, 쉽게 풀이하자면 경찰근무의 뜻은 '경험하고 싶은 찰진 근육의 극한의 경지'라고 보면 됩니다. 사바중생이 들끓는 속세의 더러운 용어를 이용해 한마디로 표현하자면 '만지고 싶다'입니다. 여기는 수컷 냄새 풀풀 풍기는 짐승남 최태성을 만지고 싶은 사람들이 활동하는 곳입니다. 우리는 만지다 태성 씨에게 체포되어도 좋다!!!

p.s 만진 사람 상시 제보 원합니다.

승아는 쿡 하고 웃었다. 그녀가 원하는 것은 만지는 것이 아니라 복수였다.

우선 팬클럽에 가입부터 했다. '루돌프 납치범 복수할 거야'라는 닉네임도 입력하고 최태성에 대한 글을 하나하나 클릭했다. 승아는 그가 빠른 29살이란 것도 알아냈다. 카페에는 그의 기사와 사진이 넘쳐 났다. 쳇, 사진이 멋있긴 하네. 그래, 아깐 쫄아서 제대로 감상을 못 하긴 했어.

시간 가는 줄 모르고 적 연구에 모든 힘을 매진하다 보니 피곤했다. 감기약 기운에 눈꺼풀이 해롱거리기 시작했다. 승아는 유령처럼 비척비척 일어나 겨우 씻고 이불 위에 눕자마자 잠에 빠져들었다.

다음 날 아침.

그놈, 최태성!

눈 뜨자마자 그가 생각났다. 심장이 갓 잡은 싱싱한 생선마냥 팔딱팔딱거렸다. 경찰서에 잡혀 갈 일도 이젠 없고, 긴장할 필요가 전혀 없건만 왜 이러지? 복수 생각에 아침부터 흥분이라도 되는 건가?

승아는 누워서 눈만 끔뻑끔뻑거리다 소리를 꽥 질렀다.

"아오! 소설 어떻게 해!"

졸린 기운이 싹 가셨다. 가출한 이성도 돌아오기 시작했다.

복수는 무리였다. 너무 벅찼다. 힘도 세고 덩치도 산만 한 데다무술이 총 몇 단인진 모르나 하여간 몹시도 잘하는, 경찰대학을 수석 졸업까지 했다는 똑똑한 인간과 싸워 봤자 그녀만 고생이다.

그는 승아보다 레벨이 높았다. 옴치고 뛸 수도 없다. 뱁새가 황새걸음을 걸으면 가랑이가 찢어진다는데, 잘못하다간 가랑이 찢어지는 정도로 끝나는 게 아니라 업무방해죄로 은팔찌를 철컹철컹 차고 빨간 줄 그어져서 국가에서 주는 콩밥 먹는 거다.

얼굴 마주칠 일이라도 자주 생기면 어떻게라도 괴롭혀 주겠지만…… 이 인간을 더는 볼 일이 없다. 결정적으로, 가족한테 들키면 혼날 가능성이 큰 약점을 잡혔다는 것이 찜찜하기도 했다.

아침이라 그런지 어제 활화산처럼 터지던 화가 한풀 꺾였다. 집나갔다 돌아온 이성이 분노의 빈자리를 차지했다.

여전히 방에선 탄 냄새가 났다.

그녀는 폭신한 이불 위에서 뒹굴뒹굴거리다 일어나 베란다로 나아가 바깥 창문을 열었다. 자꾸만 쿵덕쿵덕대는 심장을 진정시키려 천천히 심호흡을 했다. 서늘한 아침 공기가 코 안으로 들어왔다.

그녀는 밖을 보았다. 어제보다 바람도 덜 불고 하늘엔 구름 한 점 없었다. 반짝이는 햇살만큼 그녀의 마음도 빛이 나는 것 같기도 했다.

그래, 긍정적인 사고를 하자. 광역수사대 건물을 공짜 투어했다고 여기자. 언제 또 경찰서를 가 보겠어. 어제 일을 소설 소재로 쓸 수도 있다 자기 합리화하며 몇 번이나 스스로 다독였다.

승아는 소설을 새로이 쓰기 위해 책상 앞에 앉아 노트북을 켰다. 한글 새 창을 띄웠다. 백지. 새하얀 화면이 모니터에 가득 차 있었다.

백지. 백지. 백지. 백지라니······.

그녀의 현재 정신 상태를 반증하는 것 같아 머리를 쥐어뜯었다. 경찰근무 카페에서 본 사진이 까만색 커서가 깜빡이는 박자에 맞춰 슬라이드 모드로 아른아른거렸다.

에잇! 아침 댓바람부터 왜 자꾸 생각나고 난리여, 난리가! 확, 광역수사대 습격 사건을 쓸까 보다. 승아는 머리를 책상에 처박고 앓는 소리를 냈다. 처음부터 다시 시작하려니 그 막막함에 얼굴이 절로 찌푸려졌다.

갑자기 전화가 왔다. 혹시······ 그인가 싶어 액정에 뜨는 발신자 번호부터 봤다. 승아는 한숨 쉬며 전화를 받았다.

"여보세요."

— 일났나?

"네."

— 낼 저녁에 약속 잡피따.

김 여사였다.

"몇 신데요?"

기분에 따라 반말, 존댓말을 섞어 쓰는 승아였다.

— 7시. 그 어디고 그, 마포역에 이태리 레스토랑에서 보자 카드라. 2번 출구라 카든데, 내가 좀 이따 문자로 레스토랑 이름 보내께.

악!

마포역, 불교 방송국, 광역수사대. 마포의 악몽이 해일처럼 그녀를 덮쳤다.

"알겠어요."

그녀는 맥없이 대답했다.

— 니 그 뭐꼬, 지난번에 내랑 샀는 그 남색 원피스 안 있나, 안에는 꼭 그거 입고 나가그라. 머리 풀고. 그리고 코트는 무지개떡 코트로 걸치고.

"……무지개떡 코트가 뭔데?"

— 무지개떡처럼 흰색에서 빨간색으로, 위에서 아래로 색깔 점점 찐해지면서 변하는 거 있잖아. 그게 무지개떡 코트지.

맙소사. 승아는 말문을 잃었다. 빨강색의 채도를 나타낸 그 예쁜 트렌치코트를, 어떻게 무지개떡이라고 표현하실 수 있으신 겁니까! 대답 없는 승아가 자신의 말에 긍정한 거라고 여기신 김 여사는 흥분한 목소리로 계속해서 명을 내리셨다.

— 정성 드리가 화장해라. 요번 머스마는 딴 놈들하고는 다르다.

"뭐가 다른데요?"

— 궁합 봤는데, 천생연분이라 카드라.

아하, 그래서 옷을 뭘 입어라 일일이 다 하문하신 거로군.

"아이고, 시어마시야. 그런 거 쫌 고마 보소. 돈 아깝지도 않나."

매번 반복되는 실랑이가 잠깐 이어졌다.

— 나가가 오만소리나 하지 말고.

"예, 알았심더."

열의 없이 승아가 말했다.

— 아직 밥 안 무째? 빨리 묵으라. 끊는다.

"이름은 안 알리 주나?"

— 만나 보믄 안다. 회색 코트 걸친 등치 좋은 사람 찾으면 된다.

"연락처는?"

— 가 보믄 안다니까.

여느 때와 달랐다. 김 여사는 선보기 전에 항상 상대방 프로필을 줄줄 읊으셨는데 이번엔 이름조차 안 알려 주시니 영문을 통 모르겠다. 하긴, 언제는 김 여사 생각을 짐작이나 했던가?

그 어머니에 그 딸이라는 생각은 못 하는 속편한 승아였다.

✳

토요일, 7시 정각.

마포역, 레스토랑 앞에서.

'이건 뭐지?'

승아는 화사한 붉은색 타원형 입구를 보고 주춤했다. 자신이 입은 빨강색 채도—무지개떡—를 표현한 트렌치코트로 눈동자가 저절로 움직였다. 거참. 둘 사이가 활활 불타리라는 계시를 암시라도 하는 건가 싶어서 실소하며 레스토랑 안으로 들어갔다.

종업원이 승아에게 예약했냐고 물었다. 그녀는 잠시만요 하고 읊조리며 회색 코트에 덩치 좋은 남자를 찾아 찬찬히 눈을 굴렸다.

레스토랑은 크기가 작았으나 천장이 높아 답답한 느낌은 없었다. 코르크 마개가 빼곡하게 채워진 한쪽 벽면이 인상적이었다. 레스토랑 안엔 수십 개 와인 잔이 천장에 걸려 있는 조그마한 바가 있었다.

갖가지 종류의 와인이 꽂힌 유리로 된 대형 와인진열장 사이로 잔잔한 클래식이 흘렀다. 실내장식은 깔끔하고 세련된 블랙으로 통일되어 있었다.

몇 개 없는 테이블에 꽉 찬 손님들 중 회색 코트를 입은 남자는, 코르크 마개로 장식된 벽 쪽 테이블에 앉아 유리창 밖을 보고 있는 남자 한 명뿐이었다.

창밖만 보던 회색 코트의 남자의 고개가 돌연, 승아가 서 있는 입구 쪽을 향했다. 호랑이 보고 놀란 토끼처럼 휘둥그레진 승아의 눈이 남자와 마주쳤다. 그의 시선은 그녀의 얼굴보다는 코트에 쏠린 것 같았다.

종업원이 옆에서 '손님?' 하고 부르는데 승아는 듣는 둥 마는 둥 부리나케 레스토랑 밖으로 뛰쳐나갔다. 그녀는 떨리는 손으로 폰을 꺼냈다. 번호를 누르는데 자꾸 손가락이 미끄러졌다. 전화 연결이 되자마자,

"엄마! 오늘 내가 만나는 사람이 최태성이야?"

다짜고짜 묻는 승아였다.

— 응. 근데 니 와 지금 전화하는데? 지금 만나는 중 아이가?

"최태성이면 최태성이라고 미리 말을 해 줬어야지! 왜 안 했어!"

승아는 다급하게 소리쳤다.

"그러게. 나승아면 나승아라고 미리 말해 주셨어야지. 왜 안 하셨을까 몰라."

뒤에서 남자 목소리가 들렸다. 승아는 눈치를 보며 천천히 뒤돌아섰다.

"전화 끊고, 날도 쌀쌀한데 들어와."

짧게 명령한 그는 레스토랑으로 들어갔다. 사라진 남자의 등이 거대한 태산 같았다. 넓기는 또 어찌나 넓은지. 등짝 한번 실했다.

— 여보세요? 승아야. 안 들리나?

딸을 부르는 김 여사의 목소리가 우렁찼다.

"지금 만났어요. 엄마, 나중에 다시 전화할게요."

— 그래, 알았다. 오늘 잘해래이.

그녀의 속도 모르고 응원하느라 바쁜 김 여사였다.

승아는 즉시 안으로 들어갔다.

자기 할 말만 하고 홀연히 사라진 남자에게 한마디 안 해 주고는 견딜 수가 없었다. 옥살이를 할지도 모른다는 두려움도 사라졌고, 소설도 뺏긴 상태에서 그녀는 거칠 게 없었다.

승아는 가방을 의자 위에 거칠게 던지고 장갑부터 벗었다. 코트도 벗어 의자에 놓고 편히 앉았다. 소설 생각에 목이 탔다. 종업원이 가져온 물 잔을 낚아채듯 잡아 들었다. 생각 같아선 루돌프나 내놓으라고 멱살이라도 잡고 싶었지만 상대가 상대이니만큼 그녀는 충동을 억눌렀다.

"그쪽도 오늘 저인 줄 몰랐어요?"

"빨간 무지개떡 얘기만 들었지. 나도 그 코트 보고 놀랐다고."

물 한 모금 넘기는데 무지개떡 얘기에 사레가 들렸다. 태성이 히죽 웃더니 저런, 하며 켁켁거리는 그녀에게 티슈를 건넸다. 승아의 얼굴이 화끈화끈거렸다. 김 여사가 저놈의 떡 얘길 아주머니한테도 하셨나 보다. 왜 이 사람 앞에선 얼굴 붉힐 일만 자꾸 생기는 건지. 승아는 티슈를 받아 들고 호흡을 가다듬으려 애썼다.

당황하는 승아를 놀리는 태성은 경찰서에서보다 한결 즐거워 보였다.

그도 이제야 코트를 벗기 시작했다. 회색 코트를 벗자 감춰졌던 옅은 푸른색 와이셔츠가 드러났다. 검지로 콕 찔러 보고 싶을 정도로 탱탱한 가슴근육이 팽팽한 천 아래 도드라졌다. 그가 한 검정색 넥타이는 푸른색 와이셔츠와 적절한 조합이었다.

경찰서에서 터프해 보였던 그는 세련되면서도 금욕적인 이미지의 남자로 변신해 있었다. 한마디로, 정장 차림은 그와 끝내주게 잘 어울렸다. 옷걸이가 좋고 볼 일이다.

"코트 보고 놀랐다는 거예요, 아니면 절 보고 놀랐다는 거예요? 이 코트가 뭐가 어때서. 예쁘기만 하구만."

"그 코트 입은 널 보고 놀랐지. 난 무지개떡 코트에 이의 없다. 넌 뭐라고 들었는데?"

태성이 두 손바닥을 승아 쪽으로 들어 보이며 자신의 뜻을 피력했다.

"그 떡 얘기 그만할 수 없어요?"

태성을 잠시 흘기고 승아는 덧붙였다.

"회색 코트 입은 덩치 좋은 남자 찾으라는 말만 들었어요. 아무것도 안 알려 주셨고."

"휴, 어쩐지 나한텐 코트 벗지 말라는 소리만 하시더니, 보아하니 어머니 두 분께서 아예 작정을 하셨군. 그러니 옷 얘기만 하셨겠지."

황당한 설명이라며 태성은 혀를 찼다.

"너, 23살 아냐? 아직 그럴 시기가 아닌데 왜 벌써부터 선을 봐?"

"무당이 25살 안에 절 결혼시키라고 했대요. 안 그러면 명 짧아진대나 뭐래나. 어차피 우리 엄마랑 아주머니랑 연락하며 지내시니 아주머닌 다 아실걸요. 얘기 못 들었어요?"

뜻밖의 대답에 태성이 할 말을 잃은 듯 조용히 있더니 이윽고 쿡쿡거리기 시작했다. 그는 모전여전이라는 말이 떠올랐지만 입 밖에 꺼내진 않았다.

오늘 나올 무지개떡이 나승아인 것을 안 순간부터 그는 하늘을 날아 올라가는 풍선처럼 기분이 둥실둥실 들떴다.

굳이 비유를 하자면, 퇴근 후 집에서 무심코 확인한 로또가 1등에 당첨된 느낌이랄까. 그래서 그는 혹여나 USB 압수 때문에 툴툴거리며 말도 없이 승아가 집에 가 버릴까 봐 부러 도발까지 했다. 딱딱한 명령조로 들어오라고.

그의 예상대로 발끈한 승아가 삐쭉거리며 들어왔다. 안 가서 다행이라고 안도하며 신이 난 그는 그녀의 옷을 반찬 삼아 놀렸다.

"그래서 결혼은 빨리 하고 싶고?"

"아뇨. 아직은 뭐…… 잘 모르겠어요. 그러는 그쪽은 왜 이런 자리에 나오셨을까. 팬클럽까지 있는, 인기도 많은 양반이."

루돌프 때문에 심기가 좋지 않았던 승아가 태성을 살짝 비꼬는데 종업원이 와서 주문을 재촉했다.

"여기, 해산물 파스타랑 고르곤졸라 피자가 맛있어. 샐러드는 연어 샐러드로 하면 될 것 같은데, 괜찮아? 해산물 알레르기 같은 건 없지?"

"저녁 먹으려고요?"

커피나 한 잔 마시고 바로 돌아가려 했던 승아는 내심 놀랐다.

"배 안 고파? 시간이 7시가 넘었는데. 여기까지 온 김에 밥이나 먹고 가. 다른 거 먹고 싶은 거 있으면 그걸로 시켜도 되고."

태성은 짐짓 아무렇지 않게 말했다. 기왕 왔으니 밥 사 준다는 식으로. 그는 그녀를 손쉽게 보내 주고 싶지 않았다.

승아는 얼떨떨했지만 아무렇지도 않게 쿨한 척, 맛있다는 걸로 시키자고 말했다. 밥까지 같이 먹게 될 줄이야.

의외였다. 경찰서에서 본 태성은 굉장히 무뚝뚝했고 말투도 죄다 명령문에, 말도 거의 안 했는데 오늘은 말도 길게 했다. 그때는 메뉴 선택권도 안 주고 끌고 다니더니 해산물 알레르기는 없는지, 메뉴가 마음에 드는지 물어보는 모습은 놀랍고 신기했다.

"음료는 무엇으로 하시겠습니까?"

메뉴를 받아 적던 종업원이 물었다.

"와인은 마셔?"

"자주는 안 마셔 봤는데. 어떤 게 괜찮아요?"

"화이트 와인으로 주문하면 될 것 같은데. 마실래?"

"네."

"화이트 와인으로 두 잔 주세요."

주문을 끝내자 기다렸다는 듯 어디선가 딩동 소리가 들렸다. 태성이 폰을 꺼내 문자를 확인했다. 문자를 읽는 그의 얼굴은 미묘했다. 난처해하는 것 같기도 하고 어이없어 하는 것 같기도 했다.

"경찰서에서 연락 온 거예요?"

"아니, 어머니한테서."

"뭐라고 하셨는데요?"

태성은 짧게 한숨을 내쉬었다.

[범죄자 대강 잡고 여자를 잡아라. 일에 미쳐 여자랑 연애도 안 하고 살면 상또라이다. 머리 깎고 절에 들어갈 것도 아니고 하다못

해 남자를 데려오는 것도 아니고. 제발 이번엔 좀 잘해. 〈저세상조〉에 예약한 오동나무 관에 들어가기 전에 아들이 여자 만나는 것 좀 보자. 참고로 난 승아 찬성이다. 나도 남들처럼 며느리가 해 주는 수의가 입고 싶다.]

건강하기 그지없으시면서 오동나무 관과 수의 타령을 하시다니. 한편으론 오죽 답답하셨으면 이런 문자를 보내셨을까 싶어 태성은 쓴웃음이 났다.

"잘하라고."

그는 90바이트는 한참 넘는 장문을 간단히 요약했다.

"우리 엄마랑 똑같네요."

엄마들은 다 똑같은가 보다. 승아는 웃음이 났다. 어렵기만 하던 태성이 자신과 이런 공통점이 다 있나 싶다.

처음 보는 그녀의 미소였다. 태성은 킥킥거리는 승아의 웃음을 홀리듯 응시했다. 곱게 화장하고 윤기 있는 머리를 늘어뜨린 승아는 꽃 같았다. 아침 이슬을 머금은 한 떨기 붉은 장미를 어쩌다 사고뭉치라고 생각했을까.

피곤에 찌들어 신경이 날카로웠던 이틀 전, 직장에서 봤을 땐 보이지 않던 사소한 것들이 눈에 들어오기 시작했다.

굴곡진 몸매를 도드라지게 만드는 타이트한 원피스를 타고 흘러내리는 부드럽고 풍만한 곡선. 풍성하게 휘어진 길고 짙은 속눈썹. 잡티 하나 없는 뽀얀 피부. 둥글고 우아한 이마. 오똑한 코에 붉고 도톰한 입술. Nadodo1004는 골칫덩어리였지만, 현재 그의 앞에 앉아 초승달 같은 눈웃음을 짓는 승아는 다른 여자 같았다.

별난 자소서를 써서 그를 웃게 만든 나승아는 다른 여자였다. 다른⋯⋯. 그래, 여자. 여자 나승아. 그의 앞에 있는 나승아는 여자였다. 왜인지 자꾸 더 말 걸어 보고 싶고 무슨 생각을 하고 사는지 속속들이 다 파헤쳐 보고 싶은.

"아주머니랑 아저씨는 다 잘 지내시죠?"

음식이 나왔다. 연어 샐러드를 포크로 찍으며 승아는 자연스레 말을 이었다. 부모님들께서 모임을 가지시는 것은 알고 있지만, 승아의 부모님은 친구분들에 대해 자식들에게 시시콜콜 말씀하시는 스타일은 아니었다.

"잘 지내셔. 아버지는 얼마 전에 퇴직하시고 경기도로 귀농하셨어."

얘기를 들으며 그녀는 와인을 맛보았다. 드라이하지만 부드럽게 넘어가는 와인의 은은한 향이 입속 가득 퍼지며 코끝까지 와 닿았다. 투명한 황금빛 맛에 승아는 감탄을 했다.

"멋있어요. 저도 나중에 은퇴하면 귀농하고 싶은데."

"의외네."

와인을 한 모금 마시고 황홀해하는 승아의 표정에 태성은 저도 모르게 침을 삼켰다. 무의식중에 그의 손이 와인 잔에 닿았다. 그도 와인을 마셨다. 촉촉하게 젖은 저 입술 또한 이 맛과 향이 나리라.

그는 소리 없는 신음성을 내뱉으며 의자를 고쳐 앉았다. 아래에서 묵직한 자극이 밀려왔기 때문이다. 당황한 그는 음식을 씹으며 대화에 집중하려 노력했다.

"좋잖아요. 공기 좋고 물 좋은 곳에서 자급자족하고. 당장 귀농하긴 그렇고 나중에, 아주 나중에 하고 싶더라고요. 아영 언닌 잘 지내죠? 언니는 이제 결혼해서 애도 있겠네요."

아영은 태성의 누나였다. 승아의 기억이 맞는다면 둘은 4살 차이일 것이다.

"조카가 한 명 있긴 한데, 누난 이혼했어."

"어머, 전 전혀…… 몰랐어요. 죄송해요."

"괜찮아. 모를 수도 있지. 우린 아무렇지도 않아. 그건 그렇고, 아까 주문하느라 답을 못 했는데 말이야."

태성은 한쪽 눈썹을 치켜 올리고 대수롭지 않게 화제를 전환했다.

"내 팬클럽이 있긴 하지만 요즘엔 거기 사람들 활동도 안 할걸. 사건 생겼던 당시에 잠시 사람들이 반짝한 거지. 그런데, 나한테 관심이 많나 봐? 내 팬클럽도 알게. 혹시…… 가입도 한 거 아냐?"

능글능글하게 질문하는 태성의 검은 눈동자가 설핏 번쩍거렸다. 그는 그녀가 그렇다고 말하길 기대했다. 그냥, 그러길 바랐다.

"기사만 봤어요."

뜨끔한 승아는 급하게 와인 잔을 들어 마시는 척했다.

가입했구나. 기분이 아주 좋아진 태성은 연신 웃음을 감추지 못했다.

"닉네임이 뭔데? 너도 짐승태성 뭐, 이런 걸로 했어?"

제길. 경찰이라 그런지 기사만 봤다는 그녀의 거짓말은 씨알도 안 먹혔다. 경찰서에서도 아주 지능적으로 사람을 취조하더니, 김 여사 레이더만큼 이 인간의 거짓말 탐지기도 장난이 아니다. 승아는 꼬리를 내렸다.

"그런 닉네임 안 썼어요. 그날 집에 가서 궁금해서…… 검색하다가 기사에 팬클럽 이름이 뜨기에 구경한 게 다예요."

승아는 애써 태연한 목소리를 냈다. 스파게티를 포크에 감는 걸 보는 양, 그녀는 슬그머니 눈길을 피했다.

그가 승진에게 아무 말도 하지 않겠다고 했지만 괜한 말썽은 만들어서 안 된다는 결론이 머릿속을 팽팽 돌았다. 복수하려고 홧김에 가입했다는 건 입이 찢어져도 말할 수 없었다. 심기를 긁었다가 행여나 승진에게 그녀가 경찰서에서 취조받았다는 얘길 하기라도 하면!

그 결과는 상상하지 않아도 끔찍하다. 그녀가 민망해하는 것을 알았는지 다행히 태성은 더 이상 닉네임은 캐묻지 않았다.

그녀는 포크에 돌돌 감긴 스파게티를 입으로 가져가 오물오물 씹었다.

'어서 주제를 바꿔야 해! 이 스파게티처럼 대가리를 굴려! 굴리라고!'

"와인은 잘 모르지만, 이건 향이 참 좋네요. 여기 음식도 맛있고. 자주 오시나 봐요."

가까스로 화제를 돌리고 그녀는 안도했다.

"뭐, 자주는 아니고. 가끔. 직장이랑 가까우니까."

음식 얘기를 하다 보니 승아의 호기심에 초록불이 들어왔다. 어차피 오늘 보고 또 볼 일 없겠지만, 그래도 이 질문은 해야 되지 않겠는가? 선 자리에서 이걸 안 물어봤던 적이 없었다. 이 만남을 선 자리라 봐야 할지 의문이긴 했지만, 밑져야 본전이다.

"그럼…… 아영 언니랑 같이 사시는 거예요? 아니면 혼자?"

"따로 살아."

"어머, 혼자 살면 밥 때문에 불편하겠다. 음식은 잘 하시는 편이에요?"

그녀는 미끼를 던졌다.

"된장찌개 같은 건 할 줄 알아. 기본적인 거야 대강 하지만 맛은 뭐, 그냥 그래."

된. 장. 찌. 개!

기본적인 거야 하지!

지금까지 승아와 선본 남자들은 다 부모와 함께 사는 서울 출신의 사람들이었다. 그래서인지 한결같이 다들 요리엔 관심 없고 먹을 줄만 안다고 했다. 어찌나 일관성이 넘치시는지, 그 무개성에 얼마나 실망을 많이 했던가! 미리 짜고 나온 듯한 모르쇠 반응에 제풀에 지쳐 가던 승아였다.

된장찌개 소리에 승아의 기대감은 넘실넘실 춤을 췄다. 생각지 못한 대답에 그녀의 기분이 상승곡선을 타며 미친년 널뛰듯 날뛰기 시작했다. 그녀의 입꼬리가 자꾸만 위로 올라가려고 했다.

"어머머, 혼자 살면 음식물 쓰레기가 은근히 많이 나오지 않아요? 대파 같은 건 조금만 사려면 비싸고 한 단씩이나 사면 양이 너무 많아서 처치 곤란이던데. 그런 건 어떻게 하세요?"

하늘을 날 듯 들뜬 목소리로 질문하는 승아의 얼굴에 화색이 감돌았다.

"대파는 마트에 다 잘려서 냉동으로 파는 거 있던데. 난 그냥 그거 사서 써."

승아는 마트에서 파는 거란 얘기가 살짝, 아니 사실 아주 많이 거슬렸다. 하지만.

'닥쳐. 적어도 대파에 관심이 있잖아!'

그동안 선본 남자들과 달랐다. 저 정도면 정말 양호하다고 봐야 된다. 나머진 그녀가 어떻게 버릇만 잘 들이면 되겠지. 음식을 할 줄 알면 설거지도 자연적으로 하게 되는 법이니 더 이상 물을 필요가 없다. 청소는 다홍치마 격이니 문제 될 것도 없다.

길들이면 된다. 꼬셔서 루돌프도 되돌려 받고 광명을 되찾아야지. 승아는 꿩도 먹고 알도 먹는 희망에 부풀었다. 어디선가 환희에 찬 팡파르 울리는 소리가 들리는 것 같았다.

돌연 팡파르 울리는 소리가 레스토랑 안을 울렸다.

승아는 꿈인지 생시인지 분간이 안 되어 어안이 벙벙했다. 연이어 폭죽도 뻥 하고 터졌다. 그녀는 화들짝 놀라 소리 나는 쪽을 향해 고개를 돌렸다.

옆 테이블 커플이 기념일 축하를 하는지, 케이크가 있었다. 팡파르가 끝나고 클래식 대신 Chris Brown의 Forever가 나오기 시작했다. 레스토랑에서 축하곡으로 튼 것이었다. 이 노래는 그녀가 좋아하는 노래 중 하나였다.

오메!

어머니!

천생연분이라고 하시더니 이걸 말씀하신 거였나요.

여사님의 선견지명에 탄복하며 승아는 무릎을 꿇었다.

모든 것은 신의 계시 같았다. 그녀는 운명이라는 단어에 하나씩 끼워 맞추기 시작했다. 붉은색 입구와 매치되는 승아의 빨강 코트는 둘 사이가 뜨겁게 불타오르는 것을 암시하는 것이 틀림없다.

무엇보다, 중요한 질문에 대한 결정적인 대답이 그녀를 만족시켰다. 그리고 하필이면 그가 답을 끝내는 즉시 들리는 팡파르 소리와 폭죽. 마지막으로 승아가 좋아하는 Chris Brown의 Forever 노래

가사는 의미심장했다.

눈이 마주쳤다. 그녀를 보는 태성의 눈빛은 바다처럼 깊고 크림처럼 부드러웠다.

풍선처럼 부푸는 희망과 흐뭇함에 승아는 웃음을 감출 수 없었다. 저것은 호감이다. 그렇지 않고선 저런 식으로 자신을 볼 리 없다. 그는 1초도 그녀에게서 눈을 떼지 못하고 있었다. 경찰서에서 한심하다는 레이더를 내뿜던, 썩은 동태 눈깔 같던 그것과는 달랐다. 그녀도 그 정도는 구분할 줄 알았다.

승아는 확신했다.

그래서 그녀는 태성에게 힌트를 주고 싶었다.

음식을 다 먹자 종업원이 디저트로 흑임자 아이스크림과 티를 가져왔다. 아이스크림 한 숟갈을 입에 떠 넣자 시원하고 달콤한 감각이 입안에서 흥을 돋웠다. Forever를 들으며 승아가 질문을 했다.

"제가 많이 좋아하는 노래가 나오니 기분이 좋네요. 이 노래 아세요?"

"아니, 난 잘 몰라."

그는 상체를 그녀가 있는 앞쪽으로 비스듬하게 기울인 채 대답했다.

저 몸짓을 보라! 그녀에게 더 가까이 오기 위한 모습을. 승아는 심리학 책에서 읽은 남자가 호감을 보일 때 하는 신체언어를 떠올렸다. 마주 앉아 있을 때 남자는 여자 쪽으로 더 가까이 다가오려 한다. 지금 태성 씨처럼. 어느새 그는 루돌프 납치범에서 '태성 씨'로 신분상승을 했다. 그녀는 속으로 룰루랄라 콧노래를 부르며 말을 이었다.

"Chris Brown이라는 가수가 부르는데 제목은 Forever예요. 이 가수의 목소리도 좋지만 전 이 노래 가사가 더 좋더라고요."

"가사가 어떤데?"

"제목처럼 영원했으면 좋겠다, 뭐, 그런 거죠. 오늘 같은 밤을 평생 기다린 거 같다. 뭐 대강 그런 뜻이에요. 나중에 한번 들어 보세요."

상냥하지만 너무 좋아하는 티가 나지 않도록 돌려서 노래 가사를 언급하는 탁월한 방식! 세련된 이 대화법이라니! 그녀는 자화자찬했다. 자신이 뿌듯하기 그지없었다. 승아의 눈이 마치 별을 품은 듯 반짝반짝거렸다.

태성은 승아의 말이 인생의 진리라는 듯 귀를 기울였고 그녀의 얼굴에 구멍이 날 정도로 뜨겁게 응시했다. 그의 밤색 눈동자는 불꽃처럼 이글이글 타오르는 것 같기도 했고 푸른 파도처럼 넘실넘실 출렁거리는 것 같기도 했다. 그것은 몰입이고 집중이고 남자의 관심이 실린 눈이었다.

집요한 시선에 심장이 떨리고 맥박이 빠르게 뛰었다. 모르는 척하며 승아는 차가운 아이스크림만 삼켰다. 그녀가 아이스크림을 다 먹자 태성이 말했다.

"바래다줄게. 가자."

레스토랑에서 나온 두 사람은 태성의 차에 탔다. 그의 차는 평범하기 그지없는 검정색 소나타였다. 이 차를 타고 잠복수사 같은 것을 하는 것일까? 경찰이라서 일부러 이렇게 무난한 차를 구입한 것인지 궁금했지만 분위기를 깰 것 같아 굳이 묻진 않았다.

승아는 태성이 열어 주는 조수석에 탔다. 차 문을 열자 차내에 주홍색 불이 켜졌다. 차 안은 깨끗했고 백미러에는 커피콩이 걸려 있었다. 쌉쌀한 커피 향이 달콤하고도 낭만적이었다. 승아는 얌전히 조수석에 앉아 차가 출발하기를 기다렸다.

"안전벨트 해야지."

"아! 맞다."

이런, 바보 같은 실수를 저지르다니.

곁눈질로 살피니 태성은 이미 안전벨트를 맨 상태였다. 급하게 벨트를 잡아당기는데 어딘가 걸렸는지 잘 당겨지질 않았다. 태성이 안전벨트를 풀었다. 그의 몸이 그녀 쪽으로 기울었다. 급작스러운 그의 움직임에 승아는 저도 모르게 의자 등받이에 몸을 바싹 붙였다.

가까이 다가온 그에게선 따스하고 묵직한 향이 났다. 화장품이나 향수 같은 인공적인 냄새가 아닌 이 남자 고유의 체향이었다. 심장이 간질간질거렸다. 태성은 한 번에 벨트를 잡아당겨 채웠다. 그리고 자세를 바로 하고 운전석의 벨트도 제자리에 꽂아 넣었다.

차가 출발했다.

"향수 써?"

"아니요."

그녀의 목소리 끝이 가늘게 떨렸다.

"달콤한 향기가 나서……."

승아가 주소를 말하자 태성은 길을 잘 알고 있는 듯 내비게이션도 찍지 않았다. 가는 길 내내 둘 다 말이 없었다. 승아는 어떤 말을 꺼내야 할지 알 수 없었고 태성 역시 조용히 운전만 했다. 휘황찬란한 밤거리 불빛만 현란하게 깜빡였다. 이윽고 차가 승아의 집 앞에 도착했다.

"데려다주셔서 감사합니다. 덕분에 저녁 잘 먹었어요."

승아는 안전벨트를 풀려고 왼손으로 버튼을 눌렀다. 그러나 그의 것과는 다르게 그녀의 벨트는 쉽게 풀리지 않았다. 이게 대체 왜 안 풀리고 난리야. 당황한 그녀는 몇 차례 벨트를 잡아당겼다. 운전석 벨트를 가볍게 푼 태성이 승아의 손목을 잡았다.

"오늘따라 안전벨트가 말을 안 듣네. 내가 해 줄게."

그가 손을 갖다 대자 마법처럼 벨트가 단숨에 풀렸다.

그는 여전히 승아의 왼쪽 손목을 잡고 있었다.

태성의 손에 둥글면서 울룩불룩하게 이어진 것이 만져졌다. 팔찌인가 싶어 손목을 든 그의 시야에 염주가 보였다. 그는 염주를 엄지로 천천히 문지르며 나지막하게 물었다.

"종교가 불교야?"

그의 엄지가 그녀의 손목에 슬쩍슬쩍 닿았다. 염주를 만지는 건지 손목을 만지려는 것인지 그 의도를 헤아릴 수가 없었다. 엄지가 손목에 스칠 때마다 스친 부위에서 찌릿한 전기가 흘렀다.

이상하다. 평상시 제대로 붙어 있는지 의식도 못 했던 신체의 일부분에 불과한 손목이었는데……. 승아는 그도 그녀처럼 이런 짜릿함을 느끼고 있을지 궁금했다.

"아뇨, 엄마가 주셔서……."

"오늘따라 왜 이렇게 안전벨트가 작동을 잘 안 할까……."

그는 혼잣말처럼 중얼거렸다.

"아마도…… 고장 나서?"

"……아무래도 차가 널 보내기 싫은가 보다."

태성이 평소보다 낮은 어조로 말했다.

당황스럽다. 그녀를 보내기 싫다는 뜻일까? 아니면, 오늘 보내지 않겠다는 의지의 표현인가. 모르겠다. 머릿속이 하얗다. 무슨 말을 해야 할지 도무지 떠오르지가 않았다. 당황해서 얼어 있는데도 그는 그저 그녀를 응시할 따름이었다. 심장 뛰는 소리가 너무 커서 그에게 들릴까 봐 걱정스러울 정도였다.

승아는 숨을 죽이고 침을 삼켰다. 시선이 오고 갔다. 그가 그녀의 왼손을 자신 쪽으로 잡아당겼다. 허락을 구하는 부드러운 동작. 그녀는 귀신에 홀린 듯 그저 바라보기만 했다.

무언의 승낙이었다. 구태여 말하지 않아도 아는, 말이 의미가 없어지는 그런 순간. 눈빛과 표정만으로도 표현이 충분해지는 달콤한 시간.

태성이 승아의 손등에 입술을 댔다. 따뜻한 숨이 피부를 간질였다. 바람이 연한 새순을 살며시 스쳐 가는 것처럼 보드라운 감촉이었다. 짧아서 아쉽다고 생각하는 찰나, 그가 엄지를 이용해 손끝에서부터 손등을 가볍게 스윽 쓸어 올렸다.

야릇했다. 혈관 속을 흐르는 것은 더 이상 피가 아닌 것 같았다. 피부 아래에서 흐르는 붉은 피가 탄산처럼 한꺼번에 톡톡 터졌다.

그녀의 손이 파르르 떨렸다. 커다란 손이 그녀의 손을 조물조물거렸다. 싫지 않았다. 아니, 이 모든 감각이 마음에 들었다. 승아는 그가 하는 대로 가만히 있었다.

어느 순간부터, 손놀림이 찰싹 달라붙는 것 같은 움직임으로 변했다. 깍지를 느릿느릿 엄청 세게 끼는 것을 시작으로, 그는 검지로 손바닥과 손가락을 하나하나 훑었다. 손길에서 화르륵 불길이 일었다. 어떨 때는 세게, 어떨 때는 약하게. 불규칙적인 리듬. 저항은 상상조차 할 수 없었다. 심장이 요란스레 뛰었다.

갑자기 뭉툭한 손톱이 손바닥을 긁었다.

"헉."

그녀는 신음을 삭이지 못하고 뱉었다. 손에서 시작된 열기가 몸 전체로 퍼졌다. 아랫배가 뜨끈했다. 허벅지에 힘이 들어갔다. 그가 깍지를 세게 낄 때마다 그녀는 헐떡였다.

꿀을 바른 것처럼 손이 끈적끈적했다. 손놀림 때문인지 땀 때문인지 그 이유를 알 수가 없었다. 어두운 차 안에서 그녀의 손만 붉게 타올랐다.

문득, 그가 그녀의 손을 들어 자신의 가슴에 문질렀다. 쿵. 쿵. 쿵. 그의 심장이 빠르게 뛰는 것이 느껴졌다. 그녀의 심장처럼. 손등에 느껴지는 쿵. 쿵. 쿵. 그의 맥박이 그녀에게 고스란히 되돌아왔다. 그녀의 눈동자는 오로지 손에만 박혀 있었다.

그는 자유로운 다른 손으로 그녀의 턱을 잡아당겼다.

시선이 그에게 맞춰졌다. 짙은 밤색의 눈동자는 끝도 없이 깊은 블랙홀처럼 빨려 들어갈 것 같았다. 태성의 눈이 반달처럼 둥글게 휘어졌다. 그는 승아의 머리카락을 느릿느릿 어루만졌다. 포근하고 다정한 손길이었다.

그가 그녀의 뒤통수를 자신 쪽으로 슬쩍 잡아당겼다. 승아의 머리가 태성 쪽으로 향했다. 그의 몸이 그녀가 앉아 있는 조수석 쪽으로 기울었고, 일순간 그의 얼굴이 더 가까이 다가왔다. 두 사람의 코가 부드럽게 스쳤다. 뜨거운 남자의 열기가 느껴졌다.

승아는 두 눈을 감았다. 숨결이 섞이고 입술이 맞닿았다. 말캉하고 부드러운 혀가 그녀의 아랫입술에 닿더니, 마치 부끄러운 듯 급하게 물러났다. 짧은 키스였다.

그는 여자의 목덜미에 고개를 파묻었다. 숨어서 내뱉는 남자의 수줍은 한숨. 쇄골에 머물렀던 뜨거운 숨이 전신을 감쌌다. 그녀는 눈을 떴다. 차창 너머 가로등 불빛에 나무 그림자가 살랑살랑거렸다. 그녀는 떨리는 손으로 그의 머리칼을 어루만졌다. 가을에 물든 노오란 황금빛 은행잎 사이를 때아닌 춘풍이 웃으며 노닥거렸다.

고개를 들고 승아를 바라보는 그의 눈에는 흑색 욕망과 고민이 뒤섞여 있었다.

승아는 아쉬움에 입술을 혀로 핥어졌다. 태성의 호흡이 거칠어졌다. 그녀는 그의 눈동자 속에서 어둡게 일렁이는 폭풍을 발견했다. 그 맹렬한 기세에 놀라 입술을 달싹이자 그가 다시 입술을 맞대었다. 다디단 숨결이 뒤섞였다. 그가 혀끝으로 입술을 살살 핥더니 이윽고 아랫입술을 깨물었다.

놀란 승아의 입술이 열리자 혀가 그 틈을 파고 들어왔다. 노크를 하는 것처럼 혀끝으로 승아의 입안을 톡톡 두드리다가 입안 가득 들어와 꿀보다도 달콤한 타액을 훔쳐 갔다. 조금 떨어져 숨을 고를 때에도 그는 그녀의 입술을 부드럽게 핥았다.

태성의 두 손이 섬세하게 머리와 뺨을 수없이, 몇 번이고 쓰다듬었다. 예측할 수 없는 박자로 가볍게 빨아들이고 놓았다 풀었다 하는 은밀한 만남은 끝이 없었다.

승아는 점점 키스에 빠져들었다. 그녀가 그를 닮아 갔다. 그가 아랫입술을 씹으면 그녀도 그의 입술을 깨물었고 그가 하듯 그녀도 그의 타액을 맛보았다. 혀가 스칠 때마다 감로수보다 더 달콤하고 꿀보다 끈끈한 진액을 공유했다.

신들이 먹는다던 암브로시아가 이러할까. 키스가 깊어질수록 그녀는 감촉에 취했다. 주먹을 꽉 쥔 승아의 손이 부들부들 떨렸다. 허벅지가 꼭 맞물렸다. 그녀는 두 팔을 위로 들어 그를 세게 끌어안았다. 조금만 더, 가까이 가고 싶었다. 조금만 더. 더, 더, 더……! 뭐가 이렇게 좋아!

입맞춤이 격렬해지고 그녀의 머리칼에서 팔뚝으로 내려간 그의 손에 점점 힘이 들어갔다. 그 움켜쥠이 아플 정도로 느껴지려 할 때, 그가 입술을 뗐다. 세게 쥔 것을 사과하듯 그가 잡은 부분을 손바닥으로 살살 문질렀다. 이마를 맞대고 가볍게 입술만 맞대었다 떼기를 몇 번이고 반복, 반복, 반복.

갑자기 그가 차 문을 열고 밖으로 나갔다. 그녀는 어리둥절한 얼굴로 그를 지켜보았다. 조수석으로 다가온 태성이 문을 열고 축객령을 내렸다.

"조심해서 들어가. 연락할게."

멱살 잡고 싶다.

'안 돼! 왜 벌써 멈추는 거야. 닥치고 키스나 해!'

하마터면 소리 지를 뻔했다.

아쉽다.

아이스크림을 처음 맛본 아이가 엄마에게 또 달라고 조르듯 그에게 조르고 싶다. 그의 바짓가랑이를 붙잡고 늘어진 채 떼쓰고 싶다. 무정한 이별의 말을 하는 저 정중한 입술을 잘근잘근 씹었으면 좋겠다.

그러나 그의 목소리에 담긴 태연함이 그녀의 갈증을 잔인하게 짓밟았다. '처음이니까 내숭은 필수 덕목'이라는 새빨간 글씨가 마하의 속도로 허공을 스쳤다.

"네."

승아는 태연하게 말하려 애썼다. 그러나 은근한 갈망이 알알이 맺힌 목소리가 나와서 당황했다.

차에서 내리자 초롱초롱한 눈망울이 그녀에게 악수를 청했다. 얼떨떨한 기분으로 오른손을 내밀자 덥석, 잡혔다. 따끈따끈한 온기에 손이 녹아나는 것 같았다. 순간, 납치된 손이 나비가 팔랑 날아오르듯 그의 입가로 들렸다. 그가 손등에 입술을 지그시 눌렀다. 그리고,

"연락할게."

뜨겁게 바라보았다.

쿵쾅쿵쾅. 심장 뛰는 소리를 들킬세라 승아는 얼른 손을 뺐다. 홍당무처럼 발개진 그녀의 얼굴이 밤이라는 가면 뒤에 요행히 가려졌다.

"네. 안녕히 가세요."

승아는 뒤돌아보고 싶은 욕구를 꾹 지르밟고 빌라로 걸어갔다. 뒷모습에 담긴 샐쭉함을 읽은 태성이 자못 귀엽다는 듯 즐겁게 웃었지만 건물에 들어가 버린 탓에 그녀는 그 모습을 보지 못했다.

승아는 평상시처럼 행동했다. 엘리베이터를 타고, 열쇠로 대문을 열고, 집 안으로 들어가고, 문을 잠갔다.

그녀는 구두를 내팽개치듯 허겁지겁 벗어 던지고 방으로 뛰어 들어갔다.

"어머! 어떻게 해! 키스 너무 잘하잖아!!"

코끼리처럼 부푼 마음을 주체 못 하고 하는 혼잣말. 발걸음이 둥둥 떴다. 잡아 뜯듯 코트 단추를 풀어 던졌다. 점프하듯 침대 위로

뛰어들었다. 신바람 난 눈에 바닥에 널브러진 코트 따위는 들어오지도 않았다.

"아무래도 차가 널 보내기 싫은가 보다."

목소리를 낮게 깔고 태성의 말투를 흉내 냈다.

"차가 내려 주기 싫기는, 자기가 싫었겠지! 푸히히. 아우, 생뚱맞게 웬 차야."

그녀는 까르르 넘어가도록 웃었다. 베개를 끌어안고 이불 위를 이리 뒹굴 저리 뒹굴거렸다. 안전벨트란 참 좋은 것이다. 차에 탄 사람도 보호해 주고 오늘 키스도 할 수 있도록 도와준 일등공신 안전벨트. 누가 발명했는지 몰라도 존경받아 마땅하다.

"아오! 너무 멋있네. 그 저음, 그 목소리로 그런 느끼한 대사가 그렇게 잘 어울릴 줄이야. 아~ 완전 짜릿해!!"

승아는 왼손을 들어서 관찰했다. 남들과 똑같은 손가락 다섯 개. 남자 손과 차이점이 조금 있다면, 매니큐어가 발린 잘 다듬어진 손톱과 핸드크림을 수시로 발라 만졌을 때 촉촉하고 보들보들한 느낌 정도일까.

그녀는 자신의 오른손으로 왼손을 쓰다듬어 보았지만 그가 만질 때와는 천지 차이였다. 아무 느낌도 없다. 어떻게 손을 그렇게, 마치…… 애무하듯이 만질 수가 있는지. 손도 성감대라더니 정말 그런가 보다. 설마, 섹스도 이런 느낌일까?

그녀의 낯이 뜨거워졌다. 남자친구를 사귄 적이 있지만 그때는 키스가 빠르다 느리다 생각해 본 적이 없었다. 남의 혀와 침이 입안에 들어온다는 것이 싫어 그저 피하고 싶기만 했다. 찝찝하단 생각을 하지 않은 것은 이번이 처음이었다. 역시, 김 여사 말대로 천생연분이라 그런가?

"잠깐…… 이제 겨우 두 번 만났는데 키스하다니. 진도가 너무 **빠**른 거 아냐?"

그녀는 웃음을 멈추고 생전 하지 않던 고민을 했다. 베개를 던져 버리고, 부랴부랴 노트북을 켰다. 승아는 '키스는 얼마 만에'를 검색창에 입력했다. 유사한 질문도 많았고, 답변은 다양하면서도 비슷했다. 이 질문을 하는 사람은 이 넓은 대한민국 땅에서 비단 그녀 하나가 아니었다. 그녀는 아무거나 하나를 클릭했다.

— 님들 남친과 첫 키스는 사귀고 나서 얼마 만에 하셨나요?

답변: 이틀이요. 오래전인데도 날짜까지 기억해요, 너무 열 받아서. 제 로망은 손잡고—포옹—볼에 **뽀뽀**—입에 **뽀뽀**—키스 이렇게 순서대로 하는 건데 손잡고 이틀 뒤에 바로 키스를 당했어요. 짜증나.

답변: 100일.

답변: 남자가 없어요.

답변: 7명을 다 말해야 하나요?

답변: 얼마나 빠른가는 본인의 능력이죠.

답변: 삘 꽂힐 때.

답변: 첫 키스는 안 좋아하는 사람한테 당해서 기억하고 싶지 않아요. 다음 생엔 꼭 아름답게……!

우리는 일단 손부터 잡……. 그가 어떤 식으로 손을 잡았던가를 생각하니 얼굴이 홧홧해졌다. 승아는 종이를 부채 삼아 **빠알간** 얼굴에 부쳐 댔다.

어쨌든, 손부터 잡고 키스를 한 거니 나름의 순서는 지켰다고 봐야 되나? 덩치는 곰 저리 가라 할 정도로 산만 한 남자가 은근히 로맨틱하게 구니 의외였다. 허나 분위기에 휩쓸려 키스한 것 같기도…….

승아는 그가 뽀뽀했던 손등을 물끄러미 보았다. 태성이 연락한다고 했다. 강렬한 눈빛을 떠올리며 배시시 웃었다. 그의 입술이 닿았던 부분에 자신도 쪽 하고 입 맞췄다. 연락하겠지, 뭐. 가슴속에서부터 몽글몽글 끓어오르는 거품 때문에 간지러워 견딜 수가 없었다.

씻는 것도 잊고 오늘부터 1일로 쳐야 되는 것인가, 루돌프도 돌려주겠지 등등 이런저런 상념에 빠지는데…….

폰이 울렸다.

— 어떻드노? 마음에 들더나?

궁금증에 마음이 급해 여보세요도 생략하는 김 여사.

"뭐, 나쁘진 않더라. 연락한대."

키스까지 했단 얘기는 엄마에게 할 수 없었다. 행여 이상한 낌새라도 눈치챌까 싶어 그녀는 무성의하게 답했다.

— 그래. 니 마음에 들 줄 알았다. 그 무당이 헛소리를 하는 기 아니라니까.

시큰둥한 답에서 긍정적인 행간을 읽고 흐뭇해하시는 김 여사였다.

"그거야 두고 봐야 알지."

— 잘 될 끼다. 야야, 내가 천생연분이라 안 카드나.

승아는 그의 연락을 기다렸다.

하루가 지났다.

이틀이 지났다.

많이 바쁜가 보다 싶어 책을 읽으며 기다렸다. 그런데 자꾸 키스 생각이 났다. 속에 숨어 있는 음란마귀를 발견한 기분이었다. 그가 했던 말도 수시로 떠올랐다. 괜히 된장찌개가 먹고파서 된장찌개도 해서 먹고 콧노래를 부르며 대파 잔뜩 넣은 소고기 뭇국도 해 먹었다.

3일. 4일. 5일……. 1주일이 지나도 연락은 없었다.

연락을 먼저 해 볼까 말까 고민하며 폰을 뚫어지게 쳐다보던 7일이었다. 또 언제 만나냐고 물어보는 김 여사에게 연락이 안 온다는 대답을 하자, 김 여사는 그럴 리가 없다며 의아해하더니 아주머니께 직접 물어보겠다고 하셨다. 5분 뒤, 자존심이 상했는지 김 여사가 씩씩거리는 목소리로 명령하셨다.

— 다음 주 토요일에 선 자리 잡혔으니까, 나가라.

"……뭐?"

— 그 자식이 바쁘단다. 바쁜 놈이 범죄자나 잡지 선 자리는 왜 나오고 지랄이고. 됐다, 마. 치아라. 니가 마음에 안 들어가 저 지랄 떠는 놈한테 신경 쓸 거 하나도 없다.

이해가 안 간다. 이해할 수가 없다. 대체 키스는 왜 했단 말인가. 이 망할 놈의 자식. 분위기에 휩쓸려서 했나? 그녀가 그렇게 쉬워 보였나? 멀쩡한 처녀 혓바닥에 침질을 해 놓고 전화 한 통 없어?

잘 지내냐는 안부 문자조차 안 하는 이 무정한 놈. 왜 그 인간 혀 놀림에 옳다구나 덥석 물고 빨고 했을까. 맞장구친 이 나승아가 정녕 미친년이었지. 젠장, 젠장, 젠장맞을! 승아는 주먹으로 베개를 콱 내려쳤다.

설마, 딴 여자라도 생긴 걸까?

자존심도 상했다.

아— 그 인간이 승진이한테 이상한 소리 하면 어떻게 하지. 아, 이 찜 쪄서, 갈아서, 쓰레기통에 버려 버릴 몹쓸 놈! 재활용도 못 할 개의 자식이로다. 연락도 안 할 거면서 왜 키스했냐고 전화 걸어 따질 수도 없었다. 찌질해 보이니까.

괘씸함을 못 이긴 승아는 이를 으드득 갈았다. 따져 봤자 이 불쾌한 감정이 없어질 것 같지도 않다. 이런저런 생각에 울화통이 터져 발만 동동 구르다 화장실로 쫓아가 비누칠한 뎃솔로 손을 벅벅 씻었다. 양치질도 몇 번이나 했다. 부엌에서 소금까지 가져와 와글와글 입안을 헹구고, 세면대에 입안에 있는 소금물을 퉤 하고 뱉었다.

에라이, 재수 없는 놈.

그나마 김 여사가 둘이 키스했다는 것을 몰라 다행이다. 아셨으면 그 성격에……

그렇게 연락 끊긴 2주가 지났다.

Chapter 5.

2010년 11월 6일 다시 엘리베이터로 돌아가서.

흥분하면 진다.

숨을 크게 들이쉬며 승아는 이성을 찾으려 노력했다. 미안하다는 말조차 없이 그녀의 약점, 청와대 습격 사건 소설을 들먹이며 협박이나 하는 이 못된 놈에게 한 방 먹여 주지 않고선 견딜 수 없었다.

"난 당신이랑 결혼할 생각이 없어요. 우리 집에 나 말고 다른 자식이라고는 승진이뿐인데 엄마를 장모님이라 그러는 거 보면…… 그럼 승진이랑 결혼할 생각인가 봐요? 어쩐지이 둘이서 서울, 대구 오가며 몇 년간 연락하는 걸 보고 옛날부터 사이가 예사롭잖다 싶었어. 축하해요."

승아는 가식적인 미소를 지었다. 여상스럽게 악수까지 청했다.

"제가 그럼 그쪽을 뭐라고 불러야 되죠? 올케언니라 불러야 되나

제부라 불러야 되나. 아니다! 형부인가? 이것 참 헷갈려서 원. 제가 그런 구별에 서툴거든요. 호칭 정리되면 저한테 알려 주세요. 원하시는 대로 불러 드리죠. 이제 우리는 한 가족이 되는 거네요."

남성성을 의심하는 그녀 때문에 태성의 얼굴에 울긋불긋한 단풍이 들었다.

"내가 관심 있는 건 너야. 승진이 아니라."

그래서 그는 특별히 '너'를 강조해서 발음했다.

뻔뻔하긴.

"하! 관심? 그쪽은 관심을 연락 한 통 없는 걸로 표현하나 본데 전 그런 관심 사양하겠어요. 승진이랑 행복하게 잘 지내세요. 우리나라에선 합법적 결혼이 불가능하니까 이참에 걔랑 네덜란드로 이민 가시는 건 어때요?"

20원짜리 문자 한 통도 안 보내 놓고선. 네 통장엔 20원도 없더냐? 이십팔 원 계좌로 보내 줄 테니 남은 팔 원은 용돈으로 쓰라고 할까 보다.

"다시 한 번 말해 줄 테니 잘 들어. 나는 승진이 아니라 너한테 관심 많아."

표정이 굳은 태성이 이를 악물고 말했다. 누나인 아영이 왜 연애를 안 하냐, 너는 여자가 싫으면 남자가 좋으냐고 엄마랑 나는 그런 것 다 이해한다는 말을 하며 종종 놀렸던 터라 그는 승아의 비꼼에 정색했다.

"아이고, 어쩜 좋아. 승진이가 동의를 아직 안 했나 봐? 우리 엄마를 장모님이라 부르기에 난 둘이 결혼하는 게 결정 난 줄 알았죠. 하긴 이런 기쁜 소식을 누나인 나한테 제일 먼저 알려 줄 애인데 내가 오늘 처음 듣는 걸 보아하니, 쯧쯧, 걔한테 청혼은 하신 거예요? 승진이에게 말도 안 하고 이러는 거면 애가 많이 섭섭해…….”

"나승아!"

더 이상 참지 못한 태성이 거칠게 그녀의 이름을 불렀다.

통쾌하다. 되는대로 비꼬고 나니 십 년 묵은 체증이 다 내려가는 것 같다. 이 자리에 없다는 죄로 남동생 승진을 게이로 만들었지만 분노를 뿜어내야 하는 상황에 미안함이 대수냐. 나중에 맛난 걸 먹여서 속죄하리라.

"이번에 선본 건 용서해 주지. 연락을 못 했던 내 탓도 있으니까. 하지만 다음부턴 안 돼. 앞으로 선도 없고, 더 이상 돈도 없어. 남자랑 단둘이 커피 마시는 것도 금지야."

이효리가 부럽니다. 너의 말이 그냥 나를 웃긴다!

하! 금지? 금지하긴 뭘 금지해. 자기가 뭐기에. 무슨 권리가 있다고.

"싫어요."

승아는 단호하게 잘라 말했다. 일방적으로 연락 끊은 것, 문자 한 통도 안 한 것, 핸드폰을 막무가내로 뺏어 간 것, 엄마와 통화해서 혼자서 결론을 내린 것 등등 모조리 다 맘에 안 든다. 가만! 생각해 보니 그 20원짜리 문자도 인터넷으로 보내면 공짜다. 치솟는 혈압에 승아의 손이 절로 이마에 갔다.

"연락 문제 때문에 그래?"

그는 매섭게 대답하는 그녀의 태도에 놀란 것 같았다. 달래려는지 한풀 꺾인 음성이었다.

"앞으론 자주 연락하도록 노력하지."

노력? 노오력? 노오오력을 한다고? 말하는 꼬라지 보라지.

싸움에서 이기는 최선의 전략은 방어가 아닌 공격이라고 누가 그랬다. 지금은 저 인간의 페이스에 휘말릴 때가 아니었다. 꽁지에 불붙은 멧돼지처럼 앞도, 뒤도, 옆도 돌아보지 않고 공격. 무조건 돌진할 시기였다.

"그쪽은 여기 왜 오셨죠? 바쁘신 몸이 웬일로 호텔 커피숍에 행차를 다 하셨을……!"

승아의 질문에 또박또박 잘만 대꾸하던 남자가 돌연 침묵했다. 어렸을 때 TV에서 봤던 정웅인의 목소리가 귓가를 울렸다.

감자바~쓰!

승아는 그에게 손가락질했다. 분노로 검지 끝이 파르르 떨렸다.

"선보러 온 거죠? 2주 동안 문자 한 통도 없다가 딴 여자와 선보러 와서, 지금 나한테 왜 이래요?"

목소리가 점점 격앙되었다.

오늘은 포청천의 개작두가 절실한 운수 없는 날이다. 인터넷에선 개작두 같은 것은 왜 안 파는지 모르겠다. 팔았다면 대번 질러서, 머리에 이고 다니는 한이 있더라도 상시 휴대하고 다녔을 텐데.

키스까지 해 놓고선 완전 생까더니, 왜 남의 일에 왈가왈부를 하냐. 나쁜 놈아. 이 개의 자식을 가만두나 봐라. 이걸 가만두면 지금부터 나승아가 아니라 너승아다. 감히 이 나승아한테 프러포즈도 안하고 장모님 운운을 해?

프러포즈도 안 하고 김 여사에게 친한 척하는 것에 화가 나는지, 딴 여자와 선본 게 화가 더 나는지, 키스한 뒤 줄행랑친 것 때문에 더 뚜껑이 열리는지, 도대체 어느 것 때문에 스팀 받는지도 이젠 모르겠다. 분노로 눈앞이 벌게졌다. 그냥 성질난다. 막 난다.

손이 떨려 와 주먹을 꼭 쥐었다. 더 이상 눈에 뵈는 게 없다. 고로 무서운 것도 없다.

그녀는 소리쳤다.

"혼인빙자로 신고할 거야!"

"혼인빙자 간음죄 위헌으로 판결났다."

승아의 입이 쩍 벌어졌다.

어이가 없다 못해 양쪽 뺨따귀를 갈기고 지나가는 것 같았다. 벽 돌로 이 인간 대가리를 깨 버리고 싶다. 눈이 찢어져라 태성을 노려보았다. 동짓날 팥죽 끓듯 끓어오르는 성질을 주체 못 하고 오른쪽 발로 바닥을 쳤다. 쿵 하는 소리와 함께 엘리베이터가 흔들거렸다. 너무나 화가 난 나머지 그런 것 따위는 대수롭지도 않았다.

정적이 무겁게 엘리베이터 안을 짓눌렀다.

태성은 한숨을 쉬었다. 그는 일부러 승아의 성질을 북돋았다. 이런 갇힌 공간에서 공포에 빠져 벌벌 떠는 걸 보느니 차라리 화내는 것이 나았다. 물론 그도 승아의 말에 빈정이 조금 상하지 않은 것은 아니었지만, 몇 마디 도발에 펄펄 뛰는 꼴을 보아하니 그의 예상보다 승아가 화가 많이 난 것 같았다.

서에서 본 그녀는 어처구니가 없었다. 망둥이처럼 겁 없이 날뛴다 싶어 일부러 더 딱딱하게 굴었다. 헌데, 맞선 자리에서 본 승아는 달랐다. 매혹적인 모습에 사로잡혔다. 꿀 발린 꽃에 끌리는 벌처럼, 웃는 얼굴에 속절없이 홀렸다. 헤어질 때 아쉽다는 생각을 한 여자는 승아가 처음이었다. 평상시 선볼 때와는 다르게 마음이 급해졌다.

더 만나 보고 싶었다. 정말로 마음에 들었는데······.

실은, 오늘 승아를 본 그도 무척 놀랐다. 낯익은 목소리에 고개 돌리니 다른 남자와 선보는 승아가 있었다. 그리고 그는 질투에 휩싸여 치를 떨었다. 동시에, 자신이 왜 그렇게 화가 났는지도 깨우쳤다.

태성은 팔짱을 풀고 엘리베이터에 벽에 기댄 자세를 바로 했다. 바른 자세로 서서 진심을 담아 승아를 보았다. 그 와중에도 유리벽을 최대한 가리는 건 잊지 않았다.

"미안하다. 오늘 여기 나온 건 거절하러 나온 거야. 또, 연락 안 했던 사람은 나뿐만이 아니야. 내가 안 했으면 너라도 했어야지. 넌 왜 안 했어?"

헛소리를 듣자니 승아는 자연스레 콧방귀가 나왔다.

연락 올 줄 알고 계속 기다렸는데, 문자 한 통 없어서 자존심 상해서 안 했다. 어쩔래?!

이렇게 말하고 싶은 마음은 굴뚝같았지만, 역공격을 하는 그에게 넘어갈 수 없다. 딴 질문을 퍼부어 재공격하는 수밖에. 미안할 짓을 도대체 누가 하래? 미안해야 할 일은 처음부터 안 했어야지.

"몇 번 봤다고 장모님이에요? 허, 참. 누가 허락이나 해 준대? 어이가 없어서 원. 우리가 뭘 했다고? 우리 아무 사이 아니거든요?"

승아는 눈을 치켜뜨고 아무 사이 아니라는 말을 특히 강조했다.

"키스까지 한 사이를 넌 아무 사이 아니라고 말하나? 성질난 건 잘 알겠으니 앙탈은 그쯤 해 둬."

아무 사이 아니란 말에 그의 심사가 뒤틀렸다.

"키스? 그게 뭐가 그리 대수라고."

"뭐? 넌 키스가 대수가 아니야? 그럼 넌 선볼 때마다 아무 남자랑 다 키스하고 다녀?"

"입은 삐뚤어져도 말은 똑바로 하라고 했어요. 그쪽이 먼저 했잖아요. 그리고 누구 씨한텐 키스가 엄청 사소한 일 아니었나요? 그러니 연락을 끊었지."

태성이 멈칫했다.

"그건……. 내가 왜 연락을 안 했냐면……."

"됐어요. 들어 봤자 뭐해. 버스 떠난 뒤에 손 흔드는 거, 소용없는 일이란 걸 아직도 몰라요?"

"……정말 듣기 싫어?"

"다 끝난 일이에요. 그쪽도 그렇게 결론 내렸던 거잖아요. 어른스럽지 못하게 왜 이래요?"

"그래. 나도 그런 줄 알았지."

그는 꼬깃꼬깃 구겨져 못 쓰는 종잇조각처럼 인상을 썼다.

"그런데 오늘 다른 남자를 만나는 널 보니 속이 뒤집혀서, 젠장."

그는 격한 어조를 억누르며 말을 잇지 못했다. 관자놀이에 핏줄이 솟았다. 그는 그녀에게 들리지 않는 욕설을 읊조리며 성질을 가라앉히려 애썼다.

"네가 다른 사람을 만날 거란 예상 못 한 내 탓이다. 내가 머저리였지."

그는 따지는 것도 아니고 그렇다고 화내는 것도 아닌 씹어뱉는 듯한 말투로 조소했다.

"지금 한국말 하는 거 맞아요?"

"……?"

"선 자리 파토가 났는데 내가 또 선볼 거란 걸 왜 예상 못 해요?

당신 바보예요?"

"그러니 내가 멍청했다고. 차라리 오늘 널 안 봤으면 몰라도 본 이상 나도 너도 별수 없다."

"별수 없긴 뭐가 별수 없어요? 엘리베이터 문이 열리면 각자 갈 길 가고 영원히 굿바이 하면 되지."

"두고 보자며. 두고 보려면 영원히 굿바이 하면 안 되지."

"하! 딴 여자랑 선까지 본 주제에."

"오늘 거절하려 나온 거야."

"웃기시네."

"그리고 그 여잔 오늘 나오지도 않았다고."

"아이고~ 네, 네. 아무렴요."

계속 빈정대는 태도에 울컥한 그가 뭔가를 말하려 했다. 그때, 스피커에서 수리가 끝났다는 직원의 목소리가 흘러나왔다.

몇 번이나 사과하며 보상하겠다는 호텔 직원의 말에 그는 퉁명하게 필요 없다고만 말했다. 직원은 다음에라도 호텔을 이용하게 되면 꼭 얘기해 달라고 했다. 드디어 엘리베이터가 아래로 움직이기 시작했다.

"연락 안 해서 미안하다. 내가 오늘 여기 나왔던 건……."

"듣기 싫어요."

그녀는 두 손을 들어 귀를 막고 팔꿈치로 1층 버튼을 눌렀다.

땡 하는 도착음이 울리고 1층에 도착했다. 문이 열리자 빠른 걸음으로 냉큼 나가는 승아였다.

"선택권은 두 개야. 걸어서 집에 가든가, 아니면 내가 바래다주는 차 타고 얌전히 가든가."

그가 떠나는 그녀를 향해 소리를 높여 말했다. 헛소리라 치부한 승아는 뒤도 돌아보지 않았다. 태성이 그녀의 뒤통수에 대고 외쳤다.

"돈도 없이 어떻게 돌아가려고?"

승아는 그 자리에서 얼음처럼 굳었다. 가방! 손에 잡히는 감촉이 없었다. 당황한 승아가 뒤돌아서니 엘리베이터 문이 서서히 닫히기 시작했다. 문틈 사이로 태성이 입꼬리를 슬쩍 올리는 것이 보였다. 그녀는 이렇게 화가 났는데, 그는 아무렇지도 않아 보였다. 그래서 그게 더 짜증이 났다.

"나 덕분에 화내느라 고소공포증은 싹 잊었지?"

윙크까지 한 그는 승아의 가방을 흔들었다. 이 정도로 약 올려 두면 충분하겠지. 두 발 달린 동물을 주차장까지 억지로 끌고 가느니 자극시킨 후 알아서 그에게 오도록 하는 게 나았다.

"난 아직 할 말 남았어. 지하 2층 B1 구역으로 와."

달려간 승아가 버튼을 눌렀지만 이미 늦었다. 신경질이 난 그녀는 오른발을 쾅쾅 굴렸다. 저따위 놈 덕분에 고소공포증까지 극복하게 되다니. 패배한 기분이었다. 연락도 없다가 우리 엄마에게 장모님이라고 들이대는 나쁜 놈한테 도움을 받다니. 굴욕적이었다.

어째서 저 자식 때문에, 이런 수치스런 기분을······!

지하 2층으로 내려가는 표시를 보며 왜 이렇게 늦게 올라오는 거냐고 부루퉁하게 투덜투덜거리는데 옆에서 인기척이 느껴졌다. 엄마야! 여기가 호텔이란 걸 깜빡했다.

비로소 장소를 의식한 승아는 아무 일 없다는 듯 엘리베이터 층수를 알려 주는 표시만 보았다. 엘리베이터는 빨리 올라오질 않았다. 이 느려 터진 엘리베이터야! 어서 올라오라고! come on, come on, come on!

마침내 엘리베이터가 왔다. 잽싸게 타서 지하 2층을 눌렀다. 40대 정도로 보이는 중년 남자도 같은 엘리베이터에 탔다. 그는 동물원 원숭이 보듯 자신을 쳐다보고 있었다. 다른 엘리베이터를 탈 걸 그랬어. 승아의 뺨이 붉어졌다.

그런데, 지하로 내려갈 것이라 여겼던 엘리베이터가 위쪽으로 올라가기 시작했다. 어디까지 올라가나 두고 보자는 심보로 팔짱을 끼고 숫자만 봤더니 13층까지 가고 있다. 엘리베이터는 8번이나 멈췄고 그때마다 사람들이 타고 내렸다.

땡 소리를 들을 때마다 검지로 팔뚝을 두드리는 속도가 빨라졌다. 어서 지하로 내려가야 가방을 찾든지 최태성에게 이 원수를 갚든지 뭘 해도 할 터인데. 그녀는 새우눈으로 숫자만 노려봤다.

'앞으로 엘리베이터 타나 봐라! 한 번만 더 엘리베이터를 이용하면 내가 인간이 아니다, 인간이!'

몇 분 뒤 겨우 지하 2층에 도착했다. 최태성은 예의 그 소나타 운전석에 앉아 있었다. 그는 왜 이렇게 오래 걸렸냐는 듯 눈썹을 치켜올리고 그녀를 쳐다보았다. 왜 오래 걸렸겠어? 이 호텔에서 엘리베이터 이용자가 나뿐인 줄 알아? 승아도 뿔이 난 얼굴로 쳐다봐 줬다.

승아는 그의 차로 걸어가면서 따져 보았다.

가방을 빼앗는 것은 무리였다. 그녀보다 키가 20cm나 더 크고 산 같은 덩치의 남자가 기운이 더 좋으리란 것은 굳이 시험해 볼 필요조차 없었다. 바래다주고 싶어 안달 났다는데 좋은 게 좋은 거라고 편하게 집에 가면 나만 좋지, 뭐. 공것이라면 양잿물도 마신다는

데, 내가 저놈의 기름을 소비한다고 여기자.

그녀는 뚜벅뚜벅 걸어가, 차의 상석인 오른쪽 뒷좌석에 앉았다.
그는 백미러에 비친 승아를 보고 입을 열었다.

"왜 거기 앉아?"

"기사 노릇 한다면서요?"

팔짱을 끼고 냉랭하게 쏘아붙였다. 그는 한숨을 쉬었다. 태성은
운전석 차 문을 벌컥 열고 내리더니, 뒷좌석으로 와서 문을 열었다.

"내려."

"바래다준댔잖아요!"

승아가 뾰로통하게 성을 내자 그가 '휴우' 하고 장탄식의 한숨을
내쉬었다.

잠시 뒤, 그는 조수석 문을 열었다. 그리고 승아를 번쩍 안아 들
었다. 그녀는 어머, 하는 외마디 비명을 지르며 얼결에 굵은 목에 매
달렸다.

그는 비호같이 날쌔게 승아를 조수석에 앉히고 안전벨트도 채웠
다. 순식간에 일어난 일에 승아가 어리벙벙한 사이 태성이 열린 문
을 모두 닫고 운전석에 올라탔다. 전광석화. 그는 승아가 저항할 잠
깐의 짬도 주지 않았다.

차가 출발했다.

남자 품에 이런 식으로, 일명 공주님 안기로 안기는 것은 처음 겪
는 일이었다. 너무 짧아서 아쉬운데 다음번에도 또 이렇게…….

달각.

헉! 잠금장치 소리에 정신이 들었다. 이런 빙충이 같은 생각은 금
물이다. 저 인간 수법에 넘어가면 안 된다고 자신을 세뇌시키는데

그가 말하기 시작했다.

"지난 2주간 정말 바빴어. 면도할 시간도 없었어. 나, 수염 덥수룩한 거 보이지? 도망친 피의자 잡느라고 비상 떨어졌는데 어머니 전화가 와선 오늘 선 자리에 나가라고 일방적으로 말씀하시는 거야. 바쁘니까 못 나간다고 대답해도 시간과 장소만 통보하고 전화를 그냥 끊으셨어."

그래서 어쩌라고? 바쁘다 해도 결국 선보러 나온 거잖아? 그녀는 속으로 빈정거렸다.

"못 나간다고 여러 번 말해도 먹히지도 않고. 여자 연락처를 알려 주시는 것도 아니고, 거절은 네가 직접 만나서 하라며 역정을 내시는데, 오늘 아침만 해도 시간과 장소만 알리는 문자가 몇 통이나 왔는지 몰라. 겨우 짬나서 나왔는데, 선본다는 여자는 어디 있는지 보이지도 않고, 그 자리에 네가 있는 거야."

승아는 차로 꽉 막힌 도로만 응시했다. 변명 같지도 않은 변명을 들으며 어떻게 골탕을 먹일까만 연구했다.

"연락 안 해서 미안하다. 왜 연락 안 했냐면……."

"듣기 싫어요."

승아는 태성의 말문을 막았다. 들어 봤자 의미가 없었다. 이유를 듣는다고 해서 그가 연락 안 했다는 사실이 사라지는 것이 아니었다.

"다 끝났는데 구질구질하게 왜 이래요?"

구질구질하다는 말이 심지에 불을 붙이듯 그의 화에 불을 당겼다.

"듣기 싫어도 들어!"

일관된 거부에 그의 언성이 높아졌다.

"선볼 때마다 돈 받는 거, 상대방 기분을 상하게 할 수 있는 행동이라는 것. 넌 한 번도 생각해 본 적 없지?"

무슨 얼토당토않은.

"내가 우리 엄마한테 돈을 받는 게 왜 그쪽 기분을 상하게 해요? 엄마가 딸한테 용돈 주는 것에 불과한데. 쪼잔하긴."

"너랑 헤어지고 나서 승진이가 전화를 했어. 나한테는 선보는 이유가 엄마와 무당이 한 말 때문이라고 말했으면서, 지금까지 돈 때문에 선봤던 거잖아. 그런 얘길 들은 내 기분이 어땠을 거라고 생각해? 엄마가 주는 용돈이라 말하기엔 선본 횟수가 지나치게 많다는 생각은 안 하는 거야? 선보는 게 장난도 아니고."

승아가 가벼운 마음으로 선봤던 것은 사실이었다. 좋은 사람을 만나도 그만 아니어도 그만. 귀찮게 선을 봐야만 하는, 처음 보는 사람과 통성명을 해야만 하는 그 뻘쭘한 시간에 대한 대가가 돈이었다. 모친의 닦달에 원치 않는 선을 계속 봐야만 하니 자신도 뭔가 이득이 있어야 할 것 아닌가.

그러나 만약, 태성이 승아처럼 돈 받고 선 자리에 나왔다면 그녀도 기분이 좋지만은 않을 것 같았다. 기분 나빠 하는 그를 어느 정도 이해할 수 있었다.

상대방을 배려하지 못한 것은 그녀의 불찰이었고 실수였다. 중간에서 입방정을 떤 승진도 원망스러웠지만, 그것은 이차적 문제였다.

태성이 하는 말 한 마디 한 마디가 비수가 되고 화살이 되어 승아에게 따끔따끔하게 박혔다. 뒷북치는 양심을 부여잡고 태성에게 미안하다는 말을 하려는데 그가 말을 계속했다.

"겁도 없이 무기 제조 카페 가입한 일. 연기 때문에 새벽부터 소방관이 찾아왔다는 일. 거기다 선볼 때마다 돈 받는다는 얘기도 들었지. 나로선 네가 앞으로도 생각 없이 저지를지 모르는, 철없는 행동이 감당이 안 될 것 같았다. 그래서 연락을 안 하기도 했고, 사건 때문에 너무 바빠서 달리 생각해 볼 시간도 없이 잊고 지냈던 것도 있어."

길 가다 개똥 밟은 사람처럼 승아의 얼굴이 일그러졌다.

"말이 너무 심한 거 아니에요? 감당도 못 하겠다면서, 그럼 철없어서 감당 안 되는 여자와 상종 안 하고 살면 되지, 도대체 어쩌자고 엄마한테 장모님이란 소릴 한 거예요? 우리 엄마가 날 시집보내려고 얼마나 혈안이 되어 있는지 잘 알지도 못하면서! 그 뒷감당을 내가 어떻게 다 하라고 그런 얘길 엄마한테……."

목소리가 떨려 더 이상 말을 못 하겠다. 감당도 안 되는 여자를 붙잡고 이 남자는 지금 뭘 하자는 건가? 잊고 지냈다면, 앞으로도 잊고 잘 지내면 되지 왜 굳이 이런 식으로!

나쁜 의도로 사제 무기 카페에 가입했던 것은 절대 아니었다. 자료 조사차 인터넷을 검색했고, 검색 몇 번에 너무 쉽게 찾아냈기 때문에 그런 카페가 불법이라는 것은 생각도 못 했다.

새벽에 소방관이 온 것도, 어쩌다 보니 빨래를 태웠고 연기 때문에 일이 커진 것이다. 그녀가 실수를 하기는 했지만, 고의로 일을 일으킨 것은 아니지 않은가. 선보는 조건으로 돈 받은 것이 철없는 행동이라지만, 그렇다고 해서 그에게 왜 이런 말을 들어야만 하나.

왜 이런 일방적인 비난을 들어야 해? 다른 사람도 아니고 호감을 가졌던 태성이 저렇게 말하자 괜히 더 서러웠다.

돌덩이처럼 단단히 뭉친 무언가가 가슴에서 목구멍으로 밀려 올라왔다. 차로 점령된 도로도 갑갑했다. 당장 차 밖으로 확 뛰어내리고 싶다. 그를 두 번 다시 볼 필요 없는 장소로.

"차……."

눈시울이 뜨거웠다. 세찬 장마가 오는 듯 시야가 흐렸다. 제길, 그깟 말 몇 마디에 왜……!

"세, 세워……요."

울지 않으려 노력했지만 승아는 감정을 통제할 수 없었다. 뺨에 흐르는 눈물을 그가 볼세라 서둘러 닦았다.

이어지는 그의 한숨.

"울지 마. 너 우는 거, 싫다."

한결 누그러진 어투로 그가 말했다.

선본 날 승아를 데려다주고 집으로 돌아가는 길에 승진이 전화를 했다. 대뜸 하는 말이 집이 난리라는 이야기였다. 무슨 일이냐 되묻자 승진 왈, 시답잖은 예언 때문에 승아를 시집보내려고 5개월 이상이나 온 집안이 성화라나.

승진은 승아가 태성과 선본 것을 못 들은 모양인지 이런저런 얘기 끝에, 승아가 선을 볼 때마다 어머니께 돈 받는 재미로 순순히 남자를 만나러 간단 말까지 했다. 선을 50번도 넘게 봤다고 했다. 듣고 있는 태성은 기가 막혔다. 돈 때문에 선을 본다고? 결국 그도 돈 때문에 만난 것이 아닌가.

경찰서 일을 생각해 봐도 그렇고, 망둥이처럼 어디로 뛸지 모르는 철딱서니 없는 여자가 승아였다. 다른 여자 같다고 생각했던 건 그의 착각에 불과했다. 더 이상 연락을 할 필요가 없을 것 같았다.

다음 날, 사제 무기 제조 배후자로 가장 유력한 피의자가 도주하는 바람에 서 내에 비상이 떨어졌다. 바쁜 생활에 정신이 없었다. 그는 승아 일도, 기분이 나빴던 것도 모두 잊고 지냈다. 아니, 잊으려고 했다.

승아가 어땠냐는 어머니 연락에는 어떻다고 말도 못 하고 머뭇머뭇거리다가 사건 때문에 정신없이 바쁘다고만 말씀드리고 부러 더욱 바쁘게 일에 매진했다. 동료들은 2주 내내 먹구름 잔뜩 낀 채, 누구하나 죽일 기세로 일하는 태성이 윗선의 압박으로 스트레스를 받아 그렇겠거니 여겼다.

2주는 삽시간에 지나갔다.

그리고 어머니의 일방적 통보로 선 자리가 잡혔다. 아무리 말을 해도 어머니는 거절하려면 네가 직접 하라고만 하셨다. 그리고 여느 때처럼, 일에 미쳐 여자와 연애도 안 하는 너는 상또라이라고 욕하시곤 화난 목소리로 전화를 끊으셨다.

그리고 그는 겨우 짬을 내어 나온 장소에서 승아가 다른 남자와 앉아 있는 것을 목격했다.

그것은 벼락 맞는 것 같은 충격이었다. 누가 뒤에서 망치로 그의 머리를 내려치는 줄 알았다.

그제야 깨달았다. 평상시보다 정도 이상으로 열심히 일에 매달린 건 승아를 아예 생각하지 않으려고 한 노력의 일환이었다는 것을. 그는 왜 화가 그렇게도 났는지 원인도 제대로 파악 못 하는 청맹과니였다.

돈 문젠 상관없었다. 성질이 나는 원인을 제대로 모르니, 그저 뭐라도 끼워 맞출 이유가 필요했을 뿐이었다.

"그동안 연락 안 해서 미안해."

수플레 치즈 케이크보다 부드럽고 브라우니보다 달달한 어감이었다.

"그래. 그때는 화가 나서 그렇게 생각했다."

또 들리는 한숨 소리.

"하지만, 오늘 널 보고 그게 아니란 걸 알았어."

이건 또 뭐지? 젖은 뺨을 닦아 내던 승아의 손이 멈췄다. 이 남자가 왜 이러지?

"미안해. 선보는 너를 직접 보니 나도 모르게 짜증이 났어. 네가 다른 남자랑 만나는 거 난 싫어. 그래서 너희 어머니께 장모님이라고 말씀드린 거야. 그래야 더 이상 선을 안 볼 거 아냐."

눈물이 쏙 들어갔다. 승아는 제대로 들은 것이 맞는지 그녀의 청각을 의심했다.

"돈 얘기 들었을 땐 그것 때문에 화가 났다고 생각했는데 오늘 네가 다른 남자랑 있는 걸 내 눈으로 보고서야, 내가 뭘 한 건지 알았어. 네가 돈 받았다는 게 기분 나쁘긴 했는데, 그런 것보다 난……."

그는 헛기침을 몇 번이나 하며 말을 하지 않고 뜸을 들였다. 승아는 어찌 된 영문인가 싶어 곁눈질로 그를 살펴보았다. 태성은 술주정뱅이처럼 얼굴부터 목덜미까지 벌게져 있었다. 하물며 귀는 말할 것도 없었다.

"나 만나기 전에…… 선 많이 봤다는 얘기 듣고…… 그것 때문에 화가 더 났다 걸 오늘 네가 다른 사람과 선보는 모습을 보고서야…… 내가 질투했다는 걸 깨달았어. 내 말이 정말 바보처럼 들릴 건 아는데, 승진한테 전화 받기 전까진 네가 나 말고 다른 사람들하고도 선봤겠지 라는 건 생각도 못했어. 그날은 그저 네가 너무…… 좋단 생각밖엔 안 떠올라서……."

그는 그녀가 선보는 걸 떠올리는 것조차 울화통이 터지는지 핸들을 억세게 움켜쥐었다.

"승아 네가 선을 몇 번을 봤어도 그 남자들하고 결과적으로는 잘 안 됐다는 건 나도 아는데, 아는데도 화가 치밀어서……. 그게 횟수도 50번도 넘는다고 하니까, 그럼 50명도 넘게 만났겠지 싶어서 나도 모르게 그만……."

땅바닥을 뚫고 지옥까지 추락하여 염라대왕의 제물로 진상되었던 그녀의 자존심이 빛의 속도로 되돌아왔다. 질투했다는 말 한마디에 승아의 기분이 고무공처럼 팡팡 튀어 오르기 시작했다.

급반전된 상황에 어찌할까 싶어 고개를 숙이고 손톱만 보는데 태성이 마지막 강타를 날렸다.

"내가 이렇게 독점욕이 심하단 건 나도…… 이번에 처음 알았어."

이 남자가 질투를 했대!

"바보 아니에요? 자신이 뭐 때문에 화가 났는지 어떻게 그런 것도 모를 수가 있어요?"

"……내가 질투를 해 봤어야 알지……."

그는 기어들어 가는 음성으로 변명을 했다.

"그거, 완전 의처증 초기 증상 아니에요?"

"……의처증?"

태성은 벌건 얼굴로 되물으면서도 승아를 단 한 번도 쳐다보지도 않았다. 그는 앞만 보고 운전만 했다.

"내가 그 사람들하고 사귄 것도 아니고, 선만 본 건데 뭘 그런 걸 가지고 화가 나고 그래요? 소갈딱지가 간장 종지만도 못해선. 자기도 선 한두 번 본 거 아니면서. 내가 다른 사람이랑 악수만 해도 칼부림 나겠네요, 완전."

"······그러게. 나도 선본 적 없는 것도 아닌데. 그래도······ 싫었어."

그는 세상이 떠나가도록 한숨을 쉬었다. 밑도 끝도 없는 독점욕은 탐욕스러웠고, 한계가 없었다. 어떤 의미로든 그녀와 신체적으로 접촉할 수 있는 건 오로지 그뿐이었으면 좋겠다. 그녀의 머리카락 한 올까지도 용납하고 싶지 않았다. 이런 생각을 하는 그도 자신이 경악스러웠다.

서럽던 기분에 갑갑하던 세상이, 한순간에 뒤바뀌었다. 햇빛조차 찬란해 보였다. 승아는 신이 나서 방방 뛰고 싶었다. 박명수처럼 덩실덩실 황진이 춤이라도 추고 싶었다.

"단순히 돈 때문에 선본 건 아니에요."

"나도 알아."

그가 그녀의 사과를 알아들었다. 그는 그녀가 개떡같이 말해도 찰떡같이 이해하는 재주를 지닌 남자였다. 부드러운 목소리로 솔직하게 말하는 태도에 응어리진 설움도 풀리기 시작했다.

소주 됫병을 병나발로 들이켠 사람처럼, 시뻘건 얼굴로 더듬더듬 고백하는 그가 쪼다처럼 보이는 것이 아니라 사랑스럽게 느껴지는 걸 보니, 자신에게 콩깍지가 씌어도 단단히 쓰인 것이 확실했다. 아니다. 콩깍지가 아니라, 대파가 딱풀 바른 우표처럼 동공에 척 하니 달라붙은 거다. 그놈의 된장찌개가 뭔지.

그러나.

방법이 잘못됐다. 미안하다면서 왜 강압적으로 구는 거지? 일방적인 태도는 싫다. 명령도 싫다. 그녀의 의사는 어디로 갔단 말인가? 연락한다고 해 놓고선 화났다고 2주간 문자 한 통도 보내지 않은 이 남자가 수틀리면 또 똑같은 행동을 하지 않으리란 보장이 없다.

지금 말하는 것도 순간적인 변덕일지도 모르지 않나. 또, 말 몇 마디에 화해하면 그녀가 쉬운 여자처럼 보일 것 같기도 하다. 그녀를 위해 노력하는 모습이 보고 싶다.

유레카!

머릿속에서 아이디어가 번개처럼 번쩍하고 떠올랐다.

"미안하면 차 돌려요."

"어디로?"

"호텔로요."

차가 잠깐 휘청거렸다. 태성은 급하게 핸들을 바로 잡았다.

"……."

"……."

"……어, 음, 어, 왜, 왜?"

무척이나 당황한 듯 그는 말을 더듬었다. 승아는 그의 표정을 보고 싶은 마음을 꾹 참고, 눈을 도로에 고정시켰다. 속으로는 쾌재를 불렀으나 흥분을 억눌렀다. 그녀는 침착하고 단호한 어조로 대답했다.

"엘리베이터에서 직원이 보상한다고 했는데 왜 마음대로 거절해요? 난 보상받아야겠어요. 차 돌려요."

"이제 와서 뭘 하잔 거야. 못 가. 시간 없어."

그는 황당하다는 어조였다.

"그럼 여기서 내려 줘요."

"……."

태성은 말없이 운전대만 꽉 잡았다.

"난 호텔로 가야겠어요."

"야…… 너, 하아, 진짜……."

그는 말문이 막혀 버린 듯 아무 말도 한숨만 내쉬었다.

"왜 내 의견은 하나도 안 묻고 마음대로 결정 내려요? 난 보상받고 싶어요. 틀림없이 무료숙박권 같은 걸로 보상해 줄 텐데, 난 그걸 꼭 받아야겠어요."

빨간 신호등에 걸려 차가 정지했다. 그가 고개를 그녀 쪽으로 돌리고 기색을 엿보려는 듯 물끄러미 바라보았다. 승아는 그 시선에 뺨이 따끔거렸지만 정면만 응시했다.

"너한테 묻지도 않고 너희 어머니께 장모님이라 말씀드려서 미안하다. 널 무시하려는 의도는 아니었어."

빙고. 그는 핵심을 제대로 짚어 냈다. 눈치가 얼마나 빠른지 기네스북에 올라도 될 정도였다. 하지만 오늘은 벌을 줘야 하는 날이니까 잘했다고 상을 줄 순 없었다.

"엘리베이터에선 일부러 시비 건 거야. 네가 너무 무서워하니까. 네가 다른 남자랑 만나는 걸 보고 화도 났고."

"그쪽한테 화낼 권리 없어요."

"그래, 알아. 안다고. 다 내 실수야. 다음부터는 안 그럴게. 이제…… 된 거지?"

되긴 뭐가 돼.

"그럼 호텔로 가요. 난 보상받고 싶어요. 아니, 보상받아야겠어요. 가기 싫으면 여기서 세워 줘요. 혼자서 가면 되니까."

그는 여전히 말이 없었다.

"실수했다고 말하면서 실수하지 않은 사람처럼 바로 지금 또 날 무시하는데, 내가 어떻게 그쪽이 하는 말을 믿겠어요?"

그는 끄응 하고 신음을 흘렸다. 신호등이 초록색으로 변했다. 차가 다시 출발했다. 태성은 그녀의 억지에 성질을 억누르는지 인상을 쓰며 운전을 했다. 승아는 인내심을 갖고 그의 대답을 기다렸다.

"그래, 알았어. 어휴, 알았다고. 오늘은 바쁘니까 그냥 가자. 대신 다음에 한가할 때 여기 와서 보상해 달라고 말할게."

"숙박권으로 받아 와요."

나이스! 그녀의 말끝에 웃음이 비어져 나왔다.

"그래. 알았어."

자포자기에 빠진 시쁘장스러운 어조였다. 그는 승아가 웃는 것을 힐끔거렸다.

"이제 다 풀린 거지?"

"……거절을 꼭 만나서 해야 했어요?"

"진짜 거절하려고 나온 거야. 진짜. 여잔 나오지도 않았다니깐. 그리고 오늘 그 자리 안 나갔으면 너 못 봤을 거고, 그랬으면 큰일인 거잖아, 응?"

그는 승아가 왜 막가파로 구는지 알아챈 듯 유들유들하게 말했다.

"말이나 못하면 밉지나 않지."

승아가 들릴락 말락 속삭이자,

"말 안 하면 안 밉단 소린가? 그럼 입 다물고 있으면 좋아해 줄 거야?"

기대감에 금세 들뜬, 환희에 찬 그의 음성.

눈치코치 백단은 가볍게 뛰어넘는 그는, 이미 그녀의 화가 풀리고 있다는 낌새를 알아차린 듯했다. 미안하다고 말하는 그가 밉지만은 않았다. 보상받겠다고 억지 부리자 결국엔 그가 하겠다고 답했지 않은가. 얼굴이 벌게져 질투했다고 고백한 것도 귀여웠다.

하긴 그녀도 그가 선봤다는 걸 알고 눈이 뒤집혔으니 그도 마찬가지로 그녀처럼 화가 나서…… 안 돼! 이렇게 쉽게 풀리면!

안 돼, 안 돼, 안 돼, 안 돼, 안, 안, 안, 안, 돼, 돼, 돼, 돼, 돼…… 되나?

안 될 건 또 뭐야? 안 되면 되게 하라는 말도 있는 판국에. 또 어떤 이가 그러지 않았던가? 여자의 마음은 갈대라고.

너에게 묻는다.

갈대 함부로 욕하지 마라.

너는 누구에게 한 번이라도

갈대였던 적이 없느냐.

승아도 여자였다. 고로 나승아는 갈대라는 논리가 성립했다. 바람에 흔들리는 갈대가 항상 나쁜 것은 아니다. 융통성 있다고 볼 수도 있다.

그러나, 충동을 이기지 못하고 날 선 한 마디가 툭 튀어나왔다.

"쳇. 면도도 못 할 정도로 바쁘시다는 분이 오늘은 어떻게 나왔담?"

"미안해. 거절하러 나왔다고 했잖아. 그만 화 풀어라. 응?"

"알 게 뭐람."

그녀는 새침하게 대꾸했다.

"근데요."

"왜?"

"정말, 정말로 나한테 미안해요?"

"왜, 또 무슨 말을 하려고?"

기어를 바꾸며 승아를 곁눈질하는 그의 얼굴에 알 수 없는 불안감이 어려 있었다.

"나한테 미안하다면서요?"

"하아, 그래."

그는 크게 한숨을 쉬었다.

"정말 미안하면, 숙박권은 됐으니까 루돌프나 돌려주면 안 돼요? 새로 글 쓰려니 너무 힘들어요. 신춘문예가 한 달밖에 안 남아서 글 쓸 시간도 너무 부족하단 말이에요."

엎친 김에 덮치라고 죽이 되든 밥이 되든 소설을 돌려받을 수 있는 절호의 기회를 놓칠쏘냐. 시도라도 해야 했다. 혹시나 하는 기대감에 희망이 뭉글뭉글 부푸는데, 그가 끼익하고 급브레이크를 밟았다.

"청와대 테러하는 소재로는 신춘문예에서 당선 안 시켜 줄 거 같은데?"

뭐?

승아의 얼굴이 꿀단지 뺏긴 곰처럼 일그러졌다. 역시 광역수사대 폭파 사건으로 확 써 버려?

"다른 거 잘 생각해서 열심히 써 봐. 한 달이지만 너라면 더 좋은 작품을 쓸 수 있을 거야."

"나 진짜…… 너무 힘들단 말이에요……."

승아는 고개를 숙이고 울먹울먹거렸다.

"소설 다시 쓰려면 얼마나 힘든지…… 다른 거 생각나는 소재도 없구……."

"안 우는 거 다 아니까 괜히 힘 빼지 마. 내가 너한테 미안하다고 하는 건 소설과는 관계없잖아. 내가 안 된다고 할 때는 정말로 안 되는 거야. USB는 증거물품이라서 함부로 돌려줄 수 없어."

썩을. 그럼 그렇지. 우는 척은 씨알도 안 먹혔다. 승아는 고슴도치가 가시를 세우듯 고개를 빳빳하게 쳐들었다.

"그럼 그걸 빌미로 두 번 다시 협박하지 마요. 말 안 하겠다고 해놓고서 왜 협박해요? 둘 중에 하나만 하라고요. 주든지 아니면 협박하지 말든지."

"하아."

그는 크게 심호흡을 했다. 뭐라 말하고 싶은 표정이 역력했지만 참는 것 같았다.

사실 루돌프는 그의 책상 서랍 안에 잘 있었다. 법 무서운 줄 모르고 날뛰는 승아에겐 교훈이 필요하다고 태성은 여겼다. 어차피 청와대 테러라는 자극적인 소재는 새로운 정권이 들어선 시기라 뽑아 주지도 않을 것이라 판단한 그는 소설을 돌려주지 않을 작정이었다.

어느덧 그녀의 집 앞에 도착했다. 승아는 안전벨트를 풀었다. 아니, 풀려고 시도했다. 지난번처럼 벨트가 말썽을 부렸다. 태성은 벨트를 몇 번이고 잡아당기는 그녀를 재미있다는 듯 지켜보기만 했다.

"이거 왜 안 고쳐요?"

"안 고치니 지난번 생각도 나고 좋은데, 뭘."

그가 나지막하게 웃었다. 반달 모양으로 휘어진 그의 눈웃음엔 욕망이 서려 있었다.

"지난번처럼 마음에 안 드는 일 생긴다고 또 연락 안 하게요?"

"내가 앞으로도 계속 너 대신 안전벨트 풀어 줄게."

입에서 녹아내리는 바닐라 아이스크림처럼 달콤한 속삭임이었다.

"어이구, 계속은. 쳇. 지금이나 푸시죠."

승아는 그의 말에 설레었지만 그것을 감추려고 퉁명스럽게 말했다.

"내가 잘못했어. 이젠 무슨 일이 있어도 매일 연락할게."

어이구, 잘도 하시겠네! 연락이란 말에 2주 동안 속 끓였던 기억이 다시 났다. 화가 새로이 치솟았다. 승아는 세모꼴 눈으로 그를 흘겨봤다. 그가 안전벨트를 풀자마자, 그녀는 맹렬한 기세로 조수석 문을 벌컥 열고 차에서 뛰쳐나갔다.

"우린 두 번 다시 안 볼 건데 왜 매일 연락해요? 거참 쓸데없네. 호텔 숙박권은 등기로 보내세요."

그도 부랴부랴 차에서 내렸다.

"사귀는 사인데 왜 두 번 다시 안 봐?"

"누가 사귀어요?"

"우리가."

"난 사귀는 사람 없어요. 그쪽은 선을 또 보든지 하여간 알아서 하시라고요. 난 거기서 빼 주고."

승아는 잘 가라는 인사도 없이, 빠른 걸음으로 빌라 안으로 들어갔다. 그리고 엘리베이터 버튼을 눌렀다. 되도록이면 계단을 이용했고 아까의 다짐도 있었으나 오늘처럼 힐을 신은 날엔 어쩔 수 없다. 환경도 중요하지만 여자에겐 힐도 소중하니까. 태성이 그 뒤를 졸졸 따라왔다.

"나 좋아하는 거 아니었어? 물론 지금은 화가 났겠지만."

엘리베이터 문이 열렸다. 승아는 3층을 누르고 닫힘 버튼도 눌렀다. 그가 타든 말든 상관없었다.

"내가 왜? 딴 여자 만나라니깐."

닫히는 문 사이로 태성이 비집고 들어왔다.

"알았어. 알았어. 넌 날 좋아하는 게 아냐. 내가 좋아. 내가 혼자 좋아하는 거야. 그러니 나한테 기회를 줘. 응?"

승아는 왜 따라오는 거냐는 눈초리로 뽀로통하게 그를 쳐다보기만 했다.

태성의 눈엔 성이 나 잔뜩 부은 얼굴조차 귀엽고 사랑스러웠다. 화내는 것도 잠깐이다. 시간이 지나면 절로 풀릴 거다. 그는 그렇게 생각하며 해사하게 웃었다.

그녀는 복잡한 마음으로 수염으로 뒤덮인 뺨에 깊게 팬 볼우물을 응시했다. 왜 연락을 안 했는지 이젠 이유를 다 알면서도 짜증이 나고 화도 치밀었다.

그에 대해 기대를 많이 했던지라 실망도 컸다. 쉽게 키스에 응했단 생각에 얼마나 자책했던가. 그럼에도 그녀를 망상케 했던 저 보조개를 만지고 싶다는 생각이 드니 혼란스러웠다. 정녕 미친 게야.

하지만 그녀는 달콤한 말 몇 마디에 금세 오케이 하는 쉬운 여자가 되고 싶지 않았다. 말이 중요한 것이 아니다. 정말로 그녀가 좋으면 앞으로 행동으로 보여 주겠지.

승아는 됐다고, 잘 가시라고 말하며 엘리베이터에서 내렸다. 이를 딱딱 부딪칠 정도로 추위에 떨게 만드는 겨울바람처럼 매서운 어투에, 결과를 낙관하며 히죽대던 태성의 얼굴이 낭패감에 젖었다.

냉정하게 돌아서는 승아의 손목을 태성이 황급히 붙들었다. 아프지 않을 정도로 잡았으나 질긴 밧줄처럼 엉켜드는 악력이었다.

"미안해."

애처로운 목소리가 복도에 울려 퍼졌다.

"용서해 줘, 응? 앞으로 연락 잘 할게."

그는 엄한 선생님한테 혼나는 학생처럼 기가 팍 죽어 있었다.

"나도 너한테 연락 안 한 2주 동안 너무 힘들었어. 왜 힘든지 이유도 모르겠는데, 그냥 막 힘이 드는 거야…… 너 지금 이렇게 가면 나 답답해서 이제는 일에 집중도 못 해. 응?"

집 안을 난장판으로 만들어 놓은 비글이 퇴근한 주인 앞에서 귀를 접고 불쌍하게 낑낑대는 것처럼 태성의 눈꼬리가 아래로 축 처졌다. 진심이 담긴 호소에 그녀의 마음이 약해지기 시작했다.

무엇보다, 그녀가 이대로 가 버리면 큰일이라도 난다는 듯 쩔쩔매는 모습에 기분이 조금 나아졌다. 거만하던 남자가 그녀가 원한다면 당장 무릎이라도 꿇을 듯한 태도를 보이자 약간 우쭐해지기도 했다.

울상을 지으며 그녀의 동정을 사정하던 그는 목격했다.

삭풍처럼 싸늘하기만 하던 그녀의 눈빛이 폭우 속 수양버들 가지마냥 흔들리는 것을. 그는 그녀가 약해지는 순간을 놓치지 않고 슬그머니 앞으로 다가가 그녀와의 간격을 좁혔다.

"내가 잘해 줄게."

옷깃이 닿고 체온이 느껴질 정도로 그가 그녀에게 가까이 접근했다. 승아의 뺨에서부터 턱으로 연결되는 피부를 손끝으로 살며시 쓸어내리며 그가 허스키하게 속삭였다.

"앞으로 네가 원하는 거라면 뭐든지 할게."

그의 손가락이 미끄러지듯 그녀의 살갗을 어루만졌고, 유혹하듯 나른하게 말했다. 어느 틈에 그의 눈빛이 변해 있었다. 애원하는 느낌은 같았으나 좀 더 농도가 깊었고 끈적거렸다. 그는 달콤한 꿀단지를 앞에 둔 곰처럼 그녀를 보고 있었다. 핥아 먹듯 바라보는 시선이었지만 가히 나쁘지만은 않았다.

너무 가까웠다.

승아는 쿵쾅거리는 심장박동을 느끼며 번민에 빠졌다. 그가 힘껏 그녀를 잡고 있는 것이 아님에도 그녀는 뒤로 물러날 수가 없었다. 이 모든 것은 그녀가 잠시 방심한 사이에 일어났다. 아차 하는 동안 사냥꾼이 작정하고 놓은 덫에 걸려 버렸다.

근육질의 두꺼운 팔뚝이 그녀의 얇은 허리를 휘감았다.

감미롭게 스치던 손이 어느새 그녀의 목덜미를 만지작거리고 있었다. 분명 그만두라고 해야 하는 순간이었지만 눈앞에 있는 남자의 뜨거운 열기에 그녀의 모든 감각이 흐물흐물 녹아내리고 있었다.

"나 이대로 그냥 가?"

태성은 갈등에 빠진 그녀의 표정을 놓치지 않았다.

"정말?"

그는 무언가를 말하려고 벌리는 그녀의 입술을 보았다. 더 이상 거절은 원치 않았다. 그래서 그녀에게 선택권을 주지 않기로 했다.

그는 승아를 뒤로 밀어붙이며 입술을 아래로 내렸다. 그녀의 등에 차가운 철문이 닿았다. 처음엔 소극적으로 그의 혀를 받아들였지만 키스가 점점 깊어짐에 따라 그녀의 내적갈등이 머릿속에서 사라져 갔다.

승아는 헤어 나올 수 없는 키스의 늪에서 허우적댔다. 느낄 수 있는 것은 오로지 입술, 그녀가 통제할 수 없는 부드럽고 촉촉한 혀의 감촉, 얼굴을 살짝 긁는 그의 거친 수염뿐이었다. 온 세상이 오로지 입술과 혀, 피부 이 세 가지로 구성되어 둥둥 떠다니는 것 같았다. 그녀는 한참을 태성의 품 안에서 헐떡거렸다.

"학생?"

누군가가 그들을 향해 말하는 소리를 들은 태성이 입술을 떼어 내려 시도했다. 반면, 키스에 몰두할 대로 몰두한 승아는 아무 소리도 듣지 못했다. 태성은 몸을 떼려고 팔을 풀고, 주춤주춤 뒷걸음질을 치려 했다.

안 돼.

승아는 발칙한 반항을 하는 그의 목에 두 팔을 감고 격하게 잡아당겼다. 나긋나긋한 몸으로 그에게 밀어붙이는 통에, 그녀의 등이 문에서 떨어졌다. 여전히 입술은 맞닿은 상태. 또다시 멈추려고 시도하는 그가 못마땅해진 승아는, 무게를 실어 몸을 아예 그에게 던졌다.

그는 뒤로 물러나다 균형을 잃었다. 등이 벽과 부딪치는 둔탁한 소리가 났다. 그가 비틀거리다가 반대편 벽에 등을 부딪친 것이다.

승아는 석 달 열흘은 굶은 거지보다 더 절박하게 그의 입술을 숫제 잡아먹을 기세로 빨아들였다. 그에게 찰싹 달라붙은 그녀는 고목나무에 딱 달라붙은 한 마리 매미와도 같았다.

승아를 떼어 내려 저항하던 그도 어느 순간부터 포기하고 적극적으로 혀를 되돌렸다.

그래. 진작 이랬어야지. 그는 말 잘 듣는 그녀만의 경찰이었다. 착하니 상으로 키스를 더 해 줘야지. 이참에 '나승아 전용 최 반장' 이란 상장이라도 하나 만들어 줘? 상 받는 이유는 국민의 일원인 승아에게 키스봉사를 잘해서라고 써 줘야 할까 봐.

아얏! 딴생각하느라 소극적으로 키스를 되돌리는 그녀의 입술을 그가 잘근잘근 깨문 탓에 그녀는 신음을 흘렸다.

"어험!"

헛기침 소리가 더 커졌다. 그러나 승아는 듣지 못했다.

Chapter 6

누군가가 승아의 귓가에서 박수를 쳤다. 다시금 이어지는 어험 하는, 훨씬 큰 헛기침 소리.

"엄마야!"

화들짝 놀란 승아가 외마디 소리를 내며 태성을 확 밀쳤다. 그러나 벽에 등을 대고 있던 태성이 밀릴 공간은 없었다. 당황한 승아가 숨을 몰아쉬며 팔로 그를 몇 번을 밀었지만 꿈쩍도 않았다. 겨우 정신을 차린 승아가 뒤쪽으로 휙 물러났다. 태성은 그런 승아를 보고 쿡쿡거리며 낮게 웃기 시작했다.

"학생."

낯익은 목소리를 향해 승아의 고개가 반사적으로 돌아갔다. 복도에서 오다가다 만나 인사하곤 했던 옆집 아저씨였다. 아저씨는 헛기침을 몇 번 더 하셨다. 헛기침 소리가 더해질 때마다 그녀 얼굴이 점차 붉어졌다. 태성은 그저 웃기만 했다.

"오랜만이야. 택배가 와서 내가 대신 맡아 뒀어."

아저씨가 커다란 상자 하나를 들고 계셨다.

"꽤나 무겁더라고."

옆에서 웃고만 있던 태성이 얼른 받아 들었다.

"아, 네. 감사합니다."

"그런데, 애인인가 봐? 열렬하네. 좋을 때야. 예쁘게 잘 사귀어."

승아는 부끄러워서 대답도 못 하고 고개만 숙였다.

"네, 감사합니다."

태성은 능청스레 대신 대답했다.

"덕분에 영화 한 편 잘 봤어~"

마지막 한마디를 더하시곤, 아저씨는 콧노래를 부르며 집으로 들어가셨다.

"어우, 내가 정말 못 살아! 이게 다 당신 때문이야. 왜 여기서 키스를 해서, 내가 정말. 앞으로 아저씨 얼굴을 어떻게 봐."

잘 익은 토마토처럼 빨간 얼굴이 된 승아가 주먹으로 태성을 토닥토닥 때렸다. 그래 봐야 아프지 않은 앙탈에 불과했다.

"쿡쿡. 당신이라…… 난 그 호칭 맘에 든다. 다른 사람이 보기에도 우리가 연인처럼 보이나 봐."

태성은 기분이 좋은 듯 유쾌하고 싹싹하게 말했다.

"우리는 연인이 아니거든요?"

사귀자는 말도 정식으로 안 했으면서 은근슬쩍 넘어가려 하다니.

"어허, 키스까지 해놓고서 이러면 안 되지. 날 책임지라고."

"그래서 지난번엔 연락을 안 했나 보죠? 지금 또 키스해 놓고 이번에도 연락 안 하겠지. 내 번호가 폰에 저장되어 있긴 해요?"

승아는 천적 앞에서 털이 바짝 선 고양이처럼 도끼눈을 했다. 그의 수작에 넘어갔다는 생각과 민망함 때문에 그녀는 날 선 반응을 보였다.

"이걸 언제까지 반복해야 되지?"

그가 고개를 들고 천장을 보며 그녀더러 들으라는 듯 독백을 했다.

"아름다운 아가씨, 이거 놓아두고 가게 문이나 여시죠. 무겁긴 하네. 그런데, 뭘 주문했기에 이렇게 커?"

"주문한 거 없어요. 엄마가 보내셨겠죠."

상자를 그녀에게 주고 이만 가라는 말에도 태성은 무거우니 집 안에 내려 주고 가겠다며 꿈쩍을 않았다. 몇 차례 실랑이를 하다가 지친 승아가 문을 열었다. 태성은 상자를 그녀의 집 현관에 내려놓았다. 그는 가지 않고 그 자리에서 승아의 원룸을 흘끔거렸다.

그 시선을 눈치챈 승아는 속으로 그에게 메롱 했다. 최 반장님, 거기서 볼 수 있는 건 부엌이랑 여기 있는 냉장고와 신발장뿐일 겁니다. 부엌 때문에 방이 가려서 제대로 안 보이지롱.

"방 안으로 옮겨 줘?"

태성이 아무렇지 않게 말했지만 눈동자에 깃든 궁금증은 숨기지 못했다.

"아뇨. 그냥 여기 두면 돼요."

쯧쯧, 최 반장님. 그런 식으로 방에 들어오시겠다? 승아는 눈을 부라렸다. 아니나 다를까 눈치 빠른 그는 하하 웃기만 했다. 아까는 쌀쌀맞은 행동에 놀라 애처롭게 빌었지만 키스에 호응하는 그녀 덕분에 자신감이 생긴 태성은 그녀가 구박해도 여유로웠다.

거지 같은 설거지는 외출 전에 해 둔지라 부엌은 깨끗했다. 흰색 싱크대에 샛노란 타일이 화사하게 포인트가 되었고, 부엌과 방을 구분 짓는 미닫이문은 연한 나무 무늬 시트지가 발린 유리문이었다. 이 모든 색감은 주인아저씨의 선택이었지만, 동시에 이 원룸을 선택한 승아의 취향이기도 했다.

상자를 현관에 내려놓은 태성이 못내 아쉬운 듯 말했다.

"그럼 난 이만 가야 해서…… 연락, 자주 할게."

태성은 폰 번호가 저장되어 있긴 하냐는 승아의 말이 신경이 쓰였던지, 떠나기 전에 그녀의 번호를 단축번호 0번으로 설정하는 것을 직접 보여 주었다. 승아는 헛웃음을 터트렸다. 수선스러운 행동이었지만 과히 기분 나쁘지만은 않았다.

태성이 가고 난 후, 그녀는 현관문에 등을 기대며 한숨을 포옥 내쉬었다.

그가 하는 키스는 마약이나 다름없었다. 시간도 공간도 이성도 다 잊어버리게 된다. 그러니 옆집 아저씨한테 그런 장면을 들키는 사태가 발생하지.

다시금 밀려오는 민망함에 신발장 위 거울에 비친 얼굴이 달아올랐다. 저도 모르게 장밋빛 입술에 시선이 꽂혔다. 빨리고 깨물린 탓에 입술이 평소보다 빨갛게 부어 있었다. 그녀는 속에 있는 공기를 다 뽑아내듯 크게 숨을 내쉬었다.

이렇게도 신체적 접촉에 약했던가. 이것은 전적으로 키스를 너무나 잘하는 그의 잘못이다. 그녀의 탓이 아니야. 앞으로 옆집 아저씨를 마주치는 일이 없었으면 좋겠다고 생각하며 고개를 도리도리 흔들었다.

현관문을 잠그고 돌아서자, 발치에 있는 상자가 눈에 들어왔다. 상자는 배 상자만큼이나 컸다. 상자의 오른쪽 아래에 붙은 A4용지엔 승아의 집 주소와 '나승아 앞'이란 글자가 검정 사인펜으로 갈기듯 쓰여 있었다.

그녀는 허리를 숙이고 상자를 앞으로 밀었다. 무거운 상자를 부엌으로 옮기는데, 무언가…… 위화감이 들었다. 이내 승아는 그 이유를 깨달았다. 택배회사에서 항상 사용하는, 주소를 적는 얇은 종이가 없었다. 뭐지? 보통 이런 건 박스 위에 붙이지 않나? 자세히 보니 '나승아 앞'이 쓰인 A4용지가 불룩했다. 종이 아래에 무엇인가 있는 것처럼 보였다.

종이만 떼어 내자 흰 봉투가 나타났다. 그녀는 봉투를 찢었고 단순하게 접힌 흰 종이 한 장을 발견했다. 종이를 꺼내 펼치니 신문과 잡지에서 덕지덕지 오려 붙인 조악한 3글자가 있었다.

〈배신자〉

이게 뭐지? 승아는 종이를 뒤집었다. 뒷장은 깨끗했다. 잘못 온 것인가? 그녀는 택배에 붙어 있던 종이에 써진 주소와 이름을 다시 확인했다. 주소는 정확했다. 상자는 그녀 앞으로 온 것이 확실했다.

누가 이걸 보냈는지 모르겠지만 잘 챙겨서 태성 씨에게 줘야겠어. 애인을, 아냐, 아직은 아니지. 아는 사람을 경찰로 두니 이런 점이 좋다 싶다.

드라마에서 본 것처럼 종이에 범인의 지문이 묻은 게 없나 조사하겠지? 더 이상 그녀의 지문으로 종이를 오염시키면 안 된다는 생각이 미친 그녀는 그 즉시 종이를 바닥에 떨어뜨렸다.

승아는 싱크대 서랍을 열었다. 마침 투명한 일반 비닐 팩이 하나도 없었다. 서랍에 남아 있는 것이라고는 산타 무늬 비닐 팩뿐이었다. 오늘 집에 오는 길에 비닐 팩을 사려 했는데, 태성 때문에 다 잊었다. 하여간 그 남자는 건망증 유발자다. 승아는 젓가락으로 종이를 집어 산타 비닐 팩에 갈무리했다.

당장 태성 씨에게 전화를 해서 이걸 줘야 되는 걸까? 이자가 누구인지는 모르지만 그녀의 거처를 알고 있다는 것이 불안했다. 집에 쳐들어오기라도 하면 어떻게 하지? 누군가의 발자국 소리라도 들릴까 싶어 그녀는 현관문으로 다가가 귀를 바싹 붙였다.

고요했다. 복도에선 아무 소리도 들리지 않았다. 승아는 문이 제대로 잠겨 있는지 재차 확인했다.

승아는 태성에게 전화를 걸면서 신발장에서 망치를 꺼냈다. 잠시 주저하다 싱크대 칼꽂이에서 식칼도 꺼내어 상자 바로 옆에 뒀다.

행여 창문으로 뛰어내려야만 하는 상황이 닥칠까 봐 베란다로 쪼르르 달려가 바깥 창문도 활짝 열고 높이를 가늠해 보았다. 3층 집에 살길 잘했지. 이 정도 높이에선 뛰어내려 봤자 다리 부러지는 정도로 끝날 것이다.

— 여보세요.

서너 번의 신호음 끝에 그가 흐뭇한 음색으로 전화를 받았다. 발신자에 뜬 자신의 이름이 좋았는지 그는 기쁜 기색을 감추지 못했다.

"저기…… 지금 광역수사대로 돌아가는 길 맞죠?"

그녀는 각종 문구류를 모아 둔 자그마한 노란색 상자를 행거 아래에서 끌어냈다.

— 응, 왜?

뚜껑을 열고 핑크색 고양이 커터 칼을 꺼냈다. 고양이 눈 부분에 큐빅이 장식된 깜찍한 커터 칼이었다.

"얼마나 갔어요?"

그녀는 부엌으로 되돌아가 상자를 발로 툭 쳐 봤다. 상자는 꽤나 묵직하여 그녀의 발길질에 꼼짝도 안 했다.

— 도착하려면 멀었어. 왜?

"빨리 돌아가야 돼요? 다시 여기로 와야 할 것 같은데……."

무엇이 상자에서 나올지 모르겠다. 설마 죽은 고양이나 쥐라든지 비둘기의 시체는 아니겠지? 웩. 상상만 해도 끔찍해서 하마터면 헛구역질을 할 뻔했다. 그녀는 코를 킁킁거렸다. 썩는 냄새는 안 나는데. 대체 뭐가 들어 있는 걸까?

— 왜? 내가 벌써 보고 싶…….

승아는 그의 말을 싹둑 잘랐다.

"아까 그 택배 상자 있죠?"

— 응.

심상찮은 어조에 태성은 농담을 그만뒀다.

"상자에 편지가 붙어 있는데 이상해요. 배신자라고 쓰여 있어요. 왜 이런 게 나한테 왔는지도 모르겠고……."

— 뭐?

태성의 음성이 높아졌다.

— 상자는? 상자도 열었어?

그녀는 상자 옆에 쪼그려 앉았다. 테이프로 단단히 봉해진 부분에 커터 칼을 천천히 그었다. 떨렸다. 심장박동이 팝콘 튀듯 불규칙적으로 뛰었다.

"안 그래도 지금 열고 있는데……."

— 아니! 아직 열지 마! 내가 가면……!

"벌써 열었어요."

상자에 지문이 묻지 않도록 칼끝을 이용해 닫힌 면 한쪽을 조심스레 들어 올렸다. 청테이프가 칭칭 감긴 불투명한 플라스틱 통 2개가 나타났다. 뒤쪽엔 부탄가스가 여러 개 붙어 있었다.

플라스틱 통은 액체로 가득 채워져 있었다. 청테이프 사이에 똬리를 튼 굵다란 붉은 호스는 가느다란 여러 개의 선과 연결되어, 그 끝이 통 앞에 매달린 싸구려 디지털 타이머에 닿아 있었다.

타이머에 나타난 숫자는 '00:50'이었다. 불안한 심장박동이 뚝 하고 멈추었다. 베수비오 화산 대폭발을 피하지 못해 그대로 굳어 버린 폼페이 인간 화석처럼 그녀는 순식간에 굳었다.

00:50.

50. 50? 50!!!!!

— 열었어? 뭐야? 뭐가 들어 있어?

승아는 두 눈을 믿을 수가 없었다.

"폭, 폭탄이에요."

그녀는 멍하니 중얼거렸다.

— 뭐? 장난치지 마.

말과는 달리 그는 심각했다. 마치 폭탄이 아니길 호소하는 듯한, 그녀의 짓궂은 농이길 간절히 바라는 듯한 그런 음성.

일반인들의 예상과 다르게 폭탄 제조하는 방법은 그리 어렵지 않았다. 자료 조사차 인터넷 카페에서 본 여러 가지 게시물에는 제조 방법이 상세히 쓰여 있었다. 심지어 어떤 사람들은 폭탄과 총을 만드는 동영상을 업로드하기도 했다. 재료만 있으면 그녀도 만들 수 있을 정도로 간단한 제조법도 존재했다.

폭탄의 원료가 되는 질산암모늄, 과산화수소, 염소산칼륨 등은 단돈 몇 천 원으로 전국적인 접근이 가능했고 흔적을 남기지 않고 대량 구매도 할 수 있었다. 법의 허점을 이용해 사람들은 재료를 구입하여 직접 만들어 팔았다.

또, 일상에서 쉽게 구할 수 있는 재료도 있었다.

볼펜에 사용되는 조그마한 스프링도 총기의 부품으로 변신할 수 있었고 세탁 세제도 폭탄의 원료 중 하나였다. 그녀로서는 플라스틱 통 안에 들어 있는 물질이 어떤 것인지 짐작조차 할 수 없었다.

승아는 어떻게 손을 대어 볼 엄두도 못 냈다. 대강의 기폭장치는 알아도 폭탄 해체하는 방법은 전혀 몰랐다. 만드는 방법만 검색했지 해체하는 것은 검색해 본 적이 없으니까. 그녀가 쓰는 소설은 남자 주인공이 청와대를 테러하는 내용이지 테러를 방지하는 내용이 아니었다.

"자, 장난 아, 아니에요! 나…… 이 비, 비, 비슷한 거 인터넷에서 봤어……."

부탄가스 2개와 화학약품 몇 개로 조잡하게 만든 사제 폭탄 폭발 영상이 눈앞에 떠올랐다.

퍼엉 하는 커다란 폭발음. 사람도 갈가리 찢을 수 있을 것 같은 위력. 눈 한 번 깜짝하기도 전에 회색빛 연기가 공중에 확 퍼진다. 폭발물이 들어 있던 플라스틱 가방은 휴지조각처럼 잘게 조각난다.

만약 이것이 터진다면 그녀의 피부는 갈기갈기 찢기고, 뼈 따위는 쉬이 조각나고, 장기가 손상되며, 붉은 피가 확 퍼져 온 방을 벌겋게 도배하기도 전에 벽이 망가져 이 공간이 무너질……

49.

숫자가 변했다. 마라톤 완주하고 온 선수처럼 맥박이 빨라졌다.

"수, 수, 숫자가 50이었는데, 49로 변했어요."

그녀는 헐떡이며 더듬거렸다. 이마에서 식은땀이 났다. 폭탄을 잘못 건드린 자의 미래는 예정되어 있다. 옥황상제나 아니면 염라대왕과의 조우라는.

— 당장 거기서 나가!

끼익하는 소리. 동시에 그가 소리를 질렀다. 차를 급하게 돌리는 듯했다.

'나가' 라는 그 말은 달리기 경기에서 총으로 '땅' 하고 쏘는 신호탄과도 같았다. 승아는 벌떡 일어섰다. 긴장한 탓인지 방이 빙빙 도는 것처럼 현기증이 일어 시야가 흐렸다.

머리가 팽 도는 아찔함에 그녀는 그 자리에 오도카니 서 있었다. 잠시 후, 뿌옇던 시야가 맑아졌고 승아는 바닥에 보이는 비닐 팩을 잡아챘다.

— 승아야? 나승아, 나갔어?

문자 그대로 비닐 팩을 가방에 처넣었다. 현관문 잠금장치를 풀었다. 머리 위에서 자동으로 켜지는 현관 불빛에 그녀의 얼굴이 노랗게 바랬다. 현관에 있는 슬리퍼를 덮치듯 발에 끼워 뛰쳐나가려는 찰나. 망치와 식칼이 눈에 띄었다.

— 나승아!

"끊어요!"

절박하게 외치고 전화를 끊었다. 망치를 집어 들었다. 문을 열고 계단 쪽을 향해 달렸다. 젖 먹던 힘을 다해 뛰었다. 추격하는 맹수에게서 필사적으로 달아나는 사슴처럼. 길지 않은 복도가 기다란 엿가락처럼 끝없이 늘어나는 것 같아 등골이 서늘했다.

슬리퍼가 바닥에 부딪히는 소리가 마치 전쟁에서 진격할 때 치는 병고 소리 같아 섬뜩했다. 한 걸음씩 디딜 때마다 발끝에서 피가 빠져나가는 것 같아 다리가 후들후들거렸다.

드디어 복도 끝 계단에 다다랐다. 계단을 뛰듯이 내려가려는데 새빨간 화재경보기 스위치가 공포로 얼룩진 승아의 눈동자에 걸렸다.

사람들!

구해야 해!

'화재 시 누르시오' 라고 써진 투명한 플라스틱을 망치로 세게 내려쳤다. 둥근 플라스틱이 파삭 하고 깨졌다. 시어 빠진 레몬을 통째로 씹어 삼킨 사람처럼 바르르 떨리는 검지로 검은색 버튼을 꾹 눌렀다.

"폭…… 불이야! 빨리 도망쳐요! 불이야! 불이야!"

목청이 째지도록 소리쳤다.

불이야 하고 외치는 게 폭탄이라고 말하는 것보다 주목을 쉽게 끌고 현실성 있게 들릴 것 같다는 판단을 한 것은 삽시간이었다. 폭탄이라고 하면 장난인 줄 알고 사람들이 대피하지 않을지도 몰랐다. 한국은 평범한 사람들이 폭탄과 테러를 자주 접하는 그런 나라가 아니기에 불이 더 효과적일 것이다.

때르르릉.

부상자의 처절한 비명 같기도 한 사람을 골 아프게 만드는 낯익은 소리가 복도를 울렸다. 화재 경고 표시등에서 붉은 불빛이 번쩍번쩍거리며 복도를 벌겋게 달궜다.

승아는 한 번에 두 계단씩 뛰어 내려가며 2층에 있는 화재경보기 버튼도 눌렀다. 주머니에 있는 폰이 진동했지만, 무시했다.

"불이야! 불이야!"

2주 전의 새벽 소동 때문에 행여나 사람들이 집 밖으로 나오지 않을까 봐 불안했다. 그래서 그녀는 계단을 뛰어 내려가며 목이 터지도록 소리쳤다.

1층에 다다를 무렵, 오른발이 슬리퍼 끝에 걸려 휘청했다. 몸이 앞으로 꼬꾸라졌다. 얼굴이 바닥에 닿기 직전, 가까스로 두 손을 뻗었다. 몸이 바닥에 부딪혀 쿵 하는 둔탁한 소리가 났다.

승아는 속으로 신음을 삼켰다. 세 계단을 남기고 오른쪽 무릎을 대리석 바닥에 찧는 바람에 무릎이 얼얼했다. 망치와 가방도 놓치고 슬리퍼도 벗겨졌다. 스타킹은 찢어졌고 무릎에선 피가 났다.

이제야 나오기 시작했는지 웅성웅성하는 사람들 소리가 계단을 타고 들렸다. 승아는 냉골 같은 벽을 짚고 몸을 일으켜 세웠다. 끙끙거리며 슬리퍼를 다시 신었다.

땅을 디딜 때마다 바늘처럼 날카로운 통증이 발목을 쿡쿡 쑤셨다. 그녀는 땅바닥에 나동그라져 있는 망치와 가방을 향해 절뚝거리며 걸어갔다.

누군가의 카랑카랑한 비명이 복도를 뒤흔들었다. 계단을 뛰어 내려오는 투다다닥 하는 발자국 소리가 혼란스러웠다. 제발 아직 시간이 남았기를! 그녀는 폭탄이 실수로 너무 빨리 터지지 않기를 간절히 기도했다. 어느새 건물 밖으로 나간 사람들도 있었다.

코트 주머니가 또다시 진동했다. 승아는 전화를 받았다.

— 여보세요? 승아야, 승아야!

태성이 날카로운 음성으로 그녀의 이름을 몇 번이나 외쳤다.

"네, 전 괜찮아요. 전 무사해요. 소방서에 전화했어요? 경찰서엔? 시한폭탄인데, 50분 남아 있었어요. 이제 얼마나 남았지? 40분 남았나? 35분 남았나? 그 정도 남은 거 같아요. 이 얘기를 했어야 했는데……."

두서없이 횡설수설하는 승아의 목소리를 들은 태성은 그제야 안심했다.

— 알았어, 알았어. 진정해. 신고는 다 했어. 소방차랑 경찰이 곧 도착할 거야. 건물에서 거리 유지하고. 폭탄은 몇 개야? 어떻게 생겼어?

그녀가 무사한 것을 알았으니 이젠 폭탄이 어떤 것인지 알아야 할 차례였다.

"플라스틱 통이 두 개 들어 있는데, 상자에 꽉 차도록 크고 액체로 채워져 있었어요. 앞에는 타이머가 있었구요. 인터넷에서 5,000원에 파는 싸구려요. 청테이프랑 굵은 호스 한 개가 있었고, 가는 선으로 연결되어 있어요. 아! 그리고 부탄가스도 3개인가? 4개였나? 같이 붙어 있었어요."

— 그런 모양을 인터넷에서 본 적 있다고 했지? 어느 사이트에서?

"비슷한 걸 본 적이 있는 것 같기도 한데…… 어느 사이트였는지 기억이 안 나요."

— 알았어. 조금만 기다려. 혼자 있지 말고 사람들이랑 같이 있어. 나도 거의 다 왔어. 전화는 잠깐 끊을게. 아! 그리고 빌라 주인 폰 번호 알려 줘. 그 사람은 빌라에 살아?

"아뇨, 다른 곳에 살아요. 어디에 사는지 정확히는 모르는데 여기서 아마 20분 정도 걸리는 곳이라 들었어요. 아저씨가 식당을 하시는데 식당은 이 주변에 있어요."

승아는 전화를 끊자마자 주인아저씨 연락처를 문자로 보냈다.

그녀가 통화하는 동안 사람들은 빌라 앞에서 서성대며 어느 집에서 불이 난 거냐, 연기는 안 보인다며 떠들어 대고 있었다.

밖으로 나온 사람들 중에는 승아에게 폭탄상자를 건넨 옆집 아저씨도 있었다. 아저씨는 흰색 러닝셔츠에 짙푸른 사각팬티만 입고선 한 손에는 바지와 외투, 또 다른 손에는 금목걸이와 반지, 그리고 통장을 들고 망연자실 서 계셨다.

그녀는 폭탄 규모가 얼마나 클지 정확히 가늠할 수 없었다. 어쩌면 건물이 무너질지도 모른단 생각이 들자, 승아는 진땀이 났다.

"불이 아니에요. 폭탄이에요. 건물이 무너질지도 모르니 여기서 멀리 떨어지세요. 터지려면 40분밖에 안 남았어요. 소방서와 경찰서에도 신고했어요. 빨리 피하세요. 불이라 해야 더 빨리 나올 거 같아서 제가……."

승아가 모여 있는 사람들에게 큰 소리로 말하는데, 어떤 남자가 그녀의 말을 끊었다.

"야, 씨발, 웬 미친년이 다 있어? 폭탄이라니? 술 마셨으면 곱게 자빠져 자든가 하지, 이게 무슨 짓이야?"

짜증이 잔뜩 실린 욕설. 의구심이 잔뜩 담긴 사람들의 눈이 화살이 과녁에 꽂히듯 그녀에게 따갑게 박혔다. 옆집 아저씨조차 승아를 정신병자 보듯 쳐다봤다.

중세의 마녀사냥이 이러했을까. 마녀라 몰려 산 채로 화형당한 그녀들은 사실을 말하는데도 정신 빠진 년 취급 받아야 하는 승아와 다를 바 없었다. 믿지 않는 그들 때문에 답답한 마음이 타들어 갔다.

"아저씨, 아저씨가 건네준 택배 상자 안에 시한폭탄이 있었어요. 거짓말 아니에요. 아저씨 저 아시잖아요. 제가 장난으로 이러겠어요? 진짜예요. 지금 소방차랑 경찰이 온다니까요. 경찰한테도 방금 연락했어요. 모두들 여기에서 멀리 떨어지세요. 저도 더 이상 여기 안 있을 거예요. 전 분명히 말씀드렸어요. 제 말을 믿든지 말든지 상관없지만 다쳐도 전 책임 못 져요. 알아서 피하세요. 제가 처음 폭탄을 봤을 땐 시간이 50분 남았었고 이제는……."

그녀는 폰의 액정에 나타난 숫자를 확인했다.

"이제 40분밖에 안 남았어요."

그녀가 말을 마치자마자, 요란한 소리가 들리기 시작했다. 소방차의 사이렌이었다. 사람들의 의심이 설마 하는 불안감으로 변해 갔다. 건물 앞에 서 있던 몇몇 사람들은 주춤주춤 뒤로 물러났고, 어떤 이들은 믿을 수 없다는 듯 소방차가 올 때까지 그 자리에 무기력하게 서 있었다.

승아는 이곳에서 벗어나기로 했다. 그녀는 길 건너편 편의점을 향해 절룩거리며 걸어갔다. 무단횡단이었지만 아무도 신경 쓰는 이가 없었다.

그녀가 편의점 유리문을 잡아당길 때쯤엔, 소방차가 5대나 도착해서 도로와 골목을 점령했다. 소방서가 승아의 집에서 5분 거리에 있어서인지 소방차가 경찰차보다 빨리 도착했다.

"어서 오세……."

유리문에 달린 벨이 짤랑거리자 순하게 생긴 남자 아르바이트생이 인사를 하다 말았다. 승아가 항상 이 시간에 보던 여자 아르바이트생은 없었다. 알바생은 그녀를 뻔히 쳐다봤다. 아니, 그의 눈길이 사람 팔뚝만 한 커다란 망치에 닿은 것 같기도 했다.

어쩌면 피가 질질 흐르는 그녀의 무릎인지도 모르겠다. 아니면 찢어진 스타킹? 슬리퍼? 절뚝절뚝 걷는 그녀의 걸음걸이? 그런 눈으로 안 봐도 꼬락서니가 말이 아닌 건 너무 잘 아는데. 승아는 다음부턴 이 시간에는 이 편의점 절대 이용 안 해야겠다고 생각했다.

승아는 겸연쩍게 설명을 했다.

"미친놈이 절 쫓아와서요."

멋쩍게 웃으며—누가 봐도 썩소, 일명 썩은 미소로 보일 수밖에 없는 호선을 얼굴에 그리며— 망치를 머리 옆으로 치켜들자 알바생이 흠칫했다.

"이건 제가 너무 무서워서 가지고 나왔어요. 누구 해 끼치려고 들고 나온 게 아니에요. 방어하려고 가지고 있는 거예요. 지금 소방차 소리 들리죠? 경찰 올 때까지 잠깐 여기 숨어 있으면 안 될까요?"

폭탄이 폭발해서 빌라가 무너지는 한이 있더라도 길 건너편까지는 피해를 입지 않겠지라는 얄팍한 계산에 편의점에 온 승아였다.

알바가 대답을 못 하고 어버버거리는 동안, 승아는 망치를 들고 카운터로 돌진했다. 발을 내디딜 때마다 오른쪽 발목이 시큰거렸다. 가까이 다가갈수록 알바가 뻣뻣하게 굳는 것을 느꼈지만, 그 반응을 무시했다.

그녀는 계산대 뒤로 들어가 바닥에 철퍼덕 주저앉았다. 아이고 소리가 저절로 새어 나왔다. 밖에서 그녀가 안 보여야 될 텐데. 그녀는 망치를 두 손으로 꽉 잡았다. 역시, 망치가 아니라 식칼을 가지고 나왔어야 했나? 혹시라도 폭탄범이 편의점 안에 있는 그녀를 보고 쫓아와 해코지를 할까 봐 불안했다.

뼈마디가 하얗게 드러나도록 망치를 움켜쥔 손을 본 알바생의 눈이 커다랗게 뜨였다. 승아도 그 시선을 알아차렸다.

"해치지 않을 테니 걱정 마세요. 그러고 싶어도 그럴 기운도 없어요. 망치를 휘두른다 하더라도 저보단 그쪽이 더 힘이 셀 거니 쉽게 뺏을 수 있을 거구요. 근데 여기 일하던 사람이 바뀌었나요? 전에 이 시간대에 예쁜 언니가 일했는데."

그녀는 차분하고 논리적으로 알바생에게 말하려고 노력했다. 어디서 미친 테러범이 튀어나올지도 몰라 겁이 나 죽을 것만 같았다.

하지만 두렵다고 실성한 사람처럼 울며 날뛰다간 여기서 쫓겨날지도 모르니까 이 편의점 단골인 것처럼 잘 아는 척을 했다. 실제 단골이 맞기도 하고.

손이 떨렸다. 망치도 그에 맞춰 진동했다. 누가 이런 짓을 한 걸까. 대체 왜! 왜? 모르겠다. 무언가를 해야만 했다. 이 처지를 잠시라도 잊을 수 있는 무언가를. 한껏 꼬인 긴장을 풀기 위해 그녀는 천천히 숨을 들이마셨다. 가슴이 공기로 부풀었다 줄어들었다.

별 소용이 없었다.

물이라도 마시면 괜찮아지려나?

"저, 목이 말라서 그러는데, 물 한 병만 주세요. 여기 돈 있어요. 발목을 다쳐서 못 일어나겠네요."

그는 떨떠름한 얼굴로 물 한 병을 가져와 기계에 찍었다. 승아는 동전을 건넸다. 물을 받았지만, 손가락이 제대로 움직이질 않아 뚜껑을 열 수가 없었다.

그녀는 알바에게 뚜껑도 열어 달라고 부탁했다. 표정은 이상했지만 행동은 고분고분한 알바였다. 승아는 겨우 목을 축이고 망치를 새로이 고쳐 잡았다. 괜찮을 거라고 속으로 몇 번이나 되뇌었다.

드디어 사이렌 소리가 들리기 시작했다. 한두 대가 아닌 듯 소리가 엄청났다.

경찰이다! 경찰! 살았다! 경찰이 이리도 반가울 줄이야. 커다란 소리에 알바도 호기심이 일었는지 밖이 잘 보이는 위치로 다가가 구경했다.

그때, 승아의 코트 주머니가 부르르 떨렸다. 태성이었다.

"여보세요."

— 도대체 어디야? 사람들이랑 같이 있으랬잖아!

그는 고함을 꽥 질렀다.

"편의점에 숨어 있어요. 미친놈이 혹시나 쫓아올까 봐 무서워서요."

미친놈이라는 단어에 고개를 획 돌린 알바는 망치와 그녀를 몇 번이고 번갈아 쳐다봤다. 마치 너야말로 정신 나간 사람 아니냐는 듯. 승아는 아랑곳 않고 편의점 위치를 설명했다.

알바는 굳은 얼굴로 그녀를 경계하며 뒷걸음질 치고 있었다. 승아는 알바에게 설명할 필요를 느꼈다.

"이 사람 경찰이에요. 신문에도 나오고 뉴스에도 나온 유명한 경찰. 여기로 온다고 했으니 걱정 마세요."

— 대체 누구한테 말하는 거야?

태성이 고래고래 소리 질렀다.

"여기 아르바이트하는 사람요. 나 때문에 많이 놀랐나 봐요."

— 그 사람이 왜 놀라? 무슨 일 생겼어?

그때 유리문에 달린 벨이 급박하게 짤랑거렸다.

"나승아! 승아야! 어디 있어!"

편의점에 들어온 손님은 태성이었다. 안도감이 그녀의 전신을 감쌌다. 이제 살았어. 다행이야. 그가 왔으니까 이건 이제 필요 없다. 승아는 망치를 옆으로 내팽개쳤다.

"태성 씨, 나 여기! 여기, 카운터 뒤에 있어요."

전쟁이 터져도 모든 것을 냉철하게 판단할 것 같았던 남자의 얼굴엔 사색이 완연했다. 처참하게 토막 나고 내장이 갈가리 찢겨진 피투성이 시체라도 본 사람 같았다.

쌀쌀한 날씨였으나 그의 이마엔 땀이 송골송골 맺혀 있었다. 승아는 달려오는 그를 보고 반색을 하며 일어나려 시도했다.

"다쳤어?"

끙끙거리는 신음 소리를 듣고 그가 그녀의 전신을 훑어보았다. 찢어진 스타킹. 무릎에 묻어 있는 핏자국.

"무릎이 왜 이렇게 됐어? 많이 아파?"

태성의 반들반들한 이마에 명주실 같은 주름이 졌다. 아직 승아가 사는 빌라도 멀쩡했고, 화재도 없었다. 다친 사람도 없는 것 같았다.

모든 것이 그대로였는데 오로지 승아만 다쳤다.

"무릎은 피만 나는 거예요. 넘어지는 바람에 오른쪽 발목을 삔 거 같아요. 걷기가 영 힘드네."

태성이 쪼그려 앉아 그녀의 오른쪽 발목을 살폈다. 커다란 손이 붓기 시작한 발목을 살살 건드렸다.

"뼈가 부러진 건 아니야. 그래, 이만하길 다행이다. 오는 내내 정말 미치는 줄……. 심장이 다 떨어지는 줄 알았다."

굵은 바리톤 목소리가 진동했다.

무서웠다. 자칫 그녀를 잃을 뻔했다. 소매치기범을 잡다가 칼에 찔려 피범벅이 되었을 때보다 훨씬 두려웠다. 오는 내내 그는 아는 욕설과 저주를 퍼부었다. 범인을 향한 것이기도 했고 그 자신을 향한 욕이기도 했다.

택배 상자에 나승아 앞이라고 써져 있는 종이를 보고 왜 택배회사 송장이 없을까, 이상하다고 생각을 했지만 바닥에 붙어 있겠지 하고 대수롭잖게 넘겼다.

택배회사에선 송장번호가 적혀 있는 종이를 항상 윗면에 붙인다는 것을 잘 알고 있으면서도 그냥 넘겼다. 무엇이기에 이렇게 묵직할까 하고 궁금해하지만 말고 같이 개봉을 했어야만 했다.

그는 한 손에 들어오는 승아의 부은 발목을 쓰다듬었다. 연약했다. 이렇게 가녀린데, 대체 어떤 새끼가! 얼마나 무서웠을까. 그는 승아를 데리고 나가려고 일어서다가 왼발에 딱딱한 것이 부딪혔다. 무심결에 그것이 무엇인지 내려다보았다.

그것은 어른 팔뚝만 한 형광 오렌지색 망치였다.

"망치가 왜 여기에……?"

의아한 목소리.

"아, 폭탄 보낸 사람이 숨어 있으면 후려치려고 가지고 나왔죠."

승아는 어깨를 으쓱거렸다.

"사실, 식칼 가지고 나올까 하다가 아무래도 칼은 잘못해서 내가 다칠 위험이 크니까 그냥 망치 가지고 나왔어요."

그녀의 설명을 듣는 그는 멍충이 같은 표정을 지었다. 태성은 갑자기 풋 하는 소리를 내며 얼굴을 일그러뜨렸다.

"왜 웃어요? 내가 무서워서 식칼이랑 망치 사이에서 고민을 했다는 게 그렇게 웃겨요?"

승아는 인상을 쓰며 따졌다.

태성은 미소를 감추려고 고개를 숙였다. 그래. 그가 아는 나승아는 이런 여자였다. 도망치느라 정신없었을 텐데 망치까지 챙기는. 어디에서 허를 찌를지 예측 불가능한.

그래서 그녀가 더 좋았다. 예뻐서도 좋았지만 사람을 웃게 만드는 점이 더 마음에 들었다. 범죄자나 상대하는 그가 어딜 가서 그런 자소서를 읽어 보겠는가. 천둥벌거숭이 같아도 상관없다. 그의 곁에 있기만 한다면.

"아냐, 아냐. 콜록. 그래, 잘했어. 잘했어. 콜록. 무사하면 됐어."

그는 웃음을 참기 위해 헛기침을 했다. 힘든 일을 겪었는데 괜히 성질을 건드리고 싶진 않았다. 그때, 태성의 휴대폰이 울렸다. 발신 번호를 본 그의 표정이 달라졌다.

"네, 막 도착했습니다. 네. 알겠습니다. 그렇게 처리하겠습니다."

상관과 통화하는지 태성의 말투가 깍듯했다.

"경찰 붙여 줄 테니까 넌 구급차에서 치료받고 있어. 난 지금 저

쪽으로 잠깐 가야 돼서. 좀 이따가 같이 병원에 가자. 얌전히 기다릴 수 있지?"

전화를 끊은 태성이 속사포처럼 쏟아 냈다.

"발목 말고 다른 데 아픈 곳은 없어?"

"없어요."

그는 거치적거리는 망치를 오른발로 밀었다. 망치를 놔두고 가려는 태성을 눈치챈 승아가 그것을 잽싸게 품 안에 갈무리했다.

"이건 내가 가지고 있을래요."

그녀는 망치를 잃기 싫었다. 이 망치는 크기도 커서 마음에 들었고, 무엇보다 그녀가 좋아하는 색인 오렌지색이었다. 병원에 가더라도 가져가야만 했다. 김 여사가 하사한 도둑 퇴치용 망치를 잃어버리면 그녀도 승아처럼 실망할 것이다.

"그래그래. 알았어. 가방 챙기고 나가자."

망치를 집어 든 승아를 본 그가 쿡 하고 웃었다.

태성은 승아를 안아 올렸다. 무릎 뒤와 등을 받치는 굳건한 두 팔뚝이 안정적으로 그녀를 지탱했다. 당황한 그녀의 입에서 '어, 어?' 하는 소리가 터져 나왔다. 아동기를 지난 후로 누군가에 안겨 본 적이 거의 없었던지라 기분이 생경했다.

그녀는 가방과 망치를 배 위에 고정시키고, 다른 손으로는 그의 어깨를 붙잡았다.

승아는 물끄러미 그를 올려다보았다.

그녀를 기운 좋게 안아 든 채 걸어 나가는 태성은 무표정했다. 유리문 밖을 응시하는 그의 신경은 다른 곳에 쏠려 있었다. 아마 막 받은 전화를 생각하는 것이리라. 혹은 범인 추적이라든지, 아니면 폭탄이라든지.

옆에서 둘을 지켜보던 알바생이 재빨리 유리문을 열어 주었다.

"고마워요, 제가 이 편의점 홈페이지 칭찬 게시판에 꼭 글 올릴게 요."

어디서든 기본 예절은 지키려고 애쓰는 승아가 닫히는 유리문 틈 사이로 외쳤다. 덥수룩한 수염으로 뒤덮인 태성의 입술에 초승달을 닮은 곡선이 피었다가 사라졌다.

Chapter 7

어둑어둑한 땅거미가 지기 시작하는 시간.

편의점 밖은 혼돈, 그 자체였다. 경찰이 개미 떼처럼 온 동네에 우글거렸다.

편의점 근처에는 '119 구급대'라고 쓰인 구급차 3대가 나란히 있었고, 그녀가 사는 빌라 부근엔 시뻘건 소방차가 5대나 있었다. 경찰차 여러 대가 도로를 봉쇄하고 교통을 통제하고 있었다.

인도에선 경찰들이 노란색 접근 금지 라인을 치는 중이었고 접근 금지 라인 밖에는 구경꾼들이 걱정 반 호기심 반으로 옹기종기 모여 있었다.

옆집 아저씨도 어떤 남자와 이야기하고 있었다. 아저씨에게 질문을 하고 대답을 듣는 동안 수첩에 무언가를 적는 남자는 사복 경찰인 것 같았다. 승아가 복도와 엘리베이터에서 가끔 마주쳤던 낯익은 얼굴들도 경찰과 얘기하고 있었다.

저 멀리서 주인아저씨가 없는 머리를 휘날리며 경찰들이 득실거리는 빌라 쪽으로 뛰어오고 있었다.

경찰이 접근 금지 라인을 넘으려는 주인아저씨를 붙잡았다. 주인아저씨는 흥분한 얼굴로 뭐라 말하는데 상당히 혼란스러워 보였다.

주인아저씨와 말하던 경찰이 더 높은 지위의 다른 경찰—경찰의 태도가 아주 깍듯했다—과 소방관을 부르자 주인아저씨는 열쇠 꾸러미를 소방관에게 건넸다. 아저씨가 갖고 있는 빌라 전체 열쇠인 것 같았다. 소방관은 그 꾸러미를 들고 다른 소방대원들과 빌라 안으로 들어갔다.

검은색 봉고차와 경찰 버스 몇 대 그리고 '경찰특공대'라고 적힌 봉고차 한 대가 반대편 도로에 막 도착했다. 경찰 버스에선 검정색 정복을 입은 경찰들이 우르르 내렸다. 정복에는 하얀색으로 경찰특공대라고 쓰여 있었다.

경찰특공대라 적힌 봉고차에선 우주복처럼 생긴 진녹색 옷을 입은 남자 한 명이 내렸다. 온몸을 어두운 진녹색 방탄복으로 두른 그는 구경꾼들의 시선을 집중적으로 받으며 그녀의 빌라로 들어갔다.

또 다른 봉고차에서는 경찰들이 커다란 개 3마리를 데리고 내렸다. 상관으로 보이는 어떤 경찰이 지도를 펴서 여러 방향을 가리키며 경찰특공대와 경찰견을 데리고 온 경찰들에게 지시를 하기 시작했다. 나승아 인생 23년 동안 이렇게 많은 경찰을 한꺼번에 보는 것은 처음이었다.

"이제……."

승아는 재빨리 시간을 확인했다.

"25분밖에 안 남았어요. 사람들은 빌라에서 다 나온 거 맞죠?"

"사람들 대피는 다 시켰어. 넌 신경 쓰지 말고, 여기, 구급차 안에서 내가 올 때까지 가만히 기다리기만 하면 돼. 알겠지?"

"폭탄은 쉽게 해체할 수 있을까요?"

"다 알아서 하고 있어. 넌 걱정하지 말고 발목 치료만 받으면 돼."

사람들을 모두 대피시켰다니 천만다행이었다. 경찰이 개떼처럼 득실거리는 주변을 보니 이제야 살았구나 하는 실감이 확실하게 났다. 그녀는 모든 면에서 안전했다. 승아를 안은 태성은 편의점에서 제일 가까운 구급차 앞에 섰다.

"유리창 좀 두드려 봐."

태성에게 안긴 승아가 유리창을 두드렸다. 짙은 남색 점퍼에 주황색 바지를 입은 여자 구급대원 한 명이 문을 열고 나왔다. 구급대원이 몸을 기울이자 점퍼 뒤쪽에 주황색 숫자로 적힌 119가 설핏 보였다. 동글동글한 얼굴이 귀여운 구급대원은 짧은 머리를 단정히 묶고 있었다.

구급차 주변에 모여 있던 남자 구급대원들이 구급차 문이 열리는 소리를 듣고 태성과 승아를 쳐다보았다.

"이 사건 피해자입니다. 발목을 삐었습니다."

태성이 승아를 의자에 내려놓았다. 그리고 신분증을 꺼내 여자 구급대원에게 경찰임을 확인시켰다.

"피해자는 여기에서 대기하는 게 좋을 것 같습니다. 저는 지금 가봐야 하니 제가 없는 동안 경찰 1명을 붙여 드리겠습니다. 안에서 함께 있으세요. 위험은 없겠지만 혹시 모르니 구급차 문은 닫고 계시구요."

또 태성의 폰이 울렸다. 그는 몇 발자국 물러나 전화를 받았다. 상대방이 하는 얘기를 듣는 태성의 얼굴에 서린 긴장이 일순간 풀렸다. 그는 한결 편해진 표정으로 폭탄과 범인 수색과 병원에 대해서 무어라 말하는 듯했으나 주변이 워낙 소란스러워 태성이 하는 말이 잘 들리지 않았다.

그가 통화하는 동안 여자 구급대원이 응급약품이 들어 있는 서랍을 열고 솜과 파스 같은 약품을 꺼냈다. 남자 구급대원도 다른 아픈 곳은 없냐고 물으며 맥을 짚고 혈압을 재는 등 기본적인 처치를 했다. 여자 구급대원이 승아의 무릎을 살피며 작은 가위로 승아의 스타킹을 잘랐다.

소독약을 무릎에 바르자 다친 무릎이 따끔따끔 쓰라렸다. 남자 구급대원은 스프레이를 꺼내어 발목에 뿌렸다. 자극적인 파스 냄새가 코를 찔렀다. 기침이 나오려 했다. 여자 구급대원은 구급차 서랍에서 압박붕대를 꺼냈다.

"식칼도 상자 안에 있던 거야?"

태성이 전화 통화를 하다 말고 다가와 질문했다.

"아니요."

"그럼 상자 옆에 있는 식칼은……."

"그건 제 거예요. 망치랑 식칼을 고민하다가 그냥 거기 놔두고 나왔어요."

태성의 시야에 승아의 옆에 있는 망치가 들어왔다. 그것은 세트처럼 가방과 붙어 있었다. 그는 이내 고개만 절레절레 흔들었다.

"상자에 붙어 있다던 편지, 어디에 놔두었는지 기억나? 방에는 없다고 하는데."

"아! 그거 나한테 있어요."

승아가 가방에서 편지가 들어 있는 비닐 팩을 꺼냈다.

루돌프가 끄는 썰매를 타고 있는 산타, 선물 보따리를 등에 멘 산타, 선물 보따리가 무거워 균형을 잃은 산타, 눈사람과 함께 있는 산타, 지팡이를 들고 있는 산타, 춤추는 산타, 크리스마스트리를 장식하는 산타. 온갖 종류의 산타가 다 그려진 알록달록한 비닐 팩이었다.

6장밖에 없어서 사용하기엔 아까워 고이고이 아껴만 두었던 귀한 것이었다. 이 소중한 걸 경찰서에 보내다니. 산타 할아버지 미안해요, 하고 그녀는 속으로 속삭였다.

산타가 뛰어노는 비닐 팩을 건네받은 태성의 표정은 말로 형용할 수 없을 만큼 묘했다.

"오염되면 안 되니까 일부러 비닐 팩에 넣었어요. 내 지문이 묻어 있는 것만 **빼면** 깨끗해요."

승아가 뻐기듯 말하자, 승아의 발목에 압박붕대를 감으며 둘을 곁눈질하던 여자 구급대원이 귀엽다고 감탄했다. 남자 구급대원도 고개를 들이밀며 구경했다. 산타 비닐 팩을 받은 태성은 난처한 얼굴로 자신한테 편지가 있다고 상대방에게 보고하고 이내 전화를 끊었다.

"승아야…… 집에 평범한 비닐 팩은 없었어?"

"없어요. 평범한 게 있으면 그걸 썼지, 내가 아끼는 걸 썼겠어요?"

그녀는 그것도 모르냐는 투로 태성에게 핀잔을 줬다. 약 상자를 정리하는 척하며 듣고 있던 남자 구급대원이 헛기침을 했다.

"또 시끄럽게 떠들겠구먼."

산타가 뛰어노는 비닐 팩을 보는 그는 체념한 어조로 중얼거렸다.

"누가 떠든다는 거예요?"

지난번 승아가 가고 난 뒤, 최 반장님 덕택에 국수 먹는 거냐고 농을 던지던 그의 팀원들이었다. 이것 때문에 또 한 번 시끌벅적하게 되리란 것은 초등학생이라도 예측 가능한 일이었다.

그의 부서를 포함해 이 산타 비닐 팩을 받아 지문을 감식하는 과학수사팀까지 수군대리란 사정을 구태여 말하고 싶지 않았던 태성이 말을 돌렸다.

"……있어. 폭탄은 해체됐어. 곧 병원에 가면 돼."

"정말요? 아, 진짜 다행이다. 어떻게 이렇게 빨리 해결한 거예요?"

승아와 근처에 있던 구급대원들 모두가 기뻐했다. 태성은 그녀의 질문을 못들은 척 자신이 할 말만 했다. 그는 폭탄이 어떻게 빨리 해결된 것인지 구구절절 설명할 시간도, 생각도 없었다.

"병원엔 구급차로 가도 상관은 없지만…… 물어봐야 할 것도 있고, 내 차로 가자. 차를 이쪽으로 가져올 테니 여기서 기다리고 있어. 난 잠시 저쪽에도 가 봐야 되고. 좀 걸릴 거야."

태성이 반대편을 향해 손짓하며 누군가를 부르자 야구 모자를 쓴 경찰이 뛰어왔다. 광역수사대에서 커피를 가져다준 김 경사였다.

태성은 잠깐 자리를 비우는 동안에도 걱정이 되는 모양인지, 김 경사에게 그가 올 때까지 승아에게서 한시도 눈을 떼지 말 것을 지시하고 경찰들이 득실거리는 빌라 방향으로 사라졌다.

왜 질문에 대답을 안 해 주지? 승아는 그가 자신의 질문을 못 들었나 하고 갸우뚱했다. 뭐, 김 경사한테 물어보면 되겠지. 여기서 태성 씨만 경찰인 것도 아니고.

폭탄도 해결됐겠다, 경찰도 주변에 많이 있겠다, 그녀의 차림새만 제외한 모든 것이 그럭저럭 만족스러웠다.

승아는 한숨을 쉬고 옷을 점검했다. 넘어지는 바람에 원피스 밑단이 찢어지고 더러워졌다. 그녀가 좋아하는 보라색 코트에도 먼지가 묻어 있었다. 예쁜 모습만 보여도 모자랄 판국에 태성에게 이런 모습을 보이다니.

조금 전까지만 해도 목숨만 붙어 있다면 다 좋을 것 같았는데 살았다 싶으니 허영심이 빠끔히 고개를 쳐들었다. 인간이란 원래 다 이런 법이다.

"안녕하세요. 잘 지내셨어요?"

승아가 김 경사에게 먼저 인사를 했다. 잘 지냈냐는 질문을 할 상황이 아니었지만 어렸을 때부터 쌓아 온 기본적인 예의는 의식도 하기 전에 튀어나왔다. 그녀가 반갑게 웃으며 인사하자 김 경사는 놀란 것 같았으나 재빨리 표정을 수습했다. 그는 호기심 어린 눈빛으로 승아를 마주 보았다.

"네, 자주 뵙네요."

"이런 일로 또 뵙게 될 줄은 미처 몰랐네요."

"많이 놀라셨죠?"

"지금은 괜찮아요. 경찰이 많으니 안심이 되네요. 이렇게 많은 경찰들은 생전 처음 봐요."

"승아 씨가 화재경보기를 누르셨다면서요? 위급한 상황에서도 현명하게 대처하셨어요. 덕분에 사람들도 빨리 대피할 수 있었고, 소방관들 일이 줄었다고 하더군요."

"도움이 되어서 다행이에요. 사람들이 다칠까 봐 걱정 많이 했거
든요. 그런데…… 최 반장님이 김 경사님을 많이 신뢰하시나 봐요.
이렇게 경찰이 많은데 그중에서 김 경사님을 딱 집어서 부르신 걸
보면……."

승아는 김 경사의 경계를 풀기 위해 입바른 말을 했다. 그녀가 속
눈썹을 깜빡깜빡거릴 때마다 김 경사의 얼굴근육이 헬렐레 풀렸다.
김 경사의 입꼬리가 위로 올라가려는 듯 양 볼이 들썩들썩거렸다.

"그런데 어떻게 그렇게 빨리 폭탄을 해체한 거예요? 최 반장님은
설명을 전혀 안 해 주셔서…… 어머, 이런 거 물어봐도 상관없나
요?"

승아는 국가 기밀을 실수로 누설한 사람처럼 놀란 척하며 손으로
입을 가렸다.

"문제가 된다면 말씀 안 해 주셔도 돼요."

그녀는 김 경사를 넌지시 쳐다봤다. 순수한 눈망울로.

"아, 아뇨. 문제 될 것 없습니다. 하하하. 우리나라 폭발물 처리대
가 규모는 작지만 실력이 없는 건 아니에요."

김 경사는 호탕하게 웃었다.

드라마에서만 보던 폭발물 제거 전담반 같은 것이 우리나라에도
있다니. 테러범이란 극단적인 방법으로 그녀가 꼬박꼬박 내는 세금
이 유용하게 쓰이는지 여부를 확인하고 싶진 않았는데. 삶이란……
웃겼다.

"승아 씨가 운이 참 좋았어요. 며칠 뒤에 열릴 G20 때문에 비상
이 걸린 상태라 이렇게 빨리 출동할 수 있었지, 아니었으면 더 오래

걸렸을 거예요. 폭탄이 조잡한 형태라 쉽게 해결되긴 했지만 만약 터졌으면 원룸 한두 개 정도는 그냥 날아갔을 겁니다."

김 경사는 사근사근하게 설명했다. 광역수사대에서도 커피를 가져다주는 세심한 배려를 했던 친절한 그였다. 예리한 눈매와 대조적인 상냥한 태도에 힘입어 승아는 다른 질문도 하기 시작했다.

"그런데…… 김 경사님, 제가 병원에 가면 저희 집 문은 어떻게 하나요? 열어 두고 나왔는데."

"걱정할 필요 없어요. 최소 두세 시간은 경찰이 이 주변에 있을 거예요. 저희가 다 알아서 할 테니 염려 마세요."

김 경사는 서글서글하게 웃었다.

승아는 낯선 사람들이—그것이 경찰이라도— 그녀의 집 안에 있다는 것이 마음에 들지 않았다. 하지만 그녀의 방에 들어가지 않고 폭탄 제거를 할 수 있는 방법이 없으니 별수 없었다.

운 좋게도 어제 방 청소를 했고 베란다에 둔 건조대도 깔끔했다. 어쩐지 어제 청소가 너무 하고 싶더라니. 승아는 사람들 몰래 한숨을 돌렸다.

"왜 두세 시간이나 계세요? 폭탄을 처리했으니 이제 다 끝난 거 아니에요?"

"범인이 숨어 있을 수도 있고, 다른 폭탄을 숨겨 놓지는 않았는지 이 동네 구석구석 확인을 해야 되거든요."

"네에. 그렇군요……."

"망치는 왜 가지고 다니는 거예요?"

승아의 발목에 압박붕대를 감는 등의 응급처치를 마친 여자 구급대원이 끼어들었다. 김 경사도 이제야 옆에 있는 망치를 보았다. 그의 작은 눈이 휘둥그레졌다.

"누가 해치려 들면 이걸로 한 대 치려고요. 혹시 몰라서 집에서 가지고 나왔어요."

여자 구급대원이 승아의 말에 동감한다는 듯 끄덕거렸다. 약상자를 정리하던 남자 구급대원이 또 기침을 했다. 김 경사도 덩달아 고개를 숙이며 헛기침을 했다.

"망치를 저한테 주시면 제가 가져다 놓을게요."

기침을 멈춘 김 경사가 승아에게 제안했다.

"정말 친절하시네요. 감사합니다."

생각지도 못한 호의에 승아가 방긋 웃었다. 그녀는 잊어버릴세라 망치를 급히 김 경사에게 건넸다. 망치를 받아 든 김 경사는 무게를 가늠해 보고 은근히 놀라는 눈치였다.

그래요. 김 경사님, 그걸로 한 대 맞으면 바로 골로 갑니다. 다름 아닌 김 여사님께 인증받은 망치니까요.

그때, 새벽에 조우했던 소방관 아저씨가 승아가 있는 구급차 옆을 지나갔다. 낯익은 그 얼굴을 보니 현실적인 걱정이 해일처럼 밀려왔다.

"제가 저 빌라에서 계속 살 수 있을까요? 주인아저씨가 관리도 잘 해 주시고 도둑 든 적도 없어서 정말 편하고 좋았는데. 이번 일로 쫓겨나는 건 아닐지 모르겠어요."

승아는 방에 있는 짐을 한꺼번에 짊어진 기분이 들어 가슴이 답답해졌다. 여기서 몇 개월 살지도 않았는데 이사를 또 해야 할지도 모른다 싶어 눈앞이 아득했다. 이곳으로 이사할 때 짐 때문에 고생했던 것이 어른어른거렸다.

예전 살던 집에서 새로 구입한 물건도 별로 없었는데 왜 그리도 짐이 많았는지. 도와주러 오신 김 여사는 산더미같이 쌓인 짐 앞에서 그다지 많이 사지 않았는데, 하고 웅얼거리는 승아에게 명언을 남기셨다.

'산 게 아니면? 이거뜨리 저절로 알 까드나?'

아아, 이사는 정말로 엄두가 나지 않았다. 세상의 근심 걱정을 다 짊어진 여자처럼 승아의 표정이 달 없는 밤보다도 어두워졌다.

"설마, 그럴 리가요. 초반에 대처를 잘해서 더 큰 사고를 막았잖아요. 날도 추워지는데 매몰차게 나가라고 하진 않을 거예요."

여자 구급대원이 위로를 했다.

"승아 씨 잘못이 아니니 괜찮을 거예요. 폭탄을 보낸 테러범 잘못이죠. 너무 걱정 마세요."

김 경사도 풀이 죽은 승아를 위로했다. 두 사람의 말이 마음에 그다지 와 닿지 않은 승아는 여전히 울상이었다.

"그렇게 걱정이 되면 제가 주인에게 말해 둘까요? 여기 사는 아가씨가 화재경보기를 울린 덕분에 큰 사고를 막을 수 있었으니 운이 좋은 줄 아시라고."

김 경사의 제안에 승아는 고개를 획 쳐들었다.

"정말요? 김 경사님께서 그렇게만 해 주시면 정말, 정말, 정말 감사할 일이죠. 진짜 친절하시고 매너 좋으시네요. 태성 씨, 아니, 최 반장님 신뢰를 얻으시는 이유가 달리 있는 게 아니었군요. 이렇게 친절하고 성실하시니……."

승아는 기도하듯 양손을 모으고 눈동자를 반짝반짝거리며 김 경사를 보았다. 그녀의 칭찬 섞인 환호에 김 경사는 쑥스러운지 야구

모자를 쓴 머리를 긁적거렸다. 가무잡잡한 그의 광대에 붉은 기가
감돌았다.

"전 저 원룸이 제 마음에 쏙 들거든요. 싱크대에 음식물 쓰레기
분쇄기가 설치되어 있는 원룸이 드물잖아요."

"어머, 그런 게 다 있어요?"

"네. 그것만 있으면 냄새도 안 나고 버릴 때도 정말 편해요."

여자들의 얘기를 듣는 김 경사와 남자 구급대원의 눈이 마주쳤다.
둘은 동시에 어깨를 으쓱거렸다. 음식물 쓰레기 얘기로 시작해서 해
도 해도 티도 안 나는 집안일 얘기까지.

여자들의 때아닌 살림 삼매경이 끝을 모르고 이어질 때, 빌라 바
로 앞에서 다른 경찰들과 대화를 마친 태성이 돌아왔다.

태성은 김 경사에게 슬그머니 산타 비닐 팩을 건넸다. 그는 1순위
로 지문 조회하되 반드시 몰래 하라고 지시했다.

광역수사대의 우두머리, 권 총경이 이번 테러와 관련된 정보를 광
역수사대에서 독점 및 해결해야 한다고 명령했기 때문이다. 경찰청
장과 시시때때로 대립각을 세우는 권 총경은 피해자가 최 반장과 아
는 사이란 말에 대놓고 좋아했다.

산타 비닐 팩을 받아 든 김 경사의 얼굴은 우스꽝스러워졌지만 태
성의 앞이라 티를 내지 않으려 번개같이 고개를 숙였다. 권 총경의
성향을 잘 아는 김 경사는 누가 볼까 비닐 팩을 잽싸게 품 안에 넣
었다.

승아는 다시 그에게 안겼다. 태성의 품에서도 승아는 구급대원들
과 김 경사에게 고맙다는 인사를 잊지 않았다. 김 경사가 태성의 차
까지 따라와 조수석 문을 열어 주었다.

태성은 발목이 부딪히지 않도록 조심하며 그녀를 조수석에 앉혔다. 안전벨트를 채우기 위해 그가 허리를 굽혀 승아 쪽으로 몸을 기울이자, 따뜻한 체취가 풍겼다.

그녀는 무심코 침을 삼켰다. 소란스런 사람들의 기척 속에서도 그의 존재는 굳건한 바위처럼 크게 느껴졌다. 때와 장소를 가리지 않는 방정맞은 심장이 쿵쾅거렸다. 태성과 함께 있으면 그녀의 심장은 머리에서 내리는 명령은 무시하기 일쑤였다. 콩콩 뛰는 심장박동 소리가 너무 커서 그에게 들킬까 부끄러웠다.

벨트를 잡아당기던 남자의 시선이 여자와 만났다. 텅 빈 눈동자가 따사로운 감정의 파도로 출렁거렸다. 그의 눈 속엔 오롯이 그녀만이 새겨졌다. 그녀로 인해 꽉 채워진 검은 눈망울이 그에게 있어 여자는 오로지 그녀뿐이라 호소하는 것 같아 황홀했다.

벨트를 채우는 그의 손이 그녀를 스쳤다. 승아는 반사적으로 움찔했다. 둘만 존재하는 것 같던 마법이 깨졌다. 태성은 그녀의 심정을 다 안다는 듯 피식 웃으며 조수석 문을 닫았다. 곧, 차가 출발했다.

"많이 놀랐지? 정말 발목 말고는 괜찮은 거야? 병원에서 다른 검사를 더 해 봐야 되는 건 아닌지 모르겠네."

"괜찮아요. 발목만 치료받으면 돼요."

"승아야."

"네?"

"나한테 아무것도 숨기지 말고 편하게 얘기해 줬으면 좋겠어. 요 근래 이상한 일은 전혀 없었어?"

태성은 부드러운 어조로 질문했다. 예전 경찰서에서처럼 취조하듯 사람을 몰아세울 때랑 판이하게 달랐다.

"이상한 일은…… 2주 전 새벽에 소방관 온 거랑, 광역수사대에 불려 가서 조사받았던 거?"

그녀의 상식적인 대답에 그는 크게 심호흡을 했다. 답답해하는 태성의 반응에 승아는 태연자약했다. 그러니까 구체적인 질문을 했어야지. 요 근래 이상한 일이라고는 저것밖에 없는데 그녀더러 어찌하란 말인가. 요상한 일을 꾸며 낼 수도 없는 노릇이고.

"그런 거 말고. 괴롭히는 사람이라든지, 누가 미행하는 것 같다든지 하는 이상한 느낌을 받은 적 말이야."

"그런 일은 전혀 없는데요."

"협박받은 적은?"

"없어요."

"다른 협박 편지라든지 아니면 이상한 전화라든지 말이야. 잘 생각해 봐. 승아 네가 깜빡 잊고 있는 것일 수도 있어."

그녀는 찬찬히 기억을 더듬어 보았다.

없다. 곰곰이 생각해 보아도 그런 적이 없다. 누구에게 협박 편지를 받은 적도 없고 이상한 전화를 받은 적도 없었다.

배신자라는 편지는 이해 불가한 메시지였다. 그녀는 그 누구도 배신한 적이 없다. 사귀던 남자친구들과 깨진 것은 그녀의 탓이 아니었고, 친구들과 우정이 깨진 적도 없었다. 그녀는 뒤통수치는 부류의 타입이 아니다. 차라리 앞통수를 때리고 말지.

"그런 걸 기억 못 할 리가 없잖아요. 협박받은 적 한 번도 없어요."

"네가 생각하기에 대수롭지 않지만 다른 사람이 심각하게 받아들일 만한 일은 없어?"

"……없어요."

그녀의 삶은 일반적인 대학생의 평범한 생활 그 자체였다. 염원해 마지않는 신춘문예 당선이 된다면 특별난 대학생이 되겠지만.

"상자를 가져온 사람이 20대 후반에 머리는 덥수룩하게 좀 긴 편이고, 170cm 정도에 마른 체격인 남자라고 하던데, 생각나는 사람은?"

"없어요. 아는 남자 중에 20대 후반은 없는데……."

"요 근래에 시비가 붙어서 크게 다투었다든가 하는 일은 없었어?"

"전혀 없어요."

"흐음."

이의를 제기하는 것 같은 미묘한 반응이었다. 그녀는 고개를 돌려 태성의 얼굴을 보았다. 그는 앞만 보고 운전하고 있었다.

"예전에 사귀었던 사람은 모두 몇 명이야?"

삐용-삐용. 어디선가 적색 경고음이 들려왔다.

"이런 건 왜 묻는 거죠?"

"배신자라는 편지 때문에. 네가 선보는 걸 알고 이런 짓을 저질렀을 가능성도 있으니까."

그는 너무나 태연하게 말했다. 어조조차 평소처럼 자연스러웠다. 선본 것만으로도 질투했다고 말한 사람치고는. 그러나 운전대를 잡은 그의 손등엔 새파란 힘줄이 드러나 있었다. 승아는 그의 표정을 보느라 그 손은 보지 못했다.

"설마. 헤어진 지가 언젠데 이제야 이러는 건 말이 안 돼요."

"언제 헤어졌는데?"

"작년 여름에요."

"흐음."

그는 무슨 생각을 하는지 뜻 모를 소리만 냈다.

"헤어진 후로 데이트한 남자라든지 아니면 따라다니거나 귀찮게 굴었던 녀석들은 없어?"

"데이트라면…… 몇 명이 더 있기는 해요. 마지막 남자친구와 헤어진 후에 데이트는 몇 번 하긴 했는데, 그냥 데이트로만 끝났어요."

"선보면서도 데이트하던 남자들이랑 계속 만나거나 연락했어?"

"아뇨. 선보기 시작한 이후론 선만 봤어요."

"선은 언제부터 보기 시작한 거야?"

"그런 것까지 다 말해야 돼요?"

추궁이다. 그래! 이것은 취조를 핑계한 추궁이었다!

왜 하필이면 남자와 관련된 과거만 묻는단 말인가! 과거라고 해 보았자 별난 일이 있었던 것도 아니지만 그냥 넘기기에 그의 질문은 무언가 찜찜했다.

그녀가 수십 번 선본 것을 그도 알지만 구체적으로 몇 명을 만났으며, 어디에서 밥을 먹고, 차는 몇 잔을 마셨는지, 또 몇 번이나 문자를 보내고, 총 몇 분간 통화를 했는지 등을 보고해야 할 의무는 없지 않은가?

"치정 사건일지도 모르잖아. 생각해 봐. 너한테 딱지맞고 앙심을 품어서 사제 폭탄을 만들어서 보냈거나, 아니면 구입해서 보냈을 경우를. 범인을 찾아야 하니 가능성은 다 따져 봐야지. 또, 내가 질문하다 보면 네가 잊고 있는 것이 떠오를 수도 있고."

기가 막힌다는 그녀의 물음에 태성이 대수롭지 않다는 듯 말했다.

"그건 그렇지만……"

타당하게 들렸다. 승아도 수긍할 수밖에 없었다.

"그래서, 선은 언제부터 본 거야?"

"……이게 뭐야. 왜 나만 내 연애사에 대해 읊어야 해요?"

"수사에 필요하니까 그렇지. 원래 이런 건 주변 인물부터 조사하는 거야."

"그건…… 그렇지만……."

태성이 너무 당당하니 할 말이 없어지는 승아였다.

"……니가 궁금해하면 내 연애사에 대해서도 브리핑해 줄게."

그가 잠깐 뜸을 들이다가 말했다.

"그런 건 안 궁금하거든요?"

그녀가 톡 쏘아붙이자,

"그래, 그럼."

시큰둥하게 그가 말하곤,

"그래서 선은 정확히 언제부터 봤어?"

라고 집요하게 물었다.

"여름부터요."

승아는 될 대로 되라는 심정으로 답하기 시작했다.

"그럼, 여름에 선본 이후로는 그전에 데이트한 사람들하고는 연락을 전혀 안 했다?"

"네."

"선보면서 너한테 귀찮게 구는 사람은 없었어? 거절했는데도 계속해서 연락 온다든지 하는?"

"없었어요. 그냥, 거절하면 그걸로 끝이었죠. 아무래도 어른들 소개로 만나다 보니……. 뭐, 그쪽에서 더 만나자고 해도 내가 거절하면 엄마가 다 알아서 하셨어요."

"그…… 사귀었던 애들하곤 헤어진 뒤로 연락한 적은 있어?"

태성은 애타게 검지로 운전대를 두드렸다. 있다는 대답을 들을까 봐 조마조마했다. 시선은 앞에 두고 있지만 얼굴근육은 경직되어 있다.

"안 해요. 마지막 사귄 애랑 헤어진 것도 1년이 넘었고 서로 접점이 없으니까 연락할 일이 없죠."

"어떻게 사는지도 몰라?"

"한 명은 아마 군대에 있을 거고 다른 한 명은 여자친구 생겼다고 들었어요. 걔들이 나한테 배신자라고 할 이유가 전혀 없어요. 오래 사귀지도 않았고 둘 다 날 찼는데."

"다 차였다고? 왜? 얼마나 사귀었는데?"

믿을 수 없다는 듯 의혹에 찬 말투.

"3개월도 채 못 넘겼어요. 왜 차였는지는 걔들이 말을 안 해 줘서 잘 모르지만……. 아마 내가 스킨십은 질색이라 손잡는 것도 정색해서 그런 게 아닌가 싶기도 하고."

승아는 고개를 갸웃거렸다.

"스킨십에 질색을 했다고? 너, 나랑 하는 키스는 좋아하잖아."

"그거야 태성 씨가 키스를 잘하니까……."

"내가 그렇게 키스를 잘해?"

우쭐해하는 어투. 그녀가 태성의 의기양양한 보조개를 무시하려고 정면을 응시하는 사이, 그의 입꼬리가 하늘을 찌를 듯 솟아올랐다. 운전대를 꽉 잡았던 그의 두 손에도 힘이 풀렸다. 손등에 새파랗게 드러났던 힘줄도 피부 속으로 숨어들었다. 경직된 얼굴근육도 부드럽게 늘어졌다.

실수다.

이런 얘기를 벌써 해서 너무 좋아하는 티 내면 안 되는데. 뚫린 것이 구멍이라고 답삭답삭 내뱉는 요 입이 방정이다. 뇌를 거쳐 말해야 했는데. 말을 거르는 체가 없는 그녀의 입은 자신의 마음을 입밖으로 다 쏟아 내고야 말았다.

잘난 사나이에게는 잘났다는 말이 아니라 못났다는 구박도 해 줘야 인간이 겸손해지고, 겸손해진 남자는 자신이 그녀를 만난 것이 얼마나 큰 복인지를 깨닫게 되거늘. 그렇게 되면 그 청년이 여자에게 충성을 바치는 것은 당연지사.

콧구멍에 붉디붉은 고춧가루를 들이붓는 고문을 당하는 한이 있더라도 그녀가 해 본 키스 중에서 최고라는 말은 절대 안 할 것이다. 그에게 예정되어 있던 키스 상장을 만들지 않으리라. 다음부턴 없는 구실도 만들어서 못났다고 꼭 구박해 주고 말리라!

"그래서, 사귄 남자는 모두 두 명인 거로군."

좌회전 깜빡이를 넣는, 찰칵하는 소리가 엉뚱한 결심을 하는 승아의 정신을 일깨웠다.

"그걸 어떻게 알았어요?"

"한 명은 군대에 있고 한 명은 여자친구가 생겼다며."

"아!"

일명 바보 도 트는 소리가 입술에서 새어 나왔다. 몇 명을 사귀었는지, 어떻게 헤어졌는지 말하고 싶지 않았는데. 그의 술수에 당하는 느낌에 약이 올랐다. 그런 그녀의 심정을 아는지 모르는지 태성은 승아의 속을 뒤집는 말을 했다.

"우리는 그런 일이 없을 거야."

"무슨 일요?"

"내가 차는 일."

반대편 차선에서 오는 차의 불빛 덕분에 볼우물이 깊게 팬 그의 얼굴이 너무도 자알 보였다. 에라이! 밤은 왜 어둡고 차는 왜 전조등을 키고 다니고 난리인가. 차라리 저걸 못 봤으면 이렇게 약 오르진 않을 텐데. 모든 것이 다 못마땅한 승아였다.

"우리는 사귀는 사이가 아니니까 누가 차고 말고 할 것도 없죠."

승아는 발끈했다.

신호등 때문에 차가 정지했다. 태성은 승아를 지그시 보았다. 웃음기가 지워진 표정의 그는 진지했다. 우리는 사귀는 사이가 맞다고 말할 생각일까? 아니면 사귀는 사이가 아니라고 우긴 그녀에게 딱밤이라도 맞으라고 말할 생각이신지?

"난 감사해야 할 것 같아."

무슨 뜻이냐고 쏘아보는 승아에게 그가 오른손을 뻗었다. 굵고 뭉툭한 남자의 엄지가 그녀의 볼을 어루만졌다. 가벼운 손길이었지만 소유욕이 어려 있었다.

"내 키스가 합격점이라니 영광으로 여겨야 하는 거겠지?"

"당연하지."

라고 말하진 않았다. 승아는 언제까지 놀릴 거냐는 심정으로 눈알을 공 굴리듯 데굴데굴 굴리기만 했다.

"걔들이 안 차 줬으면 네가 선 자리에 나왔겠어? 그러니 내가 그 사람들한테 고마워해야지. 뭐, 사귀는 사람이 있다고 해도 내가 뺏었을 테지만."

"자신감이 이리도 대단하신 분인지 몰랐네요."

"음, 승진이가 네 이상형을 말해 줬거든."

승아의 입이 턱이 빠져라 벌어졌다. 동공도 눈깔사탕만 하게 커졌다.

"나만큼 나승아 맞춤형 남자가 될 사람이 없단 얘기지."

"승진이가 뭐라고 했다고요?"

새된 목소리가 목구멍에서 터져 나왔다.

얘가 도대체 어디서부터 어디까지 말을 한 거야? 가족의 일을 모조리 태성에게 미주알고주알 불어 버린 죄인을 응징하고야 말리라! 승아가 씩씩거리며 폰을 꺼내 들자 태성이 그녀의 폰을 뺐었다. 그는 재빠르게 그녀의 손이 닿기 힘든 장소인 그의 왼쪽 호주머니에 폰을 넣었다.

"워워, 진정해. 승진인 네가 청소랑 빨래 잘하는 남잘 좋아한단 말밖에 안 했어."

초록색 신호등에 차가 다시 출발했다.

"폰이나 돌려주시죠."

승아는 폰을 뺏기 위해 덤벼들고 싶었지만 참았다. 운전 중에 그의 호주머니에 있는 폰을 꺼내는 행동은 그녀의 생명을 위험하게 만드는 일과 똑같다는 것을 판단할 이성은 아직은 남아 있었다.

"청소와 빨래 정도야 난 잘하니까. 그런데…… 우리가 어쩌다 이 얘길 하게 된 거지?"

태성은 왼쪽 눈썹만 치켜뜬 채 기묘한 표정을 지었다.

"여자는?"

"무슨 여자요?"

"폭탄을 보낸 범인?"

그는 승아의 기억을 상기시키려는 듯 반문했다.

"너에게 원한을 품을 만한 여자는 없어?"

반칙이다. 이런 식의 화제 전환은 옳지 않다. 하지만 그녀는 그의 질문에 답하기로 했다. 승진을 벌하는 일은 나중에 해도 늦지 않는다. 태성이야 그녀가 화제 전환에 넘어갔다고 희희낙락하겠지만 때론 더 중요한 일을 위해 무언가를 양보해야 할 때도 있는 거다.

어차피 전화상으로 승진을 족쳐 봤자 딱히 할 수 있는 일도 없다. 입속에서 톡 터지는 듯한 새콤달콤한 복수의 시간은 기다릴 만한 가치가 있었다.

"남자 말고, 여자일 수도 있잖아. 배신자라는 편지는 속임수일지도 몰라. 생각나는 여자는 없어? 널 질투하는 여자라든지, 뭐, 그런 것 말이야."

"여자는……. 아! 한 명 생각났다."

"누구?"

"유진이라고 과 동기인데, 유진이 남자친구가 나한테 심하게 집적거렸어요. 어떻게 내 번호를 알아냈는지, 원. 새벽에 전활 걸질 않나, 문자 수백 통을 보내질 않나. 답도 안 했는데 자꾸 귀찮게 연락오더라구요. 나중엔 막, 이상한 문자도 보내고. 그래서 경찰서에 신고했어요."

"신고? 무슨 문자를 받았는데?"

화들짝 놀라 부릅뜬 그의 두 눈이 우스꽝스러웠다.

"저질스런 문자랑 욕 문자 같은, 그런 거요. 나도 화가 나서 문자 내역서 뽑고, 그걸 증거로 신고해서 걔가 경찰서에서 나한테 무릎 꿇고 싹싹 빌었어요. 더 이상 날 괴롭히지 않는 조건으로 합의했죠.

그 뒤로 유진이랑 나랑 사이도 어색해졌고⋯⋯."

"그래서 그 여자애가 너한테 협박이라도 했어?"

"그러진 않았어요. 그 뒤로 말도 안 하는 사이가 된 것뿐이에요."

"흠. 그럼 여자랑 얽힌 일은 그 일밖에 없는 건가?"

"유진이랑 어색해진 거 말고 난 우리 과 애들이랑 다 잘 지낸다구요."

"동아리는?"

"난 동아리 활동은 안 해요."

"네가 아직 생각을 못 해낸 일이 있을 수도 있어."

왼쪽에 정형외과가 보였다. 좌회전을 한 차가 병원 주차장으로 진입했다. 그리 크지 않은 실외 주차장엔 차 몇 대가 듬성듬성 주차되어 있었다.

"오늘처럼 선 자리에서 말싸움한 적은 없었어?"

"아니, 내가 무슨 싸움닭도 아니고 사람을 그런 식으로⋯⋯."

그녀가 팔짱을 끼고 못마땅한 표정을 지었다.

"난 네가 기억 못 하는 일이 혹시나 있을까 해서 물어본 거야."

태성은 왼손으로 능숙하게 후진 주차를 하며 말했다.

병원에서 환하게 새어 나오는 불빛이 그의 상체를 비췄다. 태성은 오른손을 조수석 위에 얹고 있었다. 미간을 살짝 찌푸린 채 고개를 뒤쪽으로 돌리자, 굵은 목에 있는 힘줄이 도드라졌다. 집중하는 모습이 참 멋있었다. 일도 저런 식으로 하겠지?

다음번엔 흰색 와이셔츠 앞쪽 단추를 한두 개 풀고, 팔뚝도 걷게 한 뒤, 주차증 입에 물린 채 후진 주차를 시켜야겠어. 아니다. 계속 이 차 타다 보면 안 시켜도 알아서 하겠지.

"그런 일 없어요. 오늘은 예외였다구요."

'폭풍후진'에 내심 감탄한 그녀는 그를 흘끔거리며 측면 주차도 잘하는지 나중에 시켜 봐야겠다고 결심했다. 주차를 마친 태성이 안전벨트를 풀었다.

"참!"

그녀는 고개를 획 돌렸다. 태성도 그녀를 보았다. 두 사람의 시선이 마주친다.

"엄마한테 전화해야 되는데. 뉴스 보고 아시게 되면 진작 말 안 했다고 화내실 거예요. 벌써 뉴스에 나오고 그러진 않았겠죠? 폰 줘요."

승아의 손에 폰을 건네는 그가 내키지 않는 듯했지만 선택권이 없었다.

"아직 나오진 않았을 거야. 아마, 곧…… 어머니께 병원에 왔다고 말씀드려. 그리고 나도 좀 바꿔 줘."

그녀는 집에 전화했다. 아무도 받지 않았다.

의아한 시선으로 액정을 확인했다. 7시 40분. 이 시간대는 그들 남매가 좋아 죽고 못 사는 예능 프로를 하는 때다. 그 프로 때문에 승진은 토요일 저녁에는 여간해선 외출하지 않았다.

금슬 좋은 부모님께서 주말에 같이 외출하셨다고 해도 승진이만은 집에 있어야만 하는데. 승진이조차 집에 없다는 것이 이상하다.

이번에는 김 여사의 폰으로 전화를 했다. 김 여사는 한참 뒤에 전화를 받았다.

— 여보세요.

전화기 너머로 웅성웅성거리는 사람들 목소리가 들렸다. 아빠랑 외출하신 건가.

"엄마? 전데요, 아직 뉴스 안 봤지?"

옆에서 듣고 있는 태성을 의식하고 사투리는 자제하는 승아였다.

— 뉴스? 뉴스는 와?

"아니, 다른 게 아니고요. 집에 이상한 게 배달이 돼서 경찰이 우리 집에 찾아왔거든요? 뉴스에도 나올 것 같은데 난 괜찮으니까 너무 놀라지 말라고 전화했어요."

— 이상한 거? 뭐가 배달됐길래 경찰까지 오고 난리고?

"응? 아, 시한폭탄."

— 시, 한, 폭, 탄?

의심 가득한 김 여사의 목소리.

"네."

김 여사는 몇 초간 침묵을 지키다 한숨을 쉬었다.

— 니가 이번에 신춘문예에 낸다는 소설에 폭탄 나오나?

"응? 소설에 나오긴 하는데, 그건 왜……?"

— 시한폭탄이라니 그게 무슨 소리예요?

승진이 목소리였다. 토요일 저녁이라 다 함께 외식이라도 하러 나간 것일까? 승진이가 이 시간에 나갈 리가 없는데. 정말 이상하다.

— 나도 모르겠다. 아가 방구석에 틀어박혀 소설만 쓰더니 망상이랑 현실을 구분 못 하고 헛소릴 한다. 뭐라도 찍어 바르고 바깥에 나가가 바람도 쐬고 사람도 좀 만나라 캤재. 선보는 거 말고는 언제 밖에 나갔노?

"엄마!"

승아는 소리쳤다. 아무리 그래도 그렇지 어떻게 딸을 못 믿고 이런 식으로 취급한단 말인가. 옆에 있던 태성이 쿡쿡거렸다. 폰 성능이 너무 좋아서 사생활 보장이 안 되고 있었다.

"엄마! 나 멀, 쩡, 하거든요?"

승아가 이를 악물고 발음에 힘을 주어 또박또박 말했다.

— 승아야, 이참에 상담이라도 한번 받자. 병원에 혼자 가기 그렇거든 같이 가자. 대구 내려와서 가까? 아니면 니가 서울에 사니까 서울 병원이 더 괜찮긋나?

김 여사가 단호한, 그러나 상냥한 제안을 했다.

"엄마! 나 안 아프거든? 내 눈으로 폭탄 똑똑히 봤어요! 빌라에 경찰도 오고! 태성 씨도 왔거든요? 그리고 지금은 병원이에요."

— 병워어언? 어데 다쳤나?

김 여사의 목소리가 순식간에 몇 데시벨은 높아졌다.

— 아가 병원이라 카나? 와? 어디가 아픈데?

이번에는 아빠가 말하는 것이 들렸다. 바늘 가는 곳에 실 간다고 김 여사 동반 없이는 그 어떤 모임에도 가지 않는, 반대로 김 여사가 가는 곳엔 모든 곳을 함께하는 아빠였다. 마누라 없는 아빠는 앙꼬 없는 찐빵이요, 캥거루 없는 호주요, 애플 없는 스티브 잡스, 윈도우 없는 빌 게이츠나 다름없었다.

— 당신은 좀 가마있어 보소! 아 목소리가 안 들리잖아!

끼어드는 남편을 핀잔 주는 아내였다.

— 어데 다쳤노? 진짜 폭탄이가?

"폭탄은 맞는데 안 터졌어요. 난 발목을 삐어서 병원에 온 거예요."

— 다른 데는? 다른 데는 이상 없나?

흥분한 김 여사가 씩씩거렸다.

"엄마! 진정, 진정해요. 발목 삔 것뿐이에요."

태성이 조용히 듣고만 있다가 그녀를 쿡 찔렀다. 승아는 그를 의아하게 쳐다보았다. 그는 손으로 전화기 모양을 만들어 그의 귓가에 대어 보였다. 태성에게 폰을 넘기라는 소리였다. 승아는 고개를 흔들고 손을 휘이휘이 저으며 거절했다.

"집 근처 정형외과에 왔고, 발목 말고는 아픈 곳 없어요. 걱정 마세요, 엄마."

— 안 되겠다. 불러라. 어느 병원이고.

응?

"뭘 불러요?"

— 사지육신 멀쩡한지 내 눈으로 직접 확인해야겠다고.

"엄마, 나 멀쩡한 목소리로 전화하고 있잖아요. 대구에서 여기까지 오려면 시간도 많이 걸려요. 그리고 엄마가 여기 도착하면 난 아마 병원이 아닐 것 같은데요."

— 지금 용인이다. 집 근처 병원이라 캤재? 이름이 뭐꼬?

승아는 내키지 않는 어조로 병원 이름을 말했다.

"왜 나한테는 용인에 간다는 말 안 했어요?"

— 그래. 여기서 서울까지 한 시간도 안 걸린다 카네.

김 여사는 승아의 말엔 대답 않고 다른 소릴 했다. 그녀가 말하는 사이 뒤에서 승진이 말하는 것을 듣고 있었나 보다.

"나 진짜 괜찮은데……."

— 근데 웬 폭탄이 니한테 배달됐노? 그런 거는 청와대 이런 데에 배달되야 되는 거 아이가? 니 사는 동네가 종로도 아닌데 와 느그 집에 배달이 되고 난리고?

승아도 그것이 궁금했다. 그녀가 무슨 국회의원 입후보할 것도 아니고, 유일하게 한 정치활동이라고는 선거 날 투표한 것밖에 없는데 말이다.

"나도 모르겠어요."

그녀가 생각하기에도 이 나라에서 폭탄을 받아야만 하는 0순위는 그녀가 아닌 정치인들이었다. 세금도 꼬박꼬박 잘 내는 선량한 시민인 그녀에게 폭탄이 배달되면 안 된다. 투표가 폭탄을 받을 만큼의 행위는 아니지 않은가?

승아는 일의 경과를 김 여사에게 설명했다. 그녀에게 배달된 폭탄이 맞았고, 피해는 없고, 슬리퍼를 신고 넘어지는 바람에 발목이 삔 것뿐이라고.

— 아이고 세상에. 시어마시야. 니 완전 식겁했네. 다른 데 다친 곳이 없다 카이 천만 다행이다. 야이야, 조상신이 도왔는갑다. 범인은 잡았나?

"아뇨. 아직요. 이제 수사 시작하고 있을 거예요. 안 그래도 경찰이 우리 집 주변에 득실득실거려요."

태성이 전화를 바꿔 달라고 그녀를 또 쿡쿡 찔렀다. 승아는 잠시만 기다려 보라고 손바닥을 쫙 펴서 미는 흉내를 냈다.

— 최 서방은? 최 서방하고는 지금 같이 있나?

"최 서방이 누군데? 서울 사는 최 씨 성을 가진 서방이 어디 한둘인가?"

그녀는 알면서도 삐딱하게 말했다.

— 누구긴 누구야. 최 서방이 최 서방이지. 같이 있나, 안 있나? 그거나 대답해라.

최 서방 소리에 속이 훤히 보일 정도로 태성의 입이 옆으로 찢어졌다. 노골적으로 좋아하는 그를 승아는 꼴뚜기처럼 꼬나보았다.

"최 서방은 없고 최 가(家)는 옆에 한 명 있어요."

그는 최 가 소리에도 개의치 않고 자꾸만 히죽댔다. 약 오른다. 사귀자는 말에 대답도 안 했는데 무슨 최 서방은 얼어 죽을 최 서방인가. 잠깐만! 사귀자고 물어본 것도 아니었어. '사귀는 사이잖아' 라고 혼자서 단정 지었지.

갑자기 한 대 때려 주고 싶다. 주먹이 운다. 강냉이 털리기 전에 어금니 꽉 물으라고, 주먹이 울어.

— 우리 도착할 때까지 최 서방이랑 계속 같이 있는 거 맞재? 어데 딴 데 새지 말고 최 서방 옆에 껌딱지처럼 딱 달라붙어 있그래이. 당장 출발하께.

식도 안 올린 딸을 숫제 유부녀 취급하는 김 여사였다. 마음이 급한 그녀의 말이 빨라졌다.

"엄마. 그 서방 소리 좀, 엄마? 여보세요? 여보세요?"

승아가 최 서방 소리 좀 그만하라고 말하려는 순간, 김 여사는 전화를 뚝 끊어 버렸다.

"지금 오신대?"

"그렇다는데요. 아빠랑 승진이도 다 같이 온대요. 그런데…… 여기 오시는 게 꼭 나 때문만은 아닌 것 같단 생각이 드는 건 왜일까요?"

승아는 눈썹을 추켜세우고 그를 빤히 보았다.

"흠흠."

헛기침을 하며 목을 가다듬는 그는 기분이 무척 좋아 보였으나 긴장하는 듯도 했다. 아무렴. 상황이 상황이라지만 여자친구, 아니지! '애인이 될지도' 모르는 여자의 부모를 만난다는데 태연할 남자는 대한민국에 몇 없을 것이다.

"드릴 말씀이 있었는데. 오시면……."

그가 중얼거렸다.

"무슨 말?"

"어서 들어가서 치료받자."

또, 또!

"그 수법 쓰지 마요! 내가 다아 알고 있거든요?"

그녀는 꼬리를 길게 올리는 억양으로 말하며 그를 쓱 째려보았다.

"무슨 수법?"

"화제 전환하는 거!"

"우리 껌딱지 나한테 잘 붙어 있게 하겠다고 말씀드리려고 했지."

씰룩씰룩거리는 눈썹, 장난기 어린 눈망울이 그녀를 놀렸다. 승아는 흥 하고 콧방귀를 뀌었다.

"이거나 푸세요."

그녀가 안전벨트를 손가락으로 톡 쳤다.

"예, 마님."

씩씩한 어조로 그가 답했다. 벨트 고리에 손을 가져가던 그가 멈칫했다.

"어! 너 망치 어디 갔어? 구급차에 놔두고 왔어?"

"아니요. 김 경사님이 나 대신 우리 집에 갖다 놓기로 하셨어요."

"기, 김, 경사가?"

벨트 버클을 움켜쥔 그는 말까지 더듬었다.

"네. 참 친절하시던데요."

그는 체념한 듯 한숨을 내쉬었다.

"김 경사가 왜 망치 가지고 있냐고 안 물어?"

"그건 여자 구급대원이 묻던데요?"

태성은 묵묵히 벨트를 끌렀다. 그의 머릿속은 그의 팀원들이 떠들어 댈 말로 차올랐다. 유별난 청와대 습격 사건 소설에, 알록달록한 산타 비닐 팩에, 날카로운 식칼에 이젠 형광 오렌지색 망치까지.

"하아, ······그래. 잘했어."

그녀는 태성에게 안겨 당당하게 병원에 입성했다. 몇 번이나 그에게 안기는지, 오늘을 '공주님 안기 Day'로 명명해야 할 것 같다.

Chapter 8.

병원은 입원 시설도 있고 24시간 진료를 하는 제법 큰 규모의 정형외과였다.

집 근처에서 그리 멀지 않았지만 그녀가 이곳에 온 것은 처음이었다. 환자들과 방문자들이 앉을 수 있는 의자가 병원 곳곳에 있었다. 패션 감각이라고는 눈 씻고 찾으려야 찾아볼 수 없는, 우중충한 환자복을 입은 몇몇 환자들은 로비에서 커다란 평면 텔레비전을 시청하기도 했으며, 다른 환자들과 혹은 그들의 방문객들과 삼삼오오 수다를 떨기도 했다.

접수대에서 받은 종이에 이름, 주소, 주민등록번호를 적고 접수를 기다리는데 텔레비전에서 뉴스 속보가 시작했다. 승아와 태성은 묵묵히 그것을 보았다.

비둘기색 재킷을 입은 단아한 여자 아나운서가 말했다.

속보를 말씀드리겠습니다. 금일 오후, 사제 폭탄이 택배를 가장하여 일반인에게 배달되었습니다. 정진우 취재기자, 나와 주시죠.

부산스러운 경찰들을 배경으로 하여 마이크를 든, 키 크고 마른 남자기자가 뻣뻣한 태도로 말했다.

5일 뒤 열릴 G20을 대비하여, 대테러와의 전쟁을 선포한 경찰은, 몇 주 전부터 사제 무기 제조 일당 검거에 총력을 기울였으나, 인터넷에 암암리에 퍼진 제조 기술을 모두 제거하지 못함이 오늘 여실히 드러났습니다.

피해자 나 모 씨의 신속한 신고로 진녹색 방탄복을 입은 폭발물 제거 전담반, 즉 EOD가 폭탄을 빨리 해체할 수 있었습니다. 형사과, 타격대, 광역수사대, 경찰특공대가 현장 출동했고, 현재 비상근무 중인 경찰 100여 명과 경찰견 3마리가 투입되어 숨겨진 폭발물이 더 있는지 주변 일대를 탐색하는 작업을 벌이고 있습니다.

한편, 경찰은 택배 상자에 든 폭발물을 수거하여 국과수에 감정 의뢰를 요청했습니다.

기자가 설명하는 동안 폭발물 제거 전담반이 폭탄이 든 택배 상자를 들고 나오는 모습이 화면에 비쳤고 뒤이어 경찰청장이라는 사람의 인터뷰가 나왔다.

테러는 그 어떤 이유와 명분으로도 용납되지 않습니다. 용의자는 20대 후반의 남성으로 CCTV 확인, 탐문수사 등으로 조속한 시일 내에 범인을 검거하도록……

그러나 한동안 경찰의 무능함을 비난하는 여론이 일 것으로 예상됩니다. 이상, 정진우 취재기자였습니다.

"나승아 씨, 들어오세요."

간호사가 말했다. 그녀는 그에게 안긴 채 의사 앞에 배달되었다. 환한 형광등 아래, 볼때기에 살이 오동통 올라 달덩이 같은 얼굴의 아저씨 의사 선생님이 의자에 앉아 있었다. 공주님 안기를 본 의사는 놀란 눈치였다. 승아는 그 재미있어 하는 눈초리에 몸 둘 바를 몰랐다. 의사가 사람 좋아 보이는 너털웃음을 터트리며 말했다.

"애인인가 봐요?"

"아니요."

"네."

그들은 동시에 답했다. 승아의 대답에 태성은 눈살을 찌푸렸다.

"싸웠나 보네. 허허. 빨리 화해하세요."

의사의 유쾌한 어조에 승아는 원래 사귄 적도 없다고 냉큼 말하고 싶었지만 이미지 관리를 위해 참았다. 처음 온 병원, 그것도 의사 앞에서 왈가왈부할 필요는 없으니까. 의사는 구급대원이 승아의 발목에 감아 주었던 압박붕대를 풀고 상태를 진단했다.

"집에 가서 20분 정도 냉찜질하세요. 냉찜질은 2, 3일 동안 하루에 3, 4회 정도 하면 좋아요. 그리고 될 수 있으면 다리를 심장보다 높게 들고 있도록 하고. 그래야 붓기가 잘 빠져. 알겠지요? 그리고 압박붕대보단 반깁스가 편하니까 이걸 끼고."

의사가 내민 것은 발목을 고정시키면서 감싸는 일종의 보조기였다. 촌스러운 풀빛 신발이었지만, 부직포가 있어서 쉽게 떼었다 붙였다 할 수 있고 신발을 신은 채로 신을 수 있어서 편리했다.

"당분간 운동은 하지 말고, 약 처방해 줄 테니까 그거 먹도록 하고요. 붓기 빠지고 나서도 계속 아프면 다시 오세요. 물리치료도 받으면 좋은데, 지금은 시간이 끝났어. 심한 건 아니니 곧 나을 거예요."

의사의 진단을 받은 태성과 승아는 병원 옆 약국에서 약을 산 뒤, 엘리베이터를 기다렸다.

"안아 줄까?"

갑작스러운 그의 질문이었다. 승아의 얼굴이 화르륵 불타올랐다.

저것은 공주님 안기를 해 줄까라는 뜻이 명백한데 왜인지 모르게 뉘앙스가 야했다. 목소리 때문일까. 안아 줄까, 하는 그 목소리는 가장 낮은 음역을 내는 악기처럼 묵직했다. 그것은 심장을 리비도라는 욕망의 바다로 패대기치는 것 같은 저음이었다.

아니, 어쩌면 그윽한 눈빛 때문인지도 모른다. 두 눈에 선연하게 드러난 애정이 그녀의 가슴을 나른히 달구고 전신을 휩쓸었다.

"쯧쯧, 도대체 무슨 생각을 하는 거냐. 그래 가지고 일상생활이 가능하겠어?"

승아가 말도 못 하고 얼굴만 붉히자 태성이 혀를 찼다. 그는 홍옥처럼 발개진 뺨을 검지로 쿡 찔렀다.

"아무 생각도 안 했거든요!"

도착한 엘리베이터에 타며 승아는 부정했다. 검푸른 욕망을, 화끈 거리는 불길을.

"얼굴이 벌건데?"

"감기 걸려서 열이 나서 그래요!"

승아는 기침하는 흉내를 내며 억지를 썼다. 태성은 피식 웃었다. 그는 그녀를 꼭 끌어안고 뺨에 뽀뽀를 쪽 했다. 엘리베이터가 그들을 1층에 부려 놓았다. 귀엽긴, 하고 읊조리는 태성의 말을 무시한 채 승아는 그의 품에서 빠져나와 주차장으로 천천히 걸어갔다.

"사귀는 것도 아닌데 스킨십은 이제 그만 자제하시죠?"

태성은 그녀의 걸음에 속도를 맞춘다.

"우리가 왜 사귀는 사이가 아닌데?"

그때, 태성의 폰이 급하게 울렸다.

상대방이 하는 얘기를 듣고만 있던 태성은 차에 타는 승아에게 사귀었던 남자들, 유진, 승아가 경찰서에 신고했던 유진의 옛 남자친구의 기본신상에 대해서 질문했다.

그는 승아가 말하는 것을 통화하는 상대편에게 그대로 전달했고, 알리바이가 있는지 그리고 그들이 무기 제조 카페에 가입했거나 접촉한 전력이 있는지도 대조해 볼 것을 지시했다. 그는 지금 출발한다고 말하며 통화를 마쳤다.

시동 걸린 차가 출발했다.

"다들 20대 후반도 아닌데 그런 걸 조사해요? 다 옛날 일인데."

"누군가에게 심부름 시켰을 수도 있고, 알 수 없지. 근데 그 카페 말이야, 그 사람들과 직접 만난 적은 한 번도 없는 거지?"

"한 번도 만난 적 없어요. 난 채팅만 했어요."

"따로 더 연락한 건 없고?"

"음, 그게……."

가장 규모가 큰 사제 무기 제조 카페에 'Bang夜Bang夜' 라는 닉네임 사용자가 있었다. 그는 승아가 총기류에 대해 묻는 질문을 누구보다 친절하게, 상세히 알려 주었다.

채팅 횟수가 늘어나고 둘은 점차 친해져 갔다. 그가 중학교 1학년이란 것을 승아가 알고, 그 소년이 승아에게 누나라고 부르며 간간이 쪽지를 보낼 정도로.

하지만 그녀는 소년에게 자신이 대학생이고 글을 쓴다는 것만 얘기했을 뿐이었다. 소년이 그녀에게 앙심을 품을 이유가 전혀 없다. 결정적으로 그 애는 착했다. 밀리터리 마니아다 보니 그런 카페에 가입해서 총 만드는 것엔 빠삭했지만 그 연령답게 순진했다.

"그러고 보니 중학생이 한 명 있었지."

얘기를 들은 태성은 미성년자라 불구속 입건된 중학생 한 명을 기억해 냈다. 사춘기 소년 특유의 반항기로 경찰서에서도 겁 없이 형사들을 노려보던, 작지만 야문 체구의 중1.

"하지만 나랑 친해요. 그 애가 폭탄을 보낼 이유도 없고, 내가 누군지, 어디에 사는지도 말한 적 없어요. 그리고 갠 총만 빠삭하지 폭탄에 대해선 잘 몰라요. 걔가 그랬을 리가 없어요."

승아는 전화를 다시 거는 태성에게 말했다.

"알았어. 그래도 혹 들은 것이 있는지나 한번 물어보라고 하지."

"내가 직접 물어보는 게 더 낫지 않겠어요? 우린 친하니까……."

"절대 안 돼!"

태성이 딱 잘라 거절했다. 생각만 해도 끔찍스럽다는 듯.

"왜요?"

"그 애가 범인일 수도 있는데 그걸 묻겠다고? 여보세요, 김 경사?"

"빵야빵야는 범인이 아니라니깐요. 걘 착하고, 또 나랑 친하다구요. 허세가 있어서 그렇지, 빵야는 못된 애가 아니라 총기 덕후에 불과해요."

태성은 승아 말은 들은 척도 안 하고, 김 경사에게 그 중학생과 얘기해 볼 것을 지시했다.

'빵야……'

웃음을 참는 태성의 얼굴은 경직되어 있었다. 통화를 끝낸 그는 웃지 않으려 얼굴에 힘을 줬다. 그는 단호하게 말했다.

"그래도 안 돼."

"왜요?"

"얌전히 있는 게 돕는 거야. 수사는 경찰한테 맡기라고. 쓸데없는 짓 하지 마."

그는 용의자를 승아와 접촉하게 하고 싶지 않았다.

"이게 왜 쓸데없는 짓이에요, 보는 게 안 되면 쪽지로 물어보면 되잖아요."

"안 돼. 절대 안 돼. 어머니께 연락해서 병원이 아니라 마포역으로 오시라고 말씀드려. 넌 내가 시키는 대로 하는 게 날 돕는 거야."

흥, 안 되긴 뭐가 안 돼. 몰래 물어보면 돼. 승아는 속으로 구시렁댔다.

빵야는 무기 제조하는 사람들과 친해서 그쪽 세계에선 발이 넓었다. 만약 누군가가 사이트에서 폭탄을 팔았다면 경찰보다 빵야가 더 빨리 정보를 알아낼 수 있을지도 몰랐다. 특히 폭탄 만드는 사람들은 과시욕이 큰 편이라 자기가 했다고 자랑했을 가능성이 컸다.

빵야는 진짜로 착하고 순진한 소년이다. 그 애한테 누가 폭탄을 보낸 것인지 도와 달라고 하면 틀림없이 알아봐 줄 거다.

태성이 그녀를 광역수사대로 불러서 조사했을 때의 강압적인 태도를 미루어 짐작해 볼 때, 그 애한테도 그렇게 대할 가능성이 컸다. 딱딱한 경찰이 물어보는 것보다 그녀가 직접 빵야에게 부탁하는 것이 효과가 더 있으리라.

그녀에겐 아직 빵야와 주고받았던 쪽지가 남아 있다. 인터넷으로 쪽지만 보내어 물어보면 되니까 별다른 위험도 없을 것이다. 이 남자와 여기서 피곤한 입씨름을 할 필요가 없다.

"나도 마포역으로 가요?"

"응."

"우리 집으로 가는 게 아니고? 왜? 아직도 경찰이 우리 집 부근을 수사하는 중이라서?"

"아니. 내가 광역수사대로 가 봐야 하니까."

"난 집으로 가면 안 돼요?"

태성은 손을 뻗어 승아의 손등을 두어 번 잇따라 두들겼다. 애정이 담뿍 실린 토닥임이었다.

"껌딱지가 가긴 어딜 가. 나한테 딱 붙어 있어야지."

"날 그렇게 부르지 마요! 난 집에 언제 가요? 집에 갈 수는 있는 거예요? 내 생각엔 난 당분간 서울을 떠나 있는 게 좋을 것 같아요. 지방에 여행을 가든지. 또 폭탄 택배 받을지도 모르니까……."

"그건 부모님 오시면 의논하자. 그런데 말이야, 그것보다도……."

태성은 뜸을 들였다. 그는 전화를 받기 전에 승아와 하던 말을 떠올렸다.

그녀가 안 사귄다고 말하는 것은 앙탈이겠거니 했다. 꽈배기처럼 꼬인 감정이 풀리면 인정하겠지 싶었다. 그래서 싫다는 말은 개의치 않고 있었는데 애인이냐고 묻는 의사 앞에서도 연인 관계를 부정하고, 거부하는 횟수가 쌓여 가니 무언가 찜찜했다. 왜 자꾸 안 사귄다고 할까.

그녀의 감정은 명백히 눈에 보이는데, 대체 왜? 그는 공연히 조급증이 일었다.

"우리 사귀는 거 아니었어? 왜 자꾸 안 사귄다고 그래?"

그는 사뭇 진지하게 물었다.

"네. 안 사귀어요."

즉각적인 대답.

반대편 차선에서 마주 오는 차의 전조등 불빛이 그의 얼굴을 비끼고 지나갔다. 그는 인상을 쓰고 있었다. 쓰디쓴 한약을 삼키기 싫어 입안에 물고 있는 어린아이처럼.

"왜?"

"언제 사귀자 그랬는데요? 난 사귀잔 소리도 들은 적 없는데?"

빨간불이었다. 태성은 미간을 일그러뜨린 채 신호등에 맞춰 천천히 차를 세웠다.

"……그러면 내가 사귀자고 말하면 되는 거야?"

"아니요."

"아직도 화가 덜 풀려서 그래? 아니면…… 내가 싫어졌어?"

당황하고 다소 상처받은 남자의 목소리.

"싫진 않아요."

너무 좋아서 문제였다.

"그리고 화는 풀렸어요."

"……그럼 내가 뭘 어떻게 해야 되는데?"

"나도 몰라요."

"그걸 승아 네가 모르면 누가 아니……."

뱃속에서부터 느끼는 답답함을 입 밖으로 토해 내는 것 같은 그의 말. 먹빛보다 검은 정적이 차내를 채웠다.

한참 후에 그가 입을 열었다.

"왜 이러는데? 이유나 알자."

태성은 한숨을 내쉬었다.

"솔직히 태성 씨를 못 믿겠어요. 마음에 안 드는 일이 생기면 나랑 대화할 생각도 안 하고 또 일방적으로 연락 끊을 거 같아서."

태성이 좋다. 키스도 좋다. 그의 보조개조차 매혹적이다. 신체 기관으로서의 존재감을 뚜렷하게 증명하듯 쿵덕쿵덕 뛰는 심장은 모두 저이 때문이다. 그의 매력으로 인한 화학적 반응 역시 그녀를 전율케 하고 흥분시켰다.

하지만 한 번 줄행랑쳤던 사람이 또 안 그러리란 보장이 없다. 불신의 벽이 남아 있었다. 승아의 감정은 Yes를 외치지만 이성은 아직은 No라고 답했다.

"난 지난 2주 동안 굉장히 기분이 나빴어요. 아까 태성 씨가 매일 연락한다는 소리 했을 때도 기분이 다시 나빠졌구요. 화가 풀렸지만, 갑자기 또 기분이 상해서 태성 씨한테 비꼴지도 몰라요. 태성 씨가 왜 연락을 안 했던 건지 알지만……."

태성을 향한 호감과 기대의 싹이 텄던 자리에는 불신용이라는 씁쓸한 잿더미가 남아 있었다. 그는 그녀의 말을 들으며 묵묵히 운전만 했다.

　"이유가 있다고 해도 따지고 보면 태성 씬 나한테 거짓말한 거잖아요. 연락하겠다고 해 놓고선……."

　그리고 승아는 그를 좀 더 두고 보고 싶었다.

　결국엔 사귄다고 말하게 되겠지만. 그래도 적어도 2주 정도는 그를 기다리게 해야지. 더 짧게 며칠이 될 수도 있겠지만. 자존심도 없이 하루 만에 좋아요, 하고 냅다 넘어가는 건 아니었다.

　마음이야 다 넘어갔다고 해도 아닌 척이라도 해야 그가 자신을 더 소중하게 대하지 않겠는가? 쉬이 얻은 것은 머잖아 가치를 상실하기 마련이다.

　"나한테 애프터 신청할 생각이 있었으면, 적어도 바빠서 연락을 못 한다는 문자를 보내든지, 그게 아니면 인연이 아닌 거 같다는 연락이라도 했어야 했어요. 그렇게 엄마 말을 통해서 전해 듣는 게 아니라 직접 말을 했어야죠. 우리가 그날 밥만 먹고 헤어졌다면, 나한테 연락을 안 했어도 그러려니 했을 텐데, 우린, 키스까지 했었잖아요."

　"……알았어. 믿게 될 거야."

　그는 승아를 힐끗 쳐다보며 담담히 말했다. 쿡쿡 쑤시는 양심을 느끼며. 모든 것은 그가 감정 문제에 서툴러서 생겨난 일이었다.

　"난 기다릴 수 있어."

　전화가 또 왔다. 태성이 경찰과 통화를 하는 동안 승아는 김 여사에게 마포역으로 오시라는 문자를 보냈다. 몇 초 후, 그녀의 폰이 진동했다. 김 여사였다.

[목적지 변경 오케이. 근데 차가 엄청 막힘. 피곤해서 이 중전께선 똥줄 빠지것다. 공주마마, 부디 딴 데 새지 말고 최 서방이랑 계속 같이 있으소서!]

아휴, 아직은 최 서방 아닌데, 설레발은……. 승아는 공연히 서방이란 단어가 있는 부분을 엄지로 슥 문질렀다. 그렇게 하면 그 낱말이 지워지기라도 하듯이.

"차가 많이 밀리나 봐요. 엄마가 도착하는 데 시간이 더 걸리시겠대요."

"알았어. 급할 거 없으니까 천천히 오시라고 하고, 마포역에 도착하면 연락하시라고 말씀드려."

※

광역수사대, 강력범죄수사 2팀.

낯익은 장소였다. 승아는 태성과 함께 그의 개인 사무실로 천천히 걸어갔다. 전화를 받으며 메모를 하는 등 각자의 일에 바쁘던 경찰들의 동작이 일시에 멈췄다. 말없는 공기가 술렁였다. 호기심으로 들끓는 눈동자들이 약속이나 한 듯 승아의 동선을 따라 일제히 움직였다.

총탄 세례를 받은 듯 승아의 피부가 따끔따끔거렸다. 마치 동물원 원숭이가 된 기분이다. 피해자 처음 보는 경찰들처럼 왜 저렇게들 보는 건지. 하지만 그녀는 대수롭잖게 생각하며 태성의 사무실로 들어갔다.

태성이 그의 사무실 내 유리창에 있는 연녹색 블라인드를 내렸다. 유리 너머에서 쳐다보던 강력범죄수사 2팀 경찰들의 시선이 일시에 차단되었다. 그는 그녀에게 여기서 기다리고 있으라 하며 문을 닫고 나갔다.

이건 경찰서에 감금된 거나 마찬가지네. 승아는 한숨을 내쉬었다. 그녀는 다른 의자에 앉을까 잠시 고민을 하다가 그의 검은색 가죽 의자에 앉기로 마음먹었다. 엉덩이에 느껴지는 두툼한 감촉이 편안했다.

그의 의자에 앉아서 보는 사무실은 꽤나 널찍했다. 그러나 벽을 꽉 채운 철제 캐비닛, 칙칙한 회색 시멘트벽과 바닥 때문에 사무실은 차갑고 딱딱하게 느껴졌다.

승아는 왼손으로 턱을 괴었다. 책상 오른쪽에 있는 평면 모니터에서 윈도우 화면보호기가 작동되고 있었다. 끊임없이 얽히는 색색의 파이프. 승아는 넋을 잃고 파이프를 보며 고민에 빠졌다.

도대체 누가 폭탄을 보낸 것일까. 가느다란 검지가 서류가 널린 고동색 책상을 두어 번 톡톡 두드렸다. 배신자라는 편지는 도통 알 수가 없다. 갑갑했다. 답 없는 수학문제를 풀어야 하는 기분이었다.

갑자기 문이 활짝 열렸다. 태성이었다. 그는 한 손에는 물과 네모난 도시락이 든 비닐을, 다른 손에는 얼음이 든 봉지를 들고 있었다.

"먹고, 약 꼭 먹어. 이걸로 얼음찜질하고."

그는 책상 위에 그것들을 내려놓고 빠른 걸음으로 나갔다. 이 날씨에 얼음은 어디서 구해 온 것인지 물어볼 틈도 없었다. 바쁠 텐데 손에 잡힐 정도로 뚜렷하게 보이는 배려가 고마웠다.

승아는 얼음 봉지를 발목에 어설프게 감고 책상 위에 놓인 서류를 대강 한쪽으로 치웠다. 얼음 봉지가 대롱대롱 감긴 오른쪽 발을 책상 위에 턱 하니 걸쳐 올렸다. 다리가 쩍 벌어져서 꼬락서니가 말이 아니라 코트로 다리를 가렸다.

막 사 온 듯 스티로폼 도시락은 따뜻했다. 네모난 뚜껑을 열자 제육볶음과 밥, 단무지, 김치 그리고 마카로니 샐러드가 있었다. 식욕은 없었지만 약을 먹어야 했기에 음식을 기계적으로 씹어 삼켰다. 다 먹은 도시락을 버릴 쓰레기통을 찾아 두리번거렸으나 안 보였다. 하는 수 없이 비닐을 책상 한쪽에 뒀다.

약도 먹고 나니 할 일이 없었다. 책상 위에 있는 메모지를 한 장 꺼내 든 승아는 볼펜을 집어 들었다. 그녀는 의미 없는 낙서를 하기 시작했다.

폭탄. 배신자. 주소는 어떻게 알았지? 스토커? 주변 사람일까?

쓴 단어를 몇 번이고 되뇌어 보았다. 왜 그런지 모르게 주변이라는 단어가 마음에 걸렸다. 승아는 '주변'이라는 단어에 동그라미를 여러 번 덧그리다가 소득 없는 낙서에 불과한 메모지를 구겨 버렸다.

빵야에게 쪽지나 보내야겠다. 승아는 익스플로러를 켰다. 포털 사이트에 로그인을 하는데 문득 검색어가 눈에 띄었다. 아니나 다를까 실시간 이슈 검색어 1위는 폭탄이었다.

빵야에게 그동안 연락 못 해서 미안하단 말과 오늘 폭탄 사건에 대해서 아는 것 있으면 될 수 있는 한 빨리 답을 달라는 쪽지를 보낸 후, 그녀는 뉴스 부분을 클릭했다.

국회, 유해화학물질 관리법 개정 추진…… 인터넷 유통 규제법 요구

경찰청장 청와대에 불려 가, 대통령 격노······ 재떨이 던져

경찰은 물론, 대테러 유관기관, 다중이용시설 관계자 등 국민의 관심 및 범정부적인 협력 및 공동대응 필요

광역수사대와 지역 경찰서장이 수사권 지휘하려 실랑이

폭탄 발견 시 대처방법

승아는 한참 동안 기사를 읽어 내려갔다. 하나하나 다 눌러 보았지만 특별한 내용은 없었다.

"그다지 볼만한 기사는 없을 텐데. 우리가 딱히 중요한 걸 발표한 게 없거든."

어느새 태성이 책상 옆에 서 있었다. 지레 놀란 승아는 포털 창을 껐다. 그러나 그는 이미 모니터를 재빠르게 훑은 뒤였다.

승아는 책상 위에 올린 발을 슬며시 내렸다. 얼음은 그새 많이 녹아, 발을 얹었던 부위엔 작은 물웅덩이가 생겨나 있었다. 그녀는 가방에서 휴지를 꺼내 책상 위를 급하게 닦았다.

"책상 위에 발은 왜 올리고 있어?"

무안하게시리 저런 건 왜 또 물어보는지. 하여간 그냥 쉽게 넘어가는 게 없다.

"······의사가 다리를 심장보다 높게 들고 있으라고 했잖아요. 그래서 발 둘 만한 곳이 책상밖에 없어서······."

그는 이번에는 꾸깃꾸깃 뭉쳐진 메모지를 발견했다. 승아가 책상 위에 던져 뒀던 메모지였다. 쓰인 글귀를 훑어본 그는 큰 기대는 안한다는 음성으로 말했다.

"생각나는 주변 사람은 없었어?"

"내 주변은 없는데……."

승아는 발딱 일어나며 손가락으로 그에게 삿대질을 했다.

"당신!"

고개를 빳빳이 치켜들고 그를 노려보는 승아의 눈알이 생선 비늘처럼 번뜩번뜩 빛났다. 왠지 주변이라는 단어가 자꾸 마음에 걸리더라니!

"이건 다 당신 때문이야!"

"……?"

촛불을 훅 불어 끈 것처럼 그의 미소가 삽시간에 사라지고 표정 없는 가면이 그 자리를 대체했다.

"당신 주변! 그러니까 당신 때문에 감옥에 간 사람이 우리 사이를 알아내서 나한테 해코지하는 거라고!"

그는 체념의 한숨을 쉬었다.

"틀렸어. 첫째, 아직 출소한 놈이 없어. 둘째, 우린 선 자리에서 딱 한 번 만났고, 다시 만난 것도 오늘이야. 우리 사인 너랑 나 말고는 아무도 몰라."

"태성 씨 부하들은 알잖아요. 그리고 감옥에 갇혀 있어도 밖에 있는 다른 사람을 시켰을 수도 있고."

"내가 너랑 선본 건 우리 부모님만 아셔. 그런 얘긴 동료라고 해도 다른 경찰한텐 안 해. 게다가, 지난번에 넌 여기에 조사받으러 잠깐 왔던 거잖아. 내 팀원들은 그렇게 알고 있고 그 얘긴 거기서 끝난 거야."

태성의 부하들이 그를 놀리긴 했지만 당시 태성은 둘은 아무 사이가 아니라고 못 박았다. 정색하는 최 반장의 태도에 부하들의 국수 얘기는 순식간에 사그라졌다. 현재는 아니지만.

얼굴을 찌를 듯 맹렬한 기세로 들어 올린 승아의 검지가 풀이 죽어 아래로 떨어졌다. 그때, 승아의 폰이 요란스레 울어 댔다. 액정에 나타난 발신자명에는 [중전마마]라고 쓰여 있다. 이것은 김 여사가 직접 입력하신 것이었다.

승아는 태성의 손에 폰을 건넸다. 그는 전화를 받아 김 여사에게 광역수사대로 오는 방향을 설명했다.

"여기에 아무나 막 들어와도 괜찮아요?"

그녀는 위치를 설명하는 태성에게 속삭였다. 고개를 저은 그는 김 여사에게 광역수사대로 들어와서, 본 건물을 정면으로 봤을 때 오른쪽에 위치한 작은 식당으로 오시면 된다고 말한 뒤, 전화를 끊었다.

승아는 얼음 봉지를 집어 든 태성과 함께 광역수사대 건물 밖으로 나갔다. 퇴근을 한 것인지 아니면 수사를 하러 나간 것인지 사무실에 있던 경찰들의 숫자는 줄어 있었다.

"그래서 유진이들한테 물어봤대요? 어떻게 됐어요?"

"소득이 없었어."

태성은 열쇠를 꺼내 잠긴 식당 문을 열었다. 승아는 그에게 계속 질문을 했다.

"빵아는요?"

식당 앞 작은 우리 안에 있는 새끼 고양이가 야옹 하고 울며 그녀의 관심을 끌었다.

"누가 키우는 거예요? 경찰들이?"

문을 열고 들어선 그가 전등을 켰다. 갑자기 켜진 환한 형광등 불빛에 눈이 부셨다. 승아는 식당으로 들어가며 문을 닫았다.

"소득 없긴 그것도 마찬가지야. 고양이는 식당 아주머니가 불쌍하다고 거두셨어."

식당 내부는 전체적으로 허름했다. 촌티 나는 새파란 식탁에, 웅장한 느낌의 앤티크 스타일 갈색 가죽 의자 행렬은 어딘지 어색하고 언밸런스했다. 주방은 오픈된 구조였다. 싱크대로 다가간 그는 얼음 봉지를 찢어 내용물을 버렸다.

"거봐요. 내가 빵야는 아니랬잖아요. 그럼 이제 어떻게 해요?"

승아는 의자를 꺼내어 앉았다.

"……수사는 그냥 경찰한테 맡겨 둬. 네가 직접 안 해도 돼."

태성은 수사 진행 사항을 일일이 승아에게 말할 생각이 없었다. 유력한 용의자가 따로 있었지만 승아에게 말할 필요성을 못 느꼈다. 어디로 튈지 모르는 승아에게는 정보를 차단하는 것이 그녀를 보호하는 방법이라 여겼다.

바로 그때, 밖에서 '여가 맞나?' 하는 대구 사투리를 쓰는 여성의 목소리가 들렸다.

식당 철문이 활짝 열린다. 흰색 티셔츠에 청바지를 입고 갈색 라이더 가죽 재킷을 걸친, 연갈색 단발머리의 여자가 들어오자마자 승아에게 쪼르르 달려와서 덥석 끌어안았다. 여자는 얼굴뿐만이 아니라 키와 체형조차 승아와 유사했다. 둘은 같은 빵틀에서 찍어 낸 붕어빵 같았다.

"어이구, 이리 온나, 내 새끼. 오늘 마이 놀랬재?"

김 여사였다.

딸에게 관심을 오롯이 쏟아부은 것 같은 언행과는 다르게 김 여사의 눈길은 처음부터 태성에게 꽂혀 떠날 줄을 몰랐다. 김 여사는 딸의 등을 토닥이며 태성을 위에서 아래로 쭉 훑어보고, 뜯어보고, 관찰하고, 구멍이 나도록 쳐다보았다. 태성은 그런 김 여사의 시선에 내심 당황했지만 이내 허리 굽혀 인사했다.

나승아의 모(母)라기보단 언니나 젊은 이모라 불러 마땅할 것 같은, 미친 동안의 소유자 김 여사는 놓아 달라고 버둥거리는 딸은 가볍게 무시했다. 김 여사는 예비사위를 향한 자신의 호기심을 마음껏 충족시킨 뒤에야, 눈을 사르르 접으며 웃었다.

김 여사의 등장에 이어 승진과 승아의 아버지 나정환도 식당으로 들어왔다. 검정색 등산복 바지에 점퍼를 입은 나정환은 곱상하고 점잖은 인상에 뽀얀 피부를 가진, 적당한 체형의 그 나이대로 보이는 아저씨였다. 그의 키는 태성보다는 작았지만 승진과 비슷했다.

태성은 승아의 아버지에게도 깍듯이 인사를 했다. 승진은 태성을 오랜만에 본다며 반가워했다.

태성이 정환을 마지막으로 본 것은 중1 때 부모님 모임에서였다. 정환을 아주 오랜만에 만난 태성은 그제야 왜 승진이 승아와는 닮지 않았는지 그 이유를 깨달았다. 승진은 모친 김 여사보다는 부(父)인 정환의 판박이였다. 옛말에 씨도둑질은 못 한다고 했던가. 나씨 가족에게 신이 내린 유전자의 조화는 여러 의미로 놀라웠다.

정환은 자신에게 인사하는 태성에게 건성으로 고개를 끄덕인 후, 딸이 발목 이외에 다친 곳은 없는지 요리조리 살펴보는 데 여념이 없었다.

딸과의 포옹을 푼 김 여사가 태성에게 말했다.

"최 서방! 이게 대체 어찌 된 일이고? 자네를 이런 식으로 보게 될 줄이야……. 우리는 상견례 할 때나 아니면 대구에서 만날 줄 알았는데! 범인은 잡았나?"

"범인은 아직…… 현재 수사가 진행 중이라 자세히 말씀드릴 수 없습니다. 죄송합니다."

"야! 근데 용인엔 왜 갔어?"

승아가 옆에 서 있는 승진의 팔을 툭 치며 물었다.

"승아가 선본 사람들 중에 이상한 사람은 없었습니까? 거절했는데도 자꾸 연락해서 귀찮게 군다든지 하는……. 승아 말로는 없었다고 하는데, 혹시나 기억을 못 하고 있는 건 아닌지 해서요."

사건이 궁금했던 승진은 태성의 말에 귀를 기울이느라 승아의 질문엔 답하지 않았다. 승아의 말보단 자신의 궁금증 충족을 우위에 둔 상황. 평상시에도 자주 있는 일이었다.

김 여사는 이상한 사람은 없었다고 말했지만 그래도 태성은 조사를 해 보아야 한다며 그동안 선본 사람들 이름과 연락처를 김 여사에게 요구했다.

승아는 승진의 대답을 못 들어 안달이 났다. 그녀는 태성과 모친이 무슨 얘기를 하는지엔 관심도 없었다. 이번에는 승진의 옆구리를 찔렀다.

"용인에 왜 갔냐니까?"

"스키."

"뭐? 벌써 개장했어? 엄마, 왜 나만 빼놓고!"

"닌 선봤잖아. 여로 오다가 차에서 봤는데, 니가 우리 나씨 가문 최초로 9시 뉴스에 등장했데? 이야아, 가문의 영광이다, 가문의 영광이야. 니 내일 신문 1면에도 '나 모 양 그녀는 누구인가?' 이래 가지고 대문짝만 하게 나오는 거 아이가?"

의자에 자리 잡고 앉은 승진이 다리를 심하게 건들건들거리며 깐죽거렸다. 그녀는 매서운 눈으로 승진을 잠시 쏘아보았다.

"엄마! 태성 씨가 왜 나한테 연락 안 했는지 알아요?"

연락처가 적힌 수첩을 가방에서 꺼내는 모친을 승아가 불러 댔다. 승아의 질문에 태성이 움찔했다. 승진은 눈치 없이 누이를 놀리는 데 여념이 없다.

"니가 오죽 별나나. 형아가 니가 감당이 안 되가꼬 그랬겠지. 안 봐도 뻔하다 아이가."

"엄마! 이 엄마 아들 때문에 태성 씨가 연락 안 한 거야."

승아가 검지로 승진을 가리켰다. 눈이 휘둥그레진 김 여사와 정환이 의아한 기색으로 승진을 보았다.

"내가 뭘 어쨌길래? 가스나가 지가 잘못해 놓고 어문 사람한테 뒤집어씌우기는, 쯔쯔. 니 그래 살지 마라, 쫌!"

승아는 승진을 째려보며 속으로 회심의 미소를 지었다. 달콤하디 달콤한 복수의 순간. 이 시간만을 기다려 왔도다.

"엄마! 엄마 아들이 태성 씨한테 나 선볼 때마다 돈 받았던 거 다 고자질했대. 그래서 태성 씨가 기분이 상해서 나한테 연락 안 했던 거래. 이게 다 엄마 아들 입방정이 원흉이야."

질투해서 연락을 안 했다는 태성의 고백은 제멋대로 날름 삼킨 승아였다.

김 여사는 그 즉시 승진의 귓불을 세게 잡아당기며 집에 가면 두고 보자고 아들에게 속삭였다. 승진은 아프다고 아야야 소리쳤다.

정환은 물끄러미 태성을 봤다. 그런 걸로 삐치가 연락 안 한 건 쪼잔한 거 아이가. 남자가 쫌스러운 건 별론데. 정환이 중얼거렸다.

태성은 난감한 표정으로 눈을 내리깔고 시멘트바닥의 돌무늬만 헤아렸다. 태성은 한 손으로 이마를 짚으며 한숨을 쉬었다.

"가족의 비밀은 가족끼리 간직해야지 함부로 막 발설하면 안 되지."

응징이라는 소기의 목적을 달성한 승아만 의기양양했다.

태성이 활짝 열려 있던 식당 문을 닫으며 중요한 얘기가 있다고 모두의 이목을 집중시켰다. 그리고 아직도 서 있는 정환과 김 여사에게 앉을 것을 권유했다.

말소리가 밖으로 새어 나갈까 우려한 그는 목소리를 낮추었다. 지금부터 논의해야 하는 승아의 거취 문제는 그 누구도 알아선 안 되기 때문이었다.

"실은, 승아 집 주인이 승아가 나가야 된다고 하더군요. 집값 떨어진다면서, 짐 싸야 된다고……."

"뭐라구요오?"

졸지에 갈 곳이 없어진 승아는 뒷목을 잡았다. 아, 이사를 또 해야 된다는 소리인가. 말세다, 말세야, 하고 중얼중얼거리자, 정환은 옆에서 혀만 쯧쯧 찼다.

"그러면 오늘 우리랑 같이 대구에 가자. 당분간 대구에 있다가 범인 잡히면 다시 올라오면 되겠네. 어차피 야는 글 쓰느라 밖에 잘 안 나댕기고 맨날 집에 틀어박혀 있으니까 괜찮겠지."

가뿐하게 승진을 처치한 김 여사가 태성에게 말했다. 승진은 벌게진 귓불을 손으로 문질렀다.

"승아가 서울 어디에 사는지 안다면 대구 집 주소를 알아낼 가능성도 배제할 수 없습니다. 그러면 가족들까지 위험해질지도 모르구요. 아무도 모르는 곳에서 숨어 지내는 것이 좋을 것 같습니다."

조용히 듣고만 있던 정환이 입을 열었다.

"아무도 모르는 곳이 어데 있노?"

"당분간 여행이나 갔다 올게요. 서울만 떠나 있으면 되잖아요. 그러면 아무도 모르는 곳이지."

승아가 기다렸다는 듯 잽싸게 말했다.

"혼자선 안 돼."

"왜 안 돼요?"

"위험할 수 있어. 휴대폰으로 위치 추적이 다 가능하니까."

"몰래 가도? 그러면 내 폰 말고 다른 사람 폰을 가져가면 안 돼요?"

승아는 고개를 갸우뚱거리다가 손뼉을 짝 하고 쳤다.

"나 모아 둔 돈이 있으니까 이참에 해외여행이나 갔다 오면 되겠다! 설마 공항까지 따라오기야 하겠어요? 엄마, 나랑 같이 발리나 태국에 갈래?"

"안 됩니다."

태성이 김 여사를 향해 말했다.

"이것도 안 돼, 저것도 안 돼. 그럼 도대체 어디 있으란 거예요?"

승아는 입을 삐죽거렸다. 승진은 형아가 시키는 대로 하지 왜 저리 불만이냐고 승아가 들으라는 듯 대놓고 험담을 했다. 정환과 김 여사는 심각한 표정으로 안전한 곳이 어딘지만 생각하고 있었다.

"제 생각엔 제 곁에서 보호받는 것이 가장 안전할 듯싶습니다. 해외로 나가거나 지방에 여행을 갔다가 사고라도 나면 제가 도울 수도 없고……. 범인이 잡힐 때까지 당분간 저희 집에서 재우도록 하겠습니다."

"난 반대야! 형 혼자 사는데 쟤가 형을 덮치면 어쩌려⋯⋯."

커다란 목소리로 산통 깨는 소리를 하는 승진의 등짝을 김 여사가 때렸다. 찰싹하는 소리가 찰지기 그지없다.

"허어, 아직 식도 안 올린 애들을 한집에 같이 재운다는 건 말도 안 되지."

정환은 헛기침을 하며 점잖게 반대했다. 승아는 아빠의 말이 다 옳다며 아래위로 고개를 열심히 끄덕였다.

"자네 말에 일리가 있네."

딸의 생명 연장을 위해 25살 이전에 결혼시키려고 안달 난 김 여사는 이참에 잘됐다 싶어, 쌍수를 들고 환영했다.

무당의 말을 철석같이 믿는 김 여사에겐 승아가 폭탄을 받은 것은 한시라도 빨리 딸을 결혼시키라는 신탁과도 같았다. 직업도 반듯하고 건실한 태성이 사윗감으로 괜찮다 여긴 김 여사는 둘이 붙여 놓으면 뭘 해도 더 빠르게 진행이 되겠지, 하고 생각했다.

모친과는 반대로, 승아는 절대 안 된다고 손으로 엑스 표를 만들며 고개를 오른쪽 왼쪽으로 빠르게 흔들어 댔다. 승진도 승아에게 동조했다. 오랜만에 보는 쌍둥이의 의견 일치다.

"여보. 어차피 결국엔 애들 결혼시킬 건데, 상관없잖아요? 애가 혼수인 요즘 세상에."

그러나 정환은 찜찜하다는 듯 가타부타 말이 없었다. 그는 팔짱을 낀 채 한 손으로 턱만 만지작만지작거렸다.

한편, 혼수 소리에 기겁한 태성은 식 올리기 전까진 아무 일도 없을 것이니 근심하지 마시라는 말을 하려 했다. 그러나 김 여사는 그가 말을 꺼낼 틈을 안 줬다.

"여보. 폭탄으로 공격하는 마당에, 최 서방이 같이 있으면 우리보다야 보호도 더 잘할 거 아인교? 그리고, 아가 잘못되게 생겼는데 체면 따지게 됐나?"

난 안 간다고 소리치는 승아의 목소리도, 승진의 반대도 김 여사는 깡그리 무시했다. 그녀는 계속 남편을 설득했다.

"그라고오 아영이 엄마 말로는 우리 최 서방이 무술도 그래 잘한다 카든데. 뭐, 전부 다 몇 단이라더라? 6단이라 그랬나, 8단이라 그랬나. 그렇지, 최 서방?"

김 여사가 어서 빨리 답하라는 듯 태성에게 성마른 손짓을 했다.

"태권도, 유도, 합기도 각각 3단입니다. 권투도 배웠구요."

"거봐, 거봐라. 거기다가 최 서방 직업이 경찰 아닌교. 당신 함 생각해 보소. 총도 있을 거 아이가? 최 서방, 내 말이 맞재? 총 있재?"

"총은 결재만 받으면 휴대할 수 있습니다."

딱 다문 입술을 열 기색을 보이지 않던 정환이 드디어 긍정적인 반응을 보였다.

"그라믄…… 뭐……."

"그런 게 어디 있노. 말도 안 돼! 내 의지는 완전히 무시하고, 이런 거 싫어! 난 안 가! 결혼도 안 한 처녀가 어데 혼자 사는 남자 집에서 잔단 소리고! 난 절대로 안 간데이!"

태성의 앞이라 딴엔 이미지 관리한답시고 사투리를 자제하던 그녀의 입에서 모국어까지 튀어나왔다.

승아는 이 상황에 결사반대였다. 아직 그가 사귀자는 말에 허락도 안 했는데! 같이 지내라니! 물고기가 물 만났다는 듯 딸을 시집보내려고 적극적으로 등 떠미는 김 여사가 조금 원망스럽다. 아빠도 배신자다. 아빠만은 그녀의 편일 줄 알았는데!

승아는 결코 꺾이지 않겠다는 완강한 저항 의지를 보이기 위해 눈알이 튀어나오도록 두 눈을 부릅떴다.

"니가 결혼을 빨리 안 해가 폭탄까지 받는 이런 일이 생긴 거 아이가."

"흥! 택도 없는 소리 하지 마소. 내 나이가 몇인데 결혼 소릴 자꾸 해요?"

김 여사가 승아에게 다가가 귀에다 속삭였다.

"이것아. 꼭 도장 찍어야 결혼이가? 옛날로 치면 사실혼도 결혼……."

모든 것을 다 허락한다는 식으로 김 여사가 그녀를 지그시 쳐다보았다. 승진은 아버지까지 찬성할 줄 몰랐다며 충격을 받아 말문을 잃은 상태였다.

"엄마! 쫌!"

"최 서방 집에 안 가믄 어디로 갈라고?"

김 여사가 물었다.

"호텔 같은 곳에 숨어 있든가 아니면…… 아까 내가 말했던 대로 해외여행을……."

"승아야?"

태성은 부드러운 목소리로 그녀를 불렀다.

"왜요?"

부루퉁한 그녀의 답변.

"루돌프 돌려줄게. 그러니까 가자."

"네."

태성이 제가 한 말을 취소라도 할까 싶어 발랄한 어조로 넙죽 대답하는 그녀의 눈이 초롱초롱하다. 오랜 고생 끝에 마침내 절대반지를 소유한 골룸처럼 승아의 얼굴에 화사한 웃음꽃이 피어났다. 시간을 달라는 둥 지켜보자는 둥 기타 등등의 잡생각은 재활용도 못 해 먹는 쓰레기통에 던져 버린 지 오래.

경악한 승진을 제외한 모두가 만족한 계약 성립.

땅! 땅! 땅! 하고 재판봉이 두들겨졌다.

태성이 나씨 가족들에게 승아가 자신의 집에서 머물게 된다는 것을 아무에게도 말하면 안 된다는 것을 마지막으로 당부하고 그들은 헤어졌다.

Chapter 9

승아는 광역수사대를 떠나기 전, 전원을 끈 폰을 태성에게 맡겨야만 했다. 위치 추적 때문이란 타당한 이유에 그녀는 폰과 루돌프를 교환했다.

마포에서 그의 집은 거리가 꽤 되는 듯 소나타는 밤거리를 한참 달렸다. 끊임없이 차선을 바꾸고 느닷없이 유턴을 하는 그에게 승아가 집이 대체 어디기에 이리도 머냐고 묻자 그는 미행당할까 봐 돌아가는 것이라 했다.

"갈아입을 옷이 없는데 어떻게 하죠?"

"내가 챙겨 왔어."

"언제?"

"아까 병원 가기 전에."

묻지도 않고 그녀의 소지품에 함부로 손을 댔단 말에 심기가 쪼끔 거슬렸다. 설마 이 남자가 속옷 서랍도 열어 봤을까? 그를 보는 승아의 눈이 가늘어졌다.

"어디에 있어요?"

"뒷좌석에 종이가방 보이지?"

승아는 고개를 뒤로 돌렸다. 있는지도 몰랐던 흰색 종이가방이 떡하니 뒷좌석을 차지하고 있었다. 그녀는 가방을 향해 손을 뻗었다. 손끝을 버둥버둥거렸지만 안전벨트 때문에 닿지 않았다.

"혹시나 해서 안경도 가져왔어. 상 위에 있길래."

그가 생존에 요구되는 필수품은 다 넣어 왔을까? 이를테면,

"렌즈 세척액은요? 렌즈통은? 칫솔이랑 폼 클렌징 가져왔어요? 스킨이랑 로션은? 나 매니큐어도 지워야 되는데 리무버랑 화장솜도 안 챙겼죠? 비타민은?"

"……아니."

그는 그녀가 렌즈를 끼는지도 몰랐다. 안경은 눈에 보여서 가져온 것이었다.

"남의 방에서 함부로 물건 빼내 오면서 그런 것도 안 챙겨 왔어요? 나한테 말을 했으면 뭘 가져와야 하는지 미리 얘기했을 텐데, 진짜……."

승아의 핀잔에 그는 한숨을 쉬었다. 그녀를 만난 뒤로 느는 것이라곤 한숨이요, 막히는 것이라곤 말문이다. 급하게 옷만 챙겨 오느라 말할 생각도 못 했을뿐더러 그땐 물어볼 시간도 없었다.

그리고 미리 말했으면 분명 그녀는 자신의 집에 머무는 것을 반대했을 것이다. 그는 경찰을 관객으로 둔 채 길거리에서 실랑이를 하고 싶진 않았다.

"속옷은 챙겨 왔어요?"

일정한 속도로 주행하던 차가 덜컹거렸다. 태성이 액셀러레이터를 밟던 발로 급하게 브레이크를 밟았기 때문이다. 앞 유리에선 세척액이 뿜어져 나왔다. 빗방울 하나 떨어지지 않는 날씨에 와이퍼가 오른쪽 왼쪽으로 휙휙 움직였다.

"……어, 그, 그게……."

그는 허둥대며 와이퍼를 껐다.

태성은 속옷 생각은 아예 하지도 못했다. 그래! 꿈에도 못 했다! 제일 처음 열어 본 서랍엔 티셔츠와 잠옷이 있었고, 두 번째 서랍엔 바지가 있었다. 그래서 그것들만 가방에 넣어 왔다.

세 번째 서랍은 열지도 않았다. 아마 그 서랍에 속옷이, 예를 들어 그녀의 풍만한 가슴을 덮는 섹시한 브래지어라든지……. 남자의 중심에 붉고 더운 피가 몰렸다. 허벅지 사이의 달콤한 압박이 그를 괴롭혔다. 그녀가 눈치채지 못하는 불룩한 자국이 요행히 어둠 속으로 숨어들었다.

"안 가져왔죠? 내가 그럴 줄 알았어. 나한테 물어보지도 않고……."

승아는 태성이 웃겼다. 속옷이 뭐라고 저렇게 당황할까. 웃음소리가 새어 나올까 그녀는 이를 악물고 더 투덜거렸다.

"……렌즈 세척액이랑 폼 클렌징은 사서 들어가자. 집 앞에 편의점 있어."

쇠를 긁는 것처럼 거친 음성이었다.

지금이라도 차를 세워 야수처럼 그녀의 옷을 갈가리 찢고 한입에 삼킬 것같이 생긴 남자가 속옷 한 마디에 실수하는 모습이 웃기기도 하고 귀여웠다. 이번엔 어떤 반응을 보일까 잔뜩 기대하며 승아는 또 물어봤다.

"브래지어는요?"

"……."

"브라는 편의점에 안 팔지 않아요?"

청바지가 꽉 끼어 불편했다. 태성은 괜히 엉덩이를 들썩거리며 다시 고쳐 앉았다.

그냥 안 입고 있으면 안 되나?

"뭐라구요? 이 변태!"

"뭐, 뭐, 왜, 왜? 내가 왜?"

"안 입고 있으면 안 되나? 이랬잖아요!"

"내가 언제 그랬다고……."

그는 확신 없이 웅얼거렸다. 자신이 진짜로 그걸 입 밖에 냈나? 그는 황소처럼 두 눈을 끔뻑끔뻑거렸다.

"방금 내 귀로 똑똑히 들었거든요?"

건수를 잡은 승아의 입이 들썩였다. 웃음을 억누르자니 숨 쉬기가 힘들었다. 밖을 보는 척 오른쪽으로 고개를 돌렸다. 루돌프 USB 때문에 가겠다고 잽싸게 대답했지만 무언가 당한 느낌이라 은근히 찜찜했던 차였다. 이럴 때가 아니면 수 쓰는 데 도가 튼 이 남자를 언제 또 괴롭혀 보겠는가.

"나, 난, 난 그런 말 한 적 없어!"

그의 기억에는 없으니 사실이다. 무의식이 한 일을 의식이 어찌 알리오.

"나 귀 안 먹었어요! 이러려고 루돌프 킵 해 뒀던 거예요?"

"내 참. USB가 와인도 아니고 킵 해 두긴 뭘 킵 해?"

"똑바로 말해요! 범인 때문에 날 숨긴단 건 핑계고 나랑 하려고 날 당신 집에 데려가는 거죠? 어쩐지 선본 날부터 키스하더라니, 다 꿍꿍이가 있었던 거야."

"하긴 뭘 해! 우리 결혼하기 전까진 절대 안 해!"

폭탄선언. 잠시 숨 막히는 침묵이 흘렀다.

"……진짜?"

"그래. 진짜."

"절대로?"

"절대로!"

그는 어금니를 꽉 깨물고 이를 갈며 씨근덕거렸다.

그녀는 눈알을 한 바퀴 굴렸다. 결혼하기 전에 속궁합을 맞춰 봐야 한다고 다들 그러던데. 진짜로 혼전엔 안 하려는 걸까? 하지만 그것보다 먼저 짚고 넘어가야 할 것이 있다.

"결혼은 둘째 치고, 내가 언제 사귄다는 얘기에 동의라도 했어요? 김칫국도 정도껏 마셔야지, 정말."

"……범인일지도 모르는 빵야 그놈도 믿는다면서 왜 난 못 믿겠단 거야?"

태성은 착 가라앉은 목소리로 말했다. 왜 그가 용의자보다도 못한 취급을 받아야 한단 말인가! 불쑥 치솟는 억울함에 아랫도리에서 들끓던 욕망도 한순간에 가라앉았다. 그의 집에서 머물게 된 마당에 이 정도 신뢰도 하지 않는다는 것은 어불성설이었다.

어느새 길 건너편에 그의 오피스텔과 대낮처럼 환하게 불이 켜진 편의점이 보였다. 불만에 찬 태성은 깜빡이를 거칠게 작동시켰다. 이제 그의 집에 다 왔다.

"빵야는 범인이 아니니까요."

"나도 범인이 아니잖아?!"

"그런 논리가 아닌 거 잘 알잖아요! 그리고! 나한테 기다리겠다고 한 지 얼마나 지났다고 벌써 닦달해요?"

그는 침묵을 지키며 빨간 신호등을 응시했다. 좌회전 신호로 바뀌기만을 기다리며 승아가 했던 믿음에 대한 얘기를 몇 번이고 속으로 곱씹었다. 이윽고 그의 얼굴에 깨달은 자의 미소가 한 조각 떠올랐다.

"알았어. 넌 날 아주 많이 좋아하는 거야."

"어떻게 하면 이 상황에서 그런 결론이 나나요?"

이상한 인과관계에 어처구니가 없어진 승아는 콧방귀만 뀌었다.

"날 좋아하니까 다른 사람들하곤 다르게 나한테 기대를 많이 하는 거고, 그래서 못 믿겠다는 거지. 안 그래? 빵야 그 자식이 2주간 연락 안 했다고 나한테 했던 것처럼 화냈겠어? 아니잖아. 다 날 많이 좋아하니까 그런 거야."

그는 정곡이 찔려 말문을 잃은 승아를 힐끔 보며 유쾌하게 휘파람을 불었다. 좌회전을 한 차가 편의점 앞에서 멈췄다. 할 말이 없어진 승아는 자신이 할 수 있는 유일한 반격을 했다.

"속옷은? 속옷은 어떻게 할 거예요?"

정적이 어두운 차 안을 메꿨다. 태성은 편의점에 있는 것만이라도 사서 얼른 들어가자고 가까스로 웅얼거렸다.

✻

태성의 집 현관에 들어선 승아는 두 가지 색으로만 구성된 그 단조로움에 감탄했다.

벽지는 흰색이요, 원목 마룻바닥은 고동색이로다. 이곳은 흰색 아니면 고동색이었다. 다른 색은 없었다. 단순하다. 이게 그의 취향일까?

꾸며 놓은 흔적은 당연히 없었다. 흔하디흔한 사진 있는 액자 하나 없었다. 썰렁하다 싶을 정도였다. 이곳은 남자 혼자 사는 곳이라고 집 전체가 부르짖는 듯했다.

원룸은 좌우로 길쭉한 구조였다. 크지는 않지만 공간 활용이 뛰어났다. 현관을 기준으로 오른쪽에 흰색 붙박이 옷장이 있고 그 옆에는 부엌이 있었다. 왼쪽에는 침대와 작은 베란다가 보였다. 현관에서 마주 보는 열린 문 너머는 화장실이었다.

화장실을 본 승아는 세수가 하고 싶어졌다. 저녁 먹고 이도 못 닦아서 찝찝했다. 그녀는 세면도구와 잠옷, 안경, 로션, 그리고 렌즈통을 챙겨 들었다.

"나 먼저 씻을게요."

태성의 표정이 기이하게 변했다. 그는 얼굴을 붉히곤 고개만 끄덕였다. 기름칠 안 한 녹슨 로봇처럼 부엌으로 뻣뻣하게 걸어가는 굳은 등짝을 보고서야 승아는 자신이 한 말을 깨달았다.

이건 친구들에게 말로만 듣던, 마치 모텔에 처음 간 연인들이 어색한 분위기에서 '나 먼저 씻을게.' 하고 말한 것 같다는 걸.

제풀에 놀란 승아는 화장실로 후다닥 들어가서 문을 잠갔다. 이런 이상한 기분은 뭐든 19금으로 연결시키는 그의 탓이다. 그녀의 탓이 아니다. 그녀의 탓이 아니고 싶다.

화장실은 깨끗했다. 흰 변기와 세면대에는 물때도 없었고 옅은 고동색 타일 사이사이도 깔끔했다. 승아는 검지로 샤워부스 유리를 문질렀다. 뽀득하는 소리가 났다. 청소 잘한다더니 말만 그러는 줄 알았는데. 뭐야, 바빴다더니 청소는 하고 다녔나 봐.

샤워를 해야 할까? 그녀는 잠깐 고민에 빠졌다. 하지만 이 상황에서 샤워까지 하고 나가면 날 잡아잡수 하는 걸로 보일까 봐 렌즈를 빼고 얼굴과 발만 씻고 로션을 발랐다. 어차피 오늘 외출하기 전에 샤워는 했으니까.

승아는 잠옷으로 갈아입고 안경을 썼다. 그가 챙겨 온 잠옷은 핑크 돼지 잠옷이 아닌, 다른 것이었다. 아무래도 서랍 속에서 손에 집히는 대로 가져온 모양이었다. 그녀는 양치를 한 뒤 칫솔꽂이에 칫솔을 꽂다가 멈칫했다. 칫솔이 두 개였다.

물끄러미 칫솔 두 개를 보았다.

아, 뭔가 이상하다. 그의 파란색과 자신의 노란색 칫솔……. 이건, 이건, 이건, 정말, 동거하는 거 같잖아!

거울에 비친 얼굴이 빨갰다. 새삼 밀려오는 부끄러움에 어찌할 바를 몰랐다. 문을 열려고 손잡이를 잡았다가 놓았다. 밖으로 나가질 못하겠다. 손잡이를 잡았다가 놓고, 잡았다가 다시 놓고, 잡았다가 또 놓고.

이런, 세상에! 엉큼한 것은 그가 아니라 그녀였다.

단둘.

그의 집엔 오직 그들뿐이란 것을 뒤늦게 의식한 승아의 얼굴이 화끈화끈거렸다. 안경을 벗고 찬물을 틀어 세수를 연거푸 했다. 벌건 얼굴이 쉬이 식질 않았다. 몇 번이고 얼굴에 찬물을 끼얹었다.

안경을 다시 쓴 승아는 화장실 문을 열고 빠끔히 고개만 내밀었다. 태성이 어디 있는지 두리번거리다가 냉동실 문을 닫는 그와 눈이 마주쳤다.

"다 씻었어?"

아, 저 말도 이상하다. 아까 속옷 얘길 꺼냈을 때 그도 이상하게 들었겠지? 미쳤어! 미쳤어! 주책바가지처럼 왜 놀렸을까.

찬물로 간신히 가라앉힌 얼굴이 다시 뜨거워지는 것 같다. 심장이 콩닥콩닥거렸다. 이제 뭘 하지? 어디에 가서 서 있지? 아니면 의자에 앉아야 하나? 도무지 어찌해야 할지 모르겠다. 다 씻었냐는 저 말엔 뭐라고 답하지?

"다 씻었어요. 당신도 씻으세요."

이렇게 말할 뻔했다.

이 대사도 이상해!

승아는 엉거주춤한 자세로 문을 잡고 고개만 끄덕였다. 요번에는 말하기 전에 뇌를 거쳐서 다행이라고 안도했다. 냉장고 앞에 있던 그가 점점 다가왔다. 그가 그녀 쪽으로 한 발자국 내디딜 때마다 가슴속이 찌르르 떨렸다. 점점, 점점, 점점 더 다가오더니…….

그녀를 지나치고 침대 앞 바닥에 앉았다. 하필이면 그가 앉은 곳은 새하얀 침구가 깔린 침대 바로 옆이다.

"이리 와."

결혼 전까진 '절대' 안 한다고 핵폭탄 던져 놓고 설마, 씻지도 않고 잡수시려는 건 아니겠지. 눈을 가늘게 뜨고 의심의 눈초리로 그를 보았다. 태성은 그녀에게 손짓을 했다. 그리고 바로 앞, 고동색 책상에 있는 고동색 의자를 꺼내어 톡톡 쳤다.

"여기 앉아. 자기 전에 냉찜질 한 번 더 하자."

태성의 손엔 얼음 봉지가 있었다. 승아는 살얼음 밟듯 얌전하게 걸어갔다. 손에 든 옷은 책상 위에 걸쳐 놓고 의자에 앉았다.

그가 고개를 숙이고 얼음 봉지를 그녀의 발목에 감았다. 발목을 잡은 그의 손이 언뜻 떨렸다. 승아는 눈을 몇 번을 깜빡거렸다. 그녀의 착각인 듯 그의 손은 멀쩡했다.

작업을 끝낸 태성이 잠옷을 입은 승아를 보았다.

여성스러운 핑크 위에 어딘지 섹시한 검정색 리본의 향연이 눈앞에 펼쳐져 있었다. 앞면 전체가 큰 단추로 되어 있는 잠옷은 벗기기 편해 보였다. 잠옷 위에 그려진 검정색 리본의 반복된 패턴이 그녀의 은밀한 비밀을 풀어 보라고 그에게 속삭이는 듯했다.

입술이 타고 혓바닥이 바짝 말랐다. 마른침을 삼키는 남자의 목울대가 꿀렁거렸다.

부드러운 옷감이 그녀의 몸에 착 감긴 걸 보니 신경이 바작바작 졸아들었다. 자신도 저 잠옷처럼 그녀에게 달라붙고 싶다. 하찮은 천 쪼가리에 질투가 났다. 태성은 손을 그녀의 발목에서 떼지 못한 채 중얼거렸다.

"안경 쓴 것도 귀엽다."

승아는 그의 집요한 시선에 차마 눈을 맞추지 못했다. 봉지가 닿은 곳은 시리도록 차가웠지만 손이 닿은 피부는 타오를 듯 뜨거웠다. 뜨거운 화염이 공기를 달궜다. 숨 막히는 침묵. 더는 견딜 수 없어진 승아는 왼쪽으로 고개를 돌렸다.

베란다에 초록색 더미가 있었다.

그의 손아귀에 잡힌 발목이 획 빠진다. 얼음 봉지를 대롱대롱 단

승아가 베란다로 쪼르르 달려갔다. 달려가는 그녀의 동선을 그의 눈동자가 뒤쫓았다. 발목을 잡았던 빈손이 허전하다. 태성은 공연히 주먹을 쥐었다.

그녀가 보고 있는 것은 식물이었다. 베란다를 가득 채운 것은 난이었다. 환각인가 싶어 몇 번이나 눈을 깜빡이고 손으로 비볐다. 그러나 눈앞에 펼쳐진 것은 신기루가 아니었다.

"어머나, 세상에!"

소프라노의 감탄사였다.

"……?"

"이 난들!"

그녀는 난을 향해 손가락질 하며 태성을 보았다.

"이거 어제 산 거죠? 아냐, 아냐, 어제 누가 줘서 받은 거죠? 제발 키우는 게 아니라고 말해요."

승아는 애원하듯 두 손을 깍지를 낀 채 들어 올렸다.

"아버지가 주셨어. 옛날부터 키우던 거야."

"……피가 뚝뚝 흐르는 고기만 뜯게 생겨선, 그 키우기 어렵다는 난을 키우고 있어. 그것도 한두 개가 아니잖아. 이 남자 뭐야, 무서워……."

"난 키우는 게 언제부터 범죄가 된 거야?"

승아는 부르르 떠는 시늉을 했다. 태성은 어이가 없었다.

"안 어울리잖아요. 어쩐지……."

그녀가 말을 삼켰다.

"무슨 말이 하고 싶은데?"

"아무것도 아니에요."

태성이 어슬렁어슬렁 다가왔다. 허공에서 남녀의 눈동자가 조우했다.

말을 숨기는 그녀의 장난기 어린 눈과는 달리 태성의 눈은 진지하고 묵직했다. 그는 승아의 허리에 두 손을 얹었다. 그녀를 자연스럽게 그러나 N극과 S극이 만나듯 강력하게 끌어당겼다.

키스할 듯 가까워진 둘의 얼굴. 옷감의 씨실과 날실이 교차하듯 시선이 엉켰다. 물이 끓는 온도, 섭씨 100℃보다 더 뜨거운, 순식간에 달구어진 열망의 시간이었다.

"악!"

승아는 꿈틀거리며 자지러졌다. 그가 열 손가락으로 승아의 허리를 간질이기 시작했기 때문이다.

"말할 거야?"

"아아악!"

그녀는 태성의 손에서 벗어나려 저항하지만 실패했다.

"안 할 거야?"

"항, 항복!"

태성은 간지럼을 멈추었다. 그는 헐떡거리는 승아의 턱을 잡아당겼다. 그녀의 눈에 눈물이 그렁그렁했다.

"비겁하게 이러다니."

승아는 그를 주먹으로 한 대 쳤지만 그는 꿈쩍도 안 했다. 어서 말하라는 듯 태성은 눈썹을 치켜뜬다.

"어쩐지 냉동 대파 파는 걸 알더라니, 라고 하려고 했어요. 별말 아니었다구요."

태성은 픽 하고 헛웃음을 지었다. 그는 승아의 주먹 쥔 손을 들어올렸다.

"이렇게 때리는 거 아니야. 잘못하다간 손 다쳐. 주먹을 쓰려면 제대로 써야지."

태성은 승아의 엄지를 감싸고 있는 네 손가락을 폈다. 그는 네 손가락을 다시 접고 그 위에 엄지를 두는 형태를 만들어 보였다.

"이렇게 쥐고 여기 가장 넓고 긴 세 번째 마디로 때려야 해. 자, 한번 때려 봐."

태성은 손바닥을 펴서 들어 보였다.

"내가 이걸 왜 해요?"

"잘할 때마다 상으로 키스해 줄게. 한번 해 봐."

그가 눈웃음을 쳤다.

"키스하지 마요."

"왜? 서로 좋아하는 사람들은 다 키스하는 거야."

"사귀기 전에 키스하는 거 난 별로예요."

승아는 고집을 부렸다. 그와 한 입맞춤이 다 싫었다는 듯이.

"사귈 거잖아."

"난 아직 결정 안 내렸어요."

"긍정적으로 결정 내릴 거면서, 앙탈은."

"내가 좋은 게 아니라 키스가 좋은 거죠?"

승아는 그의 품에서 벗어났다. 그는 이번엔 잡지 않았다. 대신 반대편으로 슬금슬금 뒷걸음질 치는 그녀를 향해 그가 한 발자국씩 다가갔다.

"네가 좋으니까 키스도 좋은 거지. 닭이 먼저냐 달걀이 먼저냐를 굳이 따져야 해?"

의자가 있는 곳까지 다다른 승아는 의자를 끌어당겨 자신과 그 사이에 두었다. 승아는 태성을 칩떠봤다. 그는 방해물인 의자를 책상에 밀어 넣었다.

"알았어, 알았어. 키스 안 할 테니까 한 번만 해 봐. 언제 쓸데가 있을지도 모르잖아. 아니면 나한테 이걸 써먹고 싶을 때 언제든지 쓰라구, 응?"

그가 던지는 미끼에 솔깃해진 승아는 주먹을 쥐었다. 탁. 쫙 편 커다란 손바닥에 주먹이 닿는다. 주먹질은 흐물흐물 늘어진 해초마냥 기운이 없다. 마치 '느리게 8배속으로' 재생시킨 영상을 보는 것 같다.

"느려. 더 빠르게 해 봐."

손바닥이 주먹과 부딪혀 탁 하는 소리가 났다. 주먹질은 여전히 느렸다.

"어렸을 때, 쌀보리 게임 해 봤지?"

승아는 고개를 끄덕였다.

"쌀, 할 때, 손을 이렇게……."

그가 주먹을 빨리 치고 빠지는 시범을 보였다.

"빨리 치고 빼지? 쌀보리 한다고 생각하고 내 손바닥을 쳐 봐. 주먹을 쌀이라고 생각하는 거야."

승아는 빠르게 주먹을 내지르다가 삔 발목을 또 삐끗했다. 침대 쪽으로 휘청거리는 그녀를 태성이 잽싸게 안아 들었다. 그가 있었기에 망정이지 하마터면 바닥에 자빠질 뻔했다. 혹은 벽에 부딪치거나.

"발목 삔 걸 깜빡 잊고 있었네."

그는 승아를 품에 안고 중얼거렸다. 흑진주처럼 윤이 나는 머리카락이 손에 잡혔다. 그녀는 초롱초롱한 눈망울을 댕그랗게 뜨고 그를 보고 있었다. 품 안의 그녀는 따사롭고 보드라웠다.

태성은 새삼스레 넋을 잃었다. 매끄러운 이마, 초승달 같은 아미, 수려한 콧대, 깨물면 새콤한 과즙이 톡 하고 새어 나올 것처럼 붉은 입술, 깐 달걀처럼 매끄러운 피부. 무엇보다 가장 아름다운 것은 그를 향해 풍부한 감정을 드러내는 눈동자였다.

그는 손등으로 그녀의 뺨을 천천히 쓸어내렸다. 승아를 내려다보는 그의 동공이 커졌다. 까만 눈에 검은 파도가 일렁였다. 파도는 거센 풍랑으로 변하고 태풍이 되었다.

"사귀기 전이라도……."

그는 머뭇거리며,

"……키스하면 안 돼?"

떨리는 목소리로 애원했다. 그는 승아의 달아오른 목덜미를 희롱하는 머리카락을 귀 뒤로 쓸어 넘겼다. 형광등 불빛에 반사되어 반짝반짝 빛나는 긴 머리칼을, 깃털이 내려앉는 듯 조심스럽게.

"제발."

그는 아이처럼 졸랐다. 먹이를 앞에 두고 주인의 '먹어' 신호만 기다리는 애끓는 강아지 같은 눈망울로.

"응?"

마음이 약해진다. 승아는 가늘게 숨만 색색 쉬었다. 본드가 붙은 듯 닫힌 입술이 떨어지질 않았다. 거절해야 하는데. 안 된다고 딱 잘라 말해야 하는데.

그래야 하는데…….

"싫으면 말해."

그는 비호처럼 날쌔게 그녀의 안경을 벗겼다. 거친 수염이 연약한 그녀의 피부를 스치고 질척한 혀가 입속으로 깊숙이 들어왔다. 입술이 삼켜졌다. 여느 때와 다른 거친 공격이었다.

수동적인 여자의 혀를 그가 세게 빨아들이고, 타액을 훔쳤다. 치열을 더듬고 입속을 샅샅이 훑었다. 혀와 혀가 스치고 감길 때마다 짜릿한 전율을 느꼈다. 호흡이 가빠졌다. 손을 들어 올려 그를 꽉 안았다. 부드러운 젖가슴이 근육질 상체에 눌렸다. 가슴속이 터질 것 같다.

서로의 다리가 스쳤다. 그가 그녀의 입술을 잘근잘근 씹었다. 하나도 아프지 않았다. 오히려 깨물린 입술에서 쾌감을 느꼈다. 입안으로 깊게 들어오는 그의 혀를 그녀가 깨물자 그의 숨결이 진동했다. 그가 그녀의 혀를 뿌리까지 세게 빨아들였다.

그녀의 등과 머리를 오가는 남자의 투박한 손길이 좋다. 더 가까이 다가가고 싶다. 조금만 더 가까이. 자신도 모르게 사타구니를 그의 다리에 문질렀다. 그녀를 감싼 두 팔에 점점 힘이 들어갔다. 몸이 으스러질 것 같다. 그러나 기분은, 아! 온 세상이 빙글빙글 돌았다. 다리가 후들거렸다. 오금이 저려서 서 있을 수가 없다.

아래로, 더 아래로 승아의 몸이 점점 기울었다. 입술을 겹친 채 침대에 미끄러진 여자의 몸 위로 그가 올라탔다. 온몸을 짓누르는 그는 생각만큼 무겁지 않았다. 기분이 딱 좋을 만큼의 적당한 무게감이었다.

그 순간, 불룩하게 부푼 무언가가 그녀의 하체에 닿는 것이 느껴지기 시작했다. 서, 설마 이건……! 움찔한 그녀가 눈을 번쩍 떴다. 키스가 멈췄다. 1000미터 달리기를 하고 온 사람처럼 두 사람은 숨을 몰아쉬었다. 입술만 맞닿은 그들의 뜨거운 호흡이 섞였다.

그가 몸을, 아주 천천히 그녀에게서 떼어 냈다.

미련이 잔뜩 남은 손이 그녀의 머리를 쓰다듬으려다 이내 주먹을 쥐었다.

"난······."

그는 숨을 크게 들이쉬었다. 침대 한쪽에 뒹구는 안경을 집어 든 그가 주춤주춤 물러섰다. 무릎을 꿇고 승아의 발목에 있는 얼음 봉지를 푸는 그의 행동이 처량맞았다. 안경을 느릿느릿 책상 위에 두는 그의 움직임에 아쉬움이 진득이 묻어났다.

"씻어야겠어. 피곤하면 자. 넌 침대 써. 난······ 바닥에서 자면 돼."

그는 얼음을 들고 화장실로 들어갔다. 승아는 일어설 기운이 없었다. 드러누운 채로 천장만 보았다.

"정말 안 할 생각인가 봐."

23년. 자의 반 타의 반으로 지켜 온 순결이 봉인해제 되는 줄 알았다. 아마 그가 멈추지 않았으면 그녀도 그만두지 못했을 것 같은데 말이다. 하복부에 닿은 그건······.

자신의 하복부에 손을 가져간 승아의 얼굴이 홍조로 물들었다.

미쳤어! 미쳤어! 키스하지 말라고 했어야 하는 건데! 애원하고 간절하게 조르니 거절하기가 힘들었다. 자신이 이렇게도 유혹에 약한 여자였던가! 부끄럽다. 조른다고 홀라당 또 넘어가다니! 그녀는 이렇게 앞뒤 말 다른 사람이 아니었는데······.

쥐구멍에라도 숨고 싶다. 하얀 이불을 끌어 올려 붉은 얼굴을 가렸다. 눈을 감았다. 몸은 피곤한데 정신만 말똥말똥했다. 잠이 안 왔다.

그러고 보면 참 의외란 말이야. 피가 뚝뚝 흐르는 남의 살만 탐하게 생겨선 난이나 키우고 있고, 속옷 한 마디에 당황하질 않나, 결혼하기 전까진 절대 안 된단 폭탄선언이나 하고. 그러고 보면 처음 키스했을 때도 거칠어질 것 같으니까 멈췄던 것 같다. 승아는 자신의 팔뚝을 어루만졌다. 그때 그가 이렇게 꽉 잡았다가 놓았는데.

화장실 문 열리는 소리가 들렸다. 승아는 퍼뜩 눈을 감았다. 그가 말했다.

"자?"

그녀는 감은 눈을 뜨지 않았다. 이부자리를 바닥에 펴는지 부스럭거리는 소리가 났다. 불이 꺼지고, 고양이 울음소리조차 안 들리는 숨소리조차 없는 정적이 시작되었다.

얼마나 시간이 지났을까?

"자요?"

승아는 속삭였다. 그녀는 얼굴에 덮었던 이불을 걷어 내렸다. 그는 한숨을 쉬었다.

"아니."

"나 잠이 안 와요."

그는 끄응 하고 신음 소리를 냈다. 자신이 불쌍했다. 안 그래도 충분히 힘든데, 승아가 곱게 자면 좋으련만.

"여자 몇 명이나 사귀어 봤어요?"

"……네가 처음이야."

"에엑! 거짓말!"

승아는 벌떡 일어나 앉았다. 그는 똑바로 누운 채 움직임이 없었다.

"자자, 그냥. 응?"

애원하는 그의 말을 무시했다.

"진짜? 근데 어떻게 그렇게 키스를 잘해요? 처음 사귄다는 거 거짓말이죠?"

"내가 잘하는지 못하는지 네가 어찌 알아?"

"잘하니까 잘한다고 하죠!"

"넌 내가 처음이 아니지? 비교 대상이 있으니 그런 걸 알지."

그는 질투 어린 목소리로 툴툴거렸다.

"진짜로 내가 첫 키스란 말이에요?"

"……그래."

"못 믿겠어! 그런 사람이 선본 날 여자한테 키스를 해요?"

"어차피 빵야 그놈만큼도 날 안 믿잖아. 그냥 믿지 마. 제발 자자."

귀찮은 듯 그는 심드렁하게 말하곤 이불을 머리 위까지 덮어썼다. 승아는 바닥으로 내려가서 이불을 확 끌어 내렸다. 두 손으로 그의 얼굴을 붙잡고 자신의 얼굴을 가까이 가져갔다. 어둠 속에서 그의 눈만 빛났다. 그것은 불꽃이 감도는 늑대의 눈이었다.

"정말?"

"응."

처음 키스했을 때가 기억났다. 어딘지 수줍어하는 것 같던 그 입맞춤. 그녀의 목덜미에 고개를 파묻던 이 남자. 설마 부끄러워서 그랬던 건가?

"……우와! 그럼…… 질투해 본 적 한 번도 없다는 말이……."

여자 사귄 적이 한 번도 없단 말이었어? 좋아하는 여자도 없었다는 그 말?

그녀를 보는 그의 눈이 번뜩거렸다. 작은 불꽃이 커지려는 듯 일렁였다.

"너 지금 침대 위로 안 올라가면 덮쳐 버린다."

낮은 목소리로 으르렁거리는 짐승이 있었다. 승아는 후다닥 침대 위로 올라가서 이불로 몸을 감싸고 벽에 딱 달라붙어 누웠다.

"식 전까진 절대 안 한다면서요?"

"그러니까 자극하지 말라고."

"그 나이 먹도록 여자도 안 사귀고 뭐 했어요?"

"바빴어."

"왜 안 사귀었어요?"

"안 땡겨서."

"표현 참 로맨틱하네요."

승아는 누워서 발을 꼼지락거렸다. 그럼 자신은 땡긴단 거네? 그녀는 해사하게 웃었다. 눈은 높아 가지고.

"그런데 말이죠, 무슨 생각으로 나한테 그날 키스했던 거예요? 첫 키스라면서 어떻게 그렇게 손이 빠르대."

대답을 기다렸는데 난데없이 침묵이 찾아왔다.

"나도 몰라."

그는 한참 뒤에 답을 했다. 그로서도 이해가 안 가는 행동이었다. 평소 그의 패턴은,

1. 어머니나 누나가 선 혹은 소개팅을 주선한다.
2. 마지못해 장소에 나간다.

3. 밥을 먹거나 커피를 마신다. 재미없는 대화를 한다. 귀찮음을 느낀다. 경찰서에서 호출을 받는다.

4. 빨리 헤어지고 일하러 간다. 에프터는 안 한다.

5. 어머니 전화를 받는다.

6. 또라이라고 욕먹는다. 언젠가부터 또라이 → 상또라이로 업그레이드된다.

이렇게 욕을 많이 먹고 장수한다, 라는 틀에 박힌 코스였다. 그날따라 서에서 호출도 없었고 조금만 더 같이 있고 싶다는 소망에 승아를 집까지 바래다줬다. 하물며 키스는. 의도한 바가 없었다. 저절로 그렇게 된 거였다. 하고 싶다는 생각을 안 한 것은 아니지만.

"아니, 자기가 해 놓고선 왜 모른대? 내가 쉬워 보였던 거죠?"

어이가 없다. 무성의한 대답에 발끈한 승아는 그에게 따졌다. 아무 생각도 없이 키스한 거란 말인가. 네가 너무 좋아서 했다! 좋아서 했다고! 라는 말을 왜 못 해?

"그럼 넌 왜 가만있었어?"

"……."

"너야말로 날 쉽게 보고 응했던 거지?"

천적에게 공격받은 조개처럼 승아의 다문 입술이 떨어지질 않았다. 대꾸할 말이 없었다. 아니라고 말하면 왜 아닌지에 대해서 말해야 하고 결국 좋아서 한 거란 말을 해야 되니까. 그래서 딴 얘길 했다.

"왜 경찰이 된 거예요?"

"어렸을 때 경찰이 소매치기 잡는 걸 봤는데, 어린 눈엔 수갑 딱 채워서 체포하는 경찰이 멋있어 보이더라고. 그래서 경찰대에 가게 됐어."

막상 경찰대에 갔을 땐 잘 할 수 있을지 약간 걱정도 들었으나, 현장에서 직접 발로 뛰고 사건 해결할 때마다 그는 큰 보람을 느꼈다. 쉽지만은 않았지만, 그는 이 일이 좋았다.

"나 그 기사 봤는데. 소매치기한테 칼에 찔렸다는 기사. 많이 안 아팠어요?"

"아팠어."

"어디에 찔린 거예요?"

그는 석상이 되었다. 칼 맞은 부분이 아닌, 그 주변이 딱딱해지고 팽창했다. 그는 뜨거운 숨을 자아내며 침대를 등지고 돌아누웠다.

"허벅지."

"상처 보고 싶었는데, 허벅지면 못 보여 주겠네요."

"승아야, 어휴, 제발 자자."

태성은 이불을 꽈악 움켜쥐었다. 승아는 소리 없이 느물느물하게 웃었다. 그가 누워 있는 바닥 쪽으로 고개만 돌렸다. 대답이 짧아지는 걸 보아하니 힘든가 보다.

"우리 언제 수영장이나 같이 갈까요? 그러면 허벅지라도 나한테 보여 줄 수 있잖아요. 참! 나 완전 섹쉬한 비키니 하나 있는데. 미란다 커가 입었던 거. 앞뒤 다아 파여서 끈으로 된 건데 골이 다 보여서 앉지를 못하겠더라구요."

"야!"

"그걸 입으면 어휴, 몸을 구부리지도 못해요. 태성 씨한테 보여 주고 싶은데."

이불을 쥔 그의 손이 살짝 떨렸다. 그는 안 된다고 말하지 못했다.

승아는 숨죽여 웃었다. 잠시만 봐줄까.

"왜 아영 언니랑은 같이 안 살아요?"

"……누나가…… 싫어해."

그는 성대를 다친 사람처럼 거친 쇳소리로 한참 뒤에 말했다.

"왜요?"

"같이 살면 연애전선에 지장 온대."

승아는 모로 누웠다. 빛 없는 방이지만 그의 넓은 등짝이 어렴풋이 보였다. 아까부터 궁금했던 게 있었다. 그래서 호수에 돌멩이 던지듯 질문을 투척했다.

"내가 왜 땡겨요? 예뻐서?"

뭐라고 대답할지 알고 싶어서 대놓고 물어봤다.

"그냥. 그냥 좋아."

그는 보통 남자들이 다들 할 법한 말을 했다.

"헐. 완전 무성의하다."

"왜?"

"왜 좋냐고 묻는데 그냥이라니. 나 좋아하는 거 정말 맞긴 맞아요?"

그는 잠깐 동안 승아의 말에 아무런 반응도 보이지 않았다. 침묵으로 답하는 태성을 닦달하려는 찰나, 그가 말을 시작했다.

"여름에 계곡에 가면 말이야, 물이 돌 사이를 졸졸 흘러내려 가는 걸 보는데, 바람이 불어서 물결이 흔들리는 게 눈에 띄게 보여. 아무 생각도 없이 그걸 보는데 몇 시간도 볼 수 있을 것 같더라고. 아무리

봐도 안 질리고, 그냥 좋은 거야. 바람이 시원해서일까, 아니면 물결 모양이 똑같지가 않아서일까? 왜 좋은진 이유가 여러 가지일 수도 있고 한 가지일 수도 있겠지. 난 정확하게 모르겠지만 그게 좋더라고."

그는 잠시 말을 멈췄다. 그녀에게 할 말을 고르는 듯했다.

"그리고…… 봄에 나무에서 잎사귀가 나잖아. 햇살을 많이 받아서 여름에 진해지는 진녹색 말고, 싱그러운 연둣빛 말이야. 한참을 바라봐도 지루하지 않더라고. 난 그것도 그냥 좋더라. 이유 없이."

두 귀를 쫑긋 세우고 듣는 승아에게 그가 홈런을 날렸다.

"승아 네가 나한테 그래."

"그렇구나……."

승아는 입이 찢어지도록 함박웃음을 지었다. 귓가로 들어온 언어가 가슴속을 데우고, 전신을 훈훈하게 했다.

"넌, 흠, 왜 날 오빠라고 안 불러?"

그는 쑥스러워하는 사람처럼 목소리를 한 번 가다듬으며, 불쑥 물었다.

"오빠가 없어선지, 아무나 오빠라고 잘 못 부르겠더라고요."

"내가 아무나야?"

태성의 언성이 자연히 높아졌다. 얼핏 따진다고도 느껴질 법한 말투였다.

"아니, 아니죠. 당연히 아무나가 아니죠."

"근데 왜?"

"평상시에 안 써서, 왠지 부끄러운데. 어감도 간지럽고. 그리고 태성 씨라고 부르는 게 더 섹시하게 느껴지지 않아요?"

그는 아무런 말이 없었다. 넓은 등짝은 미동조차 없다. 설마, 안 불러줘서 삐친 걸까.

"듣고 싶어요?"

"아냐, 됐어. 자자."

승아는 소리 죽여 웃었다. 아, 귀엽긴. 아무래도 언제 한번 오빠라고 해야 할까 봐. 자꾸 이러면 또 놀리고 싶어지는데. 그녀는 충동을 참지 못하고 그를 도발했다.

"근데요…… 지금 참는 거예요?"

"나승아!"

그가 소리를 버럭 질렀다.

"너 한 마디만 더 하면 내가 그 위로 올라가는 수가 있어!"

25살까지 못 하면 남자는 마법사가 된단 게 사실이냐고 놀리려고 했건만. 쳇. 내일 출근해야 하니 봐줘야지. 아쉬움에 입맛만 쩝쩝 다시다 잠들었다.

Chapter 10

"승아야?"

막 솜털 벗은 보송보송한 병아리의 털이 손등을 문지르는 느낌이 들었다. 간지러워. 그녀는 손등을 휙 뿌리쳤다.

"승아야, 일어나."

조금만 더 잘래, 하고 칭얼거리니 누군가 낮게 웃었다.

"승아야, 일어나서 씻고 밥 먹어."

"시러, 시러, 엄마. 더 잘래."

그녀는 잠에 취해 건성으로 답했다. 그런데…… 이상하다. 엄마였으면 벌써 이불을 뺏고 궁둥이를 손으로 찰싹 치고도 남는데, 왜 손등을 간질이지?

"안 돼. 승아야, 그리고 나 엄마 아니야."

엥, 엄마가 아니라고?

그녀는 오른쪽 눈만 게슴츠레 떴다. 흐린 시야에 남자가 보인다.

헉! 승아는 벌떡 일어나 앉았다. 어쩐지 엄마라 하기엔 목소리가……. 아침부터 열이 올랐다.

아, 이 남자가 나 자는 얼굴도 다 봤어! 황급히 두 손으로 얼굴을 가렸다. 어쩌면 좋을까. 먼저 일어나려고 했는데! 민망함에 얼굴이 달아올랐다.

"왜 그래? 잠이 덜 깨서 그래? 가서 세수하고 와."

그가 머리를 토닥였다. 승아는 얼굴을 양손에 파묻고 침대에서 일어섰다.

"왜 그래? 발목이 아픈 거야?"

그는 그녀의 얼굴에서 손을 억지로 떼어 냈다. 어우, 아침부터 기운은 어찌나 좋으신지 정말! 승아는 얼굴을 안 보여 주려고 고개를 아래로 푹 숙였다. 눈곱이라도 끼어 있을까 걱정이 되어서였다.

"열 있어? 감기인가?"

그는 부러 걱정하는 양 그녀에게 물었다. 찹쌀떡 같은 보얀 뺨이 고운 감빛으로 물들어 가는 것을 보며 태성은 잠소했다. 허나, 고개를 숙인 그녀는 그 미소를 보지 못했다.

"없어요. 나, 가서 씻을래."

승아는 손목을 잡고 있는 그의 손을 뿌리쳤다. 화장실로 들어가려는데, 이번에는 팔을 잡혔다. 그가 그녀를 끌어당겨 안았다.

"예뻐. 안 가려도 돼."

그는 품에 안은 그녀를 다정하게 어루만지며 속삭였다.

"……모르는 척 좀 해요. 눈치만 빨라 갖고."

입술을 오물오물거리며 종알대자 그가 키스했다. 악! 이도 안 닦았는데! 경악을 금치 못한 두 눈이 왕방울만 하게 커졌다. 놓아 달라고 버둥버둥거리는 승아를 태성은 개의치 않았다.

"눈은 감아야지."

그는 가벼운 **뽀뽀**를 몇 번 더 한 뒤에 풀어 주었다. 또 잡힐세라 후다닥 화장실로 뛰어가는 그녀를 보는 태성의 얼굴엔 웃음이 끊이질 않았다.

승아는 화장실 문을 잠갔다. 거울에 얼굴을 들이대며 눈곱이 끼어 있진 않은지, 침은 안 흘렸는지 자세히 체크했다. 다행히 부기도, 눈곱도, 침 흘린 자국도 없었다. 어휴. 가슴에 손을 얹고 안도의 숨을 길게 내뿜었다.

오늘 이 집에 계속 있어야 하는 걸까? 아니면 그를 따라 광역수사대에 가는 걸까. 승아는 문을 살짝 열고 그를 엿보았다. 그는 냉장고를 열고 있었다.

"나 지금 샤워해도 괜찮아요?"

그가 그녀를 돌아보았다. 엇, 수염이 없는 것 같은데! 안경을 안 낀 터라 잘 보이질 않아서 눈을 찌푸렸다. 언제 깎았지? 어제인가. 그러고 보니 누워 있는 그의 얼굴을 잡았을 때 손에 닿는 촉감이 매끄러웠던 것 같다.

"응. 아직 시간 있어. 10분 만에 할 수 있지?"

계속 여기 있는 게 아니라 그와 함께 광역수사대에 가나 보다. 사무실에서 글 쓴 거나 다시 읽어 봐야겠네.

"어떻게 샤워를 10분 만에 해요? 30분은 필요한데."

"시간 없어. 5분 더 줄게. 15분 만에 끝내."

얼굴이랑 발만 씻으란 소린가. 그녀는 못마땅함에 구시렁거리며 급하게 샤워를 하고 렌즈를 꼈다. 브래지어를 든 승아는 미간을 찡

그랬다. 찝찝했다. 편의점에선 팬티는 팔았지만 브래지어는 당연히 없었다. 오늘 꼭 속옷을 사고야 말겠다고 결심했다.

잠옷 단추를 대강 잠그고 문을 열자 음식 냄새가 방 안을 진동했다.

"다 씻었어? 이리 와서 밥 먹어."

승아가 나오는 것을 본 그가 밥솥을 열었다. 그녀의 두 눈이 튀어나올 듯 커졌다. 맙소사, 저놈의 색깔 맞춤. 어제 너무 긴장해서 제대로 보지 못했던 부엌 싱크대는 흰색, 식탁은 고동색, 식탁 의자 2개도 고동색이었다. 모질다. 정말.

"옷만 갈아 입구요."

그녀는 종이가방에서 청바지와 티셔츠를 꺼내어 화장실에서 갈아입었다. 그에게 드라이기가 있는지 물어보니 없다는 대답에 그럼 그렇지, 하고 생각하며 젖은 머리로 의자에 앉았다.

식탁 위에는 밥과 김치, 멸치조림, 오징어채, 계란 프라이, 그리고 된장찌개가 차려져 있었다. 밥은 갓 한 듯 윤기가 자르르 흘렀다. 토스트 같은 걸 예상했는데 이 남자 대단하네. 그녀는 속으로 휘파람을 불었다.

승아는 된장찌개부터 한술 떴다. 약간 짜긴 했지만 이 정도면 괜찮았다. 자취생에겐 남이 해 주는 밥이 제일 맛난 법.

맛있다고 칭찬하자 누나가 준 마른반찬밖에 없다며 그가 웃었다. 밥은 어제 자기 전에 예약을 했고 된장찌개는 그녀가 샤워하는 동안 끓였단다.

참 감동이었다. 따뜻한 된장찌개를 삼키자니 아침부터 가슴속이 뜨끈하게 데워졌다. 사귀자는 말을 해 주고 싶어질 정도였다.

헌데, 잡곡을 먹어야지, 흰쌀밥은 좀 아닌데. 반찬을 담고 있는 통도 플라스틱이고. 자칭 타칭 웰빙주의자의 매서운 눈이 가스레인지로 향했다. 코팅한 프라이팬. 저것도 아웃. 속옷 사는 김에 스테인리스 프라이팬도 사야겠어. 드라이기도 필요하고 말이지.

승아는 달콤 짭짜름한 멸치를 씹으며 버려야 할 것과 사야 할 것 리스트를 착착착 뽑아냈다.

아침을 다 먹고 식탁 치우는 걸 도우려는 승아를 태성이 말렸다. 설거지를 도와줄까 물으니 밥그릇만 씻으면 되니 그가 하겠단다. 기분이 좋아진 그녀는 날개 달린 나비처럼 화장실로 나풀나풀 날아갔다.

칫솔질을 얼른 끝내고 그에게 달려가 아침 너무너무 맛있게 잘 먹었다고 말하며 목에 매달려 두 뺨에 뽀뽀 세례를 퍼부었다. 그의 입이 헤벌쭉 벌어졌다.

이렇게 조련을 시키는 거지. 태성이 이를 닦는 동안, 승아는 편의점에서 산 스킨과 로션을 바르며 흐흐거렸다.

지하 주차장으로 내려가는 내내 둘은 손을 잡고 놓지 않았다. 차가 출발했다.

"광역수사대에 가서 난 뭐 해요? 또 그 사무실에 있어요?"

"아니. 지금 누나 집에 가는 건데. 내가 어제 말 안 했나?"

"안 했어요."

"한 줄 알았는데."

워낙에 정신이 없었어야지. 그가 혼잣말을 했다. 어젯밤에 그를 놀렸던 것이 생각난 승아는 풋 하고 웃었다.

"나도 광역수사대에 가는 거 아니었어요?"

"아니야. 넌 숨어 있어야지. 경찰서로 출퇴근 같이 하다가 범인이 목격하기라도 하면 안 되잖아."

"그럼 계속 여기 있으면 되죠. 굳이 언니네 집에 갈 필요가 없을 것 같은데."

승아는 떨떠름한 표정을 지었다. 어렸을 때 아영 언니랑 친하긴 했지만 커서는 연락한 적이 없어서 불편할 것 같았다.

"혼자 두면 내가 걱정돼서 그러지. 누나 집도 가깝고. 어렸을 때 누나랑 잘 놀았었잖아. 저녁에 데리러 갈게."

"아영 언니가 나 여기 있는지 알아요?"

"응. 어제 연락해 뒀어."

"여기 올 때도 그러더니 이번에도 또 나한텐 미리 물어보지도 않고 통보만 하고. 자꾸 이럴래요?"

"난 어제 말한 줄 알았어. 진짜야."

힘들었던 지난밤이 떠오른 그는 한숨을 쉬었다. 그는 달갑지 않은 얼굴을 한 승아를 곁눈질했다.

"누나랑 같이 있으며 재미있을 거야. 걱정하지 마."

"그건 됐고, 나 데리러 올 때 마트 들러서 브래지어나 사 와요. 찝찝해 죽겠어. 계속 이것만 입을 수 없잖아요."

그의 말문이 닫혔다. 태성은 그저 기침만 하며 목을 가다듬었다.

"또 안 입고 있으면 안 되나 같은 소린 하지 말구요."

승아는 뱁새눈으로 그를 샐쭉이 흘겨봤다.

"……사이즈 모르는데."

그는 첫날밤 치르는 새색시처럼 수줍게 얼굴을 붉히며 기어들어 가는 목소리로 중얼거렸다.

밝혀서 부끄러운 사이즈는 아니니까. 어깨를 으쓱거린 승아는 당당하게 사이즈를 말했다.

할머니들이 입는 칙칙한 거 말고 와이어가 있는 예쁜 걸로 사되 검정색 같은 진한 색은 비칠 수가 있으니까 사지 말라고 하자 그는 먼 데 시선을 두고 고개만 끄덕였다.

속옷과 양말을 사는 김에 현미와 서리태, 드라이기, 유리로 된 밀폐용기, 그리고 스테인리스로 된 프라이팬도 사 오라 하니 알아들은 것인지 못 알아들은 것인지 그는 인형처럼 고개만 까딱였다.

태성의 차가 아파트단지 주차장에서 멈췄다. 차에서 내린 그들은 손을 잡고 계단을 올라갔다. 벨을 누르자마자 기다렸다는 듯 문이 활짝 열렸다.

"내 동생이 눈 높긴 진짜 높네. 난 쟤가 하도 여잘 안 만나서 평생 독거노인으로 살 줄 알았지."

예쁘장하게 생긴 여자가 인사도 없이 대뜸 하는 말이었다. 그의 누나, 아영이었다. 동글동글하게 쌍꺼풀 진 눈매와 얼굴이 여성스러웠다. 키는 승아보다는 작았고 마른 체구였다.

"누나! 승아도 있는데 그런 소릴……."

"내가 없는 말 했니? 넌 출근이나 해. 안 늦었어?"

아영은 승아의 손을 잡고 집 안으로 잡아당기며 문을 닫으려 했다.

"승아야, 오랜만이다. 어서 들어와."

"네, 언니. 안녕하세요."

태성은 닫히는 문의 손잡이를 잡았다.

"누나, 승아 발목 삐어서 얼음찜질 서너 번 해 줘야 돼."

"알았어. 가. 저녁에 보자."

"시간 날 때 전화할게. 약 꼭 챙겨 먹어."

태성은 승아에게 마지막 한마디를 남기고 사라졌다.

아영은 생긋 웃으며 승아를 거실로 끌고 갔다. 승아는 체크무늬, 꽃무늬, 민무늬 등 다양한 디자인의 무채색 쿠션이 놓여 있는 이인용 회색 소파에 앉았다.

여러 종류의 쿠션 때문에 회색 소파가 덜 밋밋해 보였다. 소파가 놓인 쪽의 벽지는 헐벗은 나무들이 그려진 포인트 벽지였다. 잎도 꽃도 없는 나무는 추운 겨울을 그림으로 옮겨 놓은 것 같았다. 소파 왼편에 있는 새하얀 책장과 흰 벽지는 무채색 거실을 서늘해 보이도록 했다.

반면, 부드러운 곡선의 진갈색 원목 장식장이 자칫 싸늘해 보일 수도 있는 공간에 온기를 불어넣고 있었다. 거실 곳곳에 있는 여러 가지 모양의 램프는 톡톡 튀는 느낌이었다.

"차라도 마실래? 아니면 커피? 아침은 태성이가 차려 줬지?"

"네. 먹고 왔어요. 차로 주세요."

아영은 부엌으로 갔다. 부엌 또한 흰색과 검은색으로 꾸며져 있었는데, 물이 나오는 싱크대만 독특한 붉은빛을 띠는 갈색이었다. 하얀색 둥근 식탁과 대조적으로 식탁 위에 매달린 동그란 전등갓은 검정색이었다. 식탁 옆 벽엔 커다란 정물화가 걸려 있었다.

아영이 오렌지색 주전자에 물을 끓이고 찬장에서 진녹색 다기와 차를 꺼냈다. 마름모꼴 모양 주전자는 오렌지색 그러데이션이 들어가 있어 색감이 참 예뻤다.

승아가 주전자 모양도 독특하고 색깔도 예쁘다고 감탄하자, 아영은 예쁘긴 하지만 무쇠라서 약간 무겁다고 했다.

아영의 집은 무채색으로 통일되어 있으면서도 곳곳에 포인트가
있어 지루하지 않았다. 세련되고 그녀만의 개성이 톡톡 튀는 인테리
어였다. 무심한 듯 아기자기하게. 아영의 집은 그렇게 꾸며져 있었
다. 승아는 아영의 집이 참 마음에 들었다. 어떻게 동생이랑은 이렇
게 다르지.

인덕션레인지 위에 올린 물은 단숨에 끓었다. 아영이 다기를 거실
에 있는 흰색 탁자로 가져왔다. 탁자 밑에는 밟을 때마다 감촉이 좋
은 복슬복슬한 회색 러그가 깔려 있었다. 그녀는 소파 옆에 있는 검
정색 둥근 의자에 엉덩이를 붙였다.

"내일은 해가 서쪽에서 뜨겠네. 문 열었을 때 너희 둘이 손잡고
있는 거 보고 깜짝 놀랐어. 태성이 걔가 여자 손 잡고 다니는 그런
애가 아니거든. 어찌나 몸을 아껴 대는지, 쓸모도 없는 놈 같으니."

아영은 예스러운 다기에 연녹빛 차를 우려내며 말했다.

"그 집에 난 봤지?"

"네."

승아는 고개를 끄덕이며 아영이 건네주는 차를 한 모금 머금었다.

"걔가 그런 애야. 난이나 치고 일만 하고, 욕정은 운동으로 풀고.
그러니 유도니 권투니 그렇게 해 대는 거지. 생긴 건 밝히게 생겨선.
그 덩치로 난에 꽃피면 꽃향기 맡는답시고 코 들이대서 킁킁거려."

승아는 입안에 있는 차를 뿜을 뻔했다. 쌉쌀한 차를 마시면서 아
침부터 듣는 욕정 얘기의 조합은 참신했다. 다른 사람도 아니고, 귀
엽고 여리여리하게 생긴 아영의 입에서 그런 단어가 나오다니. 애도
있는 아줌마라서 그런지 어휘 선택에 거침이 없는 것 같았다.

"21세기에 그런 미친놈이 대체 어디 있냐? 나도 피우는 담배를
걘 안 피워. 어찌나 재미없게 사는지. 첨에 너랑 선보고 나서 2주간
연락도 안 했다며?"

"네."

"그놈이 그렇게 튕겨 대. 여자 대할 줄을 몰라서 너한테 연락 안
했을 거야."

승아는 자신이 질투하는지도 몰랐다고 말한 그를 떠올렸다. 벌게
진 얼굴로 더듬더듬 말을 잇던 태성.

"내가 가까이 사니까 밑반찬은 종종 주긴 하지만 그래도 음식 하
고 하는 건 어느 정도 교육을 시켜 놔서, 아, 나 담배 피워도 돼?"

'그래서 냉동 대파도 아는구나. 남자 혼자 사는 집인데도 깔끔하
긴 했어.'

"네. 괜찮아요."

아영은 베란다 창문을 열고 와 담배에 불을 붙였다.

"청소하고 하는 건 습관이 들어서 할 줄 알아. 그런데 여자 대할
줄을 몰라서, 이건 뭐 사귀어 봤어야 똥인지 된장인지 알지."

아영은 태성이 훈이 아빠도 아닌 게 꼰대처럼 폼을 재면서 애한테
자기도 안 하는 간섭에 잔소리까지 한다고 삐쭉거렸다. 그래서 같이
안 산다고 했다. 같이 살면 불편한 점이 많다나.

그녀는 담배를 한 모금 빨아들이고 내뱉었다. 회색 연기가 구불구
불 움직이며 공중으로 흩어졌다.

"나 때문에 그래. 17살 때 내가 사고 치는 그 꼴을 다 봐서. 거기
다 결혼했다가 이혼도 했고."

"저, 사고라면……."

승아는 조심스럽게 말했다.

"응. 임신. 내가 콘돔도 하고 피임약까지 다 먹었는데도 우리 훈이가 생겼거든. 그래서 훈이 성도 최 씨야. 나 때문에 집이 발칵 뒤집혔는데 하필 그게 태성이 사춘기 때라서 걔가 그걸 다 보고…….. 그 나이에 지 딴엔 충격이 컸나 봐. 결혼도 애 아빠랑 한 것도 아니고. 거기다 얼마 못 가서 이혼까지 했으니."

아영은 아무렇지 않게 말했지만 담배를 연거푸 피우는 그 태도에는 씁쓸함이 묻어났다. 승아는 전혀 몰랐던 얘기다. 김 여사는 그런 것은 전혀 말해 주지 않았다.

"그래서 결혼하기 전까진 안 한다나 어쨌다나. 그리 아껴서 누가 상 주는 것도 아니고 남들하고 다르게 거시기에 금테 두르고 다니는 것도 아니면서 뭐에 쓴다고. 어제 걔네 집에서 아무 일도 없었지? 상도도 없는 놈. 너 그거 지켜 주는 거라고 생각하지 마라. 여자랑 한방에서 자면서 아무 일 없으면 그 여자의 매력이 그만큼 없다는 뜻이 될 수도 있는 거야. 모욕적인 거야, 그거."

'아무 일도 없었던 건 맞지만 정말로 아무 일도 없었던 건 아닌데요.'

승아는 얌전히 차만 계속 마셨다.

"걔가 키스는 해?"

'기회만 생겼다 하면 달라붙어서 힘들어요.'

맑은 물에 떨어뜨린 붉은 잉크가 확 번지듯 두 뺨에 퍼지는 홍조를 본 아영은 고개를 끄덕였다.

"키스하긴 하는구나. 그래에. 돼지처럼 밥만 먹으라고 조물주가 입 구멍 뚫어 놓은 거 아니야. 키스도 하고 써먹을 땐 써먹어야지.

사용 용도가 얼마나 많은데."

자고로 신이 만들어 준 것은 야무지게 사용해야 한다는 연애자유주의자 아영의 수위를 넘나드는 발언. 승아는 눈을 내리깔고 차만 삼켰다.

"딴 건 몰라도 결혼하면 바람은 안 피울 거야. 애가 책임감이 있으니까. 그게 태성이의 최대 장점이지."

"언니 애기 이름이 훈이에요?"

아침부터 이런 얘길 듣고 있기가 민망하기도 하고 훈이라는 아이가 궁금하기도 했던 승아는 화제를 돌렸다. 다른 사람도 아니고 태성의 누나인 아영에게 저런 얘기를 들으려니 표정 관리가 어려웠다. 자신이 태성을 놀리는 것은 둘이서만 있을 때의 일이니 또 다른 문제지만.

아영은 호호 하고 웃으며 커피 가루가 담긴 재떨이에 담배를 비벼 껐다.

"애기라 하기엔 너무 크지. 벌써 고1이야. 빡세게 공부시키는 학교를 보냈더니 벌써 학교에 갔어. 우리 훈이가 외탁을 해서 태성이랑 완전 닮았어."

"정말요? 사진 보고 싶어요, 언니."

태성을 어렸을 때 만난 적이 있긴 했지만 기억이 가물거렸는데 훈이가 태성을 닮았다니 더 보고 싶었다.

"응. 알겠어. 아 참! 너 찜질도 해야 되지? 얼음도 갖다 줄게."

"네. 아, 언니! 태성 씨 어렸을 때 사진도 있나요?"

아영이 알겠다는 긍정의 미소를 지었다. 몸에 달라붙는 일자형 회색 원피스를 입은 그녀는 우아한 걸음으로 방에 들어갔다.

승아가 기억하고 있는 아영은 밝고 쾌활한 명랑 소녀였다. 지금의
아영은…… 뭐랄까, 김 여사보다 더한 사람을 만난 것 같은 느낌?
승아는 속으로 혀를 내둘렀다. 저런 화끈함은 아무래도 아줌마들의
공통인가 보다.

아니면 승아가 그녀보다 나이가 어리기도 하고, 어렸을 적에 본
적이 있어서 편하게 대하는 것일지도. 그래도 예상했던 것보다 아영
이 편하게 대해 줘서 좋았다. 태성에 대한 얘기도 듣고 말이지. 승아
는 꽃에 코를 처박고 향기를 맡는 덩치 큰 남자를 떠올리며 킥킥거
렸다.

아영은 커다란 앨범 2개와 얼음이 든 봉지를 가져왔다. 승아는 얼
음을 발목에 감고 아영과 함께 사진을 구경했다. 앨범에는 아영과
태성의 미니미라 해도 될 만큼 그를 닮은 훈이 사진이 대부분이었
다. 부모님 사진도 제법 되었다.

어렸을 때 부모님 따라 간 모임에서 아영과 태성의 부모님을 몇
번 뵌 적이 있었지만 그때는 너무 어렸던지라 잘 몰랐는데, 아영은
모친을 많이 닮았고 태성은 그렇지 않았다. 아영은 태성이 친탁을
해서 친할아버지를 쏙 빼닮았다고 했다. 키도, 덩치도.

앨범 구경을 다 한 뒤, 아영은 얼음을 받아 싱크대에 버리며 승아
가 쓴다는 글에 대해서 질문했다. 승아는 이번 신춘문예 공모에 내
는 '청와대 습격 사건'에 대해서 설명하다가 태성과 광역수사대에서
조우했던 일까지 말해 버렸다.

"경찰서에 불려 간 일은 아무한테도 말하지 말아 주세요. 저희 가
족들은 모르거든요. 만약 알면……."

아영이 승아를 빤히 쳐다보다가 상큼하게 웃었다.

"그래. 대신 조건이 있어."

"네?"

"내가 나중에 뭘 줄 테니까 그거 보기만 하면 돼. 별거 아냐."

아영의 반짝거리는 눈이 왜인지 불안했지만 방정맞은 입이 촐랑거린 탓에 승아는 그저 알겠다고만 했다.

점심은 아영이 차렸다. 승아가 뭔가 도울 것이 없냐고 묻자 손님인데 아무것도 할 것 없고 그저 맛있게 먹기만 하면 된다며 아영은 손사래를 쳤다. 그녀가 한 음식은 깔끔하고 정갈했다. 반찬을 담은 그릇도 색색으로 예쁘고 아기자기해서 승아가 감탄하자 아영 왈, 촬영을 할 일이 많아서 그런 그릇이 많다나.

아영의 직업은 요리 블로거로, 알고 보니 승아도 아는 제법 유명한 파워블로거였다. 승아의 집에도 아영의 요리책이 한 권 있었다. 승아는 아영의 직업에 반색하며 둘은 밥 먹는 내내 음식 얘기를 나누었다.

식사 후, 아영이 설거지를 하는 동안 승아는 인터넷으로 원룸 검색을 했다. 그러다 혹시나 하여 빵야에게 쪽지 온 것이 있나 살펴봤지만 아직이었다. 승아는 빵야에게 아는 것이 있다면 부디 도와 달라는 내용의 쪽지를 보내고 다시 원룸을 검색해서 요모조모 따져 보았다. 설거지를 끝낸 아영은 식탁에 앉아 새로 떠오른 레시피를 공책에 적었다.

한참 후, 승아 옆으로 다가온 아영이 노트북 화면을 슬쩍 보고선 물었다.

"원룸은 왜 봐? 이사 가려고?"

이번 폭탄 사건으로 살던 집에서 쫓겨났다는 설명을 들은 아영이 말했다.

"태성이 집이 있는데 왜 딴 델 알아봐. 개랑 같이 살아."

쿨한 말투에 몸이 시릴 지경이었다.

"결혼하기 전에 동거는 해 봐야지. 안 그래? 시운전도 안 해 보고 차 살 순 없잖아. 지가 뻗대도 너 하기에 달렸어. 우리가 도와줄게."

거침없는 말에 당황한 승아가 말을 더듬으며 우리가 누구냐고 물으려 할 때, 아영의 폰이 울렸다. 태성이었다. 아영이 전화를 바꿔 주었다. 그는 밥은 먹었는지, 불편하지는 않은지 묻고 약도 꼭 먹고 냉찜질도 하라는 말만 하곤 전화를 끊었다. 말이 짧은 걸로 봐선 많이 바쁜 듯했다.

아영은 재미있다는 듯 피식 웃었다. 전화를 받는 승아의 얼굴에 대번 화색이 감도는 것이, 흐드러지게 핀 모란 같았다. 눈동자도 태양을 품은 것처럼 찬란하게 빛났다. 짧은 통화인데도 저리도 좋을까. 하긴, 한창 좋을 때긴 하지. 모르긴 몰라도 전화하는 동생의 얼굴도 가관도 아닐 테다.

"참 세상 오래 살고 볼 일이야. 태성이가 나한테 전화해서 여잘 바꿔 달라고 하다니. 얘가 진짜 니가 좋은가 보다."

아영이 하는 말에 괜히 쑥스럽기도 하고 기분이 좋아진 승아가 미소를 숨기질 못하는데, 갑자기 띵동 소리가 들렸다. 인터폰으로 누구인지 확인한 아영은 기다렸다는 듯 현관으로 날듯이 걸어갔다.

아담한 체구의 통통한 중년의 여성이 보따리와 기다란 우산을 들고 들어왔다. 승아는 어딘지 낯익은 얼굴이라고 생각했다.

"엄마. 왜 이렇게 늦게 왔어? 점심은 먹었어?"

승아는 등에 찬물을 끼얹은 것처럼 화들짝 놀라 소파에서 엉거주춤하게 일어섰다. 그녀는 태성의 모친 장인혜였다. 갈색 뿔테 안경을 낀 인혜가 현관 우산꽂이에 우산을 넣었다.

"어! 밖에 비 와?"

인혜는 아영에게 네모난 분홍색 보따리를 건넸다.

"빗방울 조금 떨어지더라. 이거나 받아."

보따리를 받아 든 아영은 식탁에서 그것을 풀기 시작했다.

"뭘 이렇게 가져왔어."

"김치 담근 거. 비도 오는데 우리 파전에 막걸리나 먹자. 집에 쪽 파 있지?"

"오, 잘됐다! 안 그래도 어제 쪽파 사 놨어. 고기도 있는데. 수육 도 할까?"

인혜는 그렇게 하자며 신발을 벗고 거실로 들어왔다.

"안녕하세요."

얼음조각처럼 얼어붙은 승아는 얌전하게 인사를 했다. 오늘 보는 것은 아영 언니만으로도 충분한데……. 인혜까지는 예상치 못했다. 인혜는 바짝 긴장한 승아의 두 손을 덥석 잡고 방글방글 웃었다.

"세상에~ 얘가 승아야? 정말 예쁘게 컸네. 애숙이가 그렇게 자랑 을 하더니. 어렸을 땐 잘 모르겠더니 지금은 애숙이 쏙 빼닮았네. 그 동안 잘 지냈어? 이번에 많이 놀랐지? 별일 없어서 다행이야. 애숙 이가 걱정이 참 많던데. 물론 우리도 걱정 많이 했구."

애숙은 김 여사의 이름으로 승아도 오랜만에 듣는 김 여사의 본명 이었다.

"네, 아줌마. 오랜만에 뵙네요. 옛날이랑 하나도 안 변하셨어요."

"이제 컸다고 그런 말도 할 줄 아네? 호호호. 그리고 얘는, 우리 사이에 아줌마가 뭐니? 그냥 시엄마, 아니 엄마라고 해, 엄마."

인혜의 호들갑에 승아는 겸연쩍은 웃음으로 답했다.

"발목 삐었다며? 이렇게 서 있어도 괜찮아? 어서 앉아. 많이 아프진 않고? 아영아, 승아 냉찜질해 줬어?"

인혜에게 떠밀린 승아는 소파에 앉았다. 정신을 차릴 수가 없다. 어떻게 이렇게 잘 알고 계실까? 태성 씨가 말했나, 아니면 김 여사?

"응. 오전에 한 번. 한 번 더 할래? 안 그래도 태성이가 서너 번 해야 된다고 그러더라고."

진작 안 해 주고 뭐 했냐는 인혜의 수선에 아영이 얼음을 가져왔다. 아영은 냉장고에서 통삼겹살과 대파를 꺼내는 등 분주히 움직이며 수육을 만들기 시작했다. 인혜는 아주 흡족한 얼굴로 냉찜질을 하는 승아를 보았다. 싱글벙글 웃는 인혜의 눈에 묘한 광채가 번뜩인다.

"승아야 너 술은 마시니?"

"네, 조금요."

엇비슷하게 떨어지던 빗방울이 점점 굵어지며 유리창을 투둑투둑 건드렸다. 번쩍이는 번개가 허공을 가르고 우르르 쾅쾅 천둥이 하늘을 울렸다.

"비도 오는데 우리 파전에 막걸리나 한잔할까?"

이런 날씨엔 막걸리를 마셔 줘야 한다는 인혜를 승아는 거부할 수가 없었다. 아영이 먹음직스러운 김장김치 한 접시, 그리고 막걸리 세 병, 국그릇 세 개가 담긴 쟁반을 대령했다. 커다란 국그릇을 본 승아는 속으론 기절초풍했지만 애써 미소를 유지했다.

막걸리는 대접에 마시는 것이 진리라며 인혜가 기세 좋게 뚜껑을 땄다. 그녀가 승아에게 먼저 술을 따라 주었다. 승아가 받아 든 국그 릇에 뿌연 막걸리가 콸콸 쏟아졌다. 이번에는 승아가 두 손으로 막 걸리 병을 잡고 인혜에게 따랐다. 막걸리를 받아 든 인혜의 얼굴은 세상을 정복한 사람처럼 환하게 빛이 났다.

그녀는 마침내 술 따라 주는 며느리가 생겼다는 감동에 젖어 말을 잇지 못했다. 그런 둘은 무시하고 자기 그릇에 혼자 막걸리를 따라 서 김치를 적셔 먹는 아영에게 인혜가 명했다.

"넌 가서 파전이나 구워 와."

"네, 네."

아영은 엉덩이를 살랑살랑 흔들며 부엌으로 갔다.

"승아야, 우리 건배해야지?"

"아영 언니 오면 같이 해요."

"우리 승아가 얼굴만 예쁜 줄 알았더니 마음씨도 고와! 벌써부터 시누이 챙기네. 아영아! 빨리 와서 건배만 하고 가."

아영이 종종걸음으로 다시 왔다. 인혜가 건배 구호를 무엇으로 할 까 묻자 아영이 승아를 눈짓하며 사랑을 위하여로 하자고 했다. 셋 은 막걸리가 가득 든 국그릇을 쨍 하고 부딪히며 '사랑을 위하여'를 외쳤다.

빨리 마시다가 취해서 실수할까 봐 긴장한 승아는 눈치껏 마시는 시늉을 냈다. 어색한 사이는 술로 친해질 수 있단 지론의 소유자 장 인혜는 원샷으로 막걸리를 한 방에 들이켰다.

파전을 구워야 하는 아영은 건배만 하고 자리에서 일어나 부엌으 로 향했다. 아영은 후라이팬에 기름을 두르고 파전을 굽기 시작했다.

"맛이 없어? 이건 밤 막걸리라 달달해서 먹기 괜찮을 텐데. 아니면 그냥 막걸리가 좋아? 그것도 있어."

단발 파마머리를 한, 양배추 인형을 닮은 인혜가 승아의 줄어들지 않은 국그릇을 넘겨다봤다.

"아, 아니요."

승아는 황급히 막걸리를 들이마셨다. 그런 승아에게 인혜는 옳지, 옳지, 막걸리는 그렇게 마셔야 한다며 칭찬을 했다. 파전 굽는 고소한 냄새가 집 안에 진동했다.

커다란 솥에는 된장과 양파, 마늘 등 각종 향신료를 잔뜩 넣은 물에 통삼겹살을 삶고 있었다. 점심을 배부르게 먹었음에도 맛있는 냄새에 입안에 군침이 돌았다.

"승아야, 태성이가 연락이 없어서 속상했지?"

"아니에요."

승아는 인혜를 똑바로 보지 못하고 손가락을 배배 꼬았다. 둘만 알고 넘어가도 되는 일을 양가 어른들이 다 알고 계시니 면구스러워 낯을 들 수가 없었다.

"그놈이 원래 그래. 내 아들이지만 저 나이 먹도록 여자도 안 사귄 정신 나간 놈이야. 일에만 미쳐서 범죄자만 쫓아다니지 여자를 안 쫓아다녀서 내 속이 얼마나 썩어 문드러졌는지 몰라. 내가 나중엔 남자라도 좋으니 아무나 좀 사랑한다고 집에 데려오라 애원했는데도, 데려오는 년도 없고 놈도 없고."

속 끓인 세월을 회상한 인혜는 목이 탔다. 그녀는 승아가 채워 준 막걸리를 또 원샷 했다.

"겨우겨우 선 자리에 대령시켜 놓으면, 허우대는 멀쩡하니 여자들이 좋아하긴 하는데 몇 번 만나질 않아. 요것들이 하나같이 다 내 아들을 차! 그럴 수밖에 없지. 만나야 별도 따고 달도 따는데 이 자식이 범죄자 쫓는 것만 우선순위에 두고 연락도 잘 안 하고 **뻣뻣하게** 구니……. 하나는 너무 자유분방하게 연애해서 문제고, 하나는 도 닦는지 뭘 하는지 너무 안 해서 문제고. 내가 낳은 자식들이지만 내 마음대로 되는 애들이 하나도 없어."

인혜는 신세한탄을 늘어놓다 말고 불쑥 질문을 내밀었다.

"너희, 손은 잡았어?"

'첫날부터 떡 주무르듯 주무르던데요.'

승아는 난처하기도 하고 쑥스럽기도 한 얼굴로 네, 하고 말하며 고개를 살짝 끄덕였다.

"엄마, 얘네 벌써 키스도 했대."

아영이 김이 모락모락 나는 갓 구운 파전을 내놓으며 참견했다. 승아는 황망히 눈을 내리깔고 젓가락으로 파전을 찢는 시늉을 했다.

"그래에? 손도 안 잡을 줄 알았는데 키스는 한다니 다행이다. 그놈도 남자긴 남자구나."

인혜는 손으로 가슴을 쓸어내리며 반색을 했다.

"난 사실 그놈이 영장만 발부하는 게 아니라 거기도 발부를 해서 여자한테 관심이 없는 건가……."

"엄마!"

아영의 앙칼진 비명이 울려 퍼졌다. 아영은 인혜를 노려보며 하지 말라고 눈짓을 했다.

발부는 발기 발 아닐 부 즉, 모녀 사이에 통용되는 발기부전의 줄임말이었다. 상황 파악을 하지 못한 승아는 태성 씨가 업무 관련 문서를 발행하는 거에 언니가 왜 저렇게 소리를 치지, 하며 의아함에 눈만 깜빡깜빡거렸다.

인혜는 '요망한 입이 주책이네'라고 중얼거리며 손으로 자신의 입술을 때렸다. 승아가 무슨 문서를 발부하는 건지 물어보려는 그 순간, 인혜가 승아의 손을 잡고 천연덕스럽게 선수를 쳤다.

"혼수는 아무것도 필요 없고 그냥 몸만 와. 넌 아―무것도 할 것 없어. 애기도 우리가 봐줄게. 넌 글만 써. 장난감, 그거 뭐냐, 뽀로로? 그것도 우리가 다 책임질게."

글로벌 유통령, 유아들의 동방신기이자 엑소, 뽀로로의 신민 탄생 예약을 선포하는 인혜의 패기가 당차다.

"그리고 뽀로로 다음 단계인 토마토와 친구들인가?"

"토마스와 친구들이야, 엄마."

아영이 인덕션 위에 올려놓은 파전을 보러 일어서며 정정했다.

"그래! 토마스와 친구들! 그건 더 비싸고 친구도 더 많으니까 돈 잘 버는 내 딸이 다 사 줄 거야. 그러니까 태성이가 뭘 좀 몰라도 이해하고 잘해 봐. 걔가 잘못하면 우리가 혼내 줄게. 우린 항상 승아 편이다. 알겠지, 아가?"

눈을 반짝반짝 빛내며 너만 믿는다는 기운을 뿜어내는 인혜였다. 승아는 그런 그녀가 다소 부담스러우면서도 마냥 싫진 않았다.

"네."

"자, 그럼 한 잔 더 할까?"

대낮부터 벌어진 세 여자의 술판. 해물이 잔뜩 들어간 고소한 파전을 젓가락으로 쫙쫙 찢어 먹으며 세 여자는 스펀지가 물을 빨아들이듯 막걸리를 흡입하고 새우젓을 찍은 수육을 김장김치에 싸 먹었다.

그녀들은 이제 소주와 맥주도 섞어서 마시기 시작했다. 부어라 마셔라 하던 세 여자는 결국 취해서 잠이 들었다.

그사이, 태성의 전화가 한 번 왔다. 끈질긴 전화벨 소리에 잠에서 깬 아영은 승아는 잔다고만 말했고, 그는 단순한 낮잠으로 이해하고 전화를 끊었다.

밤 10시.

딩동. 초인종이 울렸다. 인기척에 소파에서 잠들었던 승아도 겨우 일어났다.

"집에 왜 이렇게 쉰내가……."

드디어 퇴근한 태성이 거실로 들어서다 바닥에 널브러진 인혜를 보고 깜짝 놀랐다.

"엄마가 왜 여기 계셔?"

인혜가 벌떡 일어나 태성을 얼싸안았다. 몸집이 작다 보니 고목나무에 매달린 매미가 따로 없다.

"아들! 내가 왜 여기 있겠어? 우리 며느리 보려고 왔지이!"

그녀는 아들이 대견하여 견딜 수가 없었다. 겉가죽은 멀쩡한 아들이 발부가 아닐까 싶어 얼마나 애태웠는지. 인혜는 감격을 주체 못하고 오른손으로 태성의 엉덩이를 팡팡 두들겨 댔다. 태성은 인상을 찡그리며 그런 인혜의 손을 피했다.

"누나가 엄마 불렀어? 엄마가 또 승아한테 이상한 소리 한 건……."

그는 거실 한 귀퉁이에 놓인 빈 술병이 잔뜩 담긴 봉지를 보고 눈살을 찌푸렸다.

"술 마셨어? 아파서 약 먹는 애를 술을 먹이면 어떻게 해?"

"내가 우리 며느리랑 술 한잔하겠다는데 니가 왜 난리야?"

희희낙락한 인혜의 타박.

"잔소리 그만하고 승아 데리고 가기나 해."

아영이 장식장 서랍에서 뭔가를 꺼내어 태성에게 획 던졌다. 뛰어난 반사 신경으로 그것을 잡아챈 태성은 손바닥을 보았다. 콘돔이었다. 그는 미간을 더욱더 찌푸렸다.

"아껴 뒀다 국 끓여 먹을 거 아니잖아? 그러다 흔적기관 되겠다."

무엇인지 궁금해진 승아가 태성의 손에 있는 것을 보려고 다가갔다. 그는 승아가 못 보도록 콘돔이 올려진 손을 꽉 오므렸다. 긴 다리로 성큼성큼 걸어가 장식장에 콘돔을 다시 집어넣었다. 서랍이 쾅 닫히는 소리가 요란하다.

"가자."

승아의 손을 잡아끄는 태성의 얼굴이 붉으락푸르락했다.

"아침에 이걸로 승아 해장시켜."

아영이 승아가 자는 동안 준비해 둔 종이가방을 건넸다. 당장이라도 폭발할 것 같은 힘상궂은 얼굴을 한 태성이 가방을 받질 않았다. 그래서 승아가 대신 받아 들었다. 이런 일이 익숙한 인혜는 개의치 않고 방실방실 웃으며 승아에게 잘 가라고 손을 흔들었다. 손을 꼭 잡고 나가는 두 사람의 뒷모습을 본 인혜는 가슴이 벅차올랐다.

"딸, 너무 그렇게 몰아세우지 마. 얌전한 고양이가 부뚜막에 먼저 올라간다고 혼수로 애 만들어 올지도 모르잖아."

"잘도 그러겠다."

콧방귀 뀌는 아영.

"내기할까?"

인혜가 갈색 뿔테 안경 너머로 아영을 은근하게 보았다.

"뭘로?"

"지는 사람이 뽀로로랑 토마토와 친구들 다 사 주기."

"토마스라니깐."

"그래. 토마스."

태성은 집으로 가는 내내 말이 없었다. 승아가 아영 언니가 준 게 무어냐 물어봐도 아무것도 아니라고 말했고 흔적기관은 무슨 소리냐 질문하니 대답을 안 했다. 그녀가 오늘 술을 마셔서 화가 난 것이냐고 물어보아도 아니라는 말만 했다. 그럼 아영 언니 때문에 화난 것이냐고 하니 그것도 아니란다.

범인 잡는 일에 진척이 없었냐고 물어도 그는 말이 없었다. 태성은 바닷속 깊이 가라앉은 바위처럼 침잠해 있었다. 이유를 알 수가 없어서 눈치만 살피던 승아는 그만, 졸음을 이기지 못하고 까무룩 잠이 들었다.

침대 위에 누워 있는 승아를 보는 태성은 곤혹스러웠다. 승아가 사 오라고 한 것과 아영이 준 음식을 한꺼번에 다 가져올 수가 없었던 그는 잠든 승아를 집에 데려다 놓고 주차장에 한 번 더 갔다 와야 했다. 씻고 자라고 간신히 깨워 놓았던 승아는 이불 속에서 자고 있었다.

침대 옆엔 그녀가 벗어 던진 옷이 허물처럼 놓여 있었다. 그는 옷을 가지런히 정리해 의자 위에 뒀다. 렌즈는 빼고 자는 것이냐고 흔드니 승아는 뺐다고 웅얼거렸다. 자고 있는 사람 눈을 까뒤집어 확인할 수도 없어서 그는 화장실로 들어가서 흰색 렌즈통을 열었다.

렌즈통 안에 들어 있는 것은 귀걸이였다. 당황한 태성이 화장실을 나가려는데 양치할 때 쓰는 컵에 물이 넘치도록 담겨 있는 것이 눈에 들어왔다. 뭐지? 아침에 그가 마지막으로 화장실을 사용한 뒤 컵은 깨끗이 비워 뒀는데. 혹시나 싶어 확인하니 물컵 속에 렌즈가 반짝였다.

태성은 피식 웃고선 렌즈를 통에 넣고 귀걸이를 챙겼다. 술을 대체 얼마나 먹였으면……. 안 봐도 훤했다. 오늘 승아는 술을 잔뜩 마셨을 거다. 며느리가 따라 주는 술 좀 마셔 봤으면 원이 없겠다고 그렇게 노래를 부르시더니, 오늘 어머니가 소원 성취하셨네.

화장실을 나간 태성은 이불을 덮고 누워 있는 그녀를 흔들었다.

"승아야, 세수는 한 거야? 이 닦고 자야지."

승아가 게슴츠레하게 눈을 떴다.

"태성 씨."

하고 속삭였다. 그리고 방싯 웃으며 상체를 들어 올렸다. 덮고 있던 이불이 사르르 흘러내렸다. 태성은 흡 하고 숨을 들이켰다. 그녀는 브래지어만 하고 있었다. 살색 바탕에 수놓인 검은 장미들. 색깔 때문에 그는 잠시 승아가 검은색 망사로 가슴만 가린 것으로 착각했다.

살색은 색정적이었다. 가슴을 뒤덮은 고혹적인 검은 장미꽃에서 유혹의 향기가 났다. 가슴골이 시작되는 윗부분은 벌어져 있고, 후크도 아닌 것이 후크처럼 아랫부분만 연결되어 있었다. 깊숙이 파인 가슴골이 마치 손으로 만져 보라고 노래하는 것 같았다. 복숭아를 닮은 탐스러운 곡선이 호흡을 할 때마다 오르락내리락거렸다.

태성은 달뜬 숨을 토하며 떨리는 손으로 이불을 잡았다. 그녀를 가려 주려고 했다. 가려야만 한다.

갑자기 승아가 그의 목을 확 끌어당기며 드러누웠다.

"스, 승, 승아야! 이, 이거 팔, 좀……."

포동포동한 가슴이 그에게 짓눌려 일그러졌다. 목덜미에 닿은 따뜻한 피부에서 시작된 열기가 그의 머리끝까지 치솟다 못해 온몸을 휩쓸었다.

태성은 바닥에 무릎을 꿇은 상태에서 두 팔로 침대를 짚었다. 힘겹게 상체를 지탱했다. 그의 관자놀이 맥박이 벌떡벌떡 뛰었다. 아랫도리가 크게 부풀었다. 참기 힘들어진 그는 승아의 팔을 풀려고 시도했다. 그러나 승아가 힘을 더 세게 주며 태성을 꽉 끌어안았다. 당황한 태성의 시뻘건 이마에 피 같은 땀이 송골송골 맺혔다.

"태성 씨……."

귓가에 닿는 감미로운 숨결. 그는 부르르 진저리를 쳤다. 공기의 밀도가 무겁고 끈적끈적하게 변했다. 폭염에 시달리는 농부처럼 그는 더위를 느꼈다.

"너무…… 좋아."

단순한 한마디. 연인의 밀어에 그의 심장이 따끈해졌다. 가슴에서 퍼져 나가는 달콤한 전율이 혈관을 타고 녹아들었다. 반면, 몸은 더 뻣뻣해지고 단단해져만 갔다.

"그, 그래, 알, 았, 어, 어…… 이건 놓고……."

"키스도 나랑 처음이고 자는 것도 내가 처음인 거지? 다 내가 처음이라서 너무 좋다. 히히."

그녀는 애교 넘치는 목소리로 말했다. 앙큼한 고양이처럼 그의 뺨에 얼굴을 비비며 태성의 뒤통수를 연신 쓰다듬었다. 꼼짝 못하고 승아에게 잡힌 태성은 갑자기 목덜미에 짜릿한 통증을 느꼈다.

"헉!"

승아가 태성의 목을 이로 콱 깨물었기 때문이다.

"내가 침 발랐으니까 태성 씨는 이제 내 거야!"

침 바른답시고 그의 목을 빠는 승아는 이미 흥분할 대로 흥분한 그를 자극했다.

그는 재킷을 벗어 던졌다. 이성을 잃은 태성이 침대 위로 올라갔다. 이불을 옆으로 젖히고 속옷만 입은 승아의 위에 타올랐다. 바지 위에 텐트를 친 것처럼 솟아오른 그것을 그녀의 내밀한 곳에 갖다 댔다. 짐승처럼 허리를 앞뒤로 움직여 문지르며 연신 거친 숨소리를 토해 냈다.

"아, 근데 왜 이렇게 답답하지?"

태성은 혹여나 자신의 무게 때문인가 해서 그녀를 끌어안은 채 모로 누웠다. 다리는 넝쿨처럼 칭칭 감았다. 이지를 잃은 몽롱한 눈으로 쳐다본 승아는 고개를 아래로 숙이고 가슴팍을 확인하고 있었다. 그녀의 양미간이 찌푸려져 있었다.

"나 잘 땐 브라 안 하는데에— 풀어 줘어—"

그녀는 이것 때문에 어제 잘 때도 답답했다며 짜증을 냈다. 풀어 달라고 칭얼대며 손을 등 뒤로 가져가 허우적거리는 승아를 그는 거부하지 못했다. 떨리는 손가락이 그녀의 등 뒤로 가서 후크를 풀었다. 둥근 어깨에서 브래지어 끈이 아래로 흘러내렸다.

환한 형광등 아래에 풍만한 가슴이 요염한 자태를 뽐냈다. 그는 시선을 어지럽히는 굴곡에 홀렸다. 엄지손가락이 핑크빛 정점에 살

그러니 닿았다. 그렇게 하지 않으면 눈앞에 있는 것이 사라질까 봐 아주 조심스럽게.

그는 고개를 숙이고 가슴의 둔덕에 입술을 눌렀다. 그녀의 폭신한 젖무덤에 머리를 파묻고 살 내음을 들이마셨다.

승아가 으음 하는 소리를 내더니 똑바로 누웠다. 태성은 무게가 다 쏠리지 않도록 팔뚝으로 그의 상체를 지탱한 채 그녀 위에 올라타려고 했다.

그런데.

그녀가 눈을 감고 있었다.

새근새근. 숨소리가 고르다. 승아는 자고 있었다. 태성은 아영의 집에서 봤던 어마어마한 개수의 빈 술병이 자동으로 떠올랐다. 그는 한참 그녀에게서 눈을 못 떼다가 땅이 꺼져라 연거푸 한숨을 쉬었다. 그러다 얼굴을 침대보 위에 파묻었다. 튜브에서 바람 빠지듯 그의 몸이 축 늘어졌다.

어쩐지 이상했다. 목소리도 평상시와는 달랐고 말투도 원래보다 훨씬 늘어지는 것이…….

그가 원했던 것은…….

목구멍에서 좌절한 남자의 앓는 소리가 새어 나왔다. 모르겠다. 어디까지 갈 예정이었는지. 그녀가 자신의 목을 깨물고 핥자, 팽팽하게 최대치로 늘어나던 고무줄이 뚝 끊어졌다. 그는 반 미친 상태로 침대에 올랐다. 결혼 전엔 절대 안 된다던 다짐은 온데간데없었다.

차라리 잘된 것인지도 모른다. 아직 승아가 그를 받아들일 준비가 되지 않았고 결혼에 대한 생각도 크게 없는 눈치였다. 애초부터 그는 혼전엔 관계를 가질 생각도 없었다. 그렇게 그는 왜 하면 안 되는 가에 대한 이유를 계속해서 떠올렸다. 그럼에도 밀려오는 우울감은 어찌할 수가 없었다.

활기를 잃은 몸뚱이가 침대 아래로 겨우 이동했다. 그는 일어서서 그녀를 내려다보다가 재빨리 이불로 그녀를 가렸다. 떨리는 손으로 이마를 짚고 짐짓 고개를 부엌으로 돌렸다.

식탁 위에 아영이 준 종이가방이 있었다.

태성은 기계적인 동작으로 음식을 냉장고에 집어넣었다. 냉장실에서 뿜어져 나오는 냉기가 그에게 열기 좀 식히라고 말하는 듯했다.

종이가방 제일 아래에는 빨간 종이상자가 깔려 있었다. 태성은 그것도 꺼냈다. 이게 뭐지? 무게가 가벼운 것이 왠지 음식이 아닌 것 같았다. 정중앙에 Happy Day라는 검은색 글씨가, 오른쪽 아래에는 3×40 Packs가 조그맣게 적혀 있었다.

상자를 열었다. 그는 숨을 거칠게 들이쉬었다. 가슴팍이 심하게 팽창했다가 이내 수축했다. 콘돔이었다. 상자를 닫았다. Happy Day. 새빨간 상자의 시꺼먼 글씨가 음탕했다.

태성은 그것을 그대로 종이가방에 처넣고 둘둘 말았다. 어디에 둘까 잠깐 고민을 하다가 싱크대 상부 찬장을 열었다. 꾸깃꾸깃한 종이가방을 던지다시피 찬장 귀퉁이에 쑤셔 넣었다.

그는 한동안 장승처럼 꼿꼿하게 그 자리에 서 있었다. 마치 몹쓸 것을 본 사람처럼.

Chapter 11

망치나 몽둥이로 두들겨 맞은 것처럼 머리가 욱신욱신거렸다.

"내가 어제 펀치기라도 당했나? 아으으, 아닌데……."

목소리가 쩍쩍 갈라졌다. 입이 써서 견딜 수 없었다. 눈꺼풀에 누가 딱풀을 칠한 것처럼 눈도 뜨기 어려웠다. 신음을 흘리며 힘겹게 눈을 뜨니 새하얀 천장이 보였다. 승아는 왼쪽으로 고개를 돌렸다. 시야가 몽롱했다. 눈도 뻑뻑했다. 그녀는 손으로 눈을 문질렀다.

어제 언니 집에서 잠깐 자고 일어났을 땐 괜찮았는데 왜 이제야 이렇게 숙취가……. 두 손을 들어 지끈지끈거리는 관자놀이를 마사지했다. 기운이 없고 속도 쓰렸다. 그녀는 침대에서 내려가 바닥에 잠시 멍하니 앉아 있었다.

건너편 책상 위에 있는 안경을 향해 엉금엉금 기어 가서 안경을 썼다. 승아는 더부룩한 배를 살살 문지르며 일어났다. 목이 타는 듯 말라 물을 찾아 부엌으로 비틀비틀 걸어갔다. 어제 술을 너무 많이 마셨나 보다. 막걸리에 소주, 맥주까지 섞어 마셨으니……. 지금까지 그렇게 마셔 본 적이 한 번도 없었는데.

어떻게 태성 씨 집에 온 것인지 기억도 안 난다. 차에서 굳어 있는 얼굴을 한 그를 본 것까지는 기억이 나는데 말이지.

화장실에서 물소리가 들렸다. 태성 씨가 씻고 있나 보다.

그런데, 피부에 닿는 감촉이, 이상하다. 이것은 천의 질감이 아닌……. 싸한 느낌에 승아는 천천히 고개를 아래로 숙였다. 눈꺼풀이 파르르 떨렸다.

그녀는 팬티만 입고 있었다! 아니, 대체 왜 이런 차림이지? 승아는 후다닥 뛰어가서 침대 구석에 처박혀 있는 브래지어를 발견했다. 서둘러 브래지어부터 했다. 의자에 걸쳐진 청바지에 두 다리를 넣고, 그대로 끌어 올렸다. 갑자기 뛰어서 삔 발목이 욱신거렸다.

"아이고, 발이야……."

찰칵.

화장실 문이 열렸다. 흰 수건으로 허리만 감싼 남자가 나왔다.

승아는 정신이 나가 멍해졌다. 소설 속에서나 보던 넋을 잃고 혼이 빠져나간다는 표현이 어떤 뜻인지 이제야 알 것 같았다.

살아생전 저렇게 정교한 조각상을 본 역사가 없었다. 미술 시간에 본 토르소보다 아름다운 몸. 군살 하나 없는 잘록한 허리. 크고 작은 근육으로 갈라진 남자의 상반신. 소위 빨래판으로 비유되는, 여섯 조각으로 갈라진 뚜렷한 복근.

움직이는 살색 동상이 다른 수건을 사용해 물기를 머금은 머리를 털었다. 팔을 한 번 움직일 때마다 가슴근육도 함께 꿈틀거렸다. 머리에서 떨어진 물방울이 목을 지나 탄탄한 대흉근 위로 흘러내리고 마침내 복근을 넘어서 수건으로 감싸여진 그 아래로……

승아는 그에게서 눈을 떼지 못했다. 눈마저 깜빡이지 않았다. 그녀는 그림 속에서 막 빠져나온 것 같은 남자의 식스팩을 만져 보고 싶어서 손이 저릿저릿했다. 그리고 입맛을 다시며 생각했다.

'아침부터 참 올바르다.'

머리에 있는 물기를 다 턴 태성은 문득 인기척을 느끼고 고개를 들었다. 남녀의 시선이 마주쳤다. 기묘한 정적에 둘의 움직임이 일시 정지했다.

그는 곧 고개를 좌우로 세게 흔들었다. 다시 그녀를 바라보는 남자의 눈이 휘둥그렇다. 믿을 수 없다는 듯, 놀라움이 담긴 눈동자였다. 그는 황급히 화장실로 들어가 문을 닫았다.

돌아서는 남자의 훌륭한 뒤태에 승아는 감탄을 금치 못했다. 트리플 A+를 수여받아 마땅한, 탱글탱글하고 위로 착 달라붙은, 수건에 가려진 둔부의 곡선을 보니 수영복을 입히면 어떠할까 심히 궁금했다.

예를 들어, 착 달라붙는 삼각 수영복이라든지, 꼭 붙는 삼각 수영복이라든지, 피부에 밀착된 섹시한 삼각 수영복이라든지. 색깔은 빨간색이 좋을 것 같다. 까만색 또한 괜찮을지도 모르겠다. 그녀는 기필코 그와 함께 수영장에 가야겠다고 결심했다. 실내든, 실외든 혹은 바다든, 지옥이든, 그 어딘. 수영복만 입힐 수 있다면야.

"어……."

그가 화장실 안에서 목소리를 가다듬었다.

"승아야?"

"네?"

승아의 대꾸엔 웃음기가 묻어났다. 남자가 상반신 보여 준 것이 그리도 부끄럽던가. 화장실로 급하게 들어가 버린 그가 귀여웠다.

"옷 빨리 입어야 내가 나가겠지?"

놀람, 감탄, 그리고 은근한 즐거움이 깔린 그의 억양.

그녀는 천천히 시선을 아래로 내렸다. 청바지 지퍼를 열고 브라만 걸친, 영락없는 변녀의 행태.

"이거 당신이 벗긴 거죠?"

승아는 비명을 질렀다. 부끄러워해야 하는 사람은 그가 아니었다. 그녀였다! 그녀는 자책하며 급하게 청바지 지퍼를 끌어 올렸다.

"아냐, 내가 안 했어!"

태성이 즉시 부인했다.

"그럼 누가 했단 말이에요?"

그녀는 티셔츠를 잡아챘다. 보지도 않고 팔부터 꿰어 넣었다.

"승아 네가 했지! 난 안 했어!"

"거짓말!"

기억에 없다.

"진짜야."

"벗기고 감상했으면 잠옷이라도 입혀 놓았어야지! 이게 대체 뭐예요? 변태같이!"

그런데…….

"옷은 내가 안 벗겼어. 그리고 네가 브라 벗겨 달라고 그랬잖아!"

악! 티셔츠를 거꾸로 입었다.

"잘 땐 안 한다고 답답하다며!"

281

'나 잘 땐 브라 안하는데에— 풀어줘어—'

맙소사, 기억이 났다.

그에게 안겨 브래지어가 답답하다고 칭얼댔다.

집에 들어와서 잔다고 옷을 훌훌 벗어 던진 자신이 기억났다. 그녀는 그의 목을 깨물고 빨며 그가 숫총각이란 것에 흐뭇해했다. 미쳤다. 미쳤다. 미쳤다. 민망해서 어떻게 태성 씨를 봐!

"저기…… 이제 다 입었어?"

이런, 젠장. 잠시 옷 입기를 멈췄던 그녀는 현실을 다시 자각했다.

"악! 안 돼!"

허겁지겁 웃옷을 벗었다. 티셔츠를 뒤집었다. 그리고 다시 입었다.

"……이제 나가도 돼?"

승아는 헝클어진 머리를 쓰다듬으며 부엌 식탁 의자에 앉아 있었다. 그녀는 새침하게 나와요, 라고 했지만 두 볼의 발그스레한 홍조는 숨기지 못했다. 그는 하체만 가린 그 차림 그대로였다. 승아는 마른침을 꿀꺽 넘겼다. 목이 타는 이유가 긴장해서인지 어제 술을 마신 탓인지 헷갈렸다.

"물, 냉장고에 있어요?"

승아는 아무 일도 없었던 것처럼 그에게 말을 걸었다. 자신이 먼저 옷을 벗어 던진 터라 그를 추궁할 수 없었다. 이제부터 그녀는 지난밤의 기억이 없는 거다. 단기 기억상실증에 걸린 거다. 모르는 척하면 더 이상 말 안 꺼내겠지. 승아는 그렇게 시치미를 뗐다.

그는 붙박이 옷장에서 옷과 속옷을 꺼내며 대답했다.

"응."

다행히 그는 더 이상 어젯밤의 일에 대해 꺼내지 않았다. 승아는 냉장고 문을 열고 물통을 꺼냈다. 태성이 화장실로 들어가며 문을 닫았다. 컵이 안 보였다.

"컵은 어디에 있어요?"

"싱크대 위쪽 찬장에."

그가 화장실에서 옷을 갈아입으며 답했다. 승아는 싱크대 상부 찬장을 열었다. 그릇과 함께 컵이 있었다. 그리고 어제 아영 언니가 준 종이가방이 한구석에 끼여 있었다. 반찬이 왜 여기에 있지? 승아는 그것을 꺼내어 식탁 위에 두고 컵에 물을 따랐다. 시원한 물이 메마른 목구멍을 타고 흘러 넘어갔다.

아, 조금 더 마시고 싶은데. 그녀는 물통에 남아 있는 물을 다 마셨지만 갈증을 해갈하기엔 턱없이 부족했다. 그녀는 물통과 컵을 식탁 위에 두고 냉장고를 다시 열었다. 물은 더 이상 없는지 안 보였다.

"물, 냉장고에 있는 게 다예요?"

옷을 갖춰 입은 태성이 화장실에서 나왔다. 식탁 위에 있는 종이가방을 본 그는 흠칫 놀랐다. 아직 종이가방을 열어 보진 않았는지, 구깃구깃 접혀진 형체 그대로였다.

"아냐, 더 있어."

승아가 종이가방을 잡았다. 그는 필사적으로 외쳤다.

"물!"

승아는 고개를 들어 그를 의아하게 쳐다보았다.

"싱, 싱크대 밑에 있어!"

"왜 소리를 질러요?"

승아는 의자에서 일어났다. 그녀가 싱크대 문을 열고 생수를 꺼내는 사이, 태성이 종이가방을 얼른 들었다. 그는 냉동실에 그것을 쑤셔 넣었다. 냉동실에 있던 비닐이 종이와 마찰해 바스락거리는 소리가 천둥소리보다 크게 느껴졌다.

"그건 왜 거기 넣어요? 아침에 먹을 거 아니에요?"

승아는 물을 컵에 따르며 물었다. 그는 냉동실 문을 닫다 말고 움찔했다.

"오늘 먹는 건 아니야. 지금 말고, 나중에……."

태성의 말소리가 점점 작아졌다. 그는 침을 꿀꺽 삼켰다.

"나중에 먹을 거야."

그는 자연스럽게 말하려 노력했으나 목소리가 갈라졌다. 괜스레 헛기침을 하며 목을 가다듬었다.

"그런데 왜 냉장고가 아니라 냉동실에 넣어요?"

바람에 떠내려가는 돛단배처럼 그의 동공이 흔들렸다. 태성은 생수통을 더 꺼내는 척 등을 돌려 의아한 시선을 피했다.

"상할까 봐."

상온에 둔다고 상하진 않지만. 따지고 보면 콘돔에도 유통기한이 있긴 했다.

"벌써 상하지 않았을까요?"

"아냐, 괜찮을 거야……. 그것보다, 안 씻어? 어제 세수도 안 하고 잤으면서."

물을 마시고 나른하게 하품하던 승아의 눈이 동그래졌다. 그는 부러 시계를 보며 눈치를 줬다.

"밥도 먹어야 되고, 지금 시간 별로 없어. 10분 안에 샤워하고 나와."

눈 깜짝할 사이에 그녀의 얼굴이 발개졌다. 승아는 허둥지둥 화장실로 뛰어 들어갔다.

화장실 문이 닫히자, 안심한 그는 숨을 길게 내뿜었다. 저것을 대체 어디에 숨겨야 할까.

그가 콘돔이 든 종이가방을 냉동실에서 막 꺼내려 할 때, 화장실 문이 벌컥 열렸다. 곧바로 냉동실 문이 쾅 닫혔다. 닫히는 냉동실 문을 비집고 나온 냉기에 그의 간담이 서늘해졌다. 누나 때문에 진짜 미치겠네.

"어제 내 속옷 사 왔어요?"

태성은 책상 아래에 두었던 쇼핑백을 승아에게 건네었다. 노란색, 분홍색 등 연한 색 계열의 레이스 조각 하나 붙지 않은 밋밋한 속옷을 보는 승아의 이맛살이 찌푸려졌다.

그녀가 좋아하는 스타일이 아니었고, 세탁 한 번 하지 않은 새 속옷을 그대로 입는 것이 찝찝했지만 별다른 수가 없었다. 노란색 브래지어를 꺼내어 든 승아는 다시 화장실로 들어갔다.

태성은 초조한 심정으로 화장실 문 앞에서 소리를 엿들었다. 물소리가 나기 시작했다. 그제야 태성은 냉동실에 넣은 문제의 그것을 꺼내어 옷장 구석 깊숙이 숨겼다.

승아는 샤워를 하며 입었던 속옷도 손빨래를 했다. 마른 수건으로 몸을 닦는데, 태성이 노크를 하며 5분 안에 나오라고 말했다. 조급하게 옷을 입고, 축축한 속옷을 들고 화장실을 나갔다. 그는 밥을 푸고 있었다.

승아는 베란다에 있는 작은 빨래걸이 귀퉁이에 속옷을 널며 생각했다. 갈아입을 여분의 옷도 별로 없는데 언제까지 여기에 숨어서 지내야 할지…….

그녀는 다시 방으로 들어와 쇼핑백에 들어 있던 새 드라이기를 꺼냈다. 성마른 손길로 머리를 말리며 그에게 물었다.

"아직 범인은 못 잡았죠? 오늘은 잡을 수 있을까요?"

"글쎄…….""

머리는 대강 말리고 밥부터 먹으라고 하는 소리에 승아는 드라이기를 끄고 식탁 의자에 앉았다. 오늘의 식단은 어제 아영이 준 북엇국과 밑반찬이었다. 북어를 잘게 뜯어 파를 넣고 달걀을 푼 뜨끈한 북엇국은 시원했다. 그녀는 흰쌀밥을 보고 한마디 꺼냈다.

"우리 앞으로 밥에 현미랑 서리태도 넣어서 먹는 게 어때요?"

"그건 깜빡했다. 오늘 사 올게."

"유리 용기랑 스테인리스로 된 프라이팬은 사 왔어요?"

"아니, 안 샀어."

"왜 안 사 왔어요?"

"반찬 통이랑 프라이팬 둘 다 집에 충분히 있는데 왜 사 오란 거야?"

"플라스틱 통은 환경호르몬이 우러나서 몸에 해로워요. 코팅된 프라이팬도 마찬가지로 해롭구요."

"……그런 걸 일일이 다 신경 쓰면 피곤해서 어찌 살아."

쯧쯧. 안 되겠네. 할 수 없지. 이 말까진 안 하려고 했건만.

승아는 태성을 그윽하게 보며 입을 열었다.

"환경호르몬이 몸에 쌓이면 정자 수도 감소시킨다던데."

넋이 나갔는지 입을 헤 벌린 태성의 얼굴이 참 볼만했다. 그녀는 흐뭇하게 웃었다. 지금까지 이 수법이 승진에게 안 먹힌 적이 없었다. 정자, 정력 혹은 양기에 대한 얘기만 꺼내면 만사가 오케이였다.

"오늘 사 올 거죠?"

그는 말없이 고개만 끄덕였다. 하여간 남자들이란.

"학교도 가야 하는데⋯⋯. 오늘은 수업이 없지만 내일은 어떻게
하죠?"

"자체휴강 해야지."

그는 숟가락으로 국을 한술 떴다.

"어제 취조는 다 했어요?"

취조는 했지만 그의 수사팀이 특별히 알아낸 정보는 없었다.

승아와 선본 수많은 남자들을 조사하는 일은 그리 즐겁지 않았다.
아니, 몹시도 불쾌했다. 승아가 예전에 사귀었다는 남자 둘은 다른
팀원들이 알리바이를 조사했다. 만약 그가 직접 그 자식들을 대면이
라도 했다면⋯⋯. 입안의 음식이 소태처럼 쓰다. 태성은 굳은 얼굴
로 음식을 삼키고 무뚝뚝한 말투로 답했다.

"아직 다 안 끝났어."

"폭탄카페 쪽에선 뭐 알아낸 거 없어요?"

"없어."

"폭탄 배달했다는 그 용의자는 아직 못 잡은 거죠?"

"⋯⋯어."

승아는 이상하다는 눈초리로 그를 살폈다.

"어제도 그러더니, 지금은 또 표정이 왜 그래요?"

어제만 해도 승아를 데리고 집으로 돌아오는 내내 그놈하고는 차
를 마셨겠지, 저놈하고는 밥을 먹었겠지, 이 새끼하곤 손도 잡은 것
아냐? 하는 생각이 나는 바람에 화가 날 대로 난 그는 승아의 말엔

대답도 잘 안 했던 터였다.

"대체 뭐 때문에 화난 거예요?"

'무슨 선을 그렇게 많이 본 거야?'라고 말하고 싶은 걸 참고 태성은 애꿎은 북어만 콱콱 씹었다. 추궁이라도 했다간 내가 그네들과 뭘 했다고 그러냐, 의처증도 아니고 왜 아무것도 아닌 것 갖고 질투하고 그러냐고 말할 것 같아서, 그는 그저 화나지 않았다고, 피곤해서 그런다고 얼버무렸다. 태성은 그를 흘끔거리는 승아를 무시하고 묵묵히 밥만 먹었다.

아침을 다 먹은 태성은 수세미로 그릇을 신경질적으로 문질렀다. 잡스런 놈팡이들에게 질투하는 스스로가 한심했다.

그때, 양치를 하고 온 승아가 불시에 뒤에서 그를 꼬옥 끌어안았다. 피곤해도 힘내라며 얼굴에 뽀뽀를 몇 번이고 해 대는 통에 그는 입가로 히쭉히쭉 비어져 나오는 웃음을 참지 못했다. 못마땅한 기분은 어느 틈에 사라졌다.

나갈 준비를 마친 승아가 신발을 신으려 할 때 태성이 그녀를 붙잡았다.

"오늘은 여기에 혼자 있을래?"

태성은 승아를 누나 집에 데려다주는 걸 꺼려하는 얼굴로 말했다. 아영이 이상한 걸 승아에게 줄까 봐 염려를 한 탓이었다.

"왜요? 난 아영 언니 좋던데."

"어젠 불편할 것 같다더니. ……내가 오늘 누나 집에 안 데려다준다고 하면 하루 종일 뭐 할 거야? 글 쓸 거야?"

"음— 여기 혼자 있으면 진짜 심심할 것 같은데요. 너무너무 심심하면 난 아마도……."

승아는 팔짱을 끼고 잠시 생각했다.

"먼저 여기 있는 플라스틱 그릇은 싹 다 버리고, 코팅된 프라이팬도 재활용 쓰레기로 분류할까 해요. 베란다에 있는 난초 배열도 바꾸고. 이것저것 뒤져서 버릴 것 없나 살펴볼까요? 옷장이랑 책상 서랍도 뒤져 볼지도 몰라요."

별생각 없이 승아의 말을 듣던 태성이 옷장 얘기에 사색이 되었다. 옷장엔 콘돔이 있다. 그것도 120개나. 승아는 방실방실 웃으며 명랑하게 말했다.

"유리로 된 반찬 통이랑 스테인리스 프라이팬은 인터넷에서 주문하는 게 더 쌀지도 모르겠네요. 나, 노트북도 써도 되죠?"

"그 발목으로 혼자서 러브하우스라도 찍을 셈이야? 그냥 누나 집에 데려다줄게. 그게 더 낫겠다. 누난 너 오는 걸로 알고 있어."

"뭐예요, 결국 데려다줄 거면서 왜 사람 떠보는 질문을 해요?"

"네가 뭐라 반응할지 궁금해서."

실은, 옷장에 숨겨 둔 것 때문이지만.

"싱겁긴."

신발을 신으며 승아는 쫑알거렸다.

"그렇잖아도 괜히 궁금해했다고 후회하고 있으니까 어서 가자."

그는 서랍에서 권총을 꺼내어 허리띠에 차고 외투를 입었다. 총을 찬 그의 허리춤을 바라보는 승아의 눈에 흥분이 어렸다. 영롱하게 반짝이는 눈으로 숫제 그를 덮칠 듯 바싹 다가갔다.

"그거 진짜 총이에요? 어젠 왜 안 찼어요? 수갑도 있어요?"

"어젠 결재를 못 받아서. 수갑도 있어. 그리고 절대 안 돼!"

"······난 아무 말도 안 했는데?"

"지금 총 만져 보고 싶다고 하려고 했잖아. 가자."

그는 단칼에 거절했다. 승아는 얼굴을 찡그렸으나 지하 주차장으로 가는 내내 그가 잡고 만지작거리는 손을 빼진 않았다.

✻

"오늘도 얼음찜질해야 돼?"

소파에 앉아 있는 승아에게 아영이 커피를 건넸다. 커피 향이 은은하게 주위를 감돌았다.

"부기가 빠져서 이젠 안 해도 될 것 같아요. 아주머닌…… 아직 주무세요?"

"아니, 가셨어."

"벌써요?"

"응. 어젯밤에."

"주무시고 가실 줄 알았어요."

아영의 얼굴에 묘한 미소가 떠올랐다. 아영은 인혜가 왜 어젯밤에 갔는지 승아에게 말해 주고 싶어 입이 근질근질했지만, 참았다. 대신 그녀는 승아에게 오늘은 부쉬 드 노엘을 만들려고 하니 만드는 중간중간에 사진을 찍는 걸 도와 달라고 했다. 요리를 좋아하는 승아는 흔쾌히 응했다.

부쉬 드 노엘은 프랑스에서 전통적으로 크리스마스에 먹는 케이크로 Bûche(부쉬)는 프랑스어로 '장작' 이고 Noël(노엘)은 크리스마스를 뜻했다. 합치면 '크리스마스의 장작' 이란 뜻의 케이크이다.

아영이 만든 부쉬 드 노엘은 진한 고동색 장작 모양이었다. 포크로 초콜릿 크림을 긁어서 나무의 거친 질감을 나타냈고, 초콜릿을 섞은 크림의 농도를 다르게 해서 스펀지에 나이테를 그렸다. 그녀는 마지막 장식으로 새하얀 슈가 파우더를 케이크 위에 솔솔 뿌렸다. 입자가 고운 슈가 파우더는 장작 위에 내려앉은 눈 같았다.

"부쉬 드 노엘의 유래가 뭔지 알아?"

"그냥 겨울이니까 장작 모양을 본뜬 케이크를 먹는 거 아닌가요?"

프랑스인들이 이 빵을 크리스마스에 먹는 이유는 두 가지였다. 프랑스인들은 장작이 타고 남은 재가 화재를 막아 집안의 평화를 가져다주는 일종의 액땜 역할을 한다고 믿었다. 그래서 새해가 되기 전에 장작 모양의 케이크를 먹는 풍습이 생겼다.

또 다른 이유는 로맨틱했다. 어느 가난한 남자가 돈이 없어 장작에 리본을 묶어 연인에게 선물한 것에서 유래했다는 것이다. 크리스마스에 서로의 사랑을 나누자는 의미로 이 케이크를 먹는다고 아영이 말했다.

"태성 씨는 단거 잘 먹는 편인가요?"

"걔는 뭐든 다 잘 먹어."

"크리스마스 때 이걸 만들어 주면 좋아할까요?"

완성된 부쉬 드 노엘을 응시하는 승아에게 아영은 빙그레 웃었다.

"네가 해 주는데 뭔들 안 좋아하겠니. 걔 네가 물만 끓여 줘도 좋아할 거야."

아영에게 태성이 어렸을 때의 이런저런 일화를 들으며 승아는 점심을 먹었다. 후식으로 부쉬 드 노엘을 곁들인 블랙커피를 마시는 중, 그에게서 전화가 왔다.

짧은 통화였다. 수사는 잘 되어 가냐는 승아의 질문에 그는 한숨으로 답했다. 그는 밖에 나가지 말고 집에만 있어야 된다는 당부로 말을 끝맺었다. 물가에 내놓은 애 취급한다는 아영의 놀림에 승아는 옅은 미소를 지었다.

"언니, 저 인터넷 잠깐 사용해도 되죠? 뭘 좀 확인할 게 있어서 요."

태성의 전화를 받고 나서야 빵야가 생각난 승아였다.

"또 집 알아보는 거야? 그냥 태성이랑 같이……."

아영이 말을 하다가 말고 방으로 들어갔다. 그녀는 곧 작은 상자를 갖고 거실로 나왔다.

"……같이 살지."

거실 탁자에 있는 노트북 전원을 누르는 승아에게 아영이 상자를 건넸다. 손바닥보다 약간 더 큰 황갈색 종이상자였다.

"이게 뭐예요?"

"어제 이걸 준단 걸 깜빡했지 뭐야."

아영의 눈이 기이하게 번쩍였다. 승아는 이유 모를 불안함을 느끼며 상자를 받았다.

"지금 열어 봐도 돼요?"

"그럼."

승아는 상자를 열었다. 속에는 검정색 외장하드가 있었다.

"태성이가 외국인 취향인지 동양인 취향인지 내가 알 수가 있어야지."

난데없는 말에 승아는 어안이 벙벙하여 눈만 깜빡였다.

"내가 서양인, 한국인, 일본인별로 분류해 놨으니까 둘이 같이 보면서 사이좋게 연구해 봐. 어떤 게 더 좋은지."

"이, 이게 그럼……."

승아는 말을 더듬었다. 먹처럼 검은빛이 감도는 외장하드가 형광등 불빛 아래 난연히 빛났다. 시꺼먼 것이, 음흉했다. 승아라고 호기심에 야동을 본 적이 없는 적은 아니지만, 그와 같이 보라는 얘기에 어찌할 바를 몰랐다. 다른 사람도 아니고 아영이 그런 말을 하니 더욱더 말문을 잃었다.

"응. 일단 너부터 보고 감상을 한번 적어 봐. 그게 어제 말한 내 조건이야."

아영은 너라도 공부를 해서 태성을 인간으로 만들어 보라는 얘긴 굳이 덧붙이지 않았다. 물론, 승아도 알 건 다 아는 나이지만 지지부진한 우리나라의 성교육 시스템을 유추해 봤을 때, 그 안다는 범위는 작고 막연할 것이라 확신했다.

뭘 배우는 데는 뭐니 뭐니 해도 시청각 교육이 최고다. 오죽하면 옛 어른들도 백문이 불여일견이라는 명언을 남기셨을까? 야동이 썩 좋은 교육 방법은 아니지만 둘은 성인이니까 상관없다. sm 같은 심한 것만 아니면 되지, 뭐.

"1테라짜리야."

"1테라요? 그게 가능해요?"

어마어마한 용량에 놀란 승아는 입을 쩌억 벌렸다.

"여기저기서 모으다 보니 커지더라고."

아영이 상큼하게 웃었다.

"다 보라는 건 아냐. 적당히 보고, 써 봐."

오동통한 아랫입술을 깨무는 승아의 얼굴이 붉었다.

"못—"

그 순간, 아영이 잽싸게 말을 가로챘다.

"생각해 봐. 글 쓰는 장면에 그런 씬도 적어야 될 때 있지? 소설도 다 사람 이야기인데 그런 게 안 나올 순 없잖아."

승아를 설득하는 아영의 표정은 국가 중대사를 논하는 사람처럼 진지했다. 난감한 표정으로 승아는 고개를 끄덕인다.

"그런 것도 봐 두고 해야 글로도 잘 적는 거야."

"언니, 그래두 이건……."

"글 쓰는 공부라고 생각하고 해."

아영이 눈을 사르르 접으며 웃었다.

"있지이, 소설 때문에 경찰서까지 간 걸 내가 실수로 아무한테나, 예를 들어 우리 엄마라든지 말이야…… 말하기라도 하면, 아무래도 곤란하겠지?"

TJ 장혁이 무대를 기어가며 부릅니다, 왠지 모를 그대 모습 너무 익숙하다. 돌아보는 눈에 어지러움 느낀다.

'조용히. Nadodo1004 이 얘기, 승진이 알아도 상관없다고 보면 되나?'

그의 말이 바로 곁에서 들리는 듯 귓가에 맴돌았다. 익숙하다 싶었다. 태성이 협박하던 거랑 똑같다. 둘이 완전, 꼭 닮았다! 외모가 다르다 하여 남매가 닮지 않는 것이 아니었다. 소설을 들먹이며 협박하는 아영은 태성과 피가 섞인 가족임이 분명했다. 뛰는 자 위에 나는 자 있다더니, 아영이 태성보다 더한 것 같았다.

청와대를 테러하는 소설 한번 사실적으로 써 보겠다고 덤볐다가 졸지에 음란마귀가 들끓는 글을 쓰게 생겼다. 지금 이 순간, 승아는 암거래나 법의 테두리를 벗어나는 밑바닥엔 절대로, 두 번 다시는 접촉하지 않기로 결심했다. 그녀는 울며 겨자 먹기로 대답할 수밖에 없었다.

"볼게요. 대신……!"

승아는 사뭇 애원하는 눈빛으로 말만은 단호하게 했다.

"이번 한 번만이에요."

"당연하지. 난 아무것도 들은 적이 없어."

목적을 달성한 아영이 씨익 웃었다. 노트북에서 들리는 윈도우 시작음이 팡파르처럼 경쾌했다.

"그런데, 집 알아보는 거야? 그냥 같이 살……."

"아뇨!"

승아는 아영이 또 협박할까 봐 질겁했다. 그래서 빵야에 대해 설명했다. 아영은 승아가 하는 얘기를 흥미롭게 들었다.

"답쪽지가 왔을지 모르겠어요. 어젠 안 왔던데."

"어젠 여기저기 물어보느라고 답을 못 한 걸지도 모르지. 아니면, 걔가 범인이라서 어떻게 거짓말을 해야 할지 고민하느라 못 보낸 것일 수도 있고."

승아는 로그인해서 쪽지를 클릭하며 말했다.

"빵야는 그런 애가 아니에요. 그냥 총 덕후라서 그런……."

새 쪽지가 한 통 있었다. 빵야에게서 온 것이었다. 쪽지를 읽는 승아의 눈이 커졌다.

누나, 누나가 나승아라면서요? 내가 들었는데, 무기아저씨가 짭새한테 꼰지른 게 누나라고 이를 갈았대요. 아무래도 무기아저씨가 누나네 집에 폭탄을 보낸 것 같아요. 딴 사람은 다 잡혀갔는데 무기아저씨만 애인 집에 숨어 있는 것 같대요. 누나, 몸조심하고 잘 숨어 있으세요.

'무기'는 제일 규모가 큰 총기 사이트 운영자의 닉네임이자 동시에 사제 무기 제조 및 밀매상으로 그 바닥에선 제일 유명한 큰손이었다. 승아의 뇌리에 경기도 인근에서 발견된 무기 제조 비닐하우스 공장의 실소유주는 '무기'라는 기사가 스쳤다.

하지만 그 사람이 어떻게 자신의 이름과 주소를 알아냈을까? 그리고, 경찰한테 꼰질렀다니? 그녀가 아는 것이 무어라고 경찰에게 말한단 말인가.

"자."

옆에서 쪽지를 같이 읽은 아영이 승아에게 전화기를 주었다. 잠깐의 신호음 후, 태성이 전화를 받았다. 승아가 쪽지에 대해 얘기하자 태성이 벼락같이 호통을 쳤다.

— 넌 왜 내가 시킨 대로 안 해?

옆에 있던 아영에게도 들릴 만큼 커다란 목소리였다. 아영의 눈썹이 쌜룩대고 이마에 골이 파였다.

— 내가 쪽지 보내지 말라고 했잖아!

"아, 왜 소리를 지르고 그래요?"

승아는 깜짝 놀랐다는 둥, 귀가 아프다는 둥 불평을 했다.

아영은 혀를 몇 번 찼다. 저래서야, 원. 그녀는 소파에서 일어나 카디건을 걸치고 베란다로 나갔다. 아영은 카디건 주머니에 손을 집어넣어 더듬거렸다. 얇은 손가락에 걸리는 플라스틱의 감촉. 라이터였다.

화분대 위에 놓인 담뱃갑에서 담배를 하나 꺼냈다. 라이터가 찰깍

대고 담배에 빠알간 불이 붙었다. 아영의 입에서 나오는 담배 연기가 실오라기처럼 피어올랐다. 그녀는 담배를 피우며 둘의 통화를 들었다. 태성은 계속 화를 내고 있었다. 목소리가 어찌나 큰지 무슨 말을 하는지 알아들을 수 있을 정도였다.

— 위험할 수 있으니까 그렇지!

그는 계속 고함을 치며 노발대발했다. 승아도 짜증이 났다. 크리스마스 때 부쉬 드 노엘 만들어 주려고 했던 마음이 사라졌다. 부쉬 드 노엘은 무슨 얼어 죽을 부쉬 드 노엘인가. 이놈의 장작인지 부쉬인지를 확 부숴 버리고 말지.

경찰이 선량한 시민의 제보를 이따위로 취급해도 되나? 애인만 아니었으면 관등성명을 대라고 해서 민원 신고해 버리고 싶을 정도였다.

"위험하긴 뭐가 위험해요? 내가 어디에 있다는 소릴 한 것도 아니고, 인터넷으로 확인한 것뿐인데! 쪽지 보내서 안 물어봤으면, 이걸 알아낼 수 있었겠어요? 내가 아니었으면 무기를 잡아야 하는 건지 누구를 잡아야 하는 건지도 몰랐으면서. 지금까지 무기도 안 잡고 뭐 했어요?"

발끈한 승아는 아영이 옆에 있다는 것도 잊고 그에게 따졌다.

— 내가 너한테 말을 안 했을 뿐이지, 무기는 원래 유력한 용의자였어! 그리고, 아이피 추적이라도 해서 그쪽으로 또 폭탄을 보낼지도 모른단 생각은 안 했어? 또, 나 몰래 쪽지를 보냈으면, 미리 말이라도 했어야지! 그렇게 마음대로 로그인해서, 함정일지도 모르는데 함부로 확인하면 어떻게 해?

"아······!"

실수했구나. 금세 풀이 죽은 승아가 태성에게 사과했다.

"미안해요. 그 생각까진 못 했어요."

태성은 땅이 꺼질 듯 한숨을 내쉬었다.

"지금이라도 다른 장소로 옮길까요? 호텔이나……."

— 아니, 아니야. 혼자 움직이면 안 돼.

"그러면 난 어떻게 해요?"

— 넌…….

태성은 잠시 동안 말이 없었다. 승아는 숨을 죽이고 그가 말하기를 기다렸다.

— 거기에 있어. 경찰을 그쪽으로 보내서 지켜보라고 할게. 밖엔 절대 나가지 말고. 알겠지?

"알겠어요. 근데, 경찰한테 꼰질렀단 소리가 무슨 말인지 모르겠어요. 그리고 내 이름이랑 주소도 어떻게 알아낸 것인지도 모르겠구요."

— 더 이상 뭘 할 생각 말고, 넌 하나만 약속해.

"뭘요?"

— 아무것도 하지 않는다. 알겠지? 그냥 얌전히만 있어, 제발. 그게 날 돕는 거야.

"알았어요."

말썽꾼 취급에 승아는 기분이 조금 나빴다. 그러나 이번엔 자신도 실수를 했고, 그가 화내는 이유도 걱정해서 그런 거란 걸 잘 알기 때문에 순순히 대답을 했다.

누나를 바꿔 달라는 태성의 말에 승아는 베란다에서 담배 연기를 내뿜는 아영에게 전화기를 건넸다. 왼손에 담배를 끼고 오른손으로 전화기를 받은 아영은 여보세요라는 말조차 하지 않았다.

"너 목소리 참 크더라? 전화 예절이 너무 훌륭해서 내가 감동받았지 뭐니. 나까지 들으라고 그렇게 고함지른 거지?"

저렇게까지 안 비꼬셔도 되는데. 승아는 황망히 거실로 돌아가 소파에 앉았다. 베란다 문이 열려 있어서 아영의 말은 듣고 싶지 않아도 잘 들렸다. 그녀도 잠깐 장소를 생각 못 하고 태성에게 왈칵 성을 냈던 터라 머쓱했다. 승아는 하릴없이 손을 배배 꼬았다.

— 그게 지금 대수…….

아영은 태성의 말을 가로챘다. 그녀는 불도저처럼 밀어붙였다.

"애가 잘못을 했어도 그렇지, 전화상으로 그게 뭐니, 대체? 안 들으려고 해도 옆에서 다 들리더라. 내가 다 민망하게. 네 옆에 있는 사람들도 다 들었겠다. 아이피 추적이 어쩌고 하는 거 나도 생각 못 한 건 마찬가지니 나도 쥐 잡듯이 그렇게 족치지 그래?"

— ……소리 질러서 미안하다고 전해 줘.

그는 여전히 언짢은 목소리로 사과했다.

— 그건 그렇고! 승아 잘 좀 보살펴. 거긴 안전할 거라고 생각해서 데려다 놨는데 이게 뭐야. 더 이상 인터넷 못 하게 해. 그리고 밖에도 절대 나가면 안 되는 거 알지?

"알겠어. 하여간 잔소리는. 우리가 애도 아니고. 끊어."

담배를 재떨이에 비벼 끈 아영은 거실로 들어왔다. 승아는 소파에 멀뚱히 앉아 있었다.

"괜찮아?"

"네? 네."

"태성이가 소리 질러서 미안하대."

"아니에요. 저도 실수했는걸요. 쪽지 확인하기 전에 말을 했어야 했는데."

기세가 꺾인 승아가 힘없이 대답했다.

"태성이가 당황해서 그래. 원래 그렇게 고함치는 애가 아닌데, 네가 위험한 상황에 또 처할까 봐 그런 거야."

"저도 알아요."

걱정해서 그런 거란 걸.

"언니, 미안해요."

승아는 우물쭈물 망설이다가 말했다.

"나한텐 왜?"

아영의 얼굴에 의아의 빛이 돌았다.

"언니 집 주소까지 노출된 것 같아서요. 쪽지 확인을 여기서 하는 게 아니었는데."

"괜찮아. 설마 여기까지 알아내기야 하겠어? 신경 쓰지 마. 아이피로 정확한 주소 알아내는 게 쉬운 일도 아니고. 그리고 태성이가 경찰을 이쪽으로 보낸다고 했다며? 일 생기면 다시 또 연락 오겠지."

"그래도……."

아영은 강하게 손사래를 쳤다.

"괜찮대도. 나도 쪽지가 뭐라고 왔을지 궁금했는걸. 걱정 마. 별일 안 생길 거야."

승아의 얼굴엔 여전히 근심이 가득했다. 아영은 그녀의 걱정을 없애 주고 싶었다. 그래서 느닷없이 손가락으로 외장하드를 가리켰다.

"기분 전환 겸, 우리 그거나 같이 볼까?"

"네에?"

승아의 눈이 화등잔만큼 커졌다. 그녀는 말도 못 하고 눈만 껌벅거리며 아영을 쳐다봤다.

"농담이야. 뭘 그렇게 놀라?"

아영은 쿡쿡 웃으며 탁자에 놓여 있던 노트북을 들었다.

"난 오전에 찍은 사진 정리도 하고, 작업을 해야겠어. 넌 뭐 할래? 영화를 봐도 되고, 아니면 책 읽을래?"

아영은 왼쪽에 있는 책장을 손짓했다. 흰 책장에는 책뿐만이 아니라 영화 DVD도 빽빽이 꽂혀 있었다. 승아는 둘 다 하기로 했다. 아영이 블로그에 올릴 사진을 선별하고 글을 쓰는 사이 승아는 영화도 보고, 책도 읽으면서 그리고 리무버를 빌려 손톱 매니큐어를 지우며 근심을 잊으려 노력했다.

Chapter 12

사물을 분간하기 어려울 정도로 태양이 죄지은 듯 어둠 속에 숨어
드는 시간.

태성은 광역수사대 건물 뒤쪽에 있는 주차장으로 걸어가며 휴대
폰을 꺼냈다. 광역수사대에서 새어 나오는 불빛이 어둑한 주차장을
비췄다. 차는 몇 대뿐이었다. 담벼락 위에 있는 무성한 수풀이 바람
에 살짝 흔들렸다. 그는 무심히 주차장 담벼락을 보아 넘겼다.

"누나, 나야."

태성은 전화를 하며 원격시동경보기 버튼을 눌렀다. 삑 하는 소리
와 함께 차의 잠금장치가 열렸다.

"승아 좀 바꿔 줘."

그는 차 문을 잡고 선 채로 승아가 전화를 받기를 기다렸다.

"승아야? 좋은 소식과 나쁜 소식이 있는데, 뭐부터 들을래?"

큰 목소리는 아니지만, 그렇다고 해서 옆에 있는 사람이 못 들을

정도로 작은 목소리도 아닌, 적당한 음성으로 태성이 질문했다.

— 음, 좋은 거! 좋은 소식부터 말해 줘요.

태성은 발랄한 승아의 말투에 미소를 지으며 차 문을 열고 운전석에 앉았다. 문을 닫는 찰나, 불현듯 그는 누군가의 시선을 느꼈다.

그는 고개를 돌려 뒤를 돌아보았다. 그러나 아무도 없었다. 있는 것이라고는 담벼락 위에 있는 무성한 수풀뿐. 사람이 숨어도 잘 보이지 않을 만큼 잡목과 넝쿨이 우거져 있는 수풀이었다. 그는 자세히 수풀을 관찰했지만 바람에 잎이 흔들리는 것 말고는 평소와 똑같았다.

"이제 넌 자유야."

— 벌써? 하루도 안 지났는데 범인 잡은 거예요? 나 이제 안 숨어 있어도 되는 거죠?

"응. 다 끝났어."

— 아, 정말 다행이다! 진짜 잘됐어요! 올 때 내 휴대폰 잊지 말고 가져와요!

"폰은 한참 전에 챙겼지."

승아의 환호성에 태성은 싱글벙글 입이 째지도록 웃었다. 자세를 바로 한 태성은 안전벨트를 하고 시동을 걸었다. 그는 핸즈프리를 끼고 아영의 집으로 출발했다.

— 범인이 무기 맞았어요? 어떻게 잡았어요? 진짜 빵야 말대로 내연녀 집에 숨어 있었어요?

빵야가 알려 준 정보를 토대로 무기의 동료들 중 구속된 이들을 집중적으로 심문한 태성의 팀은 내연녀의 이름과 집을 어렵사리 알아냈다.

무기가 워낙에 애인의 존재를 꽁꽁 숨겼기 때문에 무기의 동료들은 무기에게 애인이 있다는 걸 짐작은 했지만 그녀가 누군지는 몰랐다. 가장 큰 사업 파트너 한 명만 그녀에 대해 알고 있었다.

그는 모르쇠로 발뺌하다 계속된 취조에 지쳐 아는 바를 다 털어놓았다. 무기는 내연녀의 명의로 된 대포폰이 하나 더 있는데, 그 폰은 그녀와 통화할 때만 사용한다고. 그것은 무기의 통장과 통화 내역 조사에선 건져 낼 수 없었던 정보였다.

경찰은 무기가 차명계좌를 사용하고 있으리라 예상했는데, 아니나 다를까 내연녀의 이름으로 된 통장에 큰 금액의 돈이 수시로 입출금된 것을 확인할 수 있었다.

범인이 내연녀의 집에 숨어 있다는 정보를 보고받은 광역수사대 권 총경이, 강력범죄수사 1팀과 2팀 출동을 은밀히 지시했다. 다른 경찰서에서 공을 가로챌까 봐 안달이 난 권 총경의 걱정이 무색할 정도로 강력범죄수사팀은 범인을 쉽게 검거했다.

슬리퍼를 찍찍 끌며 담배를 사러 나온 무기와 강력범죄수사팀이 골목길에서 마주쳤다. 사복을 입었지만 눈빛과 기세에서 뿜어져 나오는 경찰들의 포스는 감추기 어려웠다. 이상한 낌새를 느낀 무기는 도망치기 시작했다.

운동신경이 뛰어난 강력범죄수사팀이 북한당 간부 체형 같은 배불뚝이 아저씨 한 명을 쫓아 달리는 것은 식은 죽 먹기였다.

무기는 열심히 뛰었지만 뒤쫓는 경찰들과의 거리는 점점 좁혀졌다. 뛰기에 불편한 슬리퍼는 발에 거치적거렸고, 결국 무기는 슬리퍼에 걸려 자빠졌다. 그리고 팀원들 중 가장 빠르게, 누구보다도 열심히 달리던 태성이 그 위를 덮쳤다.

무기는 모든 것을 술술 털어놓았다.

승아가 광역수사대에 조사받으러 왔던 날, 사제 무기 제조 관련으로 취조받던 남자가 승아를 목격했다. 그는 무기와 잘 알고 지내던 브로커였다. 그는 몰래 무기에게 언질을 주었다. 경찰서에 취조받으러 온 Nadodo1004를 봤는데, 경찰과 친분도 있어 보였다고.

그렇잖아도 패거리가 모조리 다 구속되는 바람에 사이트 회원 중 경찰의 끄나풀이 있진 않을까 의심하던 차에, 광역수사대 출입을 하며 수사대 반장과 친분까지 있어 보이는 승아가 밀고자라고 오해를 단단히 샀다. 승아가 이 사이트 저 사이트 모조리 다 들락날락하며 채팅을 하는 바람에 그쪽에서도 나름 유명했던 것이다.

총기를 제조 밀매하는 사업이 엉망이 된 무기는 앙심을 품고 승아에게 폭탄을 보냈다. 폭탄이 조잡했던 이유는 홧김에 급하게 만들었기 때문이라 했다. 승아의 주소는 이름과 아이디를 이용해 구글에서 알아냈다고 무기는 진술했다.

"그리고 너, 구글에 Nadodo1004 아이디랑 주소 지워 달라고 신청해야겠더라."

— 뭐야, 내가 광역수사대에 가서 조사받는 바람에 일이 이렇게 커진 거였어요? 어쩜…… 근데, 무기 그 사람은 아저씨 아니에요? 배달은 20대 후반이 했다면서요. 배달한 사람도 잡았어요?

"배달한 사람은 아직 못 잡았어."

무기는 서울역에 있는 노숙자를 씻겨서 돈 주고 배달시킨 거라고 자백했다.

노숙자는 상자 안에 들어 있는 것이 무엇인지도 모르고 배달했다. 범인은 잡았고 무기가 폭탄을 만들었다는 증거도 무기의 집에서 발견했다.

그러나 태성은 배달했다는 노숙자를 찾아내지 못한 것이 못내 찜찜했다. 무기는 혼자서 저질렀다고 했지만 배달한 이가 공범일지도 모른다는 의심 때문이었다.

반면, 광역수사대 권 총경은 하찮은 수색작업은 다른 경찰이 하도록 놔두라는 둥 오늘만큼은 정시에 퇴근해도 된다는 둥 신이 났다. 대통령 앞에서 손금이 닳도록 손을 비벼 대는 경찰청장에게 엿을 먹여서 좋다나.

— 그렇구나. 엄마한테 전화해서 다 해결됐다고 얘기해도 돼요?

"응. 상관없어. 오늘 저녁 뉴스에도 보도될 거야."

— 정말, 정말, 정말 잘됐어요. 이제 학교에도 갈 수 있겠네.

감금생활이 끝났단 소식에 승아는 많이 들뜬 듯했다. 목소리가 평소보다 한 옥타브는 올라가 있었다. 학교 간다는 게 저리도 좋을까.

— 오늘은 언제 와요?

"지금 가고 있어. 20분 내에 도착할 것 같아."

— 네. 아영 언니가 저녁 해 준다고 먹고 가래요.

"알았어. 저기, 나쁜 소식은 안 물어봐?"

— 뭔데요?

태성은 얼른 말을 하지 않고 머뭇거렸다.

— 나 긴장되게 왜 뜸 들이고 그래요. 빨리 얘기해요.

"사건이 해결되었으니, 이제 집으로 돌아가야 하잖아. 나랑 떨어지는 게 나쁜 소식이지. 다른 게 나쁜 소식이겠어?"

그는 그것도 모르냐는 듯 서운한 감정을 숨기지 않았다.

— 나 돌아간다니까 섭섭해요?

그녀는 들뜬 목소리로 키득거렸다.

"뭐, 아무래도 그렇지. 넌 안 섭섭해?"

승아가 말은 안 하고 웃기만 하자 그는 그녀를 재촉했다. 빨리 그렇다고 대답 안 하면 삐칠 태세였다.

"나만 이런 거야?"

— 앞으로 자주 보면 되잖아요. 근데 있잖아요…….

그녀는 말을 하다 말고 잠깐 틈을 두더니 나지막이 소곤댔다.

— 나랑 단둘이서만 있는 거 말이에요. 잘 때 힘들지 않았어요? 참으면…….

태성은 눈에 띄게 몸을 떨었다. 불면 아닌 불면의 달콤한 밤이 생각난 덕택이다. 그는 핸즈프리를 끼고 있으면서도, 운전해야 하니 끊자고 무뚝뚝하게 말하고 전화를 끊어 버렸다.

승아는 전화기를 붙잡고 킥킥 웃었다. 태성 씨가 당황했어. 당황해서 전화를 그냥 끊어 버린 거야. 그녀는 뭣 때문에 그렇게 웃냐, 웃으려면 같이 웃자는 아영의 말엔 범인 잡혀서 좋아서요, 하고 둘러대고 김 여사에게 전화를 했다.

범인이 잡혔다는 소식에 김 여사는 이제 날을 잡기만 하면 된다고 뛸 듯이 기뻐했다. 상견례는 올해 가기 전에 해야겠다고 말하는 모친 때문에 승아는 움찔했으나 별다른 대꾸를 하지 않았다. 괜한 소리를 하면 말이 길어지기 때문이었다. 아영의 집에서 전화로 모친과 왈가왈부하고 싶진 않았다. 태성 씨하고도 얘기한 적 없는 일이기도 했고.

뭐, 엄마와는 나중에 해도 늦지 않겠지.

창살 없는 감옥에 갇혀 있다가 해방된 기분은 정말 좋았다. 그녀는 이제 어디에도 갈 수 있다. 방을 새로이 구하고 이사를 해야만 하는 귀찮음은 있으나 자유를 되찾은 기분에 비할 바가 못 된다. 곧 졸업인데 사건이 빨리 해결되지 않으면 수업도 못 듣고 시험도 못 칠까봐 은근히 걱정을 했던 터라 한결 마음이 놓였다.

범인이 붙잡혔으니 태성 씨와 데이트도 하고 그래야지. 수영장에도 가고. 승아는 콧노래를 불렀다.

아영도 기뻐하며 솜씨를 발휘해 거한 저녁을 차렸다.

느긋하게 저녁을 먹은 승아와 태성은 아영의 집을 떠났다. 9시를 훌쩍 넘긴 뒤였다. 승아는 태성과 정답게 깍지를 끼고 1층 현관을 지나, 주차장으로 걸어갔다. 태성은 승아에게 자기가 없을 땐 절대 술많이 마시지 말라며 주의를 주고 있었다.

퍽!

갑자기, 그녀의 앞쪽에서 둔탁한 소리가 났다. 소리에 놀란 승아는 흠칫했다. 그녀의 앞에 있던 차의 창문이 깨져 있었다. 태성이 그녀를 옆으로 밀쳤다.

승아는 땅바닥에 넘어져 굴렀다. 그리고 허벅지에 날카로운 통증을 느꼈다.

"이런 젠장!"

태성이 이를 갈며 욕을 했다. 상황에 어울리는 말을 적재적소에 사용할 줄 아는, 커뮤니케이션에 일가견 있는 그녀의 남자다웠다.

"승아야, 괜찮아?"

태성이 포복 자세로 날렵하게 그녀 쪽으로 왔다. 그녀는 차의 측면에 대자로 엎어진 상태였다. 승아는 고개를 들었다. 가로등 불빛

아래 그의 얼굴이 새파랗게 변해 있었다. 그는 폰을 꺼내며 육두문
자를 거칠게 내뱉었다.

땅바닥에 꽤나 심하게 엎어지며 머리를 부딪치는 바람에 골이 살
짝 울리듯 아픈 와중에도, 그가 욕을 참 찰지게 잘한다는 감탄이 드
는 걸 보니 사고는 정상적으로 할 수 있는 것 같았다. 다행히 뇌진탕
은 아닌 것 같았다.

"아마도…… 괜찮은 거 같아요."

승아는 확신 없는 목소리로 답했다. 왠지 모르게 욱신거리는 왼쪽
허벅지 때문이었다.

방금 유리를 깨뜨린 건 총알이었다. 그는 엎드려 있는 승아를 일
으켜 차 앞바퀴에 기대어 앉게 했다. 또 다른 총격이 있을 경우 그녀
의 몸을 보호하기 위해서였다. 자동차 밑바닥을 향해 총을 쏠 경우
방금처럼 엎어져 있으면 속수무책이었다. 차의 창문이 깨진 것으로
보아 조준 방향을 예측했을 때, 이것이 제일 안전하다고 판단했다.

그는 전시에 처한 군인처럼 그녀에게 명령했다.

"여기서 꼼짝도 하지 마!"

그녀는 굳이 답을 하지 않았다. 머리가 띵해서 일어나고 싶어도
못 일어날 것 같았다. 모든 것이 꿈만 같았다.

승아는 멍하니 태성을 보았다. 그는 손에 쥔 폰으로 지원요청 전
화를 했다. 다급하게 총기 사건이라고 말하고 두 방이 발사되었다고
했다. 태성이 속사포 쏘듯이 위치를 급하게 말했다. 연이어 아영에게
도 전화해서 밖에 절대 나오지 말라고 했다.

태성은 몸을 낮추고 뒷바퀴 쪽으로 살금살금 움직였다. 고개를 차
위로 살며시 빼내어 반대편을 확인하고 몸을 다시 낮췄다. 가로등

불빛에 의지해 건너편에 있는 가로수를 보았다. 아무도 없었다. 주차된 차들 말고는. 총은 가로수가 있는 쪽에서 발사된 것 같았다.

"그, 그게, 총, 총격이었어요?"

그는 승아의 말엔 아랑곳없이 무기력한 상태에 처한 자신에게 욕설을 퍼부었다. 오늘 오후까지만 해도 갖고 있던 총은 퇴근 직전에 반납했다. 하루만 더 늦게 반납할 것을. 그는 뼈저리게 후회했다.

"누군지 봤어요?"

그녀는 소곤거리듯 낮은 어조로 물었다.

"못 봤어."

입안이 썼다. 태성은 불안함에 심장이 졸아들었다. 차 뒤에 숨어 있는 것은 임시방편에 불과했다. 이쪽으로 다가와서 총을 쏜다면 별다른 방도가 없다.

시꺼먼 긴장감이 가슴을 짓눌렀다. 도망친다 해도 부상을 피하는 데에는 한계가 있다. 또 다른 질문을 하려고 입을 여는 승아에게 그가 손짓으로 조용히 할 것을 지시했다.

둘은 귀를 기울였으나 아무런 소리가 들리지 않았다.

문득, 아파트 단지 내 한쪽 편에서 어린아이가 친구에게 장난을 치는지 와, 하는 소리를 지르며 뛰어가는 것이 들렸다. 승아는 모든 것이 비현실적으로 느껴졌다. 그녀는 웬 사이코에게 총 맞아 죽을 뻔했는데 애들은 놀고 있다. 불공평한 현실이다. 짜증나게.

왼쪽 허벅지가 자꾸만 쑤셨다. 왜 이럴까. 승아는 자신의 허벅지를 보았다.

청바지 색이 달랐다. 왼쪽이 오른쪽보다 더 짙은 색이었다. 손가락으로 그 부분을 살짝 눌러 보았다. 대바늘로 쿡 찌르는 것 같은 통

중에 승아는 신음을 흘렸다.

황급히 아픈 부분에서 손을 떼는데, 손가락에 진득한 물기가 묻어 났다. 손을 눈에 가까이 가져갔다. 피였다. 토하겠다. 인지하자마자 속이 뒤집힐 듯 울렁울렁거리기 시작했다.

신음성에 태성은 고개를 돌려 긴장감 서린 표정으로 승아를 응시 했다.

"나 피나요."

그의 안색이 달 없는 밤보다 더 어두워졌다. 태성은 차 위편으로 고개를 쳐들어 반대편 가로수 쪽을 흘끔 살핀 후, 쪼그려 앉은 채 그 녀에게 다가왔다.

"어디에 맞았어?"

"왼쪽 허벅지요."

태성은 대경실색했다. 그는 주머니에서 볼펜 크기 정도의 손전등 을 꺼냈다. 물처럼 흐르는 흰 불빛이 다친 부분을 비췄다. 청바지가 시뻘건 피로 물들어 있었다. 눈으로 피를 보니 그녀의 속이 더 메슥 거렸다. 어두워서 이 정도로 피가 많이 난 줄 몰랐다.

그는 또 상스러운 말을 내뱉었다. 욕의 대상은 범인이었다. 참 쫄 깃하게 하네. 어디서 저런 듣도 보도 못한 욕을 배웠는지. 그녀가 하 고 싶은 걸 알고 그가 대신 해 주는 것 같았다.

"제기랄, 많이 아파? 왜 진작 말을 안 했어? 상처를 좀 봐야겠 어."

그는 주머니에서 스위스 아미 나이프를 꺼냈다.

"몰랐어요. 따끔하다고 생각하긴 했는데, 내가 뭐 총을 맞아 본 적이 있어야지……."

승아는 토기를 무시하고 가볍게 말하려 노력했다. 태성은 나이프에 있는 가위를 꺼내어 청바지를 오리기 시작했다.

"안 되는데! 아직……."

할부가 남았는데.

그는 웅얼대는 승아의 말은 듣지 못했다. 신속하게 청바지를 오리고, 손전등 불빛에 의지해 상처를 자세히 관찰했다. 승아는 곁눈질로 허벅지를 훔쳐보았다. 상처가 징그러워 진저리를 쳤다.

그녀는 부러 고개를 들어 앞을 응시했다. 어두컴컴했다. 그녀의 기분도 어둡게 침잠하기 시작했다.

허벅지도 아프고 마음도 아팠다. 이 청바지는 김연아가 아이스쇼했을 때 입은 청바지로 가격도 고가라서 수백 번 고민 끝에 할부로 지른 것이었다. 그리고 그녀가 가진 청바지 중 가장 비쌌다.

그래서 받자마자 바로 입지도 못하고 옷장에 넣어 뒀다가 만졌다가를 수십 번을 반복한 뒤에 착용하기 시작한 사연이 있는 청바지였다. 몇 번 입지도 않았건만 영원히 안녕하게 생겼다. 왜 하필 이 옷을 입었던 걸까. 도대체 왜! 하필이면! 보세 청바지도 쌔고 쌨는데! 총 맞은 것도 억울한데 아끼는 청바지까지 이 지경이라니!

으으으! 부아가 치밀었다. 그녀는 파도보다 거세고 폭풍보다 거친 화를 주체 못 하고 이를 으득 갈았다. 태산이 높다 하되 분노 아래 뫼이로다.

태성은 안쓰러운 표정으로 인상을 찡그린 그녀에게 말했다.

"많이 아파?"

그는 또다시 고개를 들고 총이 발사된 것으로 추정되는 곳을 급히 살펴보았다. 여전히 고요했다.

"괜찮아, 이 정도면. 총알이 박힌 건 아니고 스쳤어."

이 정도가 괜찮다고? 총만 있으면 쏴 버리고 싶은데? 당연히, 태성 씨가 아니라 총 쏜 놈을.

그는 뒷주머니에서 꺼낸 손수건을 승아에게 주었다.

"지혈해야 돼. 손으로 꽉 눌러. 상처가 얕아서 다행이다."

승아는 그가 시킨 대로 오른손으로 상처를 눌렀다.

다행이라고?!

붉은 핏방울이 손수건 전체로 번져 간다. 허벅지도 다치고 신줏단지 모시듯 아껴 입던 김연아 청바지가 넝마가 되었는데 뭐가 다행인가?

생각해 보니, 핏물은 빨 수 있다지만 청바지를 걸레로 만든 건 태성이었다. 할부도 남았는데! 총은 범인이 아니라 태성에게 쏴 버려야 할지도 모르겠다. 어떻게 만드는지 방법도 대강 기억하고 있는데.

아, 열 받아서 그런지 머리가 핑 돌았다. 토할 것 같다. 승아는 고개를 옆으로 돌리고 헛구역질을 몇 번 했다.

먹장구름이 잔뜩 낀 얼굴을 한 태성이 승아를 보았다. 달래려는 듯 그는 그녀의 왼손을 꽉 잡고 전화로 구급차를 요청했다. 사이렌 소리가 저쪽 아파트 입구에서부터 들려온다. 경찰차였다. 태성은 한결 안심한 표정을 지었다.

그가 전화를 하고 얼마 되지도 않았는데 출동이 아주 빨랐다. 그녀의 집에 배달된 폭탄 때문에 온 것보다 더 빠른 듯했다. 경찰이 경찰에게 신고를 해서 그런가?

경광등을 번쩍이며 나타난 경찰차들의 웽웽거리는 요란한 등장에 지나가던 아파트 주민들이 발걸음을 멈추고 하나둘씩 모여들었다.

태성은 승아의 손을 놓고, 도착한 다른 경찰들—과학수사대가 적힌 유니폼을 입고 있는—과 총을 쏜 방향과 수색을 의논하기 시작했다. 경찰이 노란색 테이프를 그녀가 있는 사건 현장에 쳤다. 집에 있던 사람들도 밖으로 나와서 구경하기 시작했다.

맙소사, 동물원 원숭이가 따로 없다. 그녀는 분명 총 맞은 사람에 불과한데 말이다. 피는 철철 흘리고 있지만.

경찰은 계속, 끊임없이 왔다. 이번엔 또 몇 명이나 오려는지. 승아는 잠자코 상처만 누르고 있었다. 얼룩진 손수건이 축축했다. 피를 흘려서 그런지 기운이 없었다. 이번 달엔 헌혈을 안 해서 다행이다, 피가 모자랄 뻔했어, 하는 시답잖은 생각을 하는데 아영이 혼비백산을 해서 뛰어왔다.

경찰차 소리에 집 밖으로 나온 아영은 노란 테이프도 뚫고 승아의 곁으로 왔다. 나가라는 경찰의 말에 그녀는 가족이라고 말했다. 아영은 승아 옆에 쪼그려 앉아 어찌 된 일인지, 많이 다친 것인지 물었다.

총알에 스친 정도라 상처는 이 정도면 심각한 거 아니라는 말을 했지만, 아영은 승아가 잘못될까 불안해하는 기색이 역력했다. 무언가 필요한 것이 없냐고 묻는 아영에게 승아는 울상을 지었다.

"김연아 청바지 새 거, 말짱한 거로요."

라고 말하고 싶었지만 불행히 저 말을 입 밖에 꺼낼 정도로 정신이 가출한 것은 아니었다. 승아는 그저 목이 말라 물이 마시고 싶으며, 김 여사에게 전화를 해 달라 부탁했다.

"너희 어머니 서울에 계시니까 곧 오실 수 있어. 여기로 오시라고 해? 아니면 병원으로 오시라고 할까?"

"엄마가 서울에 있다고요? 아니, 왜요? 그리고 그걸 언니가 어떻게 알아요?"

승아는 눈을 가늘게 떴다. 수상쩍다. 그녀가 모르는 뭔가가 있는 것 같았다.

"스쳤다고 했지? 마포에 잘 꿰매는 병원이 있어. 아마 거기로 갈 거야. 병원으로 오시라고 할게."

아영은 대답을 해 주지 않고 집으로 뛰어갔다. 김 여사가 서울에서 뭘 하는 거지? 승아는 고개를 갸우뚱거렸다. 뭐, 오시면 알게 되겠지. 그녀는 한숨을 쉬었다.

허벅지는 여전히 욱신욱신거렸다. 손수건을 떼어 내서 상처를 확인하고 싶었지만, 참았다. 이렇게 피를 계속 흘리다간 과다출혈로 죽는 건 아닐까. 아직 죽기엔 못 해 본 것도 많고 유언도 안 적어 놨는데. 병원은 언제 가는 걸까? 구급차가 오기 전에 병원에 바로 가면 안 되냐고 묻고 싶었으나 태성은 정신없이 바빠 보였다.

이제나저제나 물어볼 타이밍만 재는데, 119 구급차가 도착했다.

약상자를 든 남자 구급대원 두 명이 그녀에게 다가왔다. 몸집은 작지만 배가 나온 아저씨 구급대원은 안경을 끼고 있었다. 각진 턱에 진한 갈매기 눈썹을 가진 다른 구급대원은 안경 낀 구급대원보다 젊었다. 그들은 그녀의 옆에 앉아 약상자를 열었다.

사건 현장은 경찰과 구경꾼들로 인해 소란스러웠다. 경찰 무전기가 지직거리는 소리가 여기저기서 들렸다. 승아의 시야에 태성은 더이상 보이지 않았다. 시장 바닥처럼 시끄러운 장소에서 구급대원들은 그녀의 맥과 혈압을 재었고, 그 외에도 몇 가지 기본적인 처치를 했다.

"명사수인 건지 오사수인 건지……. 하여간 이 정도라니 운이 좋았네요."

안경 낀 구급대원이 그녀의 허벅지에 압박붕대를 감으며 말했다.

"대퇴부 동맥이나 정맥을 다치면 과다출혈 때문에 쇼크사 할 수도 있거든요. 피는 피대로 보면서도 배나 가슴이 아니라서, 모르는 이들이 보기에 덜 위험한 곳이니 죽으려는 의도가 없었다고 변명하기에도 좋은 부위죠. 저기, 저—쪽에 있는, 최 반장도 그래서 예전에 허벅지에 칼 맞았을 때 위험할 뻔했죠."

구급대원은 다른 곳에서 목소리만 띄엄띄엄 들리는 태성을 언급했다. 갈매기 눈썹은 승아를 흘끔흘끔거렸다.

'그래서 허벅지에 맞았다고 했을 때 태성 씨가 그렇게도 욕을 해댔구나.'

그녀로서는 몰랐던 일이었다. 신문 기사에는 그런 얘기까진 나오지 않았다. 그저, 태성이 허벅지를 다쳐서 아팠으려니, 하고만 여겼는데.

압박붕대 감는 작업이 끝나고 승아는 구급대원들이 가져온 주홍색 매트리스가 깔린 들것에 실려 구급차 뒤쪽에 탔다.

때마침, 도톰한 카키색 야상을 입은 아영이 구급차에 왔다. 그녀는 어머니와 얘기해 보라며 들고 있던 폰을 승아에게 건네었다. 딸의 생사를 목소리로 확인한 김 여사는 범인을 능지처참해도 부족하다며 게거품 물고 흥분했다. 그녀는 병원에서 곧 보자는 말로 통화를 끝맺었다.

승아가 통화를 하는 동안, 아영은 외장하드가 든 작은 종이가방이 구급차 안에 없다는 것을 매의 눈으로 발견하고 사건 현장으로 돌아가 그것을 챙겼다. 그리고 그녀는 보호자를 자처하며 구급차 뒤쪽에 올라탔다.

갑자기 경찰들이 한층 더 요란스러워졌다. 총이 발사된 정확한 장소를 발견한 모양인지, 관목이 우거진 부근에서 플래시가 엄청 터졌다.

안경 낀 구급대원이 구급차 뒤쪽에 올라타고 갈매기 눈썹 구급대원이 구급차 뒷문을 닫으려 했다. 그때, 이마에 근심 어린 내 천 자를 쓴 태성이 문틈 사이로 불쑥 머리를 들이밀었다.

"승아야, 괜찮아? 어때?"

"그냥 그래요."

통증은 여전했다. 압박붕대를 감는다고 해서 달라질 아픔이 아니었다. 안경 낀 구급대원이 태성에게 오랜만이라며 악수를 청했다. 태성이 '그 정형외과'로 가 달라고 부탁하자 구급대원은 고개를 끄덕였다. 그는 씩 웃으며 태성에게 새끼손가락을 까딱까딱거렸다.

"이거야?"

태성은 멋쩍게 웃었다. 구급대원은 히죽대며 나중에 청첩장 돌릴 때 자기를 빼먹지 말라는 농담을 했다.

승아는 그들의 사적인 일이 언급되는 것이 난처했다. 왜 빨리 병원에 갈 생각은 않고 이런 얘기로 시시덕대는 것인지. 상처가 안 심하다고 하더니 구급대원들의 태도가 느긋했다. 소중한 청바지 훼손과 아픔으로 짜증이 켜켜이 쌓인 승아의 얼굴을 본 아영이 태성의 옆구리를 팔뚝으로 찔렀다. 시답잖은 소린 그만하고 어서 출발하자고.

"구급차 따라갈게. 병원에서 봐."

뒷문이 닫히고 갈매기 눈썹 구급대원이 조수석에 앉았다. 구급차
운전은 승아의 시야에선 보이지 않는 다른 구급대원이 했다. 구급차
가 도로를 쌩쌩 달렸다.

"지금 가는 병원은 태성이가 다쳤을 때 입원한 곳이야. 실력이 좋
긴 한데, 좀 많이, 심하게 허름하거든? 너무 놀라진 마."

승아는 아영의 경고를 새겨듣지 않았다. 병원이 후져 봤자 얼마나
후지겠어. 그러나 구급차 내에 있던 구급대원 모두가 그 병원이 좀
그렇다고, 그 흔한 CCTV도 없는 병원이지만 그 정형외과만큼 잘하
는 곳은 없다고, 서울에서 웬만한 종합병원이나 대학병원보다 더 낫
다고 이구동성 입을 모았다.

도로를 질주하던 구급차가 사거리도 아닌 듯한 곳에서 우회전을
했다. 차 한 대가 겨우 들어갈 만한 좁은 골목에 들어선 구급차는 직
진만 500미터를 했다.

병원엔 주차장도 없었다. 골목 사거리 길가에는 모조리 차가 주차
되어 있어 먼저 주차하는 사람이 임자임을 적나라하게 드러냈다.

병원에 도착한 승아는 간이침대 두어 대가 놓인 정문을 지나쳐 1
층 응급실로 옮겨졌다. 닳아서 해질 대로 해진 침대보를 본 승아는
말문을 잃었다. 때가 끼어 꼬질꼬질했다. 이것은 빤다고 깨끗해질 만
한 때가 아니었다.

침대보뿐만이 아니었다. 병원 건물도 한없이 낡아서 마치 유령이
나올 것만 같았다. 그녀는 몇 초간 이곳이 남한이 맞는지 의심했다.
북한 병원도 이보단 낫겠다. 24시간 병원이라 사람도 많아서 번잡스
러웠다.

간호사가 그녀가 누워 있는 침대에 커튼을 쳤다. 그녀들은 신속하

게 승아의 옷을 벗기고 구린 환자복을 입혀 주고, 압박붕대를 풀었다. 승아는 벌건 상처를 볼 용기가 도저히 나지 않아 고개를 돌려 외면했다.

"심하진 않네요. 소독이 좀 아파요. 참으세요."

체온과 맥박, 혈압 등을 재는 기본적인 검사를 한 뒤, 이상 없음을 확인한 간호사가 매섭게 상처를 소독했다.

승아는 주먹 쥔 손을 움찔움찔거렸다. 그렇잖아도 쑤시는 상처에 불로 확 지지는 것 같은 아픔이 겹쳤다. 간호사가 설명하는 식염수와 베타딘이 어쩌고저쩌고는 환청처럼 아련하게 들렸다.

커튼이 열리고 두꺼운 안경을 낀 빼빼 마른 의사가 들어왔다. 피곤한 기색이 완연한 의사는 고개를 땅바닥에 처박고 하품을 했다. 의사는 승아를 쳐다보지도 않고 라텍스 장갑을 끼고 허벅지 상처부터 살폈다.

"근육 손상은 없고 살가죽만 스친 정도네요. 피가 많이 났지만 걱정할 정돈 아닙니다. 부분 마취부터 하고……."

의사가 얼굴을 들었다. 신경질적인 얼굴이 만개한 꽃처럼 피어났다. 그는 입을 헤 벌리고 몇 초간 승아를 감상했다. 의사는 입을 귀에 걸고 승아를 향해 윙크를 했다.

"흥 안 지게 최선을 다하겠습니다. 저만 믿으세요. 제가 이 병원에선 봉합을 제일 잘합니다. 간단한 시술이니 겁먹지 마세요."

달달한 꿀을 잔뜩 머금은 목소리였다. 간호사들은 의사의 언행에 눈이 둥그레졌으나 아무런 말도 하지 않았다.

"네. 의사 선생님만 믿을게요."

이놈의 미친 미모란. 승아는 속으론 자조했으나 상냥하게 미소를 지어 보였다. 봉합을 앞둔 의사를 위한 격려였다. 국보급 허벅지에 흉터가 남으면 국가적 손실이지 않겠는가.

부분마취를 한 다음, 의사는 마취가 제대로 되었는지 확인한답시고 허벅지를 쿡쿡 찔러 댔다. 그는 제대로 되었다며 함박웃음을 지었다.

그리고 마치 이 수술이 그의 의술 인생에 있어 최후의 수술인 것처럼 장인의 정신으로 혼신을 다해 바늘을 찔렀다. 마취 탓에 다리가 코끼리만큼 부은 느낌이라 피부가 바늘을 찌르는 감각은 기이했다.

봉합이 끝나고 간호사가 붕대를 감는 동안, 의사는 항생제와 진통제를 처방하고 일주일 동안 조심해야 하며 물에 닿으면 안 된다고 주의를 줬다. 영구적인 손상은 없고 일주일 정도는 불편하겠지만 한두 달 정도 지나면 멀쩡해진다나.

실밥 푸는 것은 일주일 뒤로, 그동안 입원할 것을 권유한 의사는 간호사가 서류 처리와 휠체어를 가지러 나갔는데도 자리를 떠나지 않고 미적거렸다. 이곳은 입원실이 1인실이 없으니, 환자가 없는 1인실 같은 2인실에 입원시켜 주겠다는 둥, 실밥도 자기가 풀어 주겠다는 둥 의사는 계속 옆에서 꾸물댔다.

그의 입에서 자신은 아직 결혼도 하지 않고 애인도 없어서 상처가 아플 땐 언제든지 호출하면 무조건 달려올 수 있다는 소리까지 나왔을 때 커튼이 확 젖혀졌다. 날카로운 이빨을 드러내며 맹렬히 포효하는 맹수, 태성이었다. 그는 아영과 함께 승아의 시술이 끝나길 기다리고 있었다.

"끝났습니까?"

숨통을 조이는 험악한 시선. 뾰족한 칼을 품은 태성의 안광이 예리하게 빛났다. 의사는 굶주린 호랑이에게서 도망치는 사슴처럼 꽁지가 빠져라 달아났다. 태성은 그 뒷모습조차 찢어발길 것처럼 인상을 썼다. 승아는 진정하라는 듯 그의 손을 토닥였다. 아영은 동생의 태도에 이를 드러내며 웃었다.

"의사한테 그러지 마. 애가 예뻐서 그런 걸 어쩌겠어. 덕분에 최선을 다해서 봉합해 줬을 거 아냐?"

아영은 킬킬거리며 재미있어 죽으려고 했다.

휠체어를 가져온 간호사가 승아의 병실은 5층에 있다며 엘리베이터로 안내했다. 황천길 간 청바지를 제외한 옷은 아영이 챙겨 들었다. 태성이 승아를 휠체어에 조심조심 옮기고 뒤에서 휠체어를 밀었다.

엘리베이터를 탄 승아는 공포에 사로잡혀 입을 다물지 못했다. 엘리베이터는 심하게 낙후되어 있었다. 작동하는 것이 신기했다. 태연한 이들과는 다르게 그녀는 목숨의 위협을 느꼈다. 당장 추락사고가 나더라도 모두가 당연하게 여기리라. 긴장한 그녀는 휠체어를 꽉 붙잡았다. 각 층에 멈춰서 땡 하는 소리가 날 때마다 승아의 심장이 철렁 내려앉았다.

죽음이 이렇게도 가까이 왔다는 것이 다시금 실감이 났다.

이렇게 죽으면 방구석에 숨겨 둔 일기장은 어찌 처리한단 말인가. 돌이켜 보니 일기장 내용이 너무 유치했다. 승진이랑 싸우고 씩씩대다가 나승진은 빵구똥꾸나 먹으라고 적은 적도 있었고, 감히 나를 찬 구남친은 GOJA나 되어 버려! 라고 분노에 차서 갈겨 적은 적도 있었다. 이 엘리베이터에서 살아남으면 일기장부터 처분하리.

이리도 중요한 일을 왜 총 맞았을 땐 생각을 못 했는지 모르겠다. 허벅지가 너무 아파서 그랬을까? 아니면 예상치 못한 총격에 충격을 받아서 그랬을까? 그것도 아니면 청바지 때문에 원통해서?

원인이야 무엇이든 마취 기운 덕분에 고통이 약간이나마 사그라져 살 만하니, 아직 못 해 본 것과 해야만 하는 몇몇 사소하지만 중요한 일들이 떠올랐다.

예를 들어 넝마가 된 청바지—명을 달리한 아름다운 청바지를 위해 그녀는 잠시 묵념을 했다—의 남은 할부를 갚는다든지, 이사를 할 집을 찾는다든지, 신춘문예 등단을 한다든지, 또는, 또는, 또는……

땡.

엘리베이터가 5층에서 열렸다. 승아는 고개를 돌려 휠체어를 미는 태성을 열렬히 보았다.

또는, 이 남자를 자빠뜨린다든지.

승아는 입맛을 다셨다. 시선을 느낀 태성이 그녀에게 다정하게 웃어 주었다. 승아는 흠칫 고개를 돌려 그의 눈을 피했다. 오호통재라. 순수한 미소를 보고도 불순한 생각을 하는 나는 썩었구나. 부끄러움에 얼굴에 열이 오른다.

그러나.

'남녀 간의 정욕은 하늘이 주신 것이요 인륜과 기강을 분별하는 것은 성인의 가르침이다. 나는 성인의 가르침을 어길지언정 하늘이 내려 주신 본성을 어길 수 없다'고 허균이 말했고, 성리학의 대가 퇴계 이황조차 낮 퇴계 밤 퇴계 달랐다는 야사가 있다. 이황의 마누라가 이 집안은 왜 베개를 머리에 안 대고 자꾸 허리에 대는지 모르겠다고 했다지.

옛 성현들의 언행에 그른 데 없으리오. 꽃다운 청춘의 그녀가 한 많은 처녀귀신이 될 순 없도다. 죽을 때 죽더라도 한 번 해 보고, 그리고 '오 선생'은 만나 보고 죽어야 하지 않을까? 여자로 태어나서 그것도 한 번 느끼지 못하면 인생을 허투루 산 거나 다름없다던 어느 잡지에서 읽은 구절도 생각났다.

승아는 손을 뒤로 돌려 휠체어를 미는 태성의 손을 힘주어 잡았다가 풀었다.

마음 가는 마땅한 이가 없어서, 그리고 첫 경험에 대한 막연한 두려움 때문에 자의 반 타의 반 간직한 강제 순결을 봉인 해제할 결심이 마침내 섰다.

죽을 고비를 세 번이나 넘긴 이상, 사귀고 안 사귀고는 더 이상 중요치 않았다. 이 남자의 장래희망이 황진이 거절한 서경덕이 아닌 이상, 암만 돌부처 같더라도 꼬드기면 넘어오겠지.

간호사는 구석진 복도 끝으로 그들을 이끌었다. 그리고 환자실 문이 열렸다. 남녀상열지사라는 실패에 가열차게 실을 감던 승아의 사고가 뚝 끊어지는 순간이었다.

경악(驚愕), 완악(惋愕), 악(惡), 악!

이 모든 악을 합친 것보다 악스러웠다. 병실에 들어서자마자 그녀는 영혼이 빠져나감을 느꼈다. 태성이 승아를 침대로 옮기는데도 멍하니 있었다.

승아는 간호사가 말하는 식사 시간, 화장실과 샤워실 위치와 같은 안내 사항은 코로 들었다. 병실을 훑어보느라 간호사가 나가는 것도 알아차릴 새가 없었다.

1인실 같은 2인실을 주겠다는 의사의 말은 허풍이었다. 지금 현재 이 병실에 그녀 말고 다른 환자가 없다고 해도 이런 곳을 어찌 1인실이라 할 수 있을까.

우선, 위치부터가 너무 외져 있다. 또, 문의 맞은편에 있는 굉장히 작고 더러운 창문은 아주 높아서 열 수도 없을 거 같았다. 그리고 문 옆에 있는 TV는 최첨단 기술을 자랑하는 LED도 아니요, LCD도 아닌 구형 텔레비전이었다. 리모컨이 있는 것이 의외였다. 티비 옆에 있는 저 리모컨이 작동 안 한다에 손모가지도 걸 수 있었다.

침대보는 당연히 더러웠다. 응급실 침대보를 경험한 후라 이건 놀랍지도 않았다. 그런데, 태성이 꺼내는 보호자 간이침대는…….. 여기서 자면 간이침대가 부서져 다치는 바람에 보호자도 덩달아 이 병원에 입원하게 되는 사태가 발생하지 않을까 하는 의구심이 들 정도로 낡아 있었다.

승아의 요청에 따라 태성이 환자침대의 등을 기댈 수 있는 부분의 기울기를 조정했다. 손으로 바퀴를 돌리는데 작동도 잘 되지도 않고 끽끽대는 소음만 들렸다.

"그만둬요. 그냥 앉아 있을래요."

그녀의 표정을 본 태성은 이곳만큼 잘하는 곳이 없다며 일주일만 참으라 했다. 그는 외투를 벗어 의자에 두었다. 아영은 승아의 옷을 작은 서랍장에 넣고, 세면도구와 속옷 등을 가져오겠다고 자리를 떴다.

"난…… 다시는 이런 일 없었으면 좋겠다."

아영이 자리를 뜨자 태성은 그녀를 포옹했다.

승아도 태성의 등에 팔을 두르고 그의 가슴에 머리를 기댔다. 따스한 체온과 규칙적인 박동. 살아 있다는 흔적. 심장 고동 소리는 아픈 그녀를 달래는 노래 같았다.

눈이 사르르 감겼다. 몸과 마음이 편안하게 녹아들었다. 시간도, 장소도, 병실의 더러움도, 모든 것이 잊혀졌다. 그는 그녀의 등과 머리를 부드럽게 연신 쓰다듬었다. 그녀는 뺨을 그의 가슴에 문지르며 고양이처럼 가르랑거렸다.

"오늘 많이 놀랐지?"

깊고 풍부한 바리톤의 음성이 흉부를 울렸다. 36.5도의 따끈한 인간 담요에게 둘러싸인 기분은 말로 다 표현할 수 없을 만큼 좋았다.

"누가 날 죽이려는 걸까요? 무기가 시킨 걸까요?"

"무기는 자기가 그런 게 아니라고 딱 잡아떼고 있어. 이젠 무기도 네가 경찰에 신고한 사람이 아닌 걸 알아서 그럴 이유가 없기도 하고⋯⋯. 내일 내가 직접 심문을 해 봐야지."

시술이 끝나길 기다리며 태성은 팀원들에게서 몇 통의 전화를 받았다. 늦은 시간이지만 그의 팀원들은 발 빠르게 움직였다. 짧게나마 무기를 심문도 했고 빵야의 알리바이도 확보했다. 무기는 자신이 시킨 것이 아니라고 펄쩍 뛰었다. 경찰에 잡혀 있는 자신이 무엇을 할 수 있냐는 것이다.

그녀가 총격을 받은 시간, 빵야는 학원에 있었다. 빵야의 친구들과 학원 교사가 증언했다. 알리바이를 확보하러 간 김 경사가 승아를 언급하자 빵야의 반항적인 태도가 협조적으로 변했다고 했다. 얼굴이 누렇게 떠선, 누나는 괜찮은 거냐며 그리도 걱정을 할 수가 없다나.

태성이 목격했던 선 자리에서의 '이, 씹팔 세' 남자 또한 총을 쏜 시각에 알리바이가 있었다. 그는 병원에서 근무 중이었다.

"폭탄 배달했다는 노숙자가 총 쏜 건 아닐까요?"

"조준이 비교적 정확한 걸로 봐선 노숙자는 아닌 것 같아. 그래도 배달했다는 자식을 꼭 찾아내야지."

그는 노여움 섞인 목소리로 말했다. 내일은 IP 추적도 해야 되고 다른 경찰이 입수한 아파트 CCTV 확인도 해야만 한다. 배달한 이가 노숙자라는 무기의 실토가 거짓말이란 가능성도 배제할 수 없었다. 하지만 승아가 밀고자가 아니란 걸 안 마당에 굳이 거짓말을 할 필요가 있을까? 배달한 자를 감싸려는 것이 아니라면…….

혹은 승아에게 원한을 가진 다른 누군가의 범행일지도 몰랐다.

"꼭 잡아야 해요. 졸업도 해야 되는데 언제까지 숨어 있을 수도 없어요."

"승아야."

그는 포옹을 풀고 간이침대에 앉았다. 진지한 눈빛으로 그녀를 바라보았다.

"네."

"다시 한 번 잘 생각해 봐. 정말 너 누군가에게 미움받을 만한 일을 한 적 없어? 무기는 갇혀 있고 네가 밀고자가 아니란 걸 알아. 널 죽이려 들 이유가 더 이상 없단 말이야. 폭탄 배달을 노숙자가 했든 누가했든 그는 무기의 사주에 배달했을 거고……. 만약 이번 일이 무기와 관련이 없다면 다른 누군가가 널 노리고 있단 거잖아."

백만 번 천만 번 생각을 해 봐도 결과는 똑같았다.

"없어요."

"싸운 일도 없어? 너 선 자리에서도 발끈해서 싸웠잖아."

그녀의 또렷한 눈매가 매섭게 가늘어졌다.

"난 싸움닭이 아니라니까요."

"잘 생각해 봐. 기억 못 하는 일이 있을 수도 있어."

"싸우긴 당신이랑 싸웠죠. 진짜 없는데……."

그는 한숨을 쉬었다.

"……유진이 말고 다른 여자가 너를 미워할 만한 일은 없어? 대학 때가 아니라면 고등학교 땐 어땠어? 아니면 중학교 때라도?"

"……모든 여자가 다 날 미워해야 한다는 소리예요, 지금?"

목소리가 날카로워졌다. 누군가가 그녀를 죽이려고 한다는 사실도 끔찍한데, 모든 것이 그녀가 잘못해서 그렇단 식으로 들려서 기분이 좋지 않았다.

"아니 그런 말이 아니라……."

똑똑.

노크 소리에 대화가 중단되었다. 간호사였다. 긴 머리를 단정하게 묶은 여자는 대학을 갓 졸업한 어린 티가 났다. 그녀는 승아에게 약을 주고 복용법을 설명하고도 병실을 나가지 않았다.

아랫입술을 깨물고 무언가 망설이던 간호사가 불쑥 태성에게 종이와 펜을 내밀었다. 끝이 살짝 떨리는 종이에서 수줍음의 내음이 났다.

"조, 조금 전에 응급실에서 봤어요. 저……전! 경찰근무 회원이에요. 사인 좀 해 주세요."

약을 삼키는 승아의 눈이 뚱그레졌다. 시물새물 웃는 간호사는 태성의 얼굴도 제대로 쳐다보지 못했다. 팬클럽이 있는 건 알았지만 그의 팬을 직접 보는 것은 신기했다. 드물지만 더러 있는 일이라 펜을 놀리는 태성의 손에는 망설임이 없었다. 그는 To를 쓰고 간호사에게 닉네임을 물었다.

"터치U예요. 터치는 한글이고 유는 영어 대문자 U예요. 아! 저, 띄어 쓰지 않고 붙여서 써요."

사인을 받은 터치U는 사진까지 찍으려 들었다. 거침없이 팔짱을 끼며 들이대는 태도는 조뼛조뼛하던 방금 전과는 영 딴판이었다.

태성은 뻣뻣한 차렷 자세로 사진을 찍으며 승아를 핼끔거렸다. 그녀는 서커스를 처음 보는 아이처럼 사진 찍는 것을 구경하고 있었다. 터치U는 나가기 직전, 태성이 못 보는 각도에서 승아를 샐쭉하니 노려보는 것을 마지막으로 사라졌다.

어처구니가 없어 승아는 그만 피식 웃어 버렸다. 황당하다. 그 노골적인 눈빛이라니.

"태성 씨, 방금 그거 봤어요? 너무 웃겨. 날 노려보고 나갔……."

그 순간.

그녀의 촉이 발동했다.

"알았다!"

"뭘?"

"누가 날 죽이려 드는지!"

"누가?"

그가 총알 같은 속도로 물었다. 표정이 바위보다 딱딱하게 굳어 있었다.

"당신 팬클럽!"

그는 입을 벌리고 허! 하는 소리를 냈다.

"거기서 스토커라도 생긴 거 아니에요? 만진 사람 상시제보라고 대문에도 적혀 있잖아요."

"말도 안 되는 소리. 넌……."

"방금 그 간호사도 날 노려보고 나갔다구요."

"됐어, 됐어. 넌 그냥 그런 생각 하지 말고 빨리 낫기만 하면 돼."

간호사의 째림을 못 본 태성은 승아의 추리를 근거 없다 여기고 일축했다. 노골적인 무시에 승아는 왈칵 짜증을 냈다.

"자기 팬이랍시고 편드는 거예요?"

"내가 편을 들긴 무슨 편을 들어. 니가 하도 엉뚱한 소릴 하니까……."

"지금 그게 그거잖아요! 간호사가 사인해 달라니까 좋아서 입이 째지더니!"

"내가 언제 입이 째져!"

억울함이 가득 찬 목소리. 태성은 자리에서 벌떡 일어났다.

"그랬잖아요! 팔짱끼니까 좋아 죽더만!"

그는 다시 간이침대에 앉았다. 태성은 헤벌레 웃으며 그녀의 팔을 툭툭 쳤다.

"……너어, 질투해서 이러는 거구나?"

"내가 왜 별것도 아닌 걸 갖고 질투를 해요? 어차피 내 건데. 그리고! 지금 팔짱이 문제가 아니라 당신한테 스토커가 있을지도 모른다니까요."

"스토커 따윈 없어."

"태성 씨가 그걸 어떻게 알아요? 확신해요?"

"스토커가 있으면 내가 진작 알았지!"

"원래 스토킹은 몰래 하는 거잖아요. 태성 씨가 알면 그게 스토킹이 돼요?"

"그건…… 스토킹을 항상 숨어서 하란 법은 없잖아? 지금까지 이상한 일은 없었어. 편지가 온다든지, 신원미상의 전화가 온다든지 하는 일은."

그는 미간을 좁혔다.

"하지만 숨어서 했을 수도 있잖아요. 태성 씨 말대로 여자가 날 미워할 일이라면, 당신한테 홀딱 반한 여자 말곤 없어요. 태성 씨한테 애인이 생긴 걸 알고 날 죽이려 드는 거라구요. 이상한 시선 같은 거 받은 적 없었어요? 팬클럽 회원 중에 유달리 달라붙고 적극적인 여자 없었냐구요? 잘 생각해 봐요. 팬미팅 한 적은 없어요? 수상한 일은 없었어요?"

"그……런 여자는 없었는데……."

그는 망연히 그녀를 바라보았다. 이상한 시선이라면…… 그러고 보면 오늘 주차장에서 인기척을 느끼긴 했다. 누군가가 자신을 바라보는 것 같은. 범인이 IP 추적이 아니라 그를 미행해서 승아의 위치를 알아낸 것일까? 하지만 팬클럽은 아닌 것 같은데. 그보단 배달했다는 그 노숙자가 유력한 것 같은데…….

"팬클럽이라 해 봤자 카페에서만 소란스럽지 직접 만나면 다들 얌전했어. 오늘처럼 우연히 만나면 사인하고 가끔 사진 찍는 게 다야. 말만 만진다, 뭐다 하는 거지 팬미팅을 한 적도 없고. 그리고 요즘엔 활동하는 사람들도 많이 줄어서 예전 같지 않다고. 너도 거기 방문자 수 저조한 거 봤을 거 아니야."

범인이 누구인지 논쟁을 벌이는데, 갑자기 문이 활짝 열렸다.

Chapter 13.

"승아야!"

김 여사였다. 그녀는 맹렬한 속도로 딸에게 다가와 전신을 훑어보았다.

김 여사가 의사의 소견을 궁금해했기 때문에 그들의 대화는 소강 상태로 접어들었다. 그녀는 특히 허벅지에 상처가 남는 것에 민감했다. 상처가 남으면 성형이라도 해야 하는 것 아니냐며 호들갑을 떨었다.

걱정하는 정환에게 전화를 걸어 주어 승아와 통화하고 태성과 얘기하는 한차례의 푸닥거리가 폭풍처럼 지나갔다. 정환과 승진은 내일 아침 해가 뜨자마자 서울로 오기로 했다.

간이침대에 앉아 설명을 듣는 김 여사의 전신이 분노로 불타올랐다.

"어느 미친 자슥이 감히 내 딸한테 총질하고 지랄이고. 최 서방."

태성은 구석에 있던 의자를 끌어와 앉은 채 다소곳하게 대답을 했다.

"네."

"이 문디 같은 놈을 하루라도 빨리 잡아야 된데이."

"네. 알겠습니다."

김 여사는 눈알에 힘을 주고 눈을 부릅떴다.

"전부 다 내 시킨 대로, 가스나 니가 빨리 결혼을 안 해가 생긴 일이다."

"엄마! 그게 무슨 말도 안 되는……!"

"결혼 안 하면 명줄 짧아진다꼬 안 카드나."

김 여사는 엄숙하고 비장한 목소리로 말했다. 태성은 기침을 하며 그들 몰래 허벅지를 꼬집었다. 심각한 상황인데도 불구하고 터져 나오는 웃음을 참으려는 노력이었다.

"최 서방이랑 어디까지 갔노? 말해 봐라."

병실에 울려 퍼지는 나지막한 목소리. 기침이 뚝 멈췄다. 김 여사는 속삭인다고 속삭였지만 태성에게 안 들릴 리가 없었다.

"옛날로 치면 사실혼도 결혼이라 안 카드나. 갔나 안 갔나? 왜 말을 못 해?"

화선지에 먹이 번지듯 태성의 얼굴이 확 달아올랐다.

"엄마! 좀! 제발!"

승아가 김 여사를 향해 외쳤다. 그녀는 김 여사의 무릎을 쿡쿡 찌르며 눈치를 줬다. 모친을 말려 보려 하는 시도였다. 그러나 수도관 터져 물 새듯 술술 나오는 말을 막기엔 역부족이었다.

"대답을 못 하는 걸 보이, 안 갔구나? 그라이 이런 일이 생기는 기다. 그 무당이 언제 틀린 적 있드나. 느그 할배 저승 가시는 날도 정확하게 맞추고, 그것 말고도 이태까지 다 맞았다 아이가. 아직 25살 될라믄 시간이 남아서 오늘 살았는 기다. 진짜 죽으면 우짤라꼬 이라노. 이것아, 멍석을 깔아 놓았는데 왜 가질 못하니! 왜 가질 못해. 괴상하게도……."

"엄마!"

승아가 더 이상 듣고 있을 수 없다는 듯 소리를 바락 질렀다.

심각한 표정의 김 여사는 무릎을 치며 두서없는 장탄을 늘어놓았다. 그것은 승아에게 하는 말이기도 했지만 동시에 옆에 있는 태성을 질타하는 말이기도 했다.

용하디용한 무당이 딸의 명줄을 운운했다. 몇 개월 뒤, 딸에겐 폭탄이 배달되고 오늘은 총까지 맞았다. 결혼을 안 하면 금지옥엽, 눈에 넣어도 안 아플 자식이 명을 달리한다는데 바닥에 떨어져 뒹구는 체면이 문제일쏘냐.

그녀는 대놓고 태성을 비난하는 눈빛으로 보았다. 두려움과 근심 앞에 무릎 꿇은 김 여사는 예절, 인사치레 그 모든 것을 놓아 버렸다.

원망 어린 눈초리에 태성은 뻣뻣하게 굳어 화석이 되어 갔다.

참을 수가 없다.

태성의 눈에 마치 뭉크의 절규에 나오는 인물처럼 두 손을 양 뺨에 대고 소리를 지르는 승아가 보였다. 실제론 어쩔 줄 몰라 콧김만 뿜어 대고 있지만 그런 환영이 보이는 것 같았다. 비명을 지를 것처럼 입을 크게 벌리는 승아가 말이다. 바로 지금처럼.

승아는 폭발했다.

"엄마는, 웅?! 내가 갈 데까지 다 가가 전국 방방곡곡 팔도유람까지 다 해서 더 이상 갈 곳이 없다 캐야 만족할 끼가?"

바락 소리를 지르며. 사투리까지 써 가며 이성을 잃었다.

태풍전야처럼 고요해지는 사방. 눈송이를 이루지 못한 가루눈이 내려앉는 소리보다 더한 잠잠함이다. 비명이 들렸다. 말문을 막히게 하는 침묵의 비명이.

커다란 석상의 얼굴엔 버얼건 단풍이 들었다. 때는 11월, 낙엽 지고 곡식이 익어 가는 가을에 딱 알맞은 붉은색이었다. 그 반응에 단단히 착각한 김 여사가 마침내 벙긋 웃으며 승아의 어깨를 손으로 슬쩍 밀었다.

"얘는 정말~ 남사시럽게 최 서방도 있는데 못 하는 얘기가 없어. 호호. 최 서방 미안하네. 내가 자식 교육을 잘못 시켰나 봐. 우리 애가 이렇게 부족한 게 많다네. 이해하게. 그래도 애가 날 닮아서 심성이 고와."

김 여사는 교양이 철철 넘치는 미소를 흘렸다. 딸을 맹목적으로 몰아세우고 태성을 무능력하다고 닦아세우던 아줌마는 감쪽같이 사라져 찾을 수가 없었다.

"아니, 엄마……. 그게, 그 말이, 그 뜻이, 아니라……."

"이제 날만 잡으면 되겠네. 범인 잡고 내년 봄에나 하면 되겠지? 식장 잡으려면 여름이 되어야 하려나……. 사부인하고도 의논을 해 봐야겠네."

승아는 모친에게 아니라고, 홧김에 내뱉은 소리라고 몇 번을 말했지만 김 여사는 딸이 부끄러워 부정하는 걸로 오해를 했다. 승아는 김 여사 때문에 없던 두통이 나는 것 같아 이마에 손을 짚었다.

태성은 태성대로 딸의 말을 좋을 대로 해석한 예비 장모에게 차마 아니라고 할 수 없었다. 아무 일도 없었다고 해 봤자 믿지도 않을 것 같았다. 그리하여, 그는 그저 꿀 먹은 벙어리가 되었다.

"그런데, 병원이 여기밖에 없드나? 구신 나오긋다. 이런 곳에 입원했다가 오히려 병 얻어 가는 거 아닌지 몰라. 다른 곳으로 옮기면 안 되는가?"

그녀는 간이침대를 손으로 툭툭 치며 혼잣소리를 했다. 원하는 답을 얻어 낸 김 여사에게 병원 품평할 여유가 생겼다.

"이래 허름해 가꼬 여서 자다가 무너지는 거 아이가……. 자다가 다치면 병원에서 병원비라도 대 줄랑가……?"

"여기가 봉합을 제일 잘합니다. 시설은 허름해도 실력은 서울에서 손에 꼽을 정돕니다."

김 여사에게 답하는 그는 술 취한 사람처럼 아직도 붉게 상기된 얼굴이었다.

"그래? 그럼 여기에 있어야지."

단번에 수긍하는 여사님.

"일인자라서 이래 더러븐 모양이네. 무협지를 봐도 고수는 산골짜기 허름한 곳에 숨어 있더니 딱 그짝이구만, 쯧쯧. 그나저나, 야를 병원에 입원시키는 게 안전하겠나, 최 서방? 혼자 둘라카이 영 안심이 안 되는데……."

태성은 밤에는 자신이 지키고 그가 출근한 동안에는 만약의 사태를 대비해 다른 경찰이 병실 앞에서 지킬 거라고 김 여사에게 설명했다.

때마침 물과 속옷, 치약, 칫솔, 비누, 담요 등의 생활용품을 가져온 아영이 병실로 들어왔다. 김 여사는 아영을 보자 반색하며 내일 다시 병실에 오기로 하고 총총히 사라졌다.

"피곤해."

핵폭탄을 날리고 간 모친 때문에 심적으로 지친 승아의 혼잣말. 만세를 부르듯 두 팔을 올리고 침대에 누운 그녀의 몸은 적에게 항복한 패잔병이 복종을 취하는 듯한 자세였다. 엄마가 왜 서울에 있었던 것인지, 왜 말을 하지 않았는지 물으려 했던 건 기억하지도 못했다. 전화해서 물어보기도 귀찮았다.

간이침대에 앉은 태성이 승아의 이마와 머리를 쓰다듬었다. 그는 어린아이한테 하듯 다정다감하게 만졌다.

"씻고 잘래?"

"어쩌면……."

그녀는 말을 흐렸다. 태성과 눈이 마주쳤다. 그는 승아가 말을 잇기를 참을성 있게 기다렸다.

"어쩌면 그 무당 말이 맞는 거 아닐까요? 내가 25살 전에 결혼 안 하면 제명에 못 산다는 거."

"불안해?"

그녀의 머리를 어루만지던 손이 잠시 멈췄다. 커다란 손이 승아의 손을 이불처럼 감쌌다. 맞닿은 손에서 전해지는 온기가 그녀의 마음을 토닥이는 듯하다. 그 든든함에 힘입어 머릿속을 휘젓는 생각을 입 밖으로 꺼냈다.

"불안하다기보단…… 믿거나 말거나이긴 한데요, 엄마 말대로 지금까지 그 사람이 한 말, 틀린 적이 한 번도 없었거든요. 엄마 등쌀에 내가 결국 25살 전에 결혼하게 된다 하더라도 이런 식으로 떠밀려서 결혼하는 건 별론데……."

승아는 눈을 내리깔았다. 그녀는 그의 눈치를 살피며 조심조심 말을 했다. 손등을 느릿느릿 어루만지던 엄지는 얼어붙은 듯 미동조차 없었다.

"태성 씨가 싫은 게 아니라, 우리 연애 시작한 지도 얼마 안 됐고, 난 결혼하기엔 너무 어린 것 같고, 음, 어, 그리고 내년은 너무 빠른 것 같기도 하고, 또……."

프러포즈도 없는 결혼은 싫은데.

소리 없는 메아리가 입안을 울렸다. 꼭 프러포즈 하라고 노골적으로 요구하는 말처럼 들릴 것 같아서 혀끝에 대롱대롱 매달린 말을 삼켰다.

"태성 씨 생각은 어때요?"

"이번엔 신뢰 못 하는 사람하고는 결혼 못 한다는 소린 안 해?"

놀리는 어조에 승아는 내리깐 눈을 떴다. 그는 태양을 사로잡은 해바라기처럼 의기양양하게 웃고 있었다. 핵심을 파악하고 고지에 도달한 자의 미소였다. 그는 말하지 않아도 귀신같이 알아차렸다. 그녀의 믿음을.

"한 번 사귀어 보지도 않고 어떻게 결혼할 수 있냐는 말부터 했어야 되는 거 아니야?"

그의 웃음이 진해졌다. 환하게 빛나는 미소에 병실이 온통 분홍빛으로 물들었다.

"우리가 안 사귀긴 왜 안 사귀어요."

입안에 뭐가 있는 것처럼 입속말로 웅얼거렸다. 가벼운 핀잔을 주는 귓불이 빨갰다.

안다. 언제부터인지도 모르게 그를 의지했다. 그래서 오늘 총을 맞아서 피를 철철 흘렸을망정 두렵진 않았다. 그가 자신을 지켜 줄 것이라고 굳게 믿고 있었다. 폭탄을 받았을 때와는 달랐다. 혼자 있을 때 그런 일을 당했다면 공포에 휩싸여 눈물 콧물 질질 짰을 것이다.

넝마가 된 김연아 청바지 때문에 화낼 수 있는 여유가 있었던 것은 그와 함께 있어서였다. 승아는 못 믿겠다고, 사귀는 사이가 아니라고 고집부리고 우겼던 것이 생각나 괜히 쑥스러워 그를 바라볼 수가 없어서 그의 시선을 피했다.

"날 좀 봐."

오갈 데 없이 그를 비껴간 눈길은 꾀죄죄한 침대보에 박혀 있었다.

태성은 눈을 맞추지 않는 승아의 손을 살살 흔들다가, 천천히 자리에서 일어나 두 손으로 승아의 얼굴을 감싸 쥐고 자신을 보게 만들었다. 결국엔 이렇게 될 것을. 그는 밤바다를 은은하게 비추는 달보다 아름다운 눈을 지그시 응시했다.

"이제 날 믿는 거지?"

진득한 애정이 실린 남자의 눈. 맑디맑은 눈이 그녀의 마음을 투영했다. 저 다정한 눈이 오로지 그녀만을 본다는 사실에 심장이 떨리도록 황홀하다. 해가 동쪽에서 뜨는 것이 절대적인 진리인 것처럼 그와 이리 마주 보는 것 또한 당연한 일 같았다.

그는 그녀가 누워 있는 아래로 얼굴을 내렸다. 몽롱한 꿈결에 본 듯도 한, 다정한 눈빛이 시야 가득히 들어왔다. 짧지만 결이 부드러운 머리칼이 이마를 스친다. 승아는 눈을 감았다.

기침과 주름과 누군가를 좋아하는 마음은 숨길 수 없다는 말은 옳았다. 연한 눈꺼풀이 연심을 담은 눈동자는 가려도 그를 향한 마음까지 감추진 못했다.

그녀는 스스럼없이 태성의 목에 두 팔을 감았다. 홍련을 닮은 붉은 입술에 나비가 앉듯 그는 섬세하게 내려앉았다. 익숙한, 달큰한 감촉에 입술이 벌어졌다. 벌어진 틈새를 오고 가는 것은 서로에 대한 마음과 믿음이었다. 그 어느 때보다 정답고 애틋한 입맞춤이었다.

※

2010년 11월 9일, 승아가 병원에 입원한 지 이틀째.

G20 서울 정상회의 개최일은 11일로 경찰청장은 총을 쏜 범인을 테러범으로 천명하고, 무슨 일이 있어도 내일까진 테러범을 잡아내라는 명령을 내렸다.

경찰들은 상부의 압박에 그 어느 때보다 맹렬히 수사를 했다. 다른 서에서 테러범을 잡아 공을 세울까 봐 안달복달한 서울 광역수사대장은 태성을 비롯한 광역수사대원들에게 모든 지원을 아끼지 않았다.

하지만 수사는 별다른 진척이 없었다.

폭탄을 배달했다는 노숙자는 찾아내지 못했고, 무기는 녹음기처럼 똑같은 말만 되풀이했다. 아무것도 모른다고. 자신이 한 짓이 아니라고. 애가 탄 김 경사는 뜬소문이라도 들은 것이 없느냐고 빵야를 닦달했지만 소득이 없었다.

광역수사대원들은 사제 무기 제조로 검거된 자들도 몇 번이나 다시 조사했다. 태성은 승아의 교우관계까지 일일이 들춰냈다. 대학교뿐만이 아니라 고등학교, 더 나아가 초·중학교 동창들까지 죄다 조사했지만 알아낸 것이 없었다.

혹시나 하는 마음에 그는 경찰근무 팬카페 회원들과 사제 무기 제조 관련자들이 접점이 있는지도 조사했다.

그리고 9일 저녁. 지지부진한 수사 결과에 또 청와대에 불려 간 경찰청장이 대통령에게 조인트를 까였다는 소문이 네티즌들에게 퍼졌다.

태성이 수사를 하는 동안, 승아는 승아대로 모종의 이유로 바쁜 하루를 보냈다.

먼저, 태성의 출근 시간에 맞춰 아영과 김 여사가 병실에 왔다. 승아가 모친에게 왜 서울에 있었는지 묻자 여사님이 깔끔하게 답하셨다.

"대구에 안 내려갔어."

김 여사는 오랜만에 서울에 온 김에 근교인 인혜의 집에 머무르며 다른 친구들도 만났다고 둘러댔다. 신경 쓰이게 할까 봐 말을 안 했다나. 딸을 염려해서 대구에 가지 않았다고 착각한 승아는 김 여사에게 더 이상 묻지 않았다.

그러나 실상은 달랐다.

승아와 태성을 빨리 결혼시키기 위해서, 김 여사는 덫을 놓을 궁리를 하려고 대구에 내려가지 않았던 것이다.

김 여사는 무당 때문에, 인혜는 수도승 같은 아들이 승아를 놓칠까 봐 조급했다. 자식 결혼시키기 프로젝트에 죽이 맞은 양가 모친들은 같이 쇼핑도 하고 밥도 먹으며 앞일을 도모했다.

노골적으로 심하게 밀어붙이면 역효과가 날 수도 있으니 당분간은 지켜보다가 덜미만 붙잡으면 그 땐 인정사정 봐주지 말자고 약속까지 했다.

대강의 윤곽을 잡은 김 여사가 만족스레 대구로 향하는 기차를 타고 대전까지 갔을 때, 아영이 전화를 했다. 그래서 김 여사는 헐레벌떡 서울로 다시 온 것이었다.

그리하여 두 여사는 손도 안 대고 코 풀 기회를 놓치지 않았다. 흥에 겨운 김 여사는 인혜가 병문안을 핑계로 병실에 도착하자 결혼 계획을 짜기 시작했다.

약기운에 취해 낮잠을 자다가 소곤거리는 소리에 깬 승아는 여사들이 펼쳐 놓은 각종 웨딩 카탈로그를 보고 경악을 했다.

신춘문예 당선도 못 했고, 이렇다 할 경력을 쌓아 놓은 것도 없고, 나이도 어려서 내년 여름 결혼은 빠르다는 그녀의 소극적 항의에 두 여사는 태성을 안 좋아하냐, 태성과 결혼하기 싫은 건 아니지 않느냐고 반문했다.

승아는 태성이 결혼의 '결' 자도 꺼낸 적이 없다고 맞받아쳤지만 당장 전화해서 물어보자는 말만 들었다.

아영까지 가세해 일 대 삼으로 옥신각신하던 그때, 호랑이도 제 말만 하면 온다더니 양반은 못 되려는지 태성이 그녀의 상태를 물어보는 전화를 했다.

김 여사 한 명도 벅찬데 인혜와 아영까지 말리기엔 혼자 힘으론 무리니 살려 달란 승아의 요구에 그는 웃음 섞인 음성으로 저녁에 얘기하자고 했다.

그 모습을 보고 인혜가 기뻐했다.

"신랑 각시가 벌써부터 사이가 좋네. 위기 상황엔 저렇게 뭉쳐야 하는 거야, 그렇지?"

"암, 그렇고말고."

아영과 김 여사는 미소를 지으며 동조했다.

난리굿이 벌어진 병실에 승아의 아버지, 정환과 함께 승진이 왔다. 승진은 태성이 아깝다고 '난 이 결혼 반대요'라고 까불다 병실에서 쫓겨났다. 정환은 딸을 내년에 시집보낸단 얘기에 우울한 표정으로 입도 뻥긋 안 했다. 그는 침울한 분위기로 아들과 대구로 돌아갔다.

오후 늦게, 태성의 아버지까지 병문안을 왔다. 그는 상처가 잘 아무는 데 좋다는 한약을 가져왔다. 가족들로 인해 병실이 북적거려 승아는 지루할 틈이 없었다.

태성은 밤늦게 병실로 돌아왔다. 모두들 약속이나 한 듯 썰물처럼 빠져나갔다. 둘만 남자, 그가 얼굴을 들이밀었다. 승아는 그의 얼굴을 손으로 떠밀고 입술을 피했다. 그는 고분고분 그녀가 미는 대로 밀려났다. 그녀는 투덜투덜 볼멘소리로 오늘 있었던 일을 이야기하며 심통을 한껏 부렸다.

"대답해요. 태성 씬 내년 여름에 결혼하고 싶어요? 난 싫어요!"

하루 종일 들볶인 탓에 말이 곱게 나오지 않았다.

"그래도 나랑 하고 싶긴 한가 봐? 아예 안 한다는 말은 안 하네?"

그는 탐스러운 머리카락 끝을 손가락에 감았다 놓으며 농을 쳤다.

둥글게 휘어진 남자의 눈은 밤하늘에 뜬 초승달보다 고왔다.

"협조하지 않으면 결혼을 해 줄까 하는 눈곱만한 마음조차 없어질 것 같은데요?"

승아는 머리카락을 그의 손에서 확 뺐다. 그래 봤자 잔망스러운 앙탈에 불과했다.

"알았어, 알았어. 내가 해결할게."

그는 의자를 침대 옆으로 바싹 끌어와 앉았다.

"어떻게?"

"25살이 되려면 멀었으니 시간을 더 달라고 할게. 네 말대로 내년 여름은 너무 빠르다고."

"그걸로 통하겠어요? 그리고, 내가 25살이 되어도 결혼하기 싫다면요? 25살도 결혼하기엔 너무 이르다구요. 요즘 누가 25살에 결혼을 해."

"25살에 결혼하는 커플, 눈앞에 대령해 줘?"

그는 팔짱을 끼고 눈썹을 실룩였다.

"말장난 그만해요. 무슨 뜻인지 다 알면서."

승아는 입을 한 자나 빼물고 콧잔등이를 찡그렸다.

"어젠 무당 말처럼 될까 걱정했으면서."

그가 검지를 뻗어 승아의 찡그린 코를 슥슥 문질러 폈다.

"태성 씨가 범인 잡아 줄 건데 내가 왜 걱정을 해요?"

"……25살 되기 전에 나랑 결혼하고 싶어질 거야."

그는 실쭉 웃었다. 외출했다 돌아오는 주인이 반가워 그 앞에 쪼그려 앉아 꼬리를 흔드는 커다란 강아지처럼.

"난 설득, 강요 다 싫어요. 하기만 해 봐."

그녀는 실눈을 뜨고 으름장을 놓았다.

"그런 거 안 해요. 나랑 결혼하고 싶어 못 견뎌질 겁니다, 아가씨!"

커다란 손이 살래살래 움직여 그녀의 정수리를 흩뜨렸다. 넘치는 자신감을 주체 못 하고 미소 짓는 그가 얄미웠다. 프러포즈도 안 해 놓고선! 그녀는 눈앞에 있는 태성의 코를 엄지와 검지로 살짝 꼬집어 좌우로 흔들었다.

"태성 군. 이 근거 없는 자신감의 근원이 뭡니까? 나한테 결혼하자는 말 한 적도 없으면서."

"음, 나승아 양이 날 좋아한다는 것이 자신감의 원천이 아닐까 싶습니다."

그는 코맹맹이 소리로 싱글벙글거렸다. 미래를 꿈꾸는 그의 눈동자에 푸르른 희망의 무지개가 걸려 있었다.

"최 반장님, 너무 기고만장해지신 거 아닙니까? 나승아 양은 거만한 사람은 별로인데 말이죠."

그럴 수밖에. 요즈음 그는 새로운 세계에 발을 들여놓은 기분이었다. 생전 느껴 본 적이 없는 질투와 독점욕, 심장이 내려앉을 듯한 걱정과 근심, 긴장에 심신이 평온할 일이 없었다.

G20이 시작되기 전에 사속히 총기 사건을 해결하라는 윗선의 압박에 힘들기도 했고 배달했다는 노숙자를 못 찾아서 답답하기도 했다.

그럼에도 때때로 가슴이 벅찼다. 그는 온 세상을 다 가진 기분이었다. 일하면서도 불쑥불쑥 떠오르는 오매불망 그리운 임 생각에 집중도 잘 안 될 지경이었다.

그녀 때문에 단조롭던 그의 삶이 빨주노초파남보 색색으로 다채로워졌다. 그의 곁에 승아가 있다는 것만으로도 초고속 승진으로 경찰청장이 된 것처럼 기뻐서 거드름을 피울 수밖에 없었다.

"그럴 리가요. 겸손한 소인은 잡은 물고기에도 떡밥을 던지고 먹이를 줘서 알뜰살뜰 보살필 예정이랍니다."

"내가 무슨 생선인가? 멋대로 갖고 놀았다가 제자리에만 갖다 놓으시죠."

"결혼하자는 말, 안 했던가? 난 분명히 어머님께 장모님이라고 부른 기억이 나는데 말이야."

"하이고, 그때 난 생각 없다고 했죠? 결혼 따윈 네덜란드 가서 승진이랑 해 버리시죠. 스페인도 아마 법적 허용을 한다고 들은 것 같네요. 나라는 알아서 고르세요."

"내가 왜 승진이랑 해? 너랑 해야지."

실없는 말장난의 연속. 재미있지만 승아는 부러 토라진 척 고시랑거렸다. 몇 번이고 타박을 주고 건방진 이와는 결혼하지 않을 거라 했더니 태성의 대꾸가 점점 잦아들었다.

검푸른 호수에 천천히 가라앉는 돌처럼 내려앉는 남자의 눈빛. 고요한 숨소리. 옥빛 산사에서 묵언 수행하는 선사도 저보단 덜 조용할 것 같았다.

삐쳤나? 승아는 고개를 갸우뚱 기울였다.

그는 국가의 대소사를 결정하는 사람처럼 신중하게 말을 골랐다. 태성은 진중한 얼굴로 진심을 토해 냈다.

"장난치는 거 아니야. 일할 때도 승아 네 생각이 나서 미치겠어. 계속 같이 있고 싶어. 그래서 결혼했으면 좋겠어."

피 한 방울, 눈물 하나 없이 껍데기를 벗겨 낸 황금빛 순수한 마음. 한 치도 어긋남이 없는 직구. 올곧은 눈이 그녀를 향했다. 장난기라고는 눈 씻고 찾아봐도 없었다.

"나만 이런가?"

울림이 깊은 낮은 음성이었다.

손을 잡혔다. 델 듯이 뜨거워 빼고 싶다. 하지만 팔에 힘이 들어가지 않았다.

"나 홀로 하는 일방통행에 불과한가?"

약았다.

비겁하다.

정공법엔 그녀도 같은 무게로 대답할 수밖에 없지 않은가.

"……나도…… 당, 당연히…… 같이…… 있고 싶죠."

바보 천치처럼 말을 더듬었다. 승아의 곱디고운 화용에 핑크빛 꽃노을이 졌다. 오랜 기다림 끝에 귀향한 임 향해 치마를 살포시 걷어올리고 발을 재게 놀리는 별당 아씨처럼 그녀의 심장이 콩콩 뛰었다. 작은 새가 날개 치듯 명치끝이 포드닥거렸다.

야하게 손을 더듬고, 키스하고, 밥도 같이 먹고, 한 공간에서 잠도 같이 잤지만 좋아한다는 말을 한 번도 제대로 입 밖에 낸 적이 없어서, 그만 당황해 버렸다.

그는 나만 이런 것이 아닐 줄 알았다 말하며 천진난만하게 웃었다. 번쩍번쩍한 광채가 나는 행복한 잠소. 그 밝기가 밤하늘에서 가장 빛나는 별 시리우스를 방불케 했다.

"난 언제 해도 좋아. 결혼은 승아 네가 하고 싶을 때 하자. 알았지? 네 마음이 정해지면 정식으로 프러포즈 할게. 지금은……."

그는 난처하다는 듯 눈썹을 찡그렸다.

"반지가……. 시간도 없었고……."

그녀가 원하는 대로, 그녀의 마음을 존중해 주겠다고 말하는 이 남자가 사랑스러워 견딜 수가 없다. 행복하다. 그녀는 뱅긋대며 두 팔을 벌렸다. 태성은 기꺼이 승아를 끌어안고 입을 맞췄다.

"근데요……."

승아는 입술을 떼고 속삭였다. 키스가 점차 깊어지려는 시점이었다.

"응……."

태성은 이마를 맞댄 채 헐떡거렸다. 그는 승아의 말은 아랑곳하지 않고 건성으로 대하며 계속 입만 맞추려고 했다. 승아는 얼굴을 뒤로 확 뺐다.

"문제가 있어요."

"무슨 문제?"

그는 의아하다는 듯 눈썹을 치켜들었다. 태성의 매끄러운 이마에 주름이 졌다. 승아는 손가락을 쫙 펴서 하나씩 헤아리기 시작했다.

"첫째, 결혼도 결혼이지만 범인부터 먼저 잡아야 하지 않을까요? 둘째, 어머니들은 어떻게 말리려고요? 셋째, 반지는 혼자 사러 가지 마요."

"너 자꾸 압박하면 혼인신고 절대로 안 한다고 내가 어머니들한 테 협박하지, 뭐. 내가 어떻게든 막아 줄게. 걱정하지 마."

그는 어깨를 으쓱거리며 말을 이었다.

"반지는 왜 혼자 사러 가지 말란 거야?"

"왠지 교환하러 가야 할 거 같아서요. 절대 혼자 사지 마요."

그는 승아의 대답이 마음에 안 드는 듯 얼굴을 구겼다. 패션 감각을 무시하는 발언에 약간 삐쳤는지 잠시간 말이 없었다.

"……반지는 같이 보러 가지. 그리고 범인은 곧 잡을 수 있을 거야. 그 전에 너한테 원한을 가질 만한 사람을 네가 먼저 떠올린다면 수사에 아주 큰 도움이 되겠지?"

"팬클럽은 조사해 봤어요?"

"조사는 해 봤지만……. 어쨌든 곧 잡을 거야. 넌 뭐 생각해 낸 건 없어? 너를 질투할 만한 여자라든지, 아니면 무기 제조 사이트에서 말다툼한 사람이라든지."

"채팅하면서 다들 친절하게 설명해 줘서…… 그럴 일이 없었는데."

"누구라도 좋아. 아주 사소한 일이라도 미친놈이면 복수하려고 들수도 있어. 잘 생각해 봐. 너 좋다고 끈질기게 구는 놈은 대학 동창 남친뿐이었어? 중·고등학교 때 집까지 따라와서 귀찮게 구는 놈은 없었어? 아니면 학원에서 만난 다른 학교 학생이라든지."

승아는 곰곰이 생각에 잠겼다. 그러고 보니 고등학교 때 잠깐 다녔던 학원에서 매일 그녀의 자리에 초콜릿이며 음료수며 놓아두던 타 학교 남자애가 있었다. 하지만 그 애는 굉장히 수줍어했고 순한 애였는데. 교우관계도 상당히 좋았다.

승아는 그 아이에게 관심이 없었고 학원도 곧 그만뒀던지라 그 뒤론 본 적이 없었다. 그녀가 설명을 하자 태성은 이름을 요구했다. 사이코는 멀쩡한 정상인처럼 보이기도 하니 조사는 해 봐야 한다나.

"걔도 아닐 것 같은데……."

"조사는 일단 해 봐야지."

태성은 내일까지 범인을 잡을 것을 천명한 경찰청장을 떠올리며 한숨을 쉬었다. 시간이 너무 급박했다.

"계속 생각은 해 볼게요. 누가 나를 미워하는 건지……. 근데, 나 화장실에 가고 싶어요. 도와줘요."

태성은 그녀를 휠체어로 옮겼다. 걷다 보면 의도치 않게 다친 부분에 힘이 들어가서 그녀는 이동할 땐 휠체어를 이용했다. 태성이 승아의 휠체어를 밀고 병실 밖으로 나갔다.

복도에서 맞닥뜨리는 환자 두엇의 머리는 기름졌다. 거동이 불편해 씻는 것이 힘들기도 했고 병원 내 샤워시설도 열악하다 보니, 대부분 입원 환자들은 병실의 고전적 헤어스타일이자 자연미를 강조한 떡진 머리를 할 수밖에 없었다.

다행히 승아는 모친의 도움으로 오전에 머리는 감았지만, 샤워는 못 했다. 허벅지를 비닐로 감싸고 샤워하면 된다고 간호사가 말했으나 김 여사는 상처가 덧날 수 있다는 이유로 샤워를 반대했다. 여름이 아닌 게 그나마 다행이었다. 상처가 아물기만 하면 샤워가 다 뭐냐. 온천에라도 가야지.

"범인도 잡고, 나 다 낫고 나면 지리산 온천에 갈까요?"

승아가 고개를 위로 들어 올리고 뒤에서 휠체어를 미는 태성을 쳐다봤다.

그때, 엘리베이터 옆 휴게실에서 나오는, 흰 가운을 입은 의사 한 명이 그들을 지나쳤다. 태성은 고개를 갸우뚱거렸다. 분명 어디선가 본 듯한데……. 뿌연 안개 때문에 눈앞에 있는 물체의 형상만 보이는 것처럼 생각이 날 듯 말 듯 했다.

누구더라. 개미가 구불구불한 뇌 주름 사이를 기며 갉아먹은 것처럼 머릿속이 간지러웠다.

의사는 휠체어를 밀고 가는 태성의 뒷모습을 유심히 지켜보았다.

"온천 안 좋아해요?"

승아는 대답 없는 그를 재촉했다.

"……어? 지리산에 온천이 있어?"

회상에 여념 없던 태성이 뒤늦게 말했다. 기억이 안 나는군. 누구
였지…….

"지난번에 가족 여행으로 지리산 온천 랜드 갔다 왔는데요. 좋더
라구요. 겨울에 노천 온천탕에서 몸을 녹이는 거죠. 어때요? 땡기
죠?"

"나야 좋지."

여자 화장실 앞에서 휠체어가 멈췄다. 태성이 먼저 화장실 안으로
들어가, 수상한 사람이 숨어 있진 않은지 확인했다. 아무도 없었다.

그런데 왜 이 시간에 의사가 휴게실에서 나오지? 당직 서다가 커
피라도 마시러 왔…… 기억났다!

태성은 사색이 되어 단박에 화장실을 뛰쳐나갔다. 그는 의사가 아
니었다. 몇 년 전 성폭행 혐의로 태성이 체포한 남자였다. 증거불충
분으로 풀려났던, 이상득. 태성의 등골에서 산뜩 식은땀이 흘렀다.

"승아야!"

막 휴게실에서 나왔던 의사가 왼손으로 승아의 입을 막고, 머리
옆에 총구를 들이대며 휠체어에서 일으켜 세우고 있었다.

20대 후반으로 보이는 얼굴. 키는 170cm 정도에 마른 체격. 주
위를 경계하는 눈빛. 깔끔하게 정돈된 머리만 빼면, 폭탄 배달을 했
다는 자와 생김새가 일치했다.

씨발. 태성과 눈이 마주친 남자가 하는 욕이었다. 태성이 허리춤으로 손을 가져가자 남자가 허공을 향해 총을 쏘았다.

총알은 태성을 지나쳐 뒤쪽에 있는 유리창을 박살냈다. 범인이 다시 총을 승아의 머리로 갖다 댄 것은 순식간이었다.

승아는 너무 놀라 비명조차 지르지 못했다. 요란한 총성에 귓구멍이 따갑고 멍멍했다.

"꼼짝 마! 총 이쪽으로 던지고 손들어! 안 그럼 이년을 쏜다!"

핏기 가신 얼굴로 태성이 총을 바닥에 버렸다. 그리고 두 손을 위로 번쩍 들어 올렸다. 남자는 왼팔로 승아의 목을 조른 채 뒷걸음치기 시작했다. 총격을 들은 환자들이 비명을 지르며 병실로, 계단으로, 엘리베이터 안으로 도망쳤다.

태성은 두 손을 허공에 든 채 앞으로 천천히 걸으며 상득과의 거리를 유지했다. 그는 그녀의 머리를 겨누고 있는 총구에서 한 순간도 눈을 떼지 않았다.

"허튼짓하지 마. 여자가 죽으면 너도 죽는다."

태성이 상득을 잡아먹을 듯이 엄포를 놓았다. 그러나 그 속에 깔려 있는 불안과 초조함을 상득은 알아차렸다.

"그래? 그런 사실을 나는 왜 이제야 알았지? 총은 지금 나한테 있는데 말이야."

상득이 싸늘하게 태성을 비웃었다. 태성을 갈가리 찢어발기고 싶어 하는, 광증이 묻어나는 웃음이었다.

"이상득. 조건을 말해. 원하는 게 뭐야?"

태성은 침착하게 말했으나, 긴장한 표정은 감추지 못했다.

"조건?"

상득은 태성이 말도 안 되는 헛소리를 한다는 듯 광기 서린 고소를 감추지 못했다.

"니가 어떻게 아버질 풀어 줘? 무슨 권한으로? 이 개새끼야. 어차피 네놈들 때문에 사업도 다 망했어."

"너……."

몇 년 만에 상득의 얼굴을 마주한 태성은 불현듯 알게 되었다. 누군가 스위치를 눌러 어두운 방에 환한 불이 들어오듯이. 깜깜한 밤에 번개가 내려치는 것처럼 갑작스러운 자각이었다.

상득과 무기는 닮은 데가 있다. 태성은 무기의 생김새를 떠올렸다. 까무잡잡한 피부. 메기처럼 두꺼운 입술. 그리고 살모사처럼 찢어진 눈매. 눈앞에 있는 상득이 살이 찌고 늙으면 그런 모습이 될 것 같은. 무기의 본처 자식에는 저런 자가 없었다. 그렇다면 상득은 혼외정사로 낳은 아들일 것이다.

"폭탄을 만든 것도 너였군."

날카로운 칼침을 품은 눈이 상득을 금방이라도 잡아 죽일 것처럼 노려보았다. 폭탄이 정교하지 않았던 이유는 무기가 직접 만들지 않았기 때문이다. 무기는 아들인 상득을 감싸기 위해 거짓 진술을 했다.

상득은 무기와 내연녀의 아들이었다. 첩의 아들로 태어나 어머니 쪽의 성을 사용했으나, 부자의 관계는 돈독했다. 무기가 혼외정사로 태어난 상득의 존재를 워낙에 꽁꽁 숨긴지라 본처와 주변인들은 상득의 존재를 몰랐다. 무기는 그의 성격을 꼭 **빼닮은** 상득을 예뻐했다. 본처의 자식들보다도 훨씬.

상득에게 먼 훗날 총기사업체를 물려주겠다고 약속할 만큼. 그리

하여 상득에게 이중장부 관리를 맡길 만큼. 상득은 재미 삼아 무기의 아이디를 종종 사용해서 카페에 접속하곤 했다.

그러나 오프라인 모임에 한 번도 나간 적이 없어, 카페 회원들도 그의 존재는 몰랐다. 경찰도 상득을 알아내지 못했다. 법적으로 상득은 내연녀의 먼 친척 동생이었다.

도피 생활하는 아버지와 사업체가 망해서 화가 난 상득은 술에 취해 어머니의 집 근처에 도착했다. 그리고 그는 아버지가 잡혀가는 모습을 목격했다. 상득은 천 길 낭떠러지 아래로 떨어지는 느낌을 받았다. 아버지가 없으면 사업도 없고, 돈도 없었다.

무엇보다 상득은 아버지에게 수갑을 채우는 태성을 보고 이를 악물었다. 증오에 가득 찬 눈빛으로 짭새 새끼가 사라지는 것을 바라보았다.

몇 년 전, 어쩔 수 없이 여자에게 돈을 주고 입막음을 해야 했다. 증거도 없애느라 식겁을 했다. 그냥 따먹을 수도 있는 별거 아닌 년이었는데. 그는 그를 방해한 태성을 잊은 적이 없었다. 이게 다 저 새끼 때문이다.

펄펄 끓는 물보다 뜨거운 분노가 그를 집어삼켰다. 상득은 그의 집에 숨겨 둔 총을 꺼내 들었다. 나승아 그 쌍년도 저 새끼 애인이라지?

상득이 아버지를 잃었으니 그 짭새도 대가를 치러야 했다. 그도 무언가를 빼앗겨야 공평하다. 묵혀 둔 원한도 갚을 때가 되었다. 고년의 목숨 정도라면 가치가 있을 것이다.

너도 한번 잃어 봐.

무기가 체포된 후, 상득은 광역수사대 주변을 어슬렁거리며 복수할 기회를 엿보았다. 광역수사대 건물 뒤쪽 주차장 담벼락에 숨어서 주차장을 오가는 경찰들의 모습을 관찰하기도 했다.

지루한 시간이었다. 그러다 주차장에서 전화로 승아를 바꿔 달라고 하는 태성의 목소리를 우연히 들었다.

흥분한 상득이 움직이는 바람에 관목이 흔들렸다. 그러나 바람과 어둠 때문에 태성이 그를 보지 못했다! 역시! 행운은 그의 편이었다. 태성을 미행한 상득은 그가 아파트로 들어가는 것을 보았다. 기다림은 짜릿했다. 나오기만 하면 총알을 박아 주마.

한참 뒤 그는 승아와 태성이 손잡고 나오는 것을 보았다.

저 연놈들 때문에!

그는 직접 제조한 권총으로 승아를 쏘았다. 땅바닥에 넘어지는 여자의 모습에 미친 듯이 낄낄대며 달아났다.

그러나 여자가 살아 있다는 뉴스를 보았다. 그는 좌절했다. 반드시 죽이고야 말겠다고 결심했다. 피해자가 병원에 입원해 있다는 뉴스 기사 한 줄에 상득은 의사 가운을 입고 마포에 있는 입원이 가능한 정형외과를 다 뒤졌다.

그리고 승아를 찾아냈다.

밝은 불빛 아래에서 여자를 보는 순간, 참을 수 없는 욕구를 느꼈다. 그냥 죽이기엔 아까웠다. 이년을 맛 봐야겠다. 이 자리에서 체포되더라도 이 연놈들은 절대로 날 못 잊겠지.

상득이 더운 입김을 승아의 귓가에 불어 넣으며 속삭였다.

"저 새끼랑 잤지? 저 새끼보단 내가 더 잘할걸."

승아는 전기에 감전된 사람처럼 진절머리를 쳤다. 솜털까지 잔뜩 곤두서는 느낌이었다. 뒤에 있는 남자의 음습한 체온이 소름 끼쳤다.

팔뚝으로 기도를 누르는 남자 때문에 목이 아프고 숨 쉬기도 불편했다. 심장이 벌떡벌떡 뛰고 오금이 저렸다. 남자는 비틀거리는 승아를 질질 끌고 뒷걸음질 쳤다.

잔뜩 긴장한 신체의 작용으로 그녀의 방광이 터져라 압박받았다. 그녀는 주먹을 꽉 쥐고 아랫입술을 깨물었다. 용변 보러 나와서 봉변 보게 생겼다.

"원래는 그냥 죽일 생각이었지만 기왕 이렇게 된 거, 너 맛 좀 봐야겠다."

남자가 음험한 목소리로 지껄였다. 승아는 반대편에 있는, 창백한 얼굴을 한 태성과 눈이 마주쳤다. 화장실에 가고 싶어 미치겠다. 안되겠다. 이럴 순 없다. 죽을 때 죽더라도 태성 씨 앞에서 실수하는 꼴은 보이기 싫다.

남자는 낄낄댔다.

"내 것을 맛보면 너도 좋아서 질질 쌀걸."

급해 죽겠는데 웬 개소리야.

공격받는 때를 맞추어도 하필 이럴 수가 있냔 말이다. 죽느냐 사느냐는 더 이상 문제가 아니었다. 그녀는 죽느냐 싸느냐 하는 선택의 기로에 서 있었다. 시야가 하얗게 흐려졌다.

더 이상 참을 수가 없었다. 죽음에 대한 두려움보다 좋아하는 남자 앞에서 실수할지도 모른다는 처절한 공포가 그녀를 장악했다.

우린 아직 잠만 잔 사이일 뿐, 서로의 순결조차 트지 않았는데 이럴 수는 없다. 태성 씨 앞에서 못난 꼴 보이느니 콱 죽고 만다. 어떻게 하지? 주먹으로 낭심을 치기엔 자세가 불안정했다. 팔뚝이라도 꼬집을까? 하지만 그러다가 잘못되기라도 하면…….

하지만 그렇다고 계속 이렇게 있을 수도 없었다. 그녀는 화장실에 가고 싶었다. 가야만 했다. 지금 당장. 롸잇 나우!

태성은 분노와 공포로 이성이 마비되기 일보 직전이었다. 지원팀이라도 빨리 오면 좋으련만. 절망에 빠진 눈망울이 그를 보았다. 거미줄에 엉킨 아름다운 나비의 살려 달라는 비명이 메아리쳤다.

그녀를 잃을까 봐 가슴이 찢어지도록 아팠다. 승아를 옴짝달싹 못하게 하는 저 팔뚝이라도 어떻게 할 수만 있다면. 상득의 시선을 분산시켜야만 했다.

그러나 복도에는 쥐새끼 한 마리 얼씬거리지 않았다. 태성은 뙤약볕 아래 인적 하나 없는 광활한 사막의 유사(流沙)에 빠진 미아와 다를 바 없었다. 행여나 그녀가 잘못될까 봐 너무 두려워 어찌할 바를 몰랐다.

그는 처절한 무기력함을 느끼는 것 외에는 그녀를 구할 좋은 방법을 생각해 낼 수가 없었다. 태성은 난생처음 공황상태에 빠져 있었다.

그때, 승아가 이상한 행동을 하기 시작했다. 마치 그의 마음을 읽은 것처럼.

승아는 결심을 했다. 우선, 이놈을 정신 산만하게 만들기로.

그녀는 칸 영화제에서 올해의 여주연상을 수상하는 여배우가 되어야만 했다. 더럽고 지저분한 말을 하는 한이 있어도, 태성 씨 앞에서 실례하는 것보단 덜 끔찍하리라.

"저런 고리타분한 경찰, 따분하고 재미없어."

승아는 오른손을 뒤로 뻗어 더듬었다. 그녀의 목을 조르고 있는 남자의 얼굴과 목덜미를 쓰다듬으며 유혹적으로 말하려고 노력했다.

"당신처럼 용감한 남자가 내 스타일이지. 총알 따위가 무서워서 겁쟁이처럼 저렇게 서 있는 놈은 별로야."

부드럽게 더듬는 그녀의 손길에 남자가 자극을 받은 듯 부르르 떨었다.

"말해 봐."

"뭐, 뭘?"

흥분했는지 상득의 목소리가 높고 날카로웠다. 그는 자신의 부푼 하체를 승아의 엉덩이에 바싹 갖다 대고 비비기 시작했다.

그녀는 속으로 저주를 퍼부었다. 엉덩이가 썩어 들어가는 것 같아서 그 부분을 칼로 도려내고 싶을 정도였다. 그러나 혐오스러움을 꾹 참고 최대한 달콤하게 말하려 노력했다. 이놈을 태성 씨라 생각하며. 그녀는 여배우가 되어야만 했다.

"어떻게 해 줄까? 뭘 원해?"

연인을 애무하듯 끈적끈적한 당밀이 묻어나는 어조로 속삭였다. 연기가 들통날까 봐 불안했던 그녀는 안기듯 몸을 한껏 상득에게 밀어붙였다.

"아래에 있는 거…… 그거라도 빨아 줄까? 나 잘 빠는데."

유혹적인 목소리. 포르노에나 나올 법한 싸구려 대사. 그러나 강간충동이 있는 상득에겐 효과만점이었다. 현혹된 상득의 광기 어린 눈동자가 한순간 승아에게 고정되었다.

이때다! 승아는 양손으로 상득의 팔뚝에 손톱을 세게 박아 넣었다. 살갗에 피가 맺힐 정도로 강하게. 성한 오른쪽 발론 젖 먹던 힘을 다해 상득의 발을 꽉 밟았다. 상득이 고통을 참지 못하고 악 소리를 냈다. 목을 조였던 왼팔이 일찰나 느슨하게 풀렸다.

그녀의 머리에 딱 붙어 있던 총구가 떨어졌다. 상득에게 벗어나려 승아가 필사적으로 몸부림쳤다. 단단히 화가 난 상득이 그녀의 머리를 때렸다.

아파하는 승아를 향해 상득이 방아쇠를 당기려 드는 절체절명의 순간.

별안간 그가 '으억!' 하고 외마디 비명을 질렀다. 상득의 뻣뻣한 몸뚱아리가 천천히 뒤로 쓰러졌다. 도미노가 넘어지듯이. 마치 보이지 않는 손이 박제한 동물을 밀어 넘어뜨리는 것 같았다.

상득은 시체처럼 꼼짝 않고 바닥에 누워 있었다. 연이어 몸을 부들부들 떨며 고통의 괴성을 질러 댔다.

상득에게서 벗어난 승아는 힘없이 그 자리에서 허물어졌다. 긴장이 풀리자 다리에 힘이 없어져 서 있기가 힘들었다. 그녀는 아픈 머리를 손으로 문지르며 어리둥절했다. 뭐지? 그녀의 공격이 저렇게 효과가 좋았던가? 그럴 리가 없는데.

태성은 승아의 위태로운 시도에 아찔한 현기증이 일었다. 그럼에도 그는 절호의 기회를 놓치지 않았다. 상득의 시선이 승아에게 고정된 그때.

태성은 허리 뒤쪽에 숨겨 둔 테이저 건(taser gun)을 꺼냈다. 그는 팀 내에서 사격 실력이 가장 뛰어났다. 백발명중의 실력. 수없는 훈련의 결과였다.

그러나 이번만은 그도 비정상적일 정도로 긴장을 했다. 혹여나 잘못해서 승아를 맞출까 봐 손끝이 시리도록 차가워졌다. 호흡조차 멈춘 채 총구를 겨눈다.

테이저 건에서 나오는 빨간색 레이저빔이 몸부림치는 승아를 지나, 상득의 허벅지에 닿았다. 전선이 달린 전자침 2개가 실이 달린 다트처럼 날아가 상득의 다리에 박혔다. 4cm의 바늘에서 5초간 흐르는 5만 볼트의 고압전류. 일시적으로 상득의 중추신경계가 교란되고 근육이 굳었다.

상득은 무력하게 뒤로 넘어졌다.

태성은 우사인 볼트보다 더 빠른 몸놀림으로 움직였다. 그는 의식과 판단력이 마비된 상득을 휙 뒤집어 수갑을 채웠다.

비로소 승아는 태성이 바닥에 놔둔 것을 보았다. 다소 투박한 모양의 두꺼운 까만 총. 두꺼운 총신 위, 노란 바탕에 쓰여 있는 까만색 글씨 'X26'. 5cm 두께의 직물도 투과하는 파괴력. 전자충격기, 테이저 건이었다.

"헐."

승아는 흥분했다. 이것이 정녕 꿈인가, 생시인가.

아주 작은 폭으로 빠르고 잦게 흔들리는 손이 아래로 내려갔다. 두려워서 떨리는 것이 아니었다. 그것은 환희와 감격에 찬 흥분이었다.

이것이 그 말로만 듣던 수입산 테이저 건이다. 동영상과 사진에서만 보던, 인터넷에서만 보던 그것이 코앞에 있었다. 테이저 건에 그녀의 손가락이 닿으려는 찰나. 태성의 재빠른 손이 그것을 갈무리했다.

울 것 같은 남자의 얼굴이 복도에 주저앉아 있는 승아를 보았다. 보는 이로 하여금 가슴 찡하게 만드는 안도의 표정이었다. 바람에 가늘게 떨리는 마지막 잎새 같은 눈동자는 금방이라도 눈물을 뚝뚝 흘릴 것 같았다.

"괜찮아?"

염려하는 태성의 손이 상득에게 맞은 승아의 머리를 더듬더듬거렸다. 다행히 손끝에 묻어나는 핏기는 없었다.

"어디에 맞았어요? 나 이거 쏘는 거 못 봤는데."

상기된 눈동자가 상득의 온몸을 샅샅이 보았다. 전자침은 상득의 다리에 꽂혀 있었다.

와아!

그녀 때문에 조준하느라 힘들었을 텐데 잘 쐈다. 테이저 건은 100% 안전한 무기가 아니라서, 심장에서 멀수록 좋다고 했다. 그녀가 알기로 가장 이상적인 자리는 다리였다.

"태성 씨! 있잖아요. 나 이거 한 번 쏴도 돼요?"

"……복수하고 싶은 네 심정을 이해 못 하는 건 아니지만, 함부로 남용하면 안 돼."

감격에 젖은 태성은 승아의 말을 잘못 이해했다. 잘못 짚어도 한참은 잘못 짚었다. 승아는 허둥지둥 말을 이었다.

"이 사람한테 말고, 어디 딴 데라도 좋아요. 응? 침대라도 좋으니까 한 번만. 응? 나아, 테이저 건 실제로 보는 건 첨이란 말이에요. 이건 총하곤 다르게 내가 쏴도 티 안 나잖아요. 응? 총알이 낭비되는 것도 아니고. 나 방금 죽다 살아났잖아요. 죽은 사람 소원도 들어준다는데, 산 사람 소원도 한 번만 들어주면 안 돼요? 사람들 오기 전에 얼른요. 응? 안 돼요? 제발요, 네?"

승아는 기관총을 드르륵 난사하는 것처럼 숨도 쉬지 않고 말했다. 그녀는 인간의 기본 욕구이자 생존의 중요한 행위인 배설의 욕구조차 잊었다. 테이저 건에 대한 호기심으로 인해 화색이 완연한 얼굴로.

태성은 승아의 이야기가 귀에 들려왔지만 뇌에 입력이 되지 않아 몇 초간 멍하니 있었다.

잠시 후, 그는 기운 빠지는 탄식을 흘리다가 허파에 바람 든 사람처럼 웃어 대기 시작했다. 이래야 나승아지. 죽을 뻔했다고 겁먹어 울부짖는 건 그녀와 안 어울렸다.

그는 테이저 건을 쏘아 보아도 좋다는 허락은 안 하고, 그저 승아가 숨 막힌다고 버둥거릴 때까지 꽈악 끌어안기만 했다. 그녀가 무사해서 정말 다행이었다.

신고를 받고 출동한 경찰들이 오는 소리가 들렸다.

※

"지금은 잡혀도 나중에 감옥에서 나오면 어떻게 돼요? 또 공격하려 들면 어떻게 하죠?"

"살인미수에 테러범이라는 가중치가 더해져서 쉽게 풀려나진 못할 거야. 걱정 마."

태성은 싱글벙글 입을 못 다물던 광역수사대장을 떠올렸다.

정상회의의 바쁜 일정에도 불구하고 짬을 낸 대통령이 전화로 격려를 했다. 이번 정권에서 가장 큰 사건을 해결한 대단한 광역수사대라나.

광역수사대장은 흐뭇해했다. G20이 끝나고 대통령이 청와대에서 만찬을 가지자고 했다며 권이재 총경은 광역수사대 건물이 떠나가도록 큰 소리로 자랑했다.

자신보다 나이가 어린 후배인 경찰청장을 건방지다고 눈꼴셔했던 광역수사대장인 권 총경은, 어깨에 잔뜩 힘이 들어가서 하루 종일 다른 경찰 서장에게 뻐기고 다녔다.

권 총경은 껄껄 웃으며,

'최 반장 약혼자면 다 같은 경찰 가족 아니냐? 우리 식구 공격하는 건 더더욱 용서하면 안 될 말이지.'

태성의 어깨를 툭 치면서 능구렁이처럼 말했다. 검찰에게 있는 힘껏 애써 보겠다는 뜻이었다.

태성은 테러범을 잡은 경찰로 신문의 톱기사로 다뤄졌다. 덕분에 거의 죽어 있던 경찰근무 카페가 새로운 가입자로 넘쳐 났고 운영자는 행복한 비명을 지르며 회원들을 등업시켰다.

오랜만에 접속한 기존 회원들은 터치U가 올린 목격담, '최 반장에겐 미모의 애인이 있다' 는 게시물 때문에 그럴 순 없다며 최 반장에게 성토하는 글을 올렸다.

우리가 가지지 못할 바엔 남자의 것이라도 되어 버리지! 왜 하필 애인도 미인이냐! 차라리 우릴 죽여라! 라는 글이 하루 온종일 게시판을 도배했다.

김 여사를 비롯한 모든 가족들도 범인이 잡혔다는 희소식에 춤을 췄다. 태성이 출근한 동안 승아와 병실에서 함께 노닥거리던 그들은, 역시나 오늘도 태성이 오자마자 우르르 빠져나갔다.

무슨 짓을 해도 좋으니 신랑 각시만 있을 수 있도록 하자는 여자들의 뜻깊은 배려였다.

혼전임신으로 장난감 사 주기 내기에서 질까 봐 발을 동동 구른 아영이, 인혜 몰래 태성의 손에 콘돔을 쥐여 주고 병실을 뛰쳐나갔다는 것은 남매만의 비밀이었다.

"이젠 정말로 끝난 게 맞겠죠?"

태성은 승아에게 입술을 포갰다. 그는 잠시라도 그녀를 가만두질 못했다. 둘만 있으면 당연히 키스했고, 여러 사람과 함께 있을 땐 승아의 손을 잡고 놓아주질 않았다. 하다못해 승아의 새끼손가락이라도 잡고 조몰락거렸다. 그녀가 다칠까 봐 너무 두려웠다던 그는 그렇게 살아 있음을 몸으로 확인했다.

그는 승아를 끌어안고, 한참 입술을 깨물고, 맛보고, 혀를 빨아들였다. 어느 순간, 그는 한계를 느꼈다.

"빨리 결혼했으면 좋겠다."

태성이 맞댄 이마를 비비며 심정을 토로했다.

"언제는 내가 하고 싶을 때 하자면서요? 기다린다고 한 건 그냥 해 본 말이에요?"

승아가 쿡쿡 웃으며 그를 놀렸다. 당장 식장에 들어가고 싶진 않았지만, 그녀와 결혼하고 싶다고 조급해하는 태성 씨가 사랑스러웠다.

"……참기 힘들어."

그는 벌건 얼굴로 낡아 빠진 침대보만 응시했다.

품에 안긴 승아는 그를 올려다보았다. 뭔가 말이 앞뒤가 안 맞았다. 건강한 남자라면 끓는 욕정을 참지 못하고 그녀에게 골백번은 넘게 덤벼들어야 하는데 이 사람은 그 문제에 있어서만은 왜 이리 참으려 들까? 심지어 그의 집에서 둘이서 잘 때도 아무 일도 없었지.

그리고 매번 키스할 때마다 태성은 승아의 팔뚝을 잡거나, 그녀의 머리를 쓰다듬기만 했다. 키스 다음 순서는 손이 가슴으로 와야 하는 거 아닌가? 뭐지? 이런 미녀를 눈앞에 두고? 승아는 그의 턱을 붙잡았다.

"언제까지 참으려고요?"

그녀의 눈썹은 아치형으로 잔뜩 올라가 있었다.

"……결혼할 때까지?"

태성은 한참을 망설이며 대답했다.

요상하다…….

혹시 남다른 취향을 가진 건 아니겠지? 승아는 인터넷에서 본 글이 갑자기 생각났다.

이야기는 이렇다.

7년이 넘는 연애 기간 동안 속궁합을 한 번도 맞춰 보지 않은 신혼부부가 신혼여행을 갔다. 욕실로 들어간 새신랑이 세 시간이 지나도 나오지 않아서 답답해진 새신부가 화장실 문을 열고 들어가 보니, 남편이 해맑게 웃으며,

'이래야 잘 감겨.'

가죽 허리띠를 뜨거운 물에 불리고 있더란다. 결국 그 커플은 신혼여행을 즐기지도 못하고 돌아오자마자 이혼했다.

설마 태성 씨도……? 그녀의 눈동자가 불안함으로 몇 초간 흔들렸다. 혹시, 그런 취향이라 안 하려는 건가?

"태성 씨."

에이, 설마 아니겠지.

"응?"

"내가 역사물을 쓰려고 자료를 찾다가 조선왕조실록 태종 편을 읽게 되었는데요. 태종 16년에 과부 제석비라는 여자가 있었대요."

생뚱맞은 역사 이야기에 의아한 태성의 눈이 커졌다. 승아는 아랑곳 않고 말을 이었다.

"제석비는 먼저 간 남편의 넋을 기리기 위해 불경을 자주 외웠대요. 어느 날. 그녀는 장님 스님인 신전이라는 자를 불러 독경을 요청했어요. 제석비는 독경을 하러 온 스님을 대접하기 위해서 밤을 깠대요. 그리고 밤을 먹는 스님에게 밤 맛이 어떠냐고 물었대요. 당연히 스님은 매우 답니다, 하고 답했죠. 그러자 제석비가 뭐라고 했는지 알아요?"

태성은 고개를 좌우로 흔들었다. 그는 승아가 무슨 말을 하려는 것인지 도무지 종잡을 수 없었다.

"밤보다 맛이 더 좋은 것이 있어요."

뻣뻣하게 굳은 남자의 근육질 가슴을 그녀가 손으로 문질렀다. 얇은 회색 스웨터 위로 느껴지는 심장박동이 격렬했다. 이해했군. 그녀는 보름달보다 환하게 웃었다.

"우리도 밤보다 맛이 더 좋단 걸 조만간 맛봐야 하지 않을까요? 나는, 오죽하면 사관이 저런 것도 기록했을까 하는 생각이 드는데."

"나는……."

그는 헛기침을 몇 번 했다. 낙조로 물든 얼굴이 이번에는 승아의 시선을 피하지 않는다.

"나는 당장이라도 결혼할 거면 상관없어. 밤이든, 감이든, 뭐든."

승아의 눈이 세모꼴이 되고 목소리가 높아졌다.

"결혼은 내가 하자고 할 때까지 기다린다고 했잖아요?"

"지금…… 결혼하긴 싫지?"

"싫어요. 아직은……."

"……관계엔 항상 임신의 위험이 따르니까. 우리 누나 얘기 들었지? 피임해도…… 임신의 가능성은 항상 있다는 거. 나야 네가 아이를 가지면 좋지만 네가 아기 때문에 억지로 하는 결혼은 싫어. 네가 정말로 결혼하고 싶다는 결심이 섰을 때 하자. 그땐 상관없어. 하지만 지금은 아니야."

"참기 힘들다면서요?"

"참을 수 있어."

"피임하면 되잖아요."

"100% 확실한 피임은 없어."

"……태성 씨."

그녀의 눈이 의심으로 번쩍거렸다.

"응?"

"설마…… 한 번도 안 쓰면 그것도 소환이 되는 건 아, 아니겠……죠?"

승아는 속으로 비명을 지르며 말을 더듬었다.

"……뭐가 소환이 돼?"

그는 범인과 소환의 관계가 무엇일까 몇 초간 생각했다. 법정에서 증인을 소환하는 걸 말하는 건가? 그런 그의 착각을 승아가 가차 없이 부서뜨렸다.

"작을 소, 환부 환. 작은 환부!"

눈알이 튀어나올 듯이 남자의 눈이 커졌다.

"아니면, 기소됐어요? 일어날 기, 작을 소! 작게 일어나는 기소!"

그는 턱이 빠져라 입을 벌렸다. 나방 떼를 뱉어 내는 사오정보다도 입이 크게 벌어졌다.

"그것도 아니면! 임포예요? 고개 숙일 임! 도망갈 포!"

답답하다. 자신이 그렇게도 매력이 없나? 이해가 안 된다. 여자가 하자는데 왜 거부한단 말인가? 자존심이 상할 대로 상한 그녀는 자신의 가슴을 손으로 탕탕 쳤다.

"이렇게 **빵빵한** 나 같은 미녀를 눈앞에 두고 어떻게 참을 수, 읍!"

열 받은 태성이 승아의 입을 입술로 막아 버렸다.

몇 분 뒤, 약을 주러온 간호사 터치U가 열렬한 키스신을 목격했다. 짜증이 난 터치U가 소리를 꽥 지르며 문을 쾅 닫고 나가 버렸지만 이성을 잃은 그의 귀엔 들리지 않았다.

Chapter 14.

크리스마스를 일주일 앞둔 어느 날.

여느 연인들처럼 잠들기 직전, 승아와 태성은 각자의 침대에 누워서 잘 자라는 둥, 먼저 끊으라는 둥 닭살 돋는 전화 통화를 했다.

— 목말라요.

"물 마시고 와."

그녀는 아까부터 갈증이 인다고 했다.

— 다 마셔서 없는데……. 와서 물만 사 주고 가면 안 돼요? 아니면, 집에 있는 물 좀 가져오는 건 어때요?

태성은 웃음을 터트렸다. 삼십 분 전, 그녀를 집 앞까지 바래다주고 떠나온 참이었기 때문이다.

"수돗물 마셔."

— 난 물 끓여서 먹어요.

"그럼 일어나서 주전자에 물 끓이면 되잖아."

— 일어나기 귀찮은데…….

"인덕션 스위치만 돌리면 되는데 뭐가 귀찮아."

— 끓이고 나서 식혀야 된단 말예요.

그녀는 가느다란 목소리로 종알거렸다.

"식히면서 마시면 되잖아."

— 나 시원한 물 마시고 싶은데……. 응? 와서 물만 사 주고 가요. 가깝잖아. 응? 응? 오늘이 가기 전에 날 한 번 더 볼 수 있는 기횐데 이걸 이렇게 놓칠 거야?

태성은 피식 웃었다. 어이가 없으면서도 여느 때보다 달콤한 목소리로 조르는 그녀가 귀여웠다.

새로 이사한 승아의 집은 그의 집에서 걸어서 오 분 거리이긴 했다. 양가 집안 어머니들의 등쌀을 핑계 삼아, 가까이 살고픈 연인이 함께 구한 아담한 원룸이었다.

결혼을 서두르는 어머니들의 닦달은, 승아가 24살이 되는 내년 겨울에나 하겠다고 태성이 막아 냈다. 일단 시간을 벌기 위해, 그녀의 동의하에 한 말이었다.

침대에서 일어난 태성이 책상 서랍을 열었다. 그곳엔 남색 보석 상자가 있었다. 그녀 몰래 아영의 도움을 받아 구입한 반지가 들어 있는 상자였다. 그는 가까운 시일 내에 그녀가 먼저 결혼하자는 말을 할 거 같단 예감에 사로잡혀 있었다. 그날이 되면 준비해 둔 반지도 건네고 정식으로 프러포즈 하리라.

헤어질 때마다 날로 커지는 아쉬움을 그녀도 언젠가는 못 견디게 될 것이다. 보다 더 많은 시간을 공유하고 싶어 할 것이다. 그가 그러한 것처럼.

— 웃지만 말구. 물 사 오면 손잡는 거 허락해 줄게요.

그는 침을 꼴깍 삼켰다. 은근히 유혹해도 넘어오지 않는 태성 때문에 자존심이 상할 대로 상한 승아가 일주일 전, 할 거 아니면 손가락 하나 대지 말라고 을렀다.

그렇지 않아도 굶주린, 신체 건강한 대한의 남아인 그는 안달이 날 대로 나 있는 상태였다. 그동안 되도록 그녀의 집에 안 들어가려고 노력했지만, 갈증에 허덕여 왔던지라 오늘은 달랐다.

"손만?"

— 음…… 그럼 키스 한 번.

그녀는 나른한 목소리로 협상에 임했다. 요즘 세상엔 목마른 자는 힘들게 우물을 파지 않는다. 떡밥을 던져 물을 구한다. 바로 그녀처럼.

"당장 갈게."

그는 곧장 전화를 끊었다. 열려 있는 책상 서랍을 닫는 것조차 잊었다. 옷은 대강 입고 쏜살같이 집에서 나갔다. 서둘러 집 앞 편의점에서 생수를 사고 차에 올라타 그녀의 집으로 향했다. 걸어가도 가까운 거리였지만, 그는 마음이 급했다.

그녀의 집 현관문 앞.

태성은 냉장고에서 갓 꺼낸, 차가운 생수 여섯 통짜리 한 묶음을 들고 있었다. 그가 벨을 누르자 딩동 하고 소리가 났다.

"응. 들어와요."

그는 주머니에서 꺼낸 작고 동그란 터치키를 디지털 도어록에 갖다 댔다. 열쇠고리엔 무지갯빛 하트 십자수가 대롱대롱 매달려 있다. 승아가 손수 만든 것으로, 터치키를 안 받으려 하는 그를 꼬드겨 넘긴 것이었다.

　물론 그럴 일이야 없겠지만, 만에 하나라도 화재가 난다든지, 강
도가 들어온다든지 하는 절체절명의 순간에 열쇠가 없어서 빨리 못
들어오면 쓰겠냐는 앙큼한 말에 그는 냉큼 그것을 손에 쥐었다.

　당연히, 그녀는 비밀번호도 알려 줬다. 터치키는 비밀번호가 잘
안 될 때 쓰는 비상용이라며 승아는 잔망스럽게 눈을 깜빡깜빡거렸
고 결과는 키스로 귀결되었으며, 그는 허리 아래에서 들썩이는 욕구
를 참다가, 참다가, 또 참다가 참나무가 될 뻔했다.

　기계음과 함께 문이 열렸다. 손잡이를 돌려 잡아당기자, 하늘색에
핑크빛 돼지가 도배된 깜찍한 잠옷을 입은 승아가 부엌 바닥에 주저
앉아 있었다.

　"왔어요?"

　그녀는 울먹이며 손등으로 눈물을 훔쳤다.

　"왜! 왜 울어? 무슨 일이야?"

　한없이 연약해 보이는 그녀의 표정에 태성은 간이 떨어질 뻔했다.
그는 생수통을 바닥에 내팽개쳤다. 신발 벗는 것도 잊고 뛰어 들어
가, 그녀 앞에 무릎 꿇고 앉았다. 커다란 손이 작은 얼굴에서 연신
흘러내리는 눈물을 닦았다. 뒤에서 대문이 띠릭 소리를 내며 자동으
로 잠겼다.

　"어디 아파?"

　평상시와 다르게 물을 사 오라고 조를 때부터 이상하다고 생각했
어야만 했다. 그는 다급하게 그녀의 이마를 손으로 짚었다.

　"열은 없는 거 같은데. 병원에 갈까?"

　"아니…… 그게, 아니라, 파……."

그녀는 훌쩍이며 말했다.

"파……."

"파?"

그는 걱정으로 인해 딱딱하게 굳은 얼굴로 되물었다.

"대파가 너무 매워서……. 썰다 보니까, 눈물이 나요."

그는 허탈한 표정으로 바닥에 털썩 주저앉았다. 오른쪽에 있는 새하얀 싱크대 상판 위. 나무 도마에 반쯤 썰다 만 대파 더미가 있었다. 그제야 방 안을 가득 채운 매운 내를 맡았다. 후각을 자극하는 독한 향이었다. 그는 기침을 했다.

"으이구. 물도 끓이기 귀찮다면서 뭘 그런 걸 썰고 있어."

"기다리고 있는데 그저께 대파 사다 놓은 게 생각나서요. 베란다에 두긴 했지만 빨리 안 다듬어 놓으면 상하니까, 태성 씨 기다리면서 썰어야지 했는데 너무 매워서 눈물이……."

그는 어휴, 하고 한숨을 쉬었다. 또 무슨 일이 있는 줄 알고 십년 감수했네.

"왜 이런 걸 일일이 칼로 썰고 있어."

"칼로 안 썰면 뭐로 해요? 입으로 뜯어? 아니면 손으로 뜯으라고? 그래 봤자 매워서 손도 아려요."

"가위로 자르면 되지. 쯧쯧."

그가 검지로 승아의 이마를 꾹 눌렀다.

"남은 건 내가 해 줄게. 화장실에서 찬물에 눈부터 씻어."

자리에서 일어선 태성은 운동화부터 벗어 현관에 뒀다. 짙은 고동색 무스탕도 의자 위에 걸쳐 뒀다.

멍하니 앉아 있는 승아에게 걸레의 행방을 물은 그가 베란다로 가더니 걸레를 적셔 왔다. 그는 자신이 신발 신고 밟았던 부분을 걸레로 재빠르게 훔치더니 베란다에 걸레를 던지고 화장실에서 손을 씻고 나왔다.

그리고 태성은 철제 선반에 걸려 있던 보라색 부엌 가위로 남은 대파를 자르기 시작했다.

"……우와."

한참은 느린 감탄사였다. 대파를 자르는 남자의 넓은 등짝을 응시하는 승아의 까만 동공이 흥분으로 확장되었다.

왜 진작 생각을 못 했을까? 가위로 썰면 매운 내도 덜하고 훨씬 편리하고 빨리 끝낼 수 있는데! 감격한 그녀가 벌떡 일어났다. 승아는 가위질을 하는 태성을 뒤에서 꽉 끌어안고 뺨을 그의 등에 비볐다. 이 남자, 아무래도 천재가 아닐까?

그는 가위로 대파를 자르며 빙긋이 미소 지었다. 뒤에서 느껴지는 그녀의 촉감은 언제나 대환영이었다.

태성의 등에 귀를 갖다 댄 승아에게 규칙적이고 묵직한 심장 고동이 들렸다. 포근하고 평온했다. 뜨끈한 아랫목 위에 이불을 펴 놓고 몸을 지지는 느낌과도 흡사했다.

소리에도 온도가 있다면 이것이야말로 따끈따끈한 소리임이 틀림없었다. 언제 들어도 항상 그녀를 흐물흐물 녹아내리게 하는 소리였다.

어느덧 그녀의 심장박동도 그와 함께 뛰고 있었다. 혼연일체. 둘이지만 하나가 된 느낌. 행복하다. 승아는 가슴속에서 보글보글 끓어오르는 감정을 참지 못하고 속삭였다.

"사랑해요."

주의 깊게 듣지 않으면 결코 듣지 못할 정도의 약한 속삭임이었지만 그의 귀에는 천둥소리처럼 요란했다. 태성은 가위를 도마에 내려놓고 뒤돌아섰다. 점점 거세지는 남자의 맥박은 휘모리장단과 가히 비교될 만했다.

희귀한 보물에 흠집이라도 날까 소중히 만지는 감정사의 손길처럼 그는 승아의 동그란 이마를 왼손으로 쓸어내렸다.

"나도."

작지만 오밀조밀하게 눈코입이 다 들어 있는 아름다운 얼굴. 눈을 깜빡깜빡거리며 그를 마주 보던 승아가 복사꽃처럼 웃었다. 온갖 형용사로도 그녀의 어여쁨을 찬양할 수 있지만 그중 가장 좋은 것은 그를 향한 애정 어린 눈빛이었다.

형용할 수 없는 저릿한 것이 그의 가슴속에서 퍼져 나갔다. 정체를 알 수 없는 뜨거운 덩어리가 명치께에 걸린 느낌이었다. 그녀를 알게 된 후로 이런 이상한 것을 느낀 것은 수십, 수백 번이었다. 하지만 그는 단 한 번도 이 느낌을 싫어한 적이 없었다.

애정 어린 눈동자에선 그녀를 향한 분홍색 하트가 별빛처럼 쏟아져 내렸다.

"……태성 씨 나 정말 많이 좋아하는구나. 태성 씨 눈에 내가 가득 들어 있네? 나밖에 안 보여요."

태성은 빙그레 웃으며 눈물로 젖어 들었던 촉촉한 뺨에 코를 문질렀다. 그녀에게선 천연의 달콤한 향이 났다. 그는 가슴이 빵빵해지도록 그녀의 향취를 깊숙이 들이마셨다.

둥글고 소담하게 볼록 솟은 이마, 맥박이 고동치는 관자놀이, 별처럼 반짝이는 눈동자를 감싸는 눈꺼풀, 곧고 오뚝한 코, 복숭아 같은 뺨, 그리고 마지막으로 붉고 도톰한 입술에 차례대로 그의 입술이 닿았다가 떨어졌다.

성적인 의미는 전혀 없는, 애틋한 마음이 담긴 입맞춤은 연하고 보드라운 꽃잎이 피부를 만지는 것 같았다.

담백한 접촉은 이내 열정적인 키스로 변질됐다. 입속에는 그의 혀가 깊숙이 들어왔고, 그녀를 끌어안은 팔엔 점점 힘이 들어갔다. 한 치의 틈도 없이 두 사람의 신체가 자석처럼 딱 달라붙었다. 그는 흥분이 최고조에 달하자 여느 때처럼 입맞춤을 멈췄다.

태성이 그녀의 목덜미에 얼굴을 파묻고 한숨만 푹푹 내쉬었다. 뜨거운 허기가 실린 입김이 피부에 닿았다. 그의 몸이 가늘게 떨렸지만 남자는 더 이상 어떤 짓도 하지 않았다.

그가 하는 행태를 지켜보던 승아는 문득 짜증이 났다.

오늘도 저놈의 대파만 다 자르고 나면 집에 가겠지. 언제까지 입술만 빨다 치울 텐지! 이렇게 계속 같이 있고 싶다. 보내기 싫다.

"태성 씨."

"응."

"오늘 가지 마요."

그는 총알이라도 맞은 사람처럼 흠칫 고개를 들더니 뒤로 물러났다. 승아는 두 손으로 그의 양 뺨을 감싸고 말을 반복했다.

"집에 가지 마요."

그는 말하는 법을 모르는 붕어처럼 입술만 뗐다가 붙였다가 했다.

"집에 안 간다고 해서 꼭…… 뭔가를 하자는 말은 아니에요. 내가 태성 씨 집에서 잤을 때처럼, 그렇게 그냥 잠만 같이 자요."

세이렌의 유혹에 그의 눈동자가 어지러이 흔들렸다. 그러나 그는 예스라는 말 한 마디가 없었다. 말을 못 하겠으면 고개라도 끄덕이면 되건만. 그는 망부석처럼 미동조차 없었다. 여자가 이렇게까지 말하는데도 답도 안 하다니. 약간의 짜증과 초조해진 그녀가 그를 붙잡기 위해 말을 막 했다.

"이불은 더 있으니까 바닥에 깔면 춥진 않을 거예요. 베개도 하나 더 있고. 장롱에서 꺼내기만 하면 돼요. 지금 시간도 너무 늦었잖아요. 가다가 누가 해코지라도 하면 어떻게 해요."

그를 못 가게 말리려고 아무 말이나 하다 보니 걱정이 눈덩이처럼 불어났다.

행여나 퍽치기나 묻지마 살인이라도 벌어져서 두 번 다시 그를 볼 수 없게 된다면? 그렇지 않아도 장기밀매가 요즘 암암리에 성행한다던데, 밤늦은 시간을 기회라 여기고 그를 노린 누군가가 있다면……. 그녀는 끔찍한 상상에 치를 떨었다.

치안이 안 좋은 동네도 아니고, 퍽치기에 묻지마 범죄라는 상상은 그 누가 봐도 오버였지만, 그래도 걱정이 되었다. 근래에 죽을 뻔한 고비를 넘긴지라 근심이 더했다. 자라 보고 놀란 가슴 솥뚜껑 보고 놀란다지만, 미친놈이 작정하고 덤비면 비극이 벌어지지 않으리라는 보장이 어디 있는가?

그녀도 평범한 소시민에 불과했지만, 사이코 때문에 하마터면 저승사자와 미팅 할 뻔했다. 그의 입관까지 상상한 그녀는 불러도 대답 없는 그를 붙잡기 위해 다급한 어조로 생각지도 않은 말을 내뱉었다.

"우리 결혼해요."

본인이 말해 놓고 흠칫 놀랐다.

"정말?"

그는 근래에 보기 드물게 환한 미소를 지었다. 스킨십 금지령 후, 그는 종종 인상을 쓰곤 했다.

그녀는 어안이 벙벙했다. 이 말까지 할 작정은 아니었는데, 어쩌다가……

그러나 결혼이라는 단어를 입 밖에 꺼내고 나서야 인지했다. 왜 지금까지 이 생각을 하지 못했을까? 결혼하면 매일매일 같이 있을 수 있다.

늦은 밤에 헤어지는 아쉬움을 느끼지 않아도 되고, 밤에 보낼 때마다 지금처럼 그의 입관이라는 불길한 상상을 안 해도 된다.

일찍 결혼한다고 쑥덕대는 남의 시선 따위 개나 주라지!

그녀가 좋고 그가 좋으면 그만이다. 그는 그녀를 배려할 줄도 알았고, 대파 한 단을 가위로 써는 응용력도 발휘할 줄 알았으며 뭣보다 그녀를 많이 사랑했다. 그녀 또한 그와 마음이 통했다.

그녀는 밑도 끝도 없는 허기에 시달리기 시작했다. 이 남자를 한시라도 빨리 자신의 것으로 만들고 싶었다.

가지고 싶다. 결혼해야 해! 이젠 사귀는 것만으론 불충분했다. 더많은 시간을 같이 있고 싶다. 함께 살고 싶다. 가족이 되고 싶다. 도장을 꽝꽝 찍어야 하는 것이다. 법적으로, 공식적으로, 모든 면에서.

승아는 고개를 끄덕였다.

"진짜지? 한 번 말한 이상 절대 무를 수 없어."

"취소 안 해요."

태성은 쓸개 빠진 사람처럼 히죽거리며 승아를 꽉 끌어안고 열렬하게 입맞춤을 했다. 심장에서 퍼져 나간 열기가 혈관을 타고 흘렀다. 온몸이 불덩어리처럼 뜨거웠다.

그는 여느 때와는 다르게 흥분한 하체를 거리낌 없이 그녀에게 밀착하고 비볐다. 바지 아래로 분명한 존재감을 드러내고 있는 그를 느낀 그녀의 얼굴이 발개졌다.

태성이 입술을 떼고 선언했다.

"이젠 못 참아. 아니, 안 참아!"

강인한 두 팔이 그녀를 들어 올렸다. 태성은 놀라서 꺅 하는 비명에도 아랑곳 않았다. 성큼성큼 놀려진 발이 침대 앞에서 멈췄다.

그는 승아를 침대 위에 내려놓았다. 입고 온 잿빛 스웨터를 성마르게 벗어 방바닥에 던지면서도 태성은 그녀에게서 시선을 떼지 않았다. 바다보다 깊고 용암보다 뜨거운 눈빛에 승아는 숨이 턱턱 막혔다.

적당히 따뜻하던 방 안의 온도가 지글지글 끓어올랐다.

탄탄한 가슴근육과 복근에 눈길을 뺏기기도 잠시, 그가 다급히 청바지를 아래로 내렸다. 딱 달라붙는 검정색 드로즈만 걸친 남자가 가까이 다가왔다. 호기심 어린 시선이 안착한 곳은, 속옷이 터질 듯 커다랗게 부풀어 올라 텐트를 치고 있는 그의 분신이었다.

두둑했다. 과장법을 써서 그녀의 팔뚝보다 커 보였다. 자못 놀란 그녀는 입을 다물지 못했다. 그녀는 자신의 가녀린 팔뚝을 내려다보고 다시 그것을 흘끔거렸다. 아니다. 진짜 팔뚝보다 큰 것 같다. 저것이 몸에 들어온다고?

그는 그녀의 앞에 무릎 꿇고 앉았다. 그리고 그녀의 팔을 잡았다.

"오늘 널 가질 거야."

목석같던 남자의 신음 같은 선언이었다. 잠옷 단추에 손을 가져간 그가 말했다.

"그리고 너도 날 가지는 거고."

그녀의 심장이 쿵쿵 난동을 쳤다. 다른 이가 했으면 손발이 오그라들도록 닭살이 돋았을 말이, 그가 했다는 이유 하나만으로 섹시하게 들렸다.

"싫으면…… 지금 말해."

욕망을 숨기지 못하는, 격정적인 눈동자와 대조적으로 그의 얼굴은 태연했다. 하지만 단추를 잡고 있는 커다란 손이 살짝 떨리는 것을 승아는 목격했다. 그도 떨고 있었다. 자신처럼.

그녀는 겨우 입을 열었다. 러닝머신 위에서 뜀박질을 하다 온 사람처럼 거세게 뛰는 심장이 입 밖으로 튀어나올 것 같았다.

"대파 치워야……."

"괜찮아."

무거운 추를 매단 듯, 잔뜩 가라앉은 음성이었다.

"나…… 손도 씨, 씻어……."

"괜찮아."

그는 쉽게 물러나지 않았다.

"대파 썰고 안 씻었어……."

"괜찮아."

"손, 맵고 화끈거릴 텐……."

"괜찮아."

"그래도……."

그는 쿵 하는 소리를 내고, 승아를 다시 들어 올렸다. 쿵쾅거리는 발걸음엔 성마름이 묻어났다. 그가 그녀를 내려놓은 곳은 화장실, 세면대 앞이었다.

수도꼭지가 급하게 틀어졌다. 물이 세차게 쏟아져 나왔다. 어벙한 표정으로 바닥에 못 박힌 듯 서 있는 그녀의 두 손을, 그가 홱 끌어당겨 미지근한 물에 적셨다. 그동안, 커다란 손이 비누를 움켜쥐고, 빠르게 비벼 거품을 냈다. 하얗게 미끈거리는 투박한 두 손이 젖은 여자의 손을 덮치고, 문지르고, 손가락 사이사이를 만졌다.

원래 의도는 손을 씻기는 것이었다.

화장실에 데려가고, 물을 틀고, 초고속으로 비누 거품을 낼 때까지만 해도 그랬다. 그러나 비눗기 때문에 매우 부드럽고, 윤이 나는 작은 손이 미끈미끈하게 밀려나자 그는 눈치챘다. 자신의 손안에 들어 있는 매혹적인 감각을.

그는 몽글몽글한 거품이 알알이 맺힌 손을 천천히 놀리기 시작했다.

Lentissimo. 아주 느리게.

깍지를 낀 채 손가락 사이에 힘을 줬다. 미끄덩한 느낌이 살갗을 통해 전해지는 느낌이란……. 아……! 손바닥이 뒤집혔다. 엄지가 둥글게 원을 그리며 적당한 압력으로 손바닥을 눌렀다. 이리저리 누르고, 밀고, 비빌 때마다 동그랗게 벌린 입에서 열띤 한숨이 흘러나왔다. 마치 곧 있을 일을 쾌락을 예고하는 듯했다.

그녀의 다리에 힘이 풀렸다. 승아는 후들거리는 다리를 서로 맞닿아서 떨어지지 않게 꽉 붙였다.

처음 손을 잡았던 날 같았다.

아니, 그보다 더 자극적이고, 훨씬 야했다. 미끄럽고, 축축하고, 질척거렸다.

"말해."

승아는 거의 감길 듯 가늘게 뜬 흐리멍덩한 눈으로 그를 보았다. 북을 둥둥 치는 것처럼 심장이 요란하게 뛰었다. 북소리가 너무 커서 고막이 울리는 것 같았다.

"싫지 않다고."

그의 요구에 그녀는 겨우 고개를 끄덕였다. 그는 일사천리로 비눗기와 물기를 없애고 그녀를 다시 침대로 데려갔다. 대낮처럼 방을 환하게 밝히는 형광등 아래, 그는 방금 전보다 더 커진 것 같았다.

"불, 끄고 해요……."

승아는 왠지 부끄러움을 참을 수가 없었다. 그래서 먼지가 바닥에 내려앉는 소리보다도 더 작게 속삭였다. 귀 기울여 듣지 않으면 결코 들을 수 없는 말이었다. 태성은 사랑스러움을 견디지 못하고 그녀에게 짧은 입맞춤을 퍼부었다. 소낙비처럼 쏟아 내리는 키스에 그녀는 현기증이 일었다.

형광등이 꺼지고 노란색이 감도는 오렌지색 불빛이 깜깜한 공간을 채웠다. 침대 옆에 있는 나비 모양 무드등을 태성이 켠 것이었다. 빛나는 나비가 벽을 타고 올라 밤하늘을 나는 듯했다. 그것은 아영이 집들이 선물로 준 것이었다.

"이렇게 하면 괜찮지?"

다시 침대로 온 태성이 물었다. 입을 다물고 고개만 끄덕이며 앉아 있는 승아의 잠옷 단추를 그가 하나씩 풀어 내렸다. 헐렁한 잠옷에 감춰져 있던 브래지어가 모습을 드러냈다.

그는 자기도 모르게 숨을 크게 들이마셨다. 남자의 단단한 가슴근육이 빠르게 팽창했다 줄어들었다.

연한 피부 빛깔과 유사한 브라는 얼핏 착용을 안 한 듯, 착시효과를 일으켰다. 정중앙에 짙은 갈색 레이스로 새겨진 나비 날개 문양이 굴곡진 가슴골에 시선을 집중시키게 만들었다.

숨을 쉴 때마다 오르락내리락하는 곡선과 함께 음영이 따라서 움직였다. 그는 집요하게 쳐다보며 경탄을 금치 못했다. 그의 툭 튀어나온 목울대가 위아래로 움직였다.

노골적인 감탄에 승아는 세계에서 최고로 섹시한 여자가 된 기분이었다. 그가 유심히 쳐다보는 바람에 가슴 언저리가 따끔따끔거렸다. 가리고 싶어서 손을 위로 들기 직전. 태성이 승아의 팔에서 잠옷을 뺐다. 잠옷이 팔랑하며 바닥에 내려앉았다.

그가 고개를 숙였다. 짙은 검은색 머리칼이 시야에 가득 들어왔다. 가슴골 위의 살결에 입술이 느껴졌다. 뜨거운 화인이 피부 위에 새겨지는가 싶었는데, 그가 이로 살짝 깨물었다.

"아얏!"

깨물린 부위가 아프다며 엄살을 떠는데, 시야가 기울었다. 뻣뻣하게 긴장한 승아를 그가 뒤로 밀었기 때문이었다. 눕혀진 여체 위에 올라탄 그는 뺨, 눈, 코, 입술 그리고 목덜미에 부드러운 키스를 퍼부었다. 어깨에 걸쳐진 브래지어 끈을 내리고 입술로 쇄골을 희롱했다.

솜털 같은 감촉이었다. 황홀했다. 폭신한 입술이 피부에 닿을 때마다 그가 사랑한다고 다정하게 고백하는 것 같았다. 승아는 덜 말라 물기를 머금어 촉촉한 그의 머리를 쓰다듬으며 그의 향을 마셨다.

이젠 익숙한 그의 냄새가 포근했다. 그녀가 집에 오자마자 샤워를 해서 다행이었다. 그 또한 집에서 샤워를 하고 잠자리에 누워서 전화를 하던 참이었다.

"벗겨도 돼?"

그가 등 뒤로 손을 넣고 브래지어를 잡은 채 물었다. 승아는 숨을 훅 들이마셨다.

"자, 잠, 잠, 잠깐만요. 아직……."

태성은 그녀의 부끄러움을 이해한다는 듯 봄날에 흩날리는 벚꽃처럼 잔잔히 웃었다. 그리고 다시 그녀의 입술에 키스를 했다. 손가락은 여전히 그녀의 등을 지분거리고 있었다.

아직 브래지어를 벗기진 않았지만 그렇다고 해서 그가 포기한 것은 아니었다.

입술에도 향과 맛이 있다면 승아의 입술은 꿀을 머금은 장밋빛 향이었다. 다른 곳은 또 얼마나 맛있을까? 풍만한 가슴의 정점이라든지, 혹은…… 다리 사이에 감춰진 은밀한 샘이라든지.

태성은 그녀의 모든 것을 맛보고, 핥고 싶었다. 할 수만 있다면 꼭꼭 씹어 삼켜 버리고 싶다는 생각을 얼마나 많이 했던가. 인내는 어렵고 힘들었지만 그 열매는 다디달 것이리라.

"이젠 벗겨도 돼?"

태성이 또 허락을 구했다. 수줍어하는 그녀를 위한 배려가 깔려 있었지만, 사내의 욕망은 숨기지 못하는 질문이었다. 영겁의 시간이 지나고 마침내 승아는 발그레한 얼굴로 입을 열어 응, 하고 신음 같은 소리를 냈다.

곰발처럼 두툼한 손이 브래지어 뒷부분을 더듬었다. 방 안은 어두웠지만 무드등에서 나오는 불빛 덕분에 그의 상기된 표정을 볼 수 있었다. 어린이날을 잔뜩 기대하는 아이처럼 초롱초롱하던 눈이 세찬 바람에 흔들리는 갈대처럼 갑자기 마구 흔들렸다.

"어! 이거 뭐야? 왜 이래?"

그는 혼란스러운 빛이 역력했다. 몇 번을 더듬고 문질러도 그의 손가락엔 고리가 안 잡혔다.

"이걸 어떻게 벗겨?"

웃긴 일이 아님에도 승아는 풋 하고 웃음이 터졌다. 그녀는 등 뒤에 있는 그의 두 손을 앞에 있는 후크로 인도했다. 그는 아, 하는 소리를 내고는 승아의 웃음엔 전혀 신경 쓰지 않는 듯 후크를 푸는 데에만 온 정신을 집중했다.

벗겨진 브래지어가 휙 날아가 침대 아래로 떨어졌다. 승아는 헉 하고 숨을 들이켰다.

저것은 미란다 커가 입던 빅토리아 시크릿이라 막 던지면 안 되는데. 고개가 절로 아끼는 브라가 있는 곳으로 돌아가려는데, 드러난 가슴을 성급한 양손이 세게 움켜쥐었다.

브라 쪽으로는 시선을 줄 수 없었다. 그가 너무 거칠게 주물러서 아팠지만 기묘한 쾌감을 느꼈다. 그리고 너무, 너무, 너무 부끄러워 미칠 것 같았다.

난생처음 만져 보는 몰캉몰캉한 감촉에 홀린 그는 몽롱한 표정으로 손에 힘을 줬다. 점점 세어지는 악력. 탐스러운 가슴이 남자의 양손 아래에서 일그러졌다. 승아는 가슴이 부서질 것 같은 고통을 참지 못하고 그의 손등을 탁 때리며 아프다고 칭얼댔다.

"미안, 미안. 아팠어?"

그는 당황해서 어쩔 줄 몰라 하며 손에서 힘을 뺐다. 혹사당한 부

위를 살살 문지르는데, 승아가 그의 두 손을 꽉 잡으며 애무를 멈추
게 했다.

"애 밥 줘야 돼요."

엉뚱한 말이었다.

태성은 승아가 하고자 하는 말이 무엇인지 이해를 못 했다. 그는
모든 화살을 다 튕겨 내는 강력한 철벽이 된 것 같았다. 그래서 멍청
히 되물었다.

"무슨 애를 밥을 줘?"

"나중에 아기 생기면 밥 줘야 되니까 좀 살살 만져요. 완전 터지
는 줄 알았네, 정말. 누가 유단자 아니랄까 봐. 그렇게 세게 만지면
어떻게 해요."

승아는 두 손을 앙가슴에 갖다 대고 그를 향해 눈을 흘겼다.

"태성 씬 유희지만, 애는 생존이라구요."

"내가 왜 유희야? 나도 생존이야."

하마터면 아름드리 참나무가 될 뻔했던 나날을 떠올린 그가 항변
했다.

"어머, 세상에. 태성 씨가 먹는 건 아니잖아요? 만지고, 빠, 빠,
빠는…… 거지!"

그녀는 민망함에 새된 목소리로 버벅대며 따졌다.

"안 하면 죽을 것 같은데 이게 왜 생존이 아니야? 내가 지금까지
얼마나 참았는지 알아?"

"내가 언제 참으랬어요? 자기가 참을 만하니까 참은 거면서."

태성은 승아의 어깨를 두 손으로 잡으며 한숨을 푹푹 내쉬었다.
그가 고개를 숙이는 바람에 얼굴은 안 보였다. 그녀의 시야엔 뻣뻣

한 머리카락만 가득 찼다.

"승아야. 분위기 깨지고 아주 좋다, 그지?"

"그, 그, 그러게 누가 그렇게 주물럭 치대듯 만지랬나……."

그녀는 개미 기어가는 목소리로 말끝을 흐렸다.

"너 지금 하기 싫어서 그러지. 싫으면 싫다고 하면 되지 왜 이런 식으로 회피해?"

태성은 승아의 벗은 가슴 위에 이불을 덮었다. 그리고 바닥에 널브러진 그의 옷을 주워 들었다. 침대에서 벗어난 그의 안색이 굳어 있다.

"터치키는 대체 나한테 왜 준거야?"

그는 혼잣말 아닌 혼잣말을 하며 한쪽 다리를 바지에 끼워 넣었다. 단단히 삐쳤는지 입술이 툭 튀어나와 있었다. 그의 이런 모습은 지금까지 본 적이 없어 당혹한 승아는 침대에서 황급히 일어나 그의 팔을 붙잡았다. 벌거벗은 상체는 가릴 생각도 못 했다.

"그게 아니에요!"

승아는 그가 오해하고 있음을 알리려 강한 억양으로 외쳤다. 설렁탕을 사 왔는데 먹지 못하는 김첨지 아내가 되기 일보 직전이었다.

"그럼 뭔데?"

그는 오래된 오토바이가 툴툴대는 듯한 어조로 부루퉁하게 물었다. 기분이 상했는지 그녀의 대답엔 관심도 없는 것처럼 싸했다. 승아는 차마 그를 쳐다보지 못하고 고개를 푹 수그렸다. 그는 여전히 한쪽 다리만 바지에 넣은 상태였다.

"부, 부, 부끄러워서요! 하, 하기 싫은, 그런 게 아니라, 너무나, 부끄럽고, 긴장돼서."

승아는 두 눈을 꼭 감고 더듬더듬 말했다. 개미 발자국 소리처럼 아주 조그마한 목소리였고, 입안에서 웅얼거리는 옹알이에 가까웠지만 신경이 곤두선 태성에겐 귓가에 대고 말하는 것처럼 또렷하게 들렸다.

"그, 그러니까…… 가지 마요."

고대하던 멍석이 깔렸지만 그가 가슴을 만지자 수줍음을 견디기 어려웠다. 그를 놀려 먹었던 기억은 온데간데없고 막상 하려니 부끄러움의 용량이 한계치를 넘어 폭발했다. 그리고 그녀의 혓바닥은 통제력을 상실했다. 입에서 나오는 대로 다 뱉어 냈다.

태성의 다리에 끼워진 바지가 아래로 쑥 내려가더니 한쪽 구석에 처박혔다.

그의 오른손이 그녀의 턱에 닿았다. 크고 따뜻한 손가락이 닿자 솜털이 쭈뼛 섰다. 천천히 그녀의 얼굴이 들어 올려지고 허리에 굵은 팔이 감겼다. 승아는 여전히 감은 눈을 뜨지 않았다. 캄캄한 어둠 속에서 입술이 포개어졌다.

허리를 단단히 감싸 안고 몸을 바짝 붙이는 남자 때문에 그녀는 히익, 하는 비명을 질렀지만 그 소리는 그에게 먹혀 입 밖으로 나가지 못했다.

그는 그녀를 안은 채, 뒤로 밀어붙였다. 승아는 떠미는 힘에 밀려 뒷걸음질 치다가 침대에 풀썩 주저앉았다. 입술은 여전히 그에게 삼켜진 채, 그녀는 뒤로 넘어갔다. 두 사람의 무게에 침대가 들썩였다.

그가 그녀의 위에 올라탔다. 남자의 굵은 상징이 그녀의 허벅지 사이로 슬그머니 들어오더니 여성에 닿았다. 바지 잠옷 위로 느껴지는 그것은 뜨겁고, 단단했다. 승아의 몸이 긴장으로 뻣뻣하게 굳자 태성이 입술을 뗐다. 승아는 감은 눈을 떴다. 속눈썹이 파들파들 떨렸다.

"나도 너무 떨려."

그가 승아의 오른손을 가져가 그의 심장에 댔다.

"처음엔 아프다던데, 어떻게 하면 아프지 않게 잘 할 수 있을까 걱정돼."

그녀의 손 아래에서 쿵쾅쿵쾅하는 북소리가 만져졌다. 빠른 박자에 심장이 터지지 않을까 염려스러울 정도였다.

"홍콩에도 데려가야 하는데, 못 가면 어쩌지 싶어서 긴장도 되고."

그는 침대 위에 자유롭게 놓여 있는 승아의 왼손에 깍지를 끼고 잡아당겨 입을 맞췄다. 시선은 그녀의 눈동자에서 한시도 떼지 않았다. 고삐 풀린 욕망이 남자의 동공에 서려 있었다.

"홍콩?"

"갈 데까지 가는 김에 전국 방방곡곡 팔도유람이 아니라 홍콩까지 가야지."

그는 윙크까지 하며 깍지 낀 손엔 힘을 더 줘서 꽉 잡았다. 그리고 커다랗게 부푼 남성을 그녀의 민감한 곳에 에로틱하게 문질러 댔다. 자극적인 행위에 전기가 통하는 것처럼 그곳이 찌르르르 울렸다. 난생처음 보는 그 면모에 기절할 듯이 놀란 승아는 할 말을 잃고 '어머, 어머'만 반복했다.

"그리고 잘 들어. 남자가 가슴을 매일 만지면 여자는 유방암에 걸릴 확률이 낮아진대. 그러니까 나만 생존이 아니고 너도 생존이야.

난 좀 귀찮지만, 널 위해서라면 앞으로 매일매일 만져 줄게."

사냥감을 뼈째 잡아먹으려 드는 호랑이의 눈동자가 데구루루 한 바퀴 구르더니, 퇴폐적으로 으르렁거리는 소리를 냈다.

"근데…… 매일 만지니까, 매일유업이 되는 셈인가?"

무슨 뜻인지 이해하기도 전에 그의 고개가 아래로 움직이는가 싶더니, 가슴의 정점을 스윽, 핥았다! 온 신경이, 피가, 감각이 가슴에 몰렸다. 고개를 숙인 그가 포도알처럼 톡 튀어나온 그것을 입술로 앙 하고 물었다. 맙소사! 그, 그, 그가 마치 아기처럼……!

"아!"

신음 소리가 저절로 입에서 나왔다.

"아파?"

"아, 아뇨."

목소리가 떨렸다. 그녀의 표정을 본 태성은 뭔가를 깨달은 눈치였다. 그는 알겠다는 듯 씨익 웃으며 말했다.

"최태성 전용 매일유업. 내가 침 바른 독점기업이니 잘 기억해 둬. 그리고 앞으로 난 형사가 아니라 회장님이니까 그렇게 모시라고."

"이, 이, 이, 벼, 변, 변태 같으니!"

그제야 이해한 승아가 외쳤다.

"나승아 전용 변태라서 상관없어, 난."

그는 능청맞게 웃으며 농을 쳤다.

승아는 얼굴이 화르륵 불타올랐다. 민망함에 더 들을 수가 없어서 귀를 막으려고 했지만, 이미 두 손이 꽉 잡혀 있었다. 그는 즐거운 기색을 숨기지 못하고 가슴으로 다시 관심을 돌렸다.

이번엔 거침없이 빨았다. 승아는 히엑, 하는 외마디 소리를 내는 것 말고는 할 수 있는 것이 없었다. 부드럽고 축축한 점막이 유두에 주는 압박은 야릇하고, 야했다.

그는 달콤한 주스를 쪽쪽 빨아 마시는 것처럼 빨아 대더니, 심지어 입술로 돌기를 물어서 잡아당겼다. 찌릿한 감각이 등줄기를 타고 아래로 내려갔다. 그녀는 숨을 헐떡거렸다.

그가 핥는 것은 가슴인데, 이상하게도 뜨겁게 뭉친 기운이 다리 사이에 모였다. 온몸이 나른하고 찜질방에 있는 것처럼 더워졌다. 혀로 계속해서 핥아 대는 남자 때문에 쾌감을 견딜 수 없어진 그녀의 몸이 꿈틀거렸다. '앗, 아흣! 아!' 하는 신음 소리만 내지르는 승아를 보고 핥던 것을 멈춘 그가 낮게 웃었다.

"살살 할 거야. 안 아프게. 정말로 부드럽게."

그리고 그는 가슴에서 가장 높은 부위를 앞니로 스윽 긁어 내렸다. 어흑, 하는 앓는 소리가 박 터지듯 나왔다.

갑자기, 그가 조약돌처럼 단단해진 정점을 꽉 깨물었다. 안 아프게, 입술로. 그녀의 신음 소리가 높아졌다. 여성이 욱신거렸다. 다리를 버둥거리고 싶었지만, 그에게 깔려서 할 수 없었다.

농밀한 쾌감이 그녀의 여성으로 쌓이고, 또 쌓였다. 좋은지 싫은지도 분간이 안 되는, 그러나 도저히 멈추라고 말할 수 없는 아찔한 시간이 흘렀다. 한참 뒤에 태성이 고개를 들고 그녀에게 얼굴을 들이밀었다. 그는 농염하게 웃고 있었다.

"실은 말이지, 긴장을 풀어 주려고 홍콩 가자는 농담한 건데 말이야. 네가 너무 부끄러워하니까 아, 이래서 얘가 나를 놀렸구나 싶은 거야. 그리고 왠지, 그게 더 흥분되는 거 있지."

승아는 처음 겪는 쾌감에 머리가 어지러워 정신을 차릴 수가 없었다. 그가 하는 말이 귀에 잘 들어오지도 않았다.

거친 숨만 몰아쉬는데, 그녀의 잠옷 바지가 휙 벗겨졌다. 그리고 무더운 숨결이 목덜미에 닿았다. 쪽, 쪽, 하는 소리가 나고 쇄골이 흡착되듯 그의 입술에 빨렸다. 솜털이 오소소 곤두섰다.

"신음 소리…… 듣기 좋아. 더 들려줘."

어느새 손이 풀려 있었지만 그녀는 알지 못했다. 그는 자유로운 한 손을 아래로 내려 그녀의 팬티 라인을 만지작거렸고, 다른 손으론 풍만한 가슴을 리드미컬하게 주무르며 검지와 엄지로 핑크빛 돌기를 잡아당기기도 했다. 그때마다 가슴에서 시작된 전율이 아래로 흘러내렸다.

"벗겨도 돼?"

그는 손가락을 팬티에 걸고 귓가에 속삭였다. 뜨거운 입김에 귓가가 간지러워 피하려는데, 그가 귓불을 앙 하고 물었다. 승아는 침대에 못 박힌 나비처럼 꼼짝을 못한 채 몸을 움칠 떨었다. 농익은 붉은 입술이 유혹하듯 살짝 벌어졌다. 그의 거친 숨소리가 귓가에 울려 퍼졌다.

"벗길 거야."

낮은 목소리가 고막을 점령했다. 이번에는 손가락이, 얇은 천 아래에 있는 유약한 여성에 닿았다. 맛보듯 살짝살짝 스치던 손가락이 어느 순간부터 동그란 원을 그리며 압력을 주기 시작했다.

온 신경이 한곳에 몰렸다. 통제력을 상실한 뇌가 그녀의 언어를, 대답을 산산조각 내는 바람에, 승아는 앓는 소리만 냈다.

달아오른 곳이 타는 듯 뜨거웠다. 계속 이런 식이면 화상을 입을 것 같다. 끊임없이 밀려오는 나른한 파도에 온몸이 휩쓸렸다.

"여기, 축축하게…… 젖었어. 이제 못 입겠다."

입술이 닿을락 말락 한 거리에서 태성이 몽롱한 눈빛으로 그녀를 보고 있었다. 승아는 자신도 모르게 손을 들어 그의 등을 끌어안았다. 손바닥에 닿는 등이 촉촉했다. 승아는 멍하니 입을 열었다.

"태성 씨도…… 젖었나 봐. 땀이 났어……."

그의 눈빛이 순식간에 변했다. 붉게 번쩍거리는 욕망의 눈빛은 아름다운 루비 같았다. 그녀의 팬티가 찢어지듯 성급히 벗겨졌다. 그리고 까맣고 굵은 모발이 아래로 쑥 내려갔다.

"맛봐도 되지?"

그는 대답을 기다리지 않았다. 그는 그녀의 다리를 옆으로 넓게 벌리고, 욱신거리는 그곳에 관능적인 키스를 하기 시작했다.

지금까지와 차원이 다른, 펄펄 끓는 것 같은 뜨거운 입김이었다. 여태껏 한 번도 내 본 적 없는 교성이 승아의 입 밖으로 튀어나왔다.

그의 혀가 여자의 삼각지를 길게 핥아 내렸다. 자극이 감당할 수 없을 만큼 커졌다. 그녀의 눈꺼풀이 무겁게 내려앉았다. 머리가 뱅글뱅글 돌았다.

보드라운 점막이 빨릴 때마다 승아는 흐느끼듯이 신음 소리를 냈다. 하지 말라는 말은 '하웃'으로 변질되었고, 그만이라는 소리는 '그…… 아앗!'이 되었다.

물컹한 혀가 벌어진 틈을 가르고 몸 안으로 들어올 때마다, 승아는 헐떡거리며, 전율하고 또 전율했다. 통제력을 상실한 몸이 움찔움찔 떨렸다. 좁은 여성의 통로가 살아 숨 쉬는 것처럼 절로 수축했다.

의지를 벗어난 엉덩이가 위로 들썩들썩거렸다.

그녀의 반응엔 아랑곳 않은 남자의 입이 찰거머리처럼 따라붙었다. 죽을 것 같았다. 그를 떼어 내고 싶었다. 하지만 멈추게 하고 싶지도 않았다.

혼돈스러웠다. 진정 무엇을 원하는지 알 수가 없었다. 이불을 움켜쥐던 손이 알지 못한 사이 남자의 머리칼로 옮겨져, 잡아당기고 있었다.

영원히 끝날 것 같지 않던 시간이 정지했다. 그녀는 손끝 하나 까딱할 기운이 없어 맥없이 늘어졌다. 격렬한 운동을 하고 온 사람처럼 호흡이 가빴다. 눈엔 눈물이 그렁그렁했다.

침대에서 벗어난 태성이 속옷을 벗고 콘돔을 착용한 채 돌아왔다. 그는 승아에겐 한 번도 말한 적 없었지만, 항상 여러 개를 소지하고 다녔다.

그가 침대에 무릎을 짚자, 침대가 살짝 꺼지는 것이 느껴졌다. 태성이 갑자기 승아의 발목 양쪽을 잡고 자신 쪽으로 확 끌어당기면서 벌렸다. 그녀는 심장이 떨어질 만큼 기겁했다.

"괜찮아."

그는 조급하게 말하며 잔뜩 상기된 얼굴로 눈웃음을 쳤다. 그리고 근육질 몸으로 여체에 올라탔다. 젖은 입구에 뜨거운 것이 느껴졌다. 몇 번을 입구만 문지르며 간만 보던 것이, 조금씩 몸 안으로 들어오기 시작했다. 처음으로 그의 입에서 쥐어짜 내는 듯한 신음이 터졌다.

"아…… 승아야. 아…… 이런, 세상에……."

굵고 묵직한 것이 좁은 안을 침범하는 느낌에 승아는 긴 비명을 질렀다.

아파! 아프다고!

그는 팔뚝으로 상체를 지탱한 채 그녀의 뺨에 입술을 눌렀다. 힘들어하는 그녀에게 사과하듯 그 상태 그대로 진입을 멈추었다.

"아파?"

"다……다 들어간 거죠?"

물기 어린 눈동자가 애원하듯 그를 보았다. 가냘프게 떨리는 음성이 불붙은 그의 욕정을 부채질했다.

그렇다고 말해! 다 들어갔다고 말하라고!

그녀는 간절히 바랐다.

"미안, 아직…… 반도 안 들어갔어."

"혁. 나, 난 못 하겠어!"

울먹거리는 음성이 포기를 선언했다. 태성이 이불 위에 널브러져 있던 승아의 손을 잡아 어깨에 뒀다.

"못 참겠으면 날 할퀴어도 돼. 때리고 싶으면 때려. 깨물어도 괜찮아."

"아…… 망치 가져와. 내 손이 아프기나 하겠어?"

평소였다면 웃음보가 터졌겠지만, 오도 가도 못하는 긴장된 상황이라 그는 웃음조차 나오지 않았다. 태성은 상체를 구부려 그녀의 젖꼭지에 입술을 가져갔다. 유두를 답삭 물고, 혀로 핥으며 다시금 그녀 속으로 파고들었다. 다른 손은 남은 한쪽에 가서 그 정점을 잡아당겼다 풀었다를 반복했다.

그의 몸이 아주 천천히 들어왔지만, 정말로 아팠다. 커다랗고 뜨거운 쇠꼬챙이가 좁은 통로를 억지로 비집고 들어와, 콱 쑤시는 것 같았다.

지구가 흔들리는 것 같던 쾌감은 감쪽같이 사라진 지 오래였다. 승아는 태성의 어깨에 손톱을 박아 넣으며 비명을 질렀다. 눈물이 눈꼬리를 타고 흘러내렸다.

태성은 낮은 목소리로 그녀의 귓가에 사랑한다는 말을 몇 번이나 반복하며 끝까지 밀어붙였다.

"쉬이…… 이제 다 들어갔어. 울지 마."

그는 상처 입은 동물을 핥듯 그녀의 눈물을 핥았다.

다 넣으면 안 아플 줄 알았는데, 진짜로 더 많이 아팠다. 그것은 뺄 수도 없고, 넣을 수도 없는 진퇴양난. 옴짝달싹할 수 없는 고통이었다.

"아…… 승아야. 너무 뜨거워."

끙끙거리는데 그가 눈치도 없이 움직이려고 해서 하마터면 주먹으로 후려칠 뻔했다.

"아파! 난 아프다고! 움직이지 마!"

그는 얼음이 되었다. 그렇게 몇 분이나 지났을까.

그녀가 그의 아래에서 꼼지락꼼지락 움직이며 울음이 터져 나올 듯한 음성으로 '너무 아파'만 반복하자, 태성이 애무에 공을 들이기 시작했다. 그는 그녀가 느꼈던 부위만 철저하게 만지고, 잡아당기고, 비틀고, 깨물었다.

익숙한 쾌감이 조금씩 찾아오고 고통이 무뎌지려 할 때 그가 조금 뺐다가, 다시 넣기를 되풀이했다. 처음보다는 훨씬 덜했지만, 그래도 아파서 승아는 주먹으로 그의 어깨를 토닥토닥 때리며 투정을 부렸다.

그녀의 주먹질은 맷집 좋은 그에겐 고양이가 할퀴는 것만도 못했지만, 계속 아파하는 것은 보고 싶지 않았다.

그는 삽입한 상태에서 몸을 옆으로 휙 굴렸다. 그녀는 그의 위에 엎드린 자세가 되었다. 더 깊은 곳을 찌르는 듯한 자극에 승아는 죽겠다고 앓아 댔다.

그는 양손을 위로 들어서 항복 표시를 취했다. 아프지만 않으면 뽀뽀라도 해 줬을 법한 귀여운 포즈였다.

"네가 해 봐."

감기에 걸려 잔뜩 쉰 것 같은 목소리로 그가 명령했다. 태성이 그의 위에 엎드려 있는 승아의 어깨에 입을 맞췄다. 그가 손바닥으로 그녀의 등줄기를 쓸어내리자 몸속에서 뭔가가 찌릿하는 게 느껴졌다.

"어, 어떻게?"

그는 대답 대신 그녀의 골반을 잡고 살짝 위로 들었다가, 내렸다. 승아는 아프다는 말 대신 손톱으로 태성의 어깻죽지를 할퀴었다. 살갗에 피가 맺혔지만 그에게는 좁고 촉촉한 통로에서 주는 자극이 더 컸기에 그저 음, 하고 신음성을 흘릴 뿐이었다.

"그렇게 아프면 뺄까?"

그만두고 싶은 생각 따윈 추호도 없었지만, 태성은 당장이라도 움직일 태세를 취했다. 다행히 승아가 뭘 해도 아프다며 다급하게 그를 말렸다. 그는 말없이 안도했다.

그는 그녀의 척추를 부드럽게 손으로 훑으며, 맥박이 팔딱팔딱 뛰는 목덜미에 입술을 가져갔다. 뜨거운 열기가 목의 움푹한 부분에 닿자, 승아의 몸이 흠칫했다.

"들어 봐. 내가 얼마나 이 순간을 기다려 왔는지 알아? 내가 네 안에 있다는 게 믿어지지가 않아. 승아, 네가 너무 섹시해서 난 정말, 미칠, 것 같아."

그는 아래에서 엉덩이를 조금 뺐다가, 위로 삽입하는 행위를 아주 느리게 반복했다. 그는 그녀의 귓가에서 거칠게 숨을 몰아쉬며 탄식 같은 고백을 했다.

"넌 어쩜 이렇게 좁고, 뜨겁니……."

땀을 뻘뻘 흘리며 거의 약에 취한, 알딸딸한 기분이라고 그가 속 살댔다. 마약이 있다면 그건 바로 너라고, 어떻게 하면 남자를 이렇게 만들 수가 있냐며, 너는 내 거라고 그가 낮은 목소리로 몇 번이나 이야기했다.

잔뜩 잠긴 음성으로 너무 좋다고 하는데, 그녀의 몸속에서 또 무엇인가 찌르르하는 것이 느껴졌다. 저음의 목소리와 거친 호흡 소리, 그리고 열정에 찬 눈빛에 고통이 조금씩 옅어졌다.

살이 맞닿는 감각과 몸 안으로 묵직한 것이 들어왔다가 나가는 느낌에 기이하게도 몸이 점차 달아올랐다.

미끌미끌하면서 딱딱한 것이 꽉 찰 때마다 승아는 '앗' 하고 소리를 냈다. 그는 거의 고통에 찼다고도 표현할 수 있을 법한 표정을 지으며 움직임을 반복했다.

그가 서서히 속도를 높이자 그녀는 자지러지는 교성을 냈다. 그가 애무를 해 줬을 때만큼 기분이 좋진 않았지만, 굉장히 자극적이었다.

딱 달라붙어 엎드려 있던 승아를 그가 일으켜 세웠다. 위에 걸터앉자, 그가 아래에서 찔러 올리는 각도가 달라졌다. 그의 손이 가슴의 끝을 부드럽게 어루만지자 승아는 헉 하고 숨을 들이켰다.

몸속에서 전류가 파지직 하며 흘렀다. 그가 찔러 올릴 때마다 비음이 입술 사이로 새어 나왔다. 그는 한시도 눈을 떼지 않고 그런 그녀를 지켜보고 있었다.

애욕에 가득 찬 눈이 마주쳤다. 키스 이상을 하지 않으려 줄곧 버티던 남자가 홀딱 벗고 그녀와 이러고 있다는 것이, 왠지 그녀가 그를 타락시킨 것 같아 감회가 새로웠다.

광역수사대에서 만났을 때 그렇게 쌀쌀맞던 그가 그녀 아래에서 뜨겁게 신음하고 있다는 사실이 믿어지지가 않았다.

그녀 때문에 너무도 황홀해하는 태성을 보고 장난기가 동한 승아는 대다수의 남자들이 할 법한 찌질한 질문을 했다. 묻지 않아도 알 수 있으나 말로 듣고 싶을 때가 있는 법이다.

"오빠, 좋아?"

그녀는 손톱으로 그의 가슴근육을 긁어 내리며 교태를 떨었다.

승아는 몸 안에 있던 그의 남성이 훨씬 커지는 느낌을 받았다. 빠듯한 감각에 힘겨워하기도 잠시, 그녀는 그의 동공에서 무언가를 발견했다. 휘몰아치는 광풍을, 거대한 태풍을.

예전부터 불러 주길 은근히 바라던 오빠라는 호칭을 들은 태성의 머릿속이 새하얗게 비워졌다. 간신히 붙잡고 있던 이성의 끈이 끊어지는 소리가 들렸다. 그는 이를 악물고 간신히 말했다.

"아직도 아파?"

겨우 소리를 내는 터라 목소리 끝이 갈라졌다.

"이제 좀 괜찮……."

말이 끝나기도 전에 그녀는 순식간에 아래에 깔렸다.

눕혀지기가 무섭게 태성이 승아의 무릎을 팔뚝에 걸었다. 두 다리가 옆으로 벌어지고 무릎이 꺾이자 남성이 깊게 들어왔다.

"으흑!"

길고 굵은 기둥이 지금까지와는 다르게 아주 깊은 곳을 찔렀다. 가능할 거라고 생각 못 한 공간까지 그의 단단한 몸이 파고드는 순간, 승아는 하마터면 까무러칠 뻔했다.

숨넘어가듯 흐느끼는 신음은 태성을 더 흥분케 했다. 그는 잘록한 허리를 꽉 붙잡고, 끝까지 삽입했음에도 더 깊이 들어가고 싶어 안달 난 남성을 거듭해서 박아 넣었다.

계속된 공격에 그녀의 입 밖으로 나오려던 비명이 목 안으로 흩어졌다. 쉴 틈 없는 추삽질에 뽀얀 가슴이 흔들렸다. 눈앞에 보이는 비경이 남자의 욕정에 부채질을 했다. 짧게 쳐올리기를 반복하던 그가 승아의 다리를 어깨 위로 올리고 다시 움직임을 시작했다.

달라진 자세 때문에 그의 몸이 더 깊이 들어왔다. 자극이 너무 심했다. 승아는 비명 같은 신음을 질렀다. 미묘하게 몸속을 찌르르 울리던 쾌감이 점차 커져 갔다.

그가 들어왔다 나가는 속도가 점점 빨라졌다. 살 부딪히는 소리가 방안을 가득 채웠다. 그의 몸에서 흐른 땀이 승아의 가슴과 복부에 뚝뚝 떨어졌지만 둘 다 그것을 신경 쓰지 않았다.

두꺼운 손이 아래로 내려가 민감한 비부를 문질렀다. 그러자 그녀의 속살이 확 조여들었다. 숨이 끊어질 듯 달뜬 신음 소리가 동시에 두 사람의 목구멍에서 흘러나왔다. 쾌감에 취한 손가락이 지문이 닳도록 그곳을 문질렀다.

지금까지와 비교조차 할 수 없는 미친 듯한 속도의 왕복운동이 시작되었다. 손톱이 그의 팔을 깊게 파고들었지만 그는 아픔을 느끼지 못했다. 오로지 삽입의 본능만이 그를 지배했다.

아픔은 더 이상 없었다. 젖꼭지가 아리도록 빨릴 때마다, 승아는 기절해도 이상하지 않을 만큼 정신이 아득해졌다.

그녀는 흐느끼듯 울부짖었다. 때론 고개를 옆으로 저었다. 깊숙한 침입과 후퇴에 온몸이 갈라지고 산산조각 나는 것 같았다. 플래시가 터진 것처럼 머릿속이 하얘졌다. 손끝에서부터 발끝까지 덜덜 떨리고 전기가 찌릿하게 통했다.

공중에 붕 뜨는 것 같은 절정이었다.

내밀한 벽이 경련하며 그를 마구 쥐어짜는 느낌에 남자의 몸이 순간 경직되었다. 그는 짐승처럼 포효하며 체액을 쏟아 냈다. 그는 그녀의 목덜미에 고개를 파묻고 거칠게 호흡했다.

마침내 태성의 몸이 그녀의 안에서 빠져나갔다. 생소한 감각에 승아는 움찔 몸을 떨었다. 그가 그녀의 다리를 아래로 내렸다.

"하…… 내가 정말, 너 때문에 죽는 줄 알았다. 천천히 하려고 했는데……."

태성은 여전히 크게 오르락내리락하는 젖가슴을 부드럽게 주무르며 말했다. 커다란 손바닥이 민감한 살점을 스치자 승아는 끊어질 듯 약한 비음을 흘렸다. 그는 씨익 웃으며 그녀를 꼭 끌어안았다. 땀에 젖어 흥건한 몸이 그녀를 내리눌렀지만 견딜 만했고 오히려 기분 좋은 안정감이 들었다.

굵고 나직하게 울리는 목소리가 그녀의 고막을 파고들었다.

"네가 오빠라고 부르는 바람에…… 너무 흥분했어."

그는 짜릿했던 그 순간을 회상하자 그의 분신이 다시 부풀어 오르는 것을 느꼈다. 그녀의 몸속으로 당장 들어가고 싶었다. 하지만 그녀에겐 휴식시간이 필요할 것이다. 그는 어쩔 수 없이 욕구를 억누르고 상체만 살짝 들어 올려서 그녀를 내려다보았다.

지친 표정으로 아래에 누워 헐떡이는 여자는 아름다웠다. 단순히 외모가 아름답다는 것이 아니라 내 여자라서 아름다웠다. 팔뚝으로 무게를 지탱한 채, 승아를 보는 태성의 얼굴은 환희에 차 있었다.

그는 가쁘게 숨을 몰아쉬는 승아의 이마와 코끝, 뺨과 목덜미에 자잘한 입맞춤을 했다.

승아는 얌전히 그의 키스를 받으며 배시시 웃었다. 입술이 피부에 닿았다 떨어질 때마다 조금 간지러웠지만 너무나 감미로웠다. 애정이 담뿍 담긴, 사랑받고 있다는 느낌이 드는 키스였다.

"잠깐만."

그가 화장실로 재빠르게 사라졌다. 그녀는 박제된 동물처럼 그 자리에 누워서 꼼짝도 못했다. 다리 사이가 얼얼했고, 쓰라렸다. 아직도 그가 안에 있는 것 같은 느낌이 들었다.

세상에, 이런 것이 가능하리라곤 상상도 못 했다. 오 선생이 오면 저절로 알 수밖에 없다더니 정말 그랬다.

잽싸게 돌아온 태성은 따뜻한 물에 적신 수건으로 그녀의 여성을 조심조심 닦았다. 원래라면 부끄럽다고 저지했을 행동이었지만, 완전히 탈진한 승아는 그가 하는 행동을 말릴 기운이 없었다.

그는 수건에 흐릿하게 묻은 핏자국을 보고 크게 놀랐다.

"많이 아팠지? 나 때문에…… 정말 미안해."

지쳐 뻗어 있는 그녀에게 그는 몇 번이고 사과했다. 승아가 그냥 누우라고 손짓으로 신호하자 그는 수건을 바닥에 던지고 그녀를 끌어안았다.

태성은 승아를 품에 안고 그녀가 기운을 차릴 때까지 머리를 쓰다 듬었다. 때때론 어깻죽지와 목덜미에 입술을 문질렀고, 가볍게 버드 키스를 하며 그녀의 몸을 부드럽게 어루만졌다.

간혹 짓궂게 손가락으로 그녀의 가슴을 쓸었다. 그럴 때마다 예민 한 살점이 빳빳이 일어났는데 그는 그런 그녀의 반응을 즐겼다.

호흡이 정상으로 돌아오고 느긋하게 후희를 즐기던 승아가 불쑥 말문을 열었다.

"나 얼마나 사랑해요?"

모든 연인들이 하는 유치한 질문이었다. 그는 승아의 이마에 입을 맞추며 빙긋이 웃었다.

"응? 얼마나?"

어떻게 대답할까 생각하는지 그는 한참을 눈만 끔뻑였다. 승아가 키득거리며 대답을 졸랐다. 그렇게 어려우면 표준 대답인 '하늘만큼 땅만큼'이라고 하시죠?

"사랑에도 유통기한이 있다면, 내 사랑의 유통기한은 만 년이야."

그는 국가의식을 치르는 군인처럼 엄숙하게 선언했으나 말의 내 용만큼은 달달했다. 그러나 승아는 그 단맛에 현혹되지 않았다.

어디서 들어 본 듯한 얘긴데?

승아의 손톱이 태성의 가슴을 아프지 않게 긁어 내렸다.

"그거……. 영화 대사 아니에요? 내 참. 누가 공무원 아니랄까 봐 창의성이 없어, 창의성이. 따라 하기나 하고 말이야."

참 못났다는 눈초리로 그를 쳐다보자 태성이 그녀의 입술을 꽉 깨 물었다. 승아는 아프다고 엄살을 부렸다.

"분위기 깨는 소리를 하는 이 예쁜 입술이 누구 거더라?"

그는 나지막이 웃으며 말을 이었다.

"뭐. 못나든 예쁘든 일단은 내 입술이니까, 사랑해 줄게."

태성은 다시 입술을 포갰다. 한참 뒤 그에게서 벗어난 승아가 대화의 주제를 잊지 않고 좋알댔다.

"이게 왜 태성 씨 입술이에요? 내 입술이지."

"내 건 내 거. 네 거도 내 거. 그 말 들어 본 적이 없으신가?"

"뭐야, 불공평해. 내 건 하나도 없잖아요!"

"인생이 원래 불공평해. 그냥 수긍해."

"그런 게 어디 있……."

마초적 발언을 따지려는 승아의 입술을 그가 삼켰다. 남자의 등을 투덕투덕거리던 주먹이 가슴을 집요하게 파고드는 손길에 무너지고 두 연인은 다시 한 번 후끈한 열기에 감싸였다.

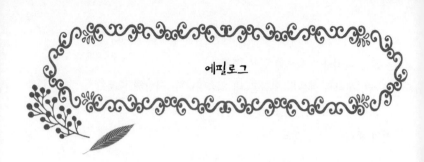

어느 금요일 밤.

태성과 승아는 분위기 좋은 음식점에서 저녁을 먹고 영화관에서 영화도 봤다. 승아가 영화관이 더워서 답답했다며 나와서도 코트 단추를 잠그지 않자, 태성이 날도 추운데 감기 걸리면 어쩌려고 단추를 다 풀고 다니냐고 잔소리를 했다.

"그럼 오빠가 해 줘."

승아는 배를 앞으로 쑥 내밀며 단추를 잠가 달라고 어리광을 부렸다. 그녀는 요즘 이런 깜찍한 행동을 할 땐 반말을 썼다. 뭔가를 부탁할 땐 오빠라는 호칭도 덧붙였다.

그녀가 오빠라고 부를 때마다 태성이 웬만한 건 거의 다 들어준단 걸 알았기 때문이다.

태성은 피식 웃더니 승아에게 고개를 기울였다. 원한다면 그녀의 뺨에 바로 뽀뽀하고 앙증맞은 귓불을 핥을 수 있을 정도로 가깝게. 나지막한 저음으로 귓가에 속삭이고 뜨거운 숨결을 후 불어 넣었다.

"나야 뭐, 벗기는 게 더 좋지만. 지금 잠그지 않으면 감기 따위에 걸려서 당분간 벗기는 일조차 못 하겠지. 일단은 채워 줄게."

척추를 타고 흘러내리는 짜릿한 감각에 승아는 움찔거렸다. 승아는 손으로 그녀의 귀를 마구 문질렀다. 그는 그녀가 이런 식의 접촉에 약하단 걸 안 뒤로 한 번씩 장난을 쳤다.

그녀가 그를 오빠라고 처음 불렀던 그날 밤 이후, 태성은 변했다. 수줍어하던 모습도 사라졌다. 심지어 이젠 그가 이런 식으로 그녀를 당혹케 한다. 부끄러워할 때 참 귀여웠는데. 얼굴 붉히고 하는 건 더는 못 보겠지.

승아는 아쉬웠다. 하지만 그의 저런 면도 싫진 않다. 오직 그녀 한정으로만 보여 주는 모습이고 그 누구도 아닌 그녀로 인해서 생긴 변화니까.

"어머, 이 짐승! 내가 감기가 걸려서 아픈 게 싫단 거야, 아님……."

승아는 지나가는 사람들이 못 듣게 낮은 목소리로 읊조렸다. 주말이라 늦은 시간이지만 영화관 건물 안에는 사람들이 많았다.

"벗기는 일 못 하게 되는 게 싫단 거야?"

"둘 다 싫지. 닭이 먼저냐 달걀이 먼저냐, 이런 종류의 질문은 이제 그만할 때도 되지 않았어?"

"그런 게 어디 있어! 당연히 내가 아픈 게 더 싫어야지. 벗기는 건 2차적인 문제잖아?!"

"알았어. 내가 잘못했어. 다시 정정할게. 당연히 네가 아픈 게 싫지. 몰랐어? 네가 아프면 내 심장이 찢어지는 것 같아."

승아가 우겨 대자 태성은 눈썹을 아래로 축 늘어뜨리고, 진심을 알아 달라는 듯 작은 손을 잡고 그의 가슴에 갖다 댔다. 괜히 불쌍한 척하고 듣기 좋으라고 더 과장되게 표현하는 걸 알면서도 그가 이렇게 저자세로 굴면 기분이 좋았다.

단추를 다 여민 초록색 코트는 A 자형 모양이었다. 태성은 그녀를 위에서 아래로 쭉 훑어봤다. 오늘 그녀를 처음 봤을 때부터 연상되는 것이 있었다.

"아직도 크리스마스 컨셉이야?"

무슨 말인지 이해 못 한 승아가 고개를 갸우뚱 기울였다.

"지난번엔 무지개떡이더니 이번엔 크리스마스트리야?"

패션 감각에 대한 모독이라며 승아의 얼굴이 붉어졌다.

"그거 알아?"

"뭐요?!"

승아는 부루퉁하게 시비 걸듯 말하며 잡힌 손을 뿌리쳤다. 두 눈엔 쌍심지를 켰다. 그래도 그는 벙실대며 좋아했다. 그의 눈엔 그저 귀여운 앙탈이다.

"보통 트리 위엔 별이 달려 있잖아."

그는 승아의 볼을 톡톡 두드리며 말했다.

"이건 내가 지금까지 본 별 중에 가장 아름다운 별이야."

"하여간. 아주 그냥 병 주고 약주고 다 하세요."

그녀는 그를 노려보았지만, 위로 올라가는 입꼬리를 감추지 못했다. 애인이 어여쁘다 해 주는데 싫어하는 여자 그 어디 있으리오.

영화관에서 나온 그들은 그녀의 집으로 돌아왔다. 밤보다 더 맛좋은 것이 있다는 제석비의 말이 참말임을 몸소 체험한 뒤로 태성은 각자 씻어야 되는 시간이 갈수록 아까웠다.

같이 씻자는 걸 아직도 부끄럽다고 거부하는 승아를 어르고 달래서 돌쇠가 마님 모시듯 샤워를 했다. 물론 그 돌쇠는 마님이 주신 쌀밥을 먹은 돌쇠다.

그렇게 화장실에서 나와서 그가 승아의 젖은 머리를 드라이기로 말리는데, 책상 위에 있는 낡은 중고 책 2권이 그의 눈에 띄었다. 제목이 범상치 않았다. 한 권은 '사랑의 범죄'로 그나마 무난하다 싶었는데, 다른 한 권이 심각했다.

소돔 120일.

작가 명을 확인하니 무려 사드였다. 가만 보니 '사랑의 범죄'도 사드가 쓴 거다.

"요즘 읽는 게 저거야?"

머리를 말리는 뜨거운 바람을 나른하게 즐기던 승아가 고개를 끄덕였다.

"이거 sm 시초라던 그 책 아냐?"

태성은 엉큼하게 웃으며 드라이기를 껐다. 그녀를 뒤에서 끌어안으며 목덜미와 둥근 어깨에 입맞춤을 했다. 레몬 향 바디워시 때문에 그녀에게선 상큼한 향기가 났다.

그도 그녀의 바디워시를 써서 같은 향이 날 것이다. 결혼하면 앞으로 평생 그들은 같은 향을 공유하게 될 거란 생각에 흥분한 손이 젖가슴을 주물렀다.

"읽다가 흥분되면 말해 줘. 내가 자기 취향에 맞추도록 노력할게."

"미쳤어, 미쳤어. 갈수록 진짜!"

승아는 태성의 허벅지를 약한 강도로 찰싹 때렸다. 태성은 아야 하고 아픈 시늉을 하며 맞는 게 아니라 때리는 게 취향이었냐며, 오늘 주인님이 시키는 대로 다 하겠다고, 수갑이라도 꺼내서 자신이 차면 되냐고 온갖 너스레를 떨어 대며 그녀를 눕혔다.

뼈가 녹고 살이 타는 열락의 시간이 지난 후, 그녀는 잠에서 깨어났지만 눈을 뜨기가 힘들었다. 어떤 취향이냐며 새벽까지 집요하게 몰아붙이는 그에게 시달렸던지라 온몸이 뻐근하고 근육이 당겼다. 오늘이 토요일이라 출근을 안 한다고 작정을 한 모양이었다.

아무래도 뜨거운 물에 몸 좀 담그고 있어야 할 것 같은데……. 다리 사이가 아직도 찌르르하니 욱신거려 화장실까지 걸어갈 자신이 없었다. 눈은 여전히 감은 채, 팔로 옆자리를 더듬는데 있어야만 하는 뜨거운 감촉이 없었다.

"태성 씨?"

승아는 힘겹게 눈꺼풀을 들어 올렸다. 해가 중천을 넘어섰는지 방이 훤했다. 몸을 모로 굴려 누우니 침대 맞은편 벽에 기대앉은 그가 있었다.

"태성 씨? 욕조에 물 좀 받아 줘요."

대답이 없었다.

본래 이 정도로 괴롭힌 날엔 그녀가 굳이 말하지 않아도 그가 알아서 다 해 줬다. 뜨거운 물이 들어 있는 욕조는 물론이며, 그녀를 화장실까지 안아서 데려다주고 씻겨 주고 마사지까지 해 주는 정성을 들였다.

다음번에도 잘 잡아먹으려고 이러는 거지, 하고 승아는 툴툴거렸지만, 솔직히 그가 해 주는 서비스가 좋았다. 사랑이 듬뿍 담겨 있었으니까.

반응 없는 태성에게서 뭔지 모를 위화감을 느낀 승아는 침대 헤드에 올려 뒀던 안경을 쓰고 그를 보았다. 그는 옷도 다 갖춰 입고 있었다.

"태성 씨?"

"너…… 블로그 하지."

딱딱한 어투로 그가 단정 지었다.

"으응?"

"광역수사대에 조사받으러 왔던 날 뭐 썼어?"

뭐 썼지?

……헐.

몇 초 뒤, 힘없이 흐리멍덩하게 떠 있던 눈이 크게 떠졌다.

광역수사대에 조사받으러 갔던 그날. 분노에 찬 손가락이 자판을 두드렸다. 헐. 헐. 헐. 정확히 뭘 싸질러 놨는지 기억이 잘 안 나는데……. 설마 그녀가 그에 대한 쌍욕도 쓴 건 아니겠지?

하여튼 큰일 났다. 뭐라고 썼든 간에 표정을 보아하니 아무래도 봤나 보다.

퇴원 후. 그녀의 치부가 될 만한 것들, 예를 들어 일기장 같은 거나, 기타 등등은 깡그리 정리했는데 까먹고 블로그에 써 둔 일기를 안 지웠다. 집 안 치울 생각만 했지 인터넷 정리는 깜빡했던 것이다.

아니, 그건 그렇고. 대체 어떻게 본 거야? 거긴 주소도 이상하게 지어 놔서 찾기 어려운데.

사제 폭탄 사건 해결 후, 그의 팬카페 경찰근무의 회원 수는 기하급수적으로 늘었다. 때문에 태성은 약간 들떠 있었다.

아무에게도 말하지 않았지만, 가끔 그는 인터넷에 자기 이름 석
자를 검색해 보곤 했다. 심심풀이 땅콩 삼아. 오늘도 그녀가 잠든 사
이에 최태성을 검색하다가 승아의 블로그를 발견했다.

유치한 내용에 킥킥거리기도 잠시.

서슴없이 그를 납치범으로 몰아가는 일기를 봤다. 기분이 상했다.
루돌프 돌려준 지가 언젠데 아직까지 지우지도 않는 건 뭐야? 그렇
다고 나중에 돌려받아서 기쁘단 일기를 적은 것도 아니고.

자신이 이렇게도 속 좁았던가 싶으면서도 짜증이 났다. 그는 승아
를 알게 된 뒤로 자신 속에 숨겨져 있던 또 다른 남자를 발견할 때
가 한두 번이 아니었다.

그 남자는 옹졸하고 쪼잔했으며 질투의 화신 그 자체였다.

그 남자는…… 현빈이 해병대를 간다고 승진에게 너도 해병대 지
원하라며, 그러면 면회를 자주 가겠다는 승아의 문자를 보자마자 몰
래 승진에게 전화해서 남자라면 무조건 육군을 가야 된다고 강조하
는 그런 남자였다.

앞뒤로 다 파였다는 비키니는 보고 싶지만 다른 남자들한테 보여
주기 싫어서, 굳이 추운 한겨울에 손님도 별로 없는 낡은 실내 수영
장에 아침 6시엔 가야 수영장 물도 덜 더럽고 우리가 편하다고 설득
하는 그런 남자였다.

멀찍이 떨어져 있는 태성에게 다가가기 위해 이불로 몸을 대강 감
고 침대 위에서 내려오던 승아는 헉 하는 소릴 내며 앞으로 꼬꾸라
졌다. 은밀한 곳이 쑤시고 허벅지에 힘이 들어가지 않아 일어설 수
가 없었다. 황급히 그가 다가와 그녀를 침대에 다시 눕혔다.

"누워 있어. 누워서 얘기해."

승아는 고개만 옆으로 돌려 그를 올려다보았다. 태성의 손을 잡고 엄지로 쓸어 보았지만 굳은 입가는 풀릴 줄 몰랐다.

손을 계속 잡아당기며 살짝 흔드는 승아 때문에 마지못해 침대 아래에 털썩 주저앉았으나 항상 그녀만 보던 시선은 다른 곳을 향해 있었다.

"너…… 그날 경찰근무도 가입했지. 거기 닉네임은 뭐야?"

'루돌프 납치범 복수할 거야.'

아뿔싸. 승아는 움찔했다. 닉네임도 고쳤어야 되는데! 안 그래도 삐쳤는데 그것까지 보면 더……! 이럴 땐 비는 게 상책이었다.

"미안……. 아니, 그날 화가 너무 나서, 홧김에…… 미안해요. 내가 그거 당장 지울게, 응?"

"그래서 닉네임이 뭔데?"

"……."

그녀는 입술에 주름이 지도록 입을 꼭 다물었다.

"그것도 납치범 뭐, 복수할 거야, 아니면 가만 안 둬 이런 거야?"

곁눈질로 승아의 얼굴을 본 태성은 자신이 제대로 맞췄단 걸 눈치챘다. 그는 한숨을 내쉬며 손으로 머리를 쓸어 넘겼다.

"네가 날 좋아해서 경찰근무도 가입하고, 닉네임도 그런 식으로 썼을 거라고 착각했는데…… 기뻐했던 내가 바보 같다. 다 나한테 관심이 있어서 그런 줄만 알았더니."

"잘못했어요. 내가 지금 당장 닉넴 바꿀게요. 응? 내 사랑 태성 오빠로 할까?"

승아는 태성의 얼굴을 그녀 쪽으로 잡아당겨, 뺨에 뽀뽀를 했다. 하룻밤 사이 말끔했던 턱은 수염이 거뭇거뭇 돋아나 약간 깔끄러웠지만 연속해서 입을 맞췄다. 그래도 그녀가 하는 스킨십을 피하진 않으니 생각만큼 화가 난 건 아닌 것 같았다.

"마음에 안 들어요? 아니면 뭐로 하지? 뭐로 해야 우리 오빠가 좋아하려나⋯⋯."

태성의 볼을 손가락으로 쓰다듬으며 곰곰이 생각했다.

"오빵~"

그녀는 야스러운 목소리로 한껏 교태를 떨었다.

"그럼 정력왕 최태성으로 할까요?"

기가 막힌 태성이 헛웃음을 쳤다.

"어! 지금 웃었다. 방금 웃은 거 맞죠? 부정하지 마요. 나 보조개 봤어. 오빠도 정력왕 최태성이 좋은 거야, 그치?"

"어이구, 내가 진짜. 좋아서 웃었겠어?"

그가 그녀의 머리에 꿀밤을 먹였다. 흉내만 내는 것에 불과하고 힘을 하나도 주지도 않았는데도 승아는 아프다며 자지러졌다.

"왜에! 정력왕이 싫어? 그럼 비긴어게인 최태성은 어때요?"

"비긴어게인?"

비껴가 있던 눈동자가 어느덧 의문을 가득 담고 그녀를 응시하고 있었다.

"폭풍 섹스 하고도 금방 다시 시작하니까?"

그는 너털웃음을 터트리며 고개를 좌우로 흔들었다.

"내가 못 산다. 못 살아."

"오빵, 내가 잘못했어요. 응? 사랑해."

귀엽게 속삭이는 그녀에게 넘어가지 않을 수가 없었다. 정력왕에 비긴어게인이라는데 실력 발휘를 해 줘야 하지 않겠는가. 태성이 웃가지를 하나씩 벗어 던지자 승아는 지레 겁부터 먹었다.

"나 아직도 아픈…… 아앗…… 학!"

그는 이불을 걷고 탐욕스럽게 젖꼭지를 입안으로 빨아들였다. 그렇게 그는 승아에게 진정한 비긴어게인을 몇 번이고 증명해 보였다.

— The end

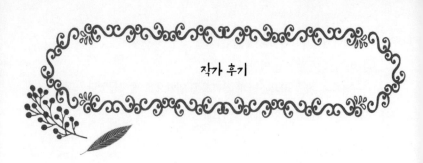

작가 후기

첫 작품이다 보니 참 많이 떨립니다. 없던 부정맥이 생기는 것 같습니다. 예약판매 하는 걸 보고 기절할 듯이 놀랐다면 믿으실까요? ㅎㅎ 할 말이 많다고 생각했는데, 막상 후기를 쓰려니 마땅한 말이 생각이 나질 않는군요. 누가 후기 쓰는 것이 젤 어렵다고 하더니 그 말이 맞는 것 같습니다.

대파의 봄날을 쓰면서 참 즐겁고 행복했습니다. 이 책을 읽으시는 모든 분들께 이 유쾌함이 전해졌으면 좋겠네요.

이 글에 나오는 광역수사대의 위치나 불법 무기 제조 판매와 관련된 뉴스, G20 날짜 등등은 사실을 토대로 적었습니다만, 스키장 개장 시기 등과 같은 현실과 다른 부분은 소설적 허구로 이해해 주시길 바랍니다.

고마운 분들이 있습니다.

연재 당시 저와 함께 달려 주신 독자님들, 교정 및 편집하느라 고생하신 스칼렛 편집팀분들께 감사를 드립니다.

말로 고마움을 다 표현하기엔 너무나 부족하지만 그래도 정말정말 고맙다고 말하고 싶은 고양 사는 A양, 그대 없인 못 살아. 연락을 자주 못 해도 항상 마음의 의지가 되는 민기 언니, 많이 보고 싶어요. 언제나 격려해 주는 잠실 사는 그대, 인연의 끈을 놓지 않아 줘서 고맙소. 지옥 같은 회사에 다녀서 죽어선 꼭 천국 갈 거라는 보라, 언젠간 꼭 노예 탈출하길.

보고 싶어도 볼 수 없는 하늘에 계신 외할머니, 가끔이라도 꿈에 나와 주셔서 감사해요. 그리고 철없는 딸 때문에 자나 깨나 걱정 많으신 부모님과 저를 어여삐 여겨 주시는 이모님들께 사랑한다고 말하고 싶습니다.

모두들 행복하세요.

대파의 봄날

1판 1쇄 찍음 2014년 12월 1일
1판 1쇄 펴냄 2014년 12월 5일

지은이 | 한라연
펴낸이 | 정 필
펴낸곳 | 도서출판 **뿔미디어**

편집장 | 이재권
기획 · 편집 | 주종숙, 정시연, 이은정

출판등록 | 2002년 9월 11일 (제1081-1-132호)
주소 | 경기도 부천시 원미구 소향로 17, 303(두성프라자)
전화 | 032)651-6513 / 팩스 032)651-6094
E-mail | scarlets2012@hanmail.net
블로그 | http://blog.naver.com/dahyangs
홈페이지 | http://bbulmedia.com

값 9,000원

ISBN 979-11-315-6099-0 03810